KB036644

좌안

마리 이야기 ❶

좌안 _마리 이야기_ ①

펴낸날 | 2009년 5월 12일 초판 1쇄
        2010년 2월 26일 초판 5쇄

지은이 | 에쿠니 가오리
옮긴이 | 김난주
펴낸이 | 이태권
펴낸곳 | (주)태일소담
        서울시 성북구 성북동 178-2 (우)136-020
        전화 | 745-8566~7 팩스 | 747-3238
        e-mail | sodam@dreamsodam.co.kr
        등록번호 | 제2-42호(1979년 11월 14일)
        홈페이지 | www.dreamsodam.co.kr

ISBN 978-89-7381-976-8 04830
     978-89-7381-978-2 (세트)

● 책값은 뒤표지에 있습니다.
● 잘못된 책은 구입하신 곳에서 교환해드립니다.

좌안 _左岸_

마리 이야기 ①

에쿠니 가오리 지음
김난주 옮김

소담출판사

차
례
—

자안 ①

자안 ②

1장
노래해 노래해

1

화창하게 갠 날이다. 캔커피를 꼭 쥔 손바닥은 따뜻한데 손등은 시렸다. 겨울날 어중간한 오후의 플랫폼, 마리는 자리에 서서 발을 몇 번 굴러본다.

왜 군이 도쿄로 떠나려 하는지 자신도 잘 모른다.

"도쿄에는 아는 사람도 있고, 그곳이라면 언젠가 가게도 차릴 수 있을 거야."

다카히코는 그렇게 말했다. 하지만 마리는 그곳이 어디든 상관없었다. 다카히코만 옆에 있다면 사는 곳 따위는 어디라도 좋았다.

게다가 난 오래전에 이 도시를 떠나야 했어. 열 살이었던 바로 그날.

마리는 그렇게 생각하면서 파란 하늘을 올려다본다.

1978년 2월. 마리는 석 달 전에 열일곱 살이 되었다. 또랑또랑하고 커다란 눈에 보드라운 볼, 낮은 코와 도톰하고 육감적인 입술을 지닌 제법 다부져 보이는 열일곱 살의 소녀가.

"아, 추워."

혼잣말로 중얼거린다. 발치에는 얼룩얼룩한 무늬의 낡아빠진 숄더백. 어린애 하나쯤은 족히 들어갈 만큼 컸다. 필요하겠다 싶은 것을 일일이 다 집어넣었더니 혼자 들기에는 버거웠다. 그래서 다시 이것저것 꺼냈더니 홀쭉하게 줄어들었다. 정말 필요한 것이라야 사실은 그리 많지 않은 법이다.

오후 3시 50분. 조바심을 낸 나머지 너무 일찍 도착하고 말았다. 마리는 4시 50분발 특급열차 '아침바람'을 타기 위해 하카타 역 플랫폼에서 다카히코를 기다리고 있다.

"잡지 않을 테니까 언제 떠날 건지 그것만이라도 좀 가르쳐줘."

올 정월에, 집을 나가겠다고 엄마에게 말했다.

"막아봐야 소용없다는 거, 다 알아."

마리는 조개껍데기처럼 꼭 다문 입을 좀처럼 벌리지 않았다.

"도톰하고 보들보들하고, 원래 빨가니까 립스틱 안 발라도 예뻐."

다카히코가 그렇게 말한 입술을 고집스럽게 다문 채 도리질 쳤다. 음지 식물이 빼곡하게 들어차 있는 탓에 대낮에도 블라인드를 걷지 않아 어두컴 컴한 거실의 해묵은 초록색 소파에 앉아.

"왜?"

"말 안 하기로 약속했어."

마리는 죽은 오빠가 그린 그림을 뚫어지게 노려보았다. 오빠가 죽은 지 7년 이 되어가는데 그림은 여전히 벽에 붙어 있다. 바짝 마른 누런 스카치테이 프로.

"그렇게 약속했다면 할 수 없구나."

체념도 이해도 아닌 말투로, 그러나 애처로울 정도로 부드러운 눈빛을 띤 채 아빠가 말했다.

후쿠오카시 남구 다카미야.

마리는 이곳에서 태어나 이곳에서 자랐다. 하얀 페인트로 칠한 화분이 빼곡한 2층집, 이곳은 마리가 아는 유일한 '집'이다. 여름이면 해바라기가 마치 햇살에 달궈진 것처럼 오글오글 피어난다. 고개를 푹 숙인 나팔 모양 의 독말풀도. 안 그래도 식물이 많은 정원이었는데, 오빠가 죽은 후 나무와 꽃 들은 엄마가 사는 이유가 되었다. 지금 엄마는 원예가로 일하며 이 지역 텔레비전에서 20분짜리 프로그램을 진행하고 있다.

"엄마 손톱 좀 봐, 오빠."

마리는 종종 마음속으로 오빠에게 말을 걸었다.

"온통 흙투성이. 더러워죽겠어."

키가 늘씬하게 크고 갈색으로 염색한 머리를 파마까지 한 탓에 동네 아이들이 외국 사람 취급했던 과거의 엄마로서는, 몇 시간이나 정원에 웅크리고 앉아 두 손을 흙투성이로 만드는 것 따위는 상상도 할 수 없는 일이었다.

엄마는 옛날부터 초록색을 좋아했다. 거실에 있는 소파도 스테레오에 씌운 천도 재봉틀 커버도, 집안은 온통 차분한 초록색이었다. 재봉틀. 창가에 놓인 덩치 큰 공업용 재봉틀로 엄마는 초록색 천을 끝없이 박았다. 마리 방, 오빠 방, 마루방의 커튼은 모두 초록색이었다. 식탁을 덮은 비닐 코팅된 싸구려 테이블클로스 역시 하양과 초록이 엇갈린 체크무늬였다. 게다가 엄마는 똑같은 테이블클로스가 한 장 더 있었다. 초등학교 운동회 때나 피크닉을 갈 때 엄마는 그것을 가지고 가 돗자리 위에 깔았다.

'도쿄 사람.'

'못난이.'

'외국 애.'

어렸을 때 아이들은 그런 말들로 마리를 놀려댔다. 엄마의 이름은 기요였다. 엄마는 화사한 것을 좋아해서 어디를 가든 선명한 오렌지색 립스틱을 바르고 가슴을 쫙 편 채 걸었다.

엄마는 유리 제품도 좋아했다.

부엌 입구에는 알록달록한 유리구슬을 이어 만든 발이 걸려 있다. 그리고 묵직한 크리스털 재떨이. 그러나 담배 한 개비를 피우기가 무섭게 엄마가 씻어대는 바람에 아빠는 재떨이 대신 홍차 깡통에 재를 떨었다. 크리스털 재떨이는 그저 장식물일 뿐이었다.

또 말린 제비꽃을 끼워 넣은 유리 문진과 빨간 유리 설탕 용기가 있었다.

가끔 식구들끼리 백화점에 갈 때면 유리로 세공한 컵이나 베네치안 글라스 꽃병에 엄마의 눈이 반짝였다.

"비싸기도 하지만 너무 예뻐서 어디 쓸 수나 있겠니?"

엄마는 그렇게 말하면서도 눈을 떼지 못했다.

"갖고 싶으면 사지 그래."

아빠가 그렇게 말해도 엄마는 반짝거리는 그 물건들을 절대 사지 않았다.

그렇다고 엄마가 현실적이기만 한 여자는 아니었다.

"다음에 이사갈 때는 샹들리에가 있는 집으로 가야겠어."

다짐하듯 확고하게 그런 말도 했으니까.

마리가 이곳에서 태어나고 자라게 된 것은 유기화학 교수인 아빠가 부임지였던 규슈대학에 푹 빠졌기 때문이다. 대학을 평생의 연구실로 정한 아빠는 여봐란 듯이 출세 경쟁에서 벗어났다.

1959년 봄, 부부는 갓난아기였던 큰아들 소이치로를 데리고 이곳으로 이사를 왔다. 그리고 1년 반이 지난 뒤 마리가 태어났다.

아빠 데라우치 아라타는 그야말로 학자 체질이었다. 변형에너지니 신규 합성중간체니 하는 연구에 몰두할 때는 며칠 동안 대학에서 먹고 자면서 지냈다. 그렇지만 아내 사랑은 끔찍했다. 피크닉과 드라이브를 좋아하는 아내가 졸라대면 언제든 조그만 크림색 차 콜트를 몰고 조스이 거리 끝에 있는 동물원과 식물원, 나노츠 해안으로 가족과 함께 나들이를 갔다.

일요일이면 아이들에게 아침밥을 주고는 부부가 침실에 틀어박혀 나오지 않았다. 마리와 소이치로는 절대 문을 열지 말라는 주의에도 살짝살짝 안을 엿보았다.

둘은 간혹 이불 속에서 꿈틀거리는 일도 있었지만, 대개는 잠옷 차림으로 나란히 앉아 책을 읽거나, 과일을 먹으면서 얘기를 나누고 음악을 들었다. 아라타는 글렌 밀러를 좋아했고, 기요는 프랭크 시나트라를 좋아했다. 둘 다 음악을 좋아했기 때문에 침실과 거실 양쪽에 스테레오가 놓여 있었다.

적어도 그 무렵에는 부부 사이가 좋았다. 마리는 그저 그랬다는 사실로, 하지만 조금은 그리워하며 그때를 떠올렸다.

"이상해."

툭하면 놀러 왔던 이웃집 소년은 마리의 집과 가족, 식사 습관과 간식, 부부의 취미와 말투에 대해서 그렇게 말했다.

이웃집 소년은 아빠가 없었다. 엄마는 몸집이 자그마하고 공손하면서 얼굴이 예뻤다. 기요는 소년의 엄마와 친하게 지냈다. 오후에는 차를 마시러 서로의 집을 오가며 차를 마시면서 소곤소곤 밀담도 나누었다.

이웃집 소년의 이름은 소후에 큐. 보일 듯 말 듯 쌍꺼풀진 눈에 검고 부드러운 머리칼을 늘어뜨린 소년이었다. 그리고 준페이란 거북을 길렀다.

큐는 마리보다 한 달 먼저 태어났다. 몸집은 작아도 힘이 넘치는 개구쟁이였지만, 마리를 괴롭히는 일은 없었다. 마리는 소이치로와 큐가 옆에 있으면 안심이 되었다.

소이치로는 큐를 동생처럼 귀여워했다.

"그 녀석 듬직한 데가 있어. 그리고 똑똑하고."

"나는?"

소이치로의 말에 마리가 얼른 되물으면 소이치로는 밧줄에서 풀려나 두 둥실 떠가는 배처럼 환하고 자신 있는 목소리로 말했다.

"그야 물론 마리도 똑똑하지. 하지만 큐는……."

소이치로는 적당한 말을 찾는 듯 잠시 눈을 찡그린 뒤 말을 이었다.

"우리보다 친절해."

"친절하다고?"

마리는 펄쩍 뛰었다. 오빠보다 친절하다고? 큐가?

마리로서는 도저히 인정할 수 없었다.

그 무렵 마리의 하루에는 늘 소이치로가 있었다. 마리의 세계는 소이치로를 중심으로 돌아갔다.

마리는 오빠가 없다며 유치원에도 제대로 다니지 않았다. 유치원에는 큐가 있으니까 놀리거나 괴롭히는 아이들이 없을 텐데도 아침마다 데리러 오는 큐에게 이렇게 말했다.

"오늘은 너 혼자 가. 난 안 갈 거니까."

그리고 오로지 소이치로가 학교에서 돌아오기를 기다리며 반나절을 보냈다.

늘 이런 식이어서, 마리는 초등학교에 입학하자 정말 기뻤다. 매일 아침 마리는 소이치로와 가슴을 쫙 펴고 당당하게 집을 나섰다.

하지만 소이치로와 교실이 달라서 학교는 조금도 재미있지 않았다. 같은 반에는 마리의 땋은 머리를 잡아당기는 아이도 있었고, 책상에 낙서를 하는 아이도 있었다.

그런데도 마리는 태연했다. '상관없다'고, 하는 짓이 '바보 같다'고 생각했다. 마리에게는 오빠가 있었고, 오빠는 늘 마리 편이었다. 잘생기고 친절한 오빠는 마리가 도저히 이해할 수 없는 세상의 단편을 늘 반듯하게 잇고 맞춰주었다.

마리는 소이치로와 함께가 아니면 학교에도 가지 않았다. 수업이 끝나도 소이치로의 수업이 끝날 때까지 기다렸다. 운동장에서 땅에 그림을 그리거나 기어 다니는 벌레를 발로 짓뭉개면서. 기다리다 심심하면 춤을 추며 기다렸다. 체육관 뒤나 등나무 그늘에서.

"마리는 친구하고 안 노니?"

선생이 간혹 그렇게 물으면 얼른 대답했다.

"네."

그러다가 기분이 내키면 일부러 그들의 말투를 흉내내서,

"싫으니까 그렇죠, 뭐."

하고 대답했다.

마리는 어디서든 춤을 추었다. 눈을 감고 두 손을 높이 쳐들고, 엉터리 노래를 부르면서 몸을 좌우로 흔들었다. 그러다 점점 기분이 좋아지면 발을 구르고, 주위에 아무도 없을 때는 괴성을 질렀다. 그리고 마지막에는 폴짝폴짝 뛰었다.

그런 마리를 보고 엄마는 이렇게 말했다.

"마리 몸에는 음악이 들어 있나 봐."

아빠도 거들었다.

"꼭 원숭이 같구나."

"노래해 노래해! 노래해 노래해!"

마리는 춤출 때면 늘 이 노래를 불렀다. 단조로운 리듬에 맞춰 몸을 꿈틀꿈틀 비틀었다.

"넌 왜 춤출 때 눈을 감니?"

언젠가 소이치로의 물음에 마리는 이렇게 대답했다.

"몰라. 그냥 감게 돼."

소이치로는 마리에게 늘 잘해주었지만 모른다는 대답은 무척 싫어했다.

"그냥이라고? 생각하면 알 수 있잖아. 생각해봐."

꾸짖는다기보다는 부탁하듯이 무릎을 구부리고 앉아 가만히 마리를 올려다보면서 간곡하게 말했다.

"음, 기분이 좋으니까."

간신히 그럴듯한 말을 찾아 대답해도 소이치로는 이해할 수 없다는 표정만 지었다.

"눈을 감으면 아무것도 안 보이니까."

마리는 곰곰이 생각하고는 말했다.

"아무것도 안 보이면 아무 걱정도 없잖아."

소이치로가 싱긋 웃자 마리는 안도했다. 눈을 왜 감는지 마리 자신은 몰랐지만 소이치로는 그 대답으로 동생이 왜 눈을 감는지 알았으니까. 그것만이 중요했다.

"너, 바보 아냐?"

엊그제 다카히코의 방에서 정신없이 몸을 섞은 뒤였다. 화가 난 말투로 다카히코가 몰아붙였다.

"그럼 몰래 도망가는 게 아니잖아."

한 손에 움켜쥔 지폐 다섯 장으로 마리의 머리를 때리고는 마치 쓰레기라도 되듯 그것을 다다미 위에 내던졌다.

"왜 이런 걸 받느냐고!"

"그래도 떠나는 날짜는 말 안 했어. 어디로 가는지도."

머리에서 김이 모락모락 피어오를 태세네, 라고 마리는 생각했다. 다카히코는 화를 잘 낸다.

"돈은 있는 게 좋잖아."

엄마가 만일을 위해 몸에 지니고 있으라며 준 반지 얘기는 하지 않았다.

"너, 바보 같아."

다카히코는 또 그렇게 말하고는 쾅쾅 소리를 내며 화장실로 향했다.

"마리, 억지로 따라오지 않아도 돼."

화장실에 갔다 온 다카히코가 방금 전과는 다른 부드러운 말투로 말했다.

"아직 학교도 다녀야 되고, 난 부모에게 버림받은 거나 다름없지만 너는 아니잖아."

"갈 거야."

마리는 고개를 젓고는 다카히코를 쳐다보았다. 남들이 종종 빨려 들어갈 듯하다고 표현하는 커다란 눈.

"무슨 생각 하는 거야? 난 너와 떨어지고 싶지 않아. 그리고 난 벌써 이곳을 떠났어야 했다고 말했잖아. 우유 좀 마시고 올게."

마리는 부엌으로 갔다.

"다른 여자 생길까 봐 걱정하는 거라면 마음 놓아도 돼. 난 너뿐이니까."

다카히코가 따라오며 말하기 거북하다는 듯 툭 내뱉었다.

"그건 또 무슨 소리야. 자기가 뭐라고."

마리는 이미 이 도시를 떠날 결심을 굳혔다. 초연하게 떠나겠다고.

"아이들이 놀려서 학교 가기 싫어."

"초연하게 지내면 그만이야."

초등학교에 입학한 마리가 툴툴거리자 소이치로가 말했다. 둘 다 기요가 손수 만든 묘하게 생긴 모자 달린 잠옷 차림이었다.

"이거 입으니까 바보 같아."

처음 그 잠옷을 입었을 때 마리가 투덜거렸다. 무엇보다 잘 때 모자가 거치적거렸다. 소이치로는 아무 말도 하지 않았다. 하지만 마리는 오빠가 자신과 똑같이 생각한다는 걸 알 수 있었다. 소이치로는 늘 마리만이 알 수 있는 방법으로 자신의 뜻을 전한다.

"바보에게는 약도 없으니까. 그러니까 넌 그냥 초연하게 있어."

초연하게.

그 후 그 말의 울림은 마리 삶의 지침이 되었다. 아주 초연한 울림, 말의 의미는 몰라도 울림은 느낄 수 있었다. 그것은 빛과도 같았다. 출구처럼 여겨졌다.

소이치로는 마리의 신발이 없어지면 같이 찾아주었다. 어느 날 점심시간에 누군가 마리의 머리에 우유를 끼얹었다. 그때 소이치로는 자기 체육복으로 닦아주었다. 마리가 냄새 때문에 속이 울렁거리고 토할 것 같다고 하자 수돗가에서 머리를 헹궈주었다. 그러고는 토하라면서 입속에 손가락을 넣어주었다.

"우웩."

마리는 목만 컥컥거렸을 뿐 눈물과 콧물만 나왔다. 수업은 벌써 시작된 지 오래되었다. 아무도 없던 조용한 교정과 신발장 바로 옆에 있던 수돗가. 수도꼭지 하나하나에 반사되던 햇살은 지금도 선명하게 기억하고 있다.

소이치로도 처음에는 수없이 괴롭힘을 당했다. 하지만 마리가 당한 만큼 분명한 형태는 아니었다. 그리고 2년 후 마리가 입학했을 때는 주위에서 다소 고립된 특별한 위치를 이미 획득한 것처럼 보였다.

예를 들어 둘이 같이 있을 때 제 기분에 들뜬 어떤 아이가 마리에게 집적거리면 소이치로는 버럭 소리를 지르며 그들을 겁주었다.

　"건드리지 마!"

　마리도 움찔할 만큼 과격한 목소리였다.

　하지만 말로 놀릴 때는 아무리 짓궂게 굴어도 화내지 않았다. 마리는 자기한테 뭐라고 하는 것에는 태연했지만, 아빠를 '이상한 사람'이라고 하거나 엄마를 '외국인'이라고 하면 화가 났다. 그러고 싶지 않은데도 분해서 울음이 터져 나올 것 같았다.

　"입 닥쳐!"

　그래서 자기도 모르게 소리를 지르면 그들은 더욱 의기양양해했다.

　"그냥 내버려둬. 초연하게 있으면 돼."

　소이치로는 씩씩거리는 마리를 달랬다. 오히려 큐가 화를 냈다.

　"뭐야, 너희들? 뭐냐고?"

　큐는 돌멩이나 막대기를 들고 다니면서 적절하게 사용했다.

　"마리에게 깝죽거리지 마."

　그렇게 짓궂은 아이들을 쫓아버린 뒤 불만에 가득 찬 얼굴로 소이치로에게 따졌다.

　"왜? 왜 아무 말도 안 하는데?"

　그러면 오빠를 두둔하고 싶은 마리가 끼어들어,

　"큐는 아무것도 모르면서."

라며 입을 비쭉 내밀었다. 오빠처럼 초연해지고 싶었다.

　큐네 집은 늘 조용했다.

현관은 썰렁했다. 골동품인 듯한 항아리가 있고 유화가 걸려 있는 집안은 고풍스러운 분위기였다. 아줌마가 우유와 계란과자를 준비해놓은 부엌에는 버마재비 표본이 장식되어 있었다.

　큐네 집도 마리네 집 못지않게 식물이 많았다. 하지만 비슷한 점은 그것뿐 집안의 공기와 냄새는 전혀 달랐다.

　큐는 마리가 어디를 가든 따라다녔다. 그리고 마리가 보기에 큐는, 소이치로가 가족이 아닌데도 마음을 허락한 유일한 사람이었다.

　온 거리가 놀이터였다.

　언덕 위에 있는 주택가는 길도 널찍하고, 공원과 공터와 식물도 많았고, 늘 그렇듯이 한적했다.

　소이치로와 마리와 큐.

　바람이 잔잔한 거리였다, 고 마리는 생각한다. 언덕 위에 있는 정수장 부지로 숨어들면 거리 전체가 내려다보였다. 시야를 가로막는 것이 없어 드넓은 하늘에 압도되었다.

　"비행기는 안 오나."

　마리는 그곳에서 곧잘 비행기를 기다렸다.

　"오겠지, 뭐."

　큐의 말에 소이치로도 미소 지으며 동의했지만 마리 생각은 달랐다. 비행기가 올 때는 공교롭게도 둔덕에서 신나게 잔디 썰매를 탈 때나 공원에서 그네를 타면서 한 바퀴 빙 돌려고 온 힘을 다할 때였다. 공항이 가까워 하루에도 몇 대씩 뜬다. 하지만 보고 싶다고 생각하는 순간에는 날지 않았다. 목이 아프도록 하늘을 올려다보면서―그럼 저절로 입이 절반쯤 벌어진다—꼼짝 않고 기다리지만, 하늘은 그저 파랗고 적막할 뿐이었다.

마리는 낮으면서도 귀에서 온몸으로 전해지는 윙, 하는 소리와 함께 소스라칠 만큼 가까운 곳을 똑바로 날아가는 비행기의 하얀 배를 바로 밑에서 올려다보는 걸 좋아했다.

비행기가 운송 수단이라는 것을 아는데도, 그 안에 정말 사람이 타고 있을 것 같지는 않았다. 그것은 정말 독특한 '물체'였다. 마리의 생활과는 무관하고, 때로 훌쩍 나타났다가 사라지는 하얗고 친근한 '물체'였다.

2

초등학교는 아이 걸음으로 15분쯤 되는 곳에 있다. 가는 길에는 문방구와 구멍가게와 공원이 있고, 커다란 귤나무가 있다. 학교 바로 뒤에는 연못도 있다. 멀리 돌아가면 숨바꼭질하기에 안성맞춤인 개인 소유의 산도 있다.

양 길가의 도랑에는 물이 흘렀다. 도랑은 뚜껑이 없어서 태풍이 불어닥치면 물이 넘쳤다. 비 내리는 날의 도랑은 참 매력적이었다. 가만히 귀 기울이면 흐르는 물소리가 자바자바, 다바다바, 하고 들렸다. 마리는 짙은 분홍색 장화를 신은 발치에 기분 좋게 휘감기는 물을 하염없이 바라보았다.

어린 마리는 우산을 똑바로 들 수 없어서 우산대를 어깨에 걸쳤다. 무명천 우산이어서 비에 젖으면 들고 있기도 버거웠다. 우산은 그렇게 쓰는 것이라고 생각했다. 그 우산에 떨어지는 물의 감촉을 손이 아니라 어깨와 머리로 느꼈다.

"잘못하면 떠내려가겠다."

소이치로가 주의를 주었다. 실제로 도랑에 물이 넘쳐 떠내려간 아이가 있는 듯했다.

"조금만 더."

마리는 떼를 부렸다. 어디로 가는지도, 뭐가 기다리는지도 모르면서 물은 줄기차게 넘쳐흐른다. 마치 오랫동안 기다렸다는 듯이. 밖으로 나갈 수 있어 얼마나 기쁜지 모르겠다는 듯이.

도랑 옆에 서서 하염없이 물을 바라보는 마리의 뒤에서, 소이치로는 하염없이 기다려주었다.

초등학교 주변에는 군데군데 공터가 있었다. 공터에는 잡초가 무성하게 웃자라 있어 마리는 한 걸음 내디딜 때마다 다리를 번쩍번쩍 들고 우스꽝스러운 꼴로 걸어야 했다. 그렇게 걷다 보면 어쩔 수 없이 소이치로와 큐보다 뒤처졌다. 그들을 따라가지 못하는 것은 마리로서는 참을 수 없는 일이었다. 혼자 남겨졌다는 불안과 함께 큐에게 소이치로를 빼앗긴 것 같은 마음에 괜스레 억울하다는 생각이 들었다.

넓적한 잎사귀 뒤에는 벌레가 잔뜩 들러붙어 있었고, 가늘고 뾰족한 잎들은 살을 콕콕 찔렀다. 비가 내리지 않았는데도 발이 푹 빠질 만큼 질척거렸다. 공터에는 아무도 없었다. 둘은 저만치 앞서갔다. 그들의 목적은 때에 따라 달랐다. 때로는 땅에 떨어진 못이나 기계의 부품을 줍는 것, 때로는 버마재비 알이나 뱀을 찾는 것, 때로는 큐가 키우는 거북 준페이를 산책시키는 것 등이었다. 그러나 마리에게는 어떤 말도 해주지 않았다.

그렇다고 울 수는 없었다. 울면 자신을 거치적거리는 존재로 인정하는 셈이니까. 그래서 마리는 괴성을 질렀다. 그들과 사이가 벌어질수록 혼자 남겨지는 불안함과 제대로 걸을 수 없는 답답함, 그리고 소이치로를 되찾고 싶은 마음으로.

한 번 소리를 지르기 시작하면 혼자 힘으로는 감당하기 어려운 목소리가 터져 나왔다. 찢어질 듯 짜랑짜랑한 외침은 눈을 감게 만들었다. 그래서 마리는 눈을 꼭 감고 혼신의 힘을 다해 핏줄이란 핏줄은 다 터져라 고함을 질러댔다. 온몸이 목소리가 된 것 같았다. 마침내 목소리가 메아리로 울리면 다른 누군가의 목소리처럼 느껴졌다. 그럼 자신의 의지로는 그만둘 수 없었다.

캬아아아아아아아악. 아아아아아악. 아아아아아아악. 아아아아아아아악.

소이치로와 큐가 씩씩거리며 되돌아와도 마리는 입을 다물 수 없었다. 큐가 뭐라고 하며 달래도, 짜랑짜랑한 목소리에 귀를 막아도 마리는 계속 소리를 질러댔다. 소이치로가 마리의 어깨를 잡아 흔들어도, 그 때문에 팔과 다리와 머리카락과 등이 흔들려도 자지러지는 고함 소리는 공중에 울려 퍼졌다. 그렇게 소이치로는 온몸이 목소리가 된 마리에게, 아직도 머리와 얼굴과 목과 손과 발이 있다는 것을 깨우쳐주었다.

소이치로는 자주 고열에 시달렸다. 40도, 42도까지 올라갔다. 기침을 하거나 두통이 있는 것도 아닌데 열만 펄펄 끓었다. 아라타는 몸이 성장하느라 그렇다고 했고, 기요는 소이치로의 머리가 특별히 좋은 증거라고 여겼다. 몸이 아니라 뇌가 너무 발달해서 뜨거워지는 것이라고.

반면 마리는 좀처럼 열이 오르는 일이 없어, 오빠의 발열에 대해서는 엄마의 주장이 옳을 것이라고 생각했다. 몸은 자신도 성장하고 있으니까.

소이치로는 그 점에 대해 아무 말도 하지 않았다. 다만 밥을 먹지 않아, 엄마는 열을 재보고는 침대에 누워 있으라고 했다. 마리는 오빠의 열이 내릴 때까지 오빠 방에 들어갈 수 없었다.

소이치로가 학교에 가지 못하면 마리도 결석했다. 오빠가 없는 학교에 가야 할 이유가 없었다. 그럼 기요는 잔소리를 했고, 아라타는 가고 싶지 않으면 가지 않아도 된다고 말했다. 어느 쪽 말이든 마리는 귀담아듣지 않았다.

하지만 소이치로의 모습이 보이지 않는 집안은 어둡고 서먹서먹하고 썰렁했다. 텔레비전을 켜도 어른들을 위한 프로그램들뿐이었다. 집안의 모든 것이 마리를 따돌렸다. 별다른 이유도 없이 학교에 가지 않고 빈둥거리는 마리를 비난하는 것 같았다. 기요는 소이치로에게만 매달려 있었다.

마리는 가출한 소녀처럼 한 시간이나 거리를 배회했다. 오후의 거리는 번잡스러우면서도 평화로웠다. 사람이나 자동차나 버스나 전철이나 모두 바삐 움직였다. 야나기바시 연합시장은 기요와 종종 오는 곳이라서 어디에 뭐가 있는지 잘 알았다. 녹찻잎을 볶는 차가게에서는 향긋한 차 냄새가 났다. 신선한 푸성귀가 산더미처럼 쌓여 있는 채소가게, 그리고 종류도 양도 놀랄 만큼 많아서 오래 보고 있어도 싫증 나지 않는 생선가게.

마리는 생선가게를 좋아했다. 젖은 고무장화를 신고 우렁차게 소리를 내지르면서 부지런히 움직이는 가게 아저씨들을 구경했다. 그리고 생선 대가리를 한 마리씩 확인하듯 뚫어져라 쳐다보기도 했다. 살이 오동통한 자라돔, 참돔, 살을 발라내고 남은 서덜, 뱀처럼 긴 갈치, 그야말로 거북처럼 생긴 거북복.

"어이구, 마리 왔니? 웬일이냐?"

시장통을 어슬렁거리다 보면 얼굴을 아는 어른들이 말을 건넸다.

"학교는 어쩌고?"

마리는 어른 못지않게 세상 돌아가는 얘기라도 나누는 심정으로 대답했다.

"안 갔어요. 오빠가 열이 많이 나서요."

"저런, 걱정이겠구나."

그렇게 말하는 사람도 있고,

"그래서 심부름 온 거냐? 기특하네."

하고 말하는 사람도 있고,

"조심해서 돌아가거라."

하고 말해주는 사람도 있었다.

그곳은 언덕 위에 있는 주택가와는 전혀 다른 세계였다. 바깥 세계이고 도시이고 마리가 아는 유일한 세상이었다.

시장에서 좀 더 걸어가면 조그만 신사가 나온다. 좁은 골목에 빨간 기둥이 줄지어 선 신사의 입구에는 도리이(鳥居, 양쪽에 나무나 돌로 된 기둥을 세우고 위쪽에 두 기둥을 잇는 통나무를 가로놓은 것―옮긴이)가 서 있었다. 그 도리이 안쪽, 그러니까 골목 한쪽에 신사가 옆을 향하고 있었다. 건물과 건물 사이에 낀, 맑은 날에도 햇볕이 들지 않는 비밀스러운 장소였다.

거기까지 걸어가면 마리는 힘에 부쳐 그 자리에 쭈그리고 앉았다. 그곳은 여름에도 서늘했다. 부엌에서 들고 나온 간식을 치마 주머니에서 꺼내 먹고는 양팔을 벌리고 한쪽 다리로 서 있는 '시련' 놀이도 하고, 그저 멍하니 하늘을 올려다보기도 했다.

하늘은 늘 거기에 있었다. 마리 위에, 그리고 세상 위에.

빨간 기둥이 줄지어 선 골목길은 춤추기에 더없이 좋았다.

"노래해 노래해, 노래해 노래해, 노래해 노래해."

두 팔을 머리 위로 쳐들고 눈을 꼭 감은 채 숨이 찰 때까지 깡충깡충 뛰었다. 그러면 자신이 지금 혼자라는 것도, 오빠가 아파서 누워 있다는 것도, 자신이 없어진 것을 안 엄마가 걱정할지도 모르고, 또 어쩌면 안 할지도 모른다는 것도 모두 잊을 수 있었다.

소이치로의 열은 금방 내렸다. 열만 내리면 언제 그랬냐는 듯이 멀쩡해졌다.

하지만 마리의 눈에는 전혀 다른 때 — 큐와 셋이 밖에서 놀 때나 밤에 둘이 오빠 방 창문에서 별을 올려다볼 때 — 오빠의 몸에서 열이 나는 것처럼 보였다. 소이치로는 생김새가 원래 어른스러운 데다 상대를 꿰뚫어 볼 것처럼 눈빛이 강했다. 평소에는 눈매가 서글서글하지만 열이 오르면 촉촉하게 젖어들고 눈빛은 한결 강렬해졌다.

"오빠, 열 나지 않아?"

마리가 조심스럽게 물어보면 소이치로는 싱긋 웃었다. 그리고 마리를 똑바로 바라보면서 무슨 중대한 일을 털어놓기라도 하는 듯한 말투로 말했다.

"인간은 다 열이 나는 거야. 그러다 높아지기도 하지만, 그래봤자 별거 없어. 잘 알잖아."

소이치로의 말에는 늘 압도적인 진실이 담겨 있었다. 그것은 설득력이니 뭐니 하는 것이 아니라 진실 그 자체였다. 마리는 고개를 끄덕였다. 순순히, 무겁게. 그럼 소이치로는 미소를 지으며 덧붙였다.

"사실, 그보다 더 무서운 것은 열이 없어지는 거야."

그렇게 마치 무슨 일급비밀이라도 되는 듯이.

마리와 소이치로는 방이 따로 있었다. 하지만 마리는 늘 소이치로 방에서 놀았다. 온갖 것들이 제멋대로 널려 있는 마리의 방과 달리 소이치로의 방은 언제나 반듯반듯하게 정돈되어 있었다.

소이치로는 책을 많이 읽었다. 밖에서 뛰어놀지 않을 때는 대개 방에서 책을 읽었다. 『기관차 야에몬』, 『빨간 도깨비』, 『빨간 촛불과 인어』 같은 그림책은 너무 많이 읽어서 너덜너덜했다. 기요가 사다 주는 명작류—위인전이나 동물기, 식물기—도 사다 주는 족족 독파했고, 열 살 무렵에는 아빠 엄마의 책꽂이에서 책을 골라 읽었다. 마리의 기억에 오빠가 가장 좋아한 책은 『그리스 신화』와 『프랑스 동화 대전』이었다.

"같이 자도 돼?"

소이치로는 마리의 말이라면 거절한 적이 없다.

"손잡고 자도 돼?"

"얼굴 맞대고 자도 돼?"

"응."

마리가 조르고 떼를 쓸 때마다 소이치로는 선선히 승낙했다.

가끔 이렇게 말할 때도 있었다.

"왼쪽만 빌려줄게. 그러니까 오른쪽은 건들지 마."

마리는 소이치로의 왼쪽 옆구리에 들러붙어 목 부분에 얼굴을 콕 처박고 잠들었다. 눈을 뜨면 초점이 부열 정도로 가까운 거리에 소이치로의 하얀 볼이 있었다.

벌렁 누워 자던 소이치로가 가끔은 모로 누워 웅크린 채 들러붙어 있는 마리의 무릎 사이로 한 발을 밀어 넣고서 말했다.

"우리 마리, 아직 꼬맹이네."

둘은 그런 자세로 꼼짝도 하지 않았다. 먼저 잠드는 건 거의 소이치로였다. 마리는 소이치로의 규칙적인 숨소리를 들으면서 이 세상 누구보다 오빠가 좋다, 고 생각했다. 오빠는 자기를 지켜준다고.

마리는 숨을 죽이고 살며시 손을 뻗어 오빠가 깨어나지 않도록 조심조심 오빠의 귓불을 만졌다. 마리는, 오빠의 귀는 참 예쁘다고 생각했다. 소이치로의 귀만큼 완벽한 모양에 소박하면서도 청결한 귀를 현실에서나 상상에서나 본 적이 없었다. 만져보니 뜻밖에 딱딱하면서도 일정한 온도와 독립된 생명을 지닌 것처럼 느껴졌다. 마치 밤바다를 유영하는 물고기처럼 어른스럽고 고독하다고.

갓 목욕을 하고 잠이 든 소이치로에게서는 비누 냄새가 났다. 목욕을 하지 않았을 때는 버터 우유와 풀 냄새가 섞인 듯한 냄새가 났다.

기요는 음식 만들기를 좋아했다. 양배춧잎 사이사이에 다진 소고기를 꼭꼭 채워 통째로 찌는 롤캐비지, 고기를 덩어리째 무명실로 묶어 양파와 함께 오븐에 굽는 로스트비프 같은, 당시로서는 새로운 요리를 즐겨 만들었다. 마리는 그런 요리를 할 수 있는 엄마가 자랑스러웠다. 엄마의 갸름한 얼굴과 긴 손가락을 오빠만 물려받은 것 같아 속상할 때도 많았다.

저녁은 부엌 식탁에서 온 식구가 모여 먹는 게 규칙이었다. 아라타가 연구에 여념이 없을 때도 기요는 집에 와서 저녁을 먹으라고 요구했다. 아라타는 사랑하는 똥차를 끌고 학교에서 돌아와 저녁을 먹고는 다시 학교로 돌아갔다.

기요는 집에서 음식 만드는 것을 좋아하면서도 외식 또한 좋아했다. 아라타의 연구가 일단락 났다 싶으면 평일이라도 상관치 않고 온 가족이 시내로 나갔다. 덴진에 있는 중국요릿집이나 나카스에 있는 전골집 같은 곳으로.

외식을 할 때면 기요와 아라타는 술을 마셨다. 소이치로와 마리에게도 술을 허락했지만 마리는 한 번 입을 대보고는,

"이게 무슨 맛이야?"

라고 했고, 소이치로는 입조차 대지 않았다. 아라타와 기요가 종종 외식에 초대하는 소후에 큐만 과감하게 말했다.

"마셔보고 싶어요."

그래서 잔에 조금 따라주면 맥주든 포도주든 정종이든 홀짝 마시고는 얼굴을 찡그렸다.

"호쾌하게 마시네."

기요가 재미있다는 듯이 말하자 아라타도 거들며 칭찬했다.

"그래, 듬직하구나."

그 무렵 아라타와 기요는 큐를 자식처럼 귀여워했다.

어린 마리는 소후에 집안의 속사정을 잘 몰랐다. 다만 큐의 집에는 처음부터 아빠가 없었다. 엄마가 일하러 다니기 시작하면서 큐는 할머니와 할아버지 집─초등학교 부지 안에 있었다─에서 지냈다.

외식에 초대받으면 큐는 언제나 명절 때처럼 반듯하게 차려입고 나왔다. 기요 말로는 이 부근에서는 절대 살 수 없는 고급 수입 천으로 지은 양복이란다.

짓궂은 개구쟁이지만 때로 옆얼굴에 그늘이 어리고, 계란과자와 우유를 좋아하는 주제에 수입 천으로 만든 양복을 입고 나타나 술을 찔끔거리는

이웃집 소년은 마리에게는 몹시 기묘한 존재, 간혹 어떻게 대하면 좋을지 모를 존재였다. 엉덩이턱만큼은 독특하고 멋지다고 생각했지만.

일요일 오전에는 마리와 소이치로 둘이서만 지내는 일이 많았다. 아라타와 기요가 침실에 틀어박혀 나오지 않기 때문이었지만 마리에게는 가장 행복한 시간이었다.

일요일이 되면 소이치로의 머릿속에서는 마리가 상상도 못하는 일들이 줄줄이 떠오르는 듯했다. '벌레의 강도'를 조사하고, 라디오의 구조를 연구하고, 부엌에서 '아메리칸 도그'를 만들고. 소이치로는 한동안 밀가루를 개서 설탕을 섞은 옷을 소시지에 입혀 기름에 튀기는 아메리칸 도그 만들기에 열을 올렸다. 두툼하면서도 고루 입혀지도록 밀가루 옷의 농도에 주의해야 했다. 또 소이치로는 기름 속에서 밀가루 옷이 퍼지지 않도록 젓가락으로 틀을 만들어 소시지를 고정시키는 방법도 고안해냈다. 하지만 소시지가 세로로 푹 잠길 수 있을 만큼 깊은 프라이팬이 아니면 여름날 수영장에서 파는 것처럼 만들 수 없다는 것을 알고는 더 이상 만들지 않았다.

소이치로는 마리를 위해 실전화기도 만들어주었다.

"무슨 일이 생기면 이걸로 불러. 어디서 뭘 하고 있든 네가 부르면 금방 뛰어갈 테니까."

소이치로는 절대 거짓말을 하지 않았다. 마리가 실전화기를 들고 바로 곁에까지 뛰어가 실을 팽팽하게 잡아당기면서,

"일이 있으니까 지금 바로 와."

하고 조그만 종이컵 속에다 속삭이면 소이치로는 웃으면서 따라왔다.

소이치로는 손재주가 좋았다. 조각도로 연필을 깎아서 '연필 자동차'도

만들어주었다. 연필로 차체와 타이어를 만들고, 연필심으로 좌우 타이어를 연결하는 가로대를 만들었다. 완성된 자동차는 또르르 굴러갔다. 만드는 데 시간이 걸렸지만 마리는 그 작업 하나하나를 엄숙한 기분으로 지켜보았다.

"별은 낮에도 떠 있어. 햇빛이 너무 강해서 보이지 않을 뿐이야."

별을 좋아하는 소이치로가 어느 날 그런 말을 뱉었다.

소이치로는 유리창에 검은 셀로판지를 붙였다. 셀로판지를 살 때는 마리도 돈을 냈다.

"안 되겠다. 아직도 빛이 너무 강해."

이번에는 셀로판지 위에 검은색 그림물감을 칠했다.

그래도 별은 보이지 않았다. 마리는 흉물스러운 검은 창문과 소이치로의 등을 번갈아 쳐다보았다.

"마리야, 네 동상을 만들자."

소이치로는 그런 제안도 했다. 정원에서 파낸 흙을 대야에 담아 물에 개었다. 마리도 거들었다. 소이치로가 흙이 매끌매끌해질 때까지 반죽을 잘해야 한다고 해서 힘은 들었지만 그래도 재미있었다. 소이치로는 벌거숭이 마리를 세워놓고 몸 위에 반죽을 고루 발랐다.

흙 반죽은 차가웠다. 소이치로의 손바닥이 처음 피부에 닿을 때는 간지러웠지만 흙 반죽을 한 겹 두르고 나니 아무렇지도 않았다.

"움직이지 마."

소이치로는 그렇게 말하고는 웃음이 나올 정도로 열심히 마리의 몸에 반죽을 겹겹이 발랐다.

"먹물 냄새가 나."

마리는 눈을 감고 흙냄새와 소이치로의 손바닥 감촉을 음미했다.

"좋았어."

소이치로는 작업을 끝내고 자랑스럽게 말했다.

"이제 햇볕에 말리는 일만 남았다. 꼼짝 말고 있어야 돼."

무릎을 구부려 마리와 눈높이를 맞춘 소이치로가 부드럽게 일렀다.

"알았어."

소이치로는 마리를 위해 부엌에서 간식을 가져왔다.

"움직이면 안 돼, 알았지?"

소이치로는 다시 다짐을 하고는 잔뜩 긴장한 채 서 있는 마리의 입술 사이로 바삭바삭한 비스킷을 밀어 넣었다.

한참이 지났을 때였다. 정원으로 나온 기요는 마리를 보고서 깜짝 놀라더니 이내 웃었다. 한바탕 웃은 후 아라타를 불렀다.

"뭘 하길래 그래?"

궁금해하며 나오던 아라타 역시 웃었다.

소이치로는 웃지 않았다. 심각한 표정으로 서 있었다. 마리 자신도 웃지 않기로 했다.

"그만 들어가자."

기요가 말했다.

"감기 걸리겠어."

마리는 꼼짝하지 않았다. 기요와 아라타가 어르고 달래고, 그러다 화를 내도 마리는 대답하지 않았다.

'난 서 있는 조각상이란 말이야. 오빠가 만들어주었다고.'

마리는 그렇게 생각했다.

일요일. 마리에게 일요일은 자신만의 소이치로가 출현하는 날이었다. 평

소에는 어른스럽고 까다로운 오빠의 어린애다운 열의와 실험에 마리가 참
가하는 날이었다.

3

초등학교 운동장에는 대나무로 된 봉이 있었다. 마리는 그 봉에 오를 수
없었다. 봉을 잡고 손발에 힘을 잔뜩 주고 기를 써보지만 그 자리에서 1밀
리미터도 오르지 못했다. 봉을 붙잡고 있는 데만도 힘이 필요했다.

"너, 뭐 하니?"

봉을 손쉽게 척척 올라가던 큐가 이상하다는 듯이 말을 건넸다. 봉 아래
쪽에 매미처럼 착 들러붙어 있던 마리는 대답할 수가 없었다. 대답하면 힘
이 빠져 떨어질 것 같아서였다.

소이치로와 큐는 순식간에 꼭대기까지 올랐다.

"와, 기분 좋다."

"하늘이 파랗네."

저 위에서 들리는 둘의 목소리를 들을 때마다 마리는 화가 나 입술을 깨
물었다. 눈을 꼭 감으면 눈물이 배어 나오기도 했다.

"팔을 그렇게 휘감으니까 안 되는 거야."

간혹 큐가 그렇게 조언해주었지만 팔로 봉을 휘감지 않으면 떨어질 것이
다. 마리는 그런 아무 짝에도 소용없는 조언을 하는 큐에게 화가 났다.

"마리는 왜 못 올라오는 거야?"

소이치로에게 묻는 큐의 목소리가 들렸다. 마리는 오빠의 입에서 무슨 말이 나올지 귀를 기울였다. 그러나 소이치로는 '글쎄?'라고 하거나 '모르겠는데' 하고 시큰둥하게 대답할 뿐이었다.

마침내 힘이 다한 마리가 떨어졌다. 떨어진다고 해도 애당초 제일 밑에 있었으니, 흐물흐물해지는 탈진감과 함께 땅으로 내려설 뿐이다. 힘을 너무 준 탓에 얼굴은 벌겋게 달아올랐고 손발은 뻐근해서 한참이나 몸에 힘을 줄 수가 없었다.

올려다보면 큐와 소이치로의 아랫도리만 보였다. 둘은 마리만 빼놓고 얘기를 나누고 마리만 빼놓고 웃었다.

"저기."

그렇게 부르는 마리의 목소리가 왠지 작다.

"아이 참."

끝내 부루퉁해진다. 내키지 않았지만 방해를 해서는 안 될 것 같은 느낌이 들었다. 오빠는 큐와 있을 때면 한결 편안하고 즐거운 듯 보였기 때문이다.

마리는 큐가 부러워 어쩔 줄 몰랐다.

저렇게 하늘과 가까운 곳에서 소이치로와 단둘이 얘기할 수 있다니. 그곳에서만 볼 수 있는 풍경을 둘이서만 보다니. 마리의 눈에는 새하얀 모래와 바로 옆에 있는 정글짐밖에 보이지 않는데.

그런 일이 있던 날이면 마리는 늦은 밤까지 기분이 좋지 않았다. 봉 위로 오르지 못한 분함과 소이치로와 큐와 꼭대기를 공유하지 못한 아쉬움이 머리와 가슴을 채웠다. 그래서 마리는 저녁밥을 남겼다.

"왜 그렇게 안 먹니?"

기요가 물어도 마리는 무뚝뚝하게 대답했다.

"먹고 싶지 않으니까."

"어디 아프니?"

기요가 차가운 손바닥으로 마리의 이마를 짚었다. 마리는 귀찮다는 듯이 머리를 흔들면서 기요의 손을 뿌리쳤다. 그럼 기요는 한숨을 쉬었다.

"넌 가끔 그렇게 반항적으로 굴더라. 왜 그러니? 하고 싶은 말이 있으면 정확하게 말해. 답답하잖아."

하고 싶은 말 따위는 없었다. 그래서 잠자코 있으면 기요는 짜증스럽다는 듯 미간을 찌푸렸다.

"정말 고집불통이야."

훗날 마리는 기요에게 '얘는 무슨 생각을 하고 있는지 정말 모르겠다니까'라는 소리를 자주 들었는데, 이 무렵부터 그런 징후가 보였다.

"잘 먹었습니다. 마리야, 이리 와봐."

밥을 다 먹으면 소이치로는 그런 말로 마리를 구해주었다.

때로는,

"오빠가 숙제하는 거 봐줄게."

라고 하거나 아니면,

"우리 라디오 듣자."

라고 했다. 숙제를 같이 한 적은 없지만 라디오는 소이치로의 방 침대에 납죽 앉아 가끔 들었다. 그때 마리는 좋아하는 강아지 인형을 꼭 껴안고 있었다.

소이치로는 극동방송의 연속극을 좋아했다. 영어는 잘 몰랐지만 문이 삐걱거리면서 열리거나 여자가 비명을 지르는, 소름 끼치는 효과음이 재미있었다.

"어떻게 됐어?"

마리에게는 끔찍하리만큼 무서운 프로그램이었다. 소이치로 옆에서 듣는데도 가슴이 벌렁거렸다.

"누구 발소리야?"

숨을 죽이고 귀를 쫑긋 세운 마리가 물었다.

"도망치는 거야? 어느 쪽으로 뛰고 있는데? 꺄, 고양이를 걷어찬 거야? 어머, 무서워. 지금 그거 무슨 소리야? 오빠, 이쪽으로 와."

숨을 쉴 수 없을 만큼 가슴이 두근거렸다. 소이치로의 팔에 얼굴을 묻고 심장이 쿵쿵거리는데도 마리는 라디오에서 흘러나오는 소리 하나하나를 집중해서 들었다. 비가 내리는 소리와 바람 소리, 나직하게 울리는 웃음소리, 그리고 유리가 깨지는 소리.

"아, 정말 무섭다."

프로그램이 끝나고 광고가 나오고 나서야 마리는 안도의 한숨을 내쉬었다.

"그래도 재밌다."

그러고는 자신의 기분이 한결 좋아졌다는 것을 느꼈다.

마리가 소이치로를 보면서 신기하게 여기는 것 중 하나가 '말'이었다. 소이치로는 가족과 말할 때는 하카타 사투리를 절대 쓰지 않았다. 마리의 모든 기준이었던 소이치로는 언어도 표준어를 썼다. 아라타와 기요도 죽을 때까지 표준어를 고집했다.

하지만 마리는 본의 아니게 유치원에 다니면서 하카타 사투리를 배웠다. 유치원에서 아이들은 온통 하카타 사투리를 썼다. 마리는 제 입에서 불쑥 하카타 사투리가 튀어나올 때마다 몹시 당황했다. 가족들 가운데 자기만 외계인 같은 느낌이 들었다.

그런데 초등학교에 입학하자 그곳에는 별개의 소이치로가 있었다. 소이치로는 입이 거친 남자아이들과 함께 하카타 사투리를 쓰면서 군림했다. 집에서 가족과 있을 때와는 전혀 달랐다. 소이치로는 미라놀이를 하거나 다른 아이들을 때려 선생에게 꾸중을 듣기도 했다.

소이치로가 다케이치라는 아이를 때렸을 때의 일은 마리도 기억한다. 다케이치는 왕따 놀이의 주범이었다. 마리뿐만 아니라 큐도 놀리면서 괴롭혔다.

수업이 끝난 후였다. 마리는 체육관 창고 앞에서 혼자 춤을 추고 있었다. 그때 소이치로가 복도에서 다케이치와 싸운다고 남자아이들이 와글와글 떠들었다. 얼른 뛰어가 보니, 마침 선생님이 넘어진 다케이치를 일으켜 세우는 중이었다. 주먹을 꽉 움켜쥔 채 서 있는 소이치로의 몸에서 분노가 이글거렸다.

"오빠!"

마리가 불러도 들리지 않는 듯했다. 정작 싸움을 보지 못했는데도 마리는 다리가 후들후들 떨리고 가슴까지 쿵쿵 뛰었다. 그리고 자기도 모르게 소이치로에게 매달려 훌쩍거렸다. 소이치로는 마리를 거들떠보지도 않은 채 다케이치를 노려보았다. 마치 열이 났을 때의 모습과 흡사했다.

오빠가 엄청 화가 났다. 마리가 알 수 있는 것은 그것뿐이었다.

"큐는 너처럼 치사하지 않아."

소이치로가 다케이치를 후려갈기기 전에 그렇게 말했다는 것을, 마리는 나중에 알았다. 엄마가 여자 몸으로 혼자 키운 큐는 당시 초등학교에 기숙하며 일하는 할아버지, 할머니와 함께 생활했다. 그러자 아버지가 조직폭력배라느니 사람을 죽였다느니 하는 좋지 않은 소문들이 떠돌았다. 마리는 소이치로가 자신이 아닌 큐를 위해 싸웠다는 사실에 화가 났다. 하지만 큐는 착하고 마리가 다른 아이들에게 놀림을 당할 때 도와주기도 하니까 그럼 됐으니 뭐, 하고 생각하기로 했다. 그리고 오빠가 큐를 지켜준다면 나는 오빠를 지켜주겠노라고 새삼 결심했다.

소이치로와 마리와 큐, 셋은 그 무렵 늘 함께였다. 수업이 끝나면 언덕 위에 있는 정수장 부지 근처에 모여 풀밭에 누워 하늘을 보았다.

"비행기는 안 오나."

마리가 그렇게 중얼거리면 큐가 대꾸했다.

"오겠지, 뭐."

하루 종일 햇살을 받아 따끈해진 풀은 저녁때가 되어도 여전히 짙은 풀냄새를 풍겼다.

고개를 들어 올려다보면 거기에는 텔레비전 송신탑이 있었다. 주홍색과 흰색의 줄무늬. 군더더기 없이 하늘을 향해 가느다랗게 솟아 있는 송신탑은 늘 거기에 있었다. 학교에서 좋은 일이 있었던 날이나 나쁜 일이 있었던 날이나. 그것은 어린아이들에게는 등대와도 같았다. 그곳에 가면 책가방을 내던지고 놀 수 있다는 생각을 하면서 언덕을 올라갔다.

아이들에게도 나름의 사정이 있었다. 물론 저마다 다른 사정. 다케이치조차 부모가 이혼해서 엄마가 재혼을 했다느니, 새롭게 꾸린 가정의 아이들이 '중딩'이라서 주눅이 든다느니, 마리로서는 상상도 할 수 없는 사정이 있다는 얘기가 돌았다.

마리는 부모도 있고 오빠도 있는데, 그래도 하루하루 사는 게 벅찼다. 소이치로와 큐에게 뒤처지지 않아야 하고, 아이들이 놀려도 초연해야 하고, 기요에게 혼이 나도 '무슨 상관이람' 하고 생각해야 하고, 봉을 오를 때는 있는 힘을 다해 매달려야 하고, 같은 반 여자아이들이 별난 애라고 놀려도 혼자서 춤을 추어야 하고. 그것만으로도 하루해가 질 때면 녹초가 되었다.

남자아이들은 주워 온 상자 종이를 쫙 펴서 그것을 타고 둔덕의 비탈을 내려가는 잔디 썰매를 탔다. 봉 오르기와 달리 마리도 잔디 썰매는 자신이 있었다. 신나게 몇 번을 타고 내려오다 보면 손발이며 얼굴이 흙투성이가 되었다.

잔디 썰매를 탈 때면 마리도 깔깔거리고 곧잘 웃었다. 막상 타고 내려갈 때는 겁이 나서 아무 소리도 나오지 않지만, 밑에 도착하면 온몸에서 웃음꽃이 피어올랐다. 그러고는 금방 또 타고 싶어졌다.

비탈의 경사가 몹시 심해서 훗날 이 잔디 썰매는 금지되었다. 마리가 고등학교에 올라갈 무렵, 정수장 부지 자체가 출입 금지 구역이 된 것이다. 당시 아이들은 모두 이 '담력 테스트'를 즐겼다.

잔디 썰매를 처음 타던 날, 마리는 눈앞을 가로막은 비탈을 보고서 그만 몸을 움츠린 채 서 있었다. 그러자 소이치로가 말했다.

"타고 싶지 않으면 억지로 타지 마. 넌 그냥 구경만 해."

"아니, 타고 싶어. 나도 탈 거야."

마리는 고집을 부렸다. 하지만 상자 종이에 쭈그리고 앉는 순간 소름이 쫙 끼치면서 손가락이 바들바들 떨리고 맥박이 쿵쿵 뛰었다. 그래서 얼른 일어나 상자 종이를 들고 마냥 서 있었다.

"타긴 탈 건데, 아직 마음의 준비가 안 됐어."

변명은 아니지만 마리가 그렇게 중얼거리자, 소이치로는 빙긋이 웃으며 말했다.

"그런데 말이지, 만사에는 준비할 시간이 주어지지 않거든."

소이치로는 그렇게만 말하고는 마리를 남겨둔 채 혼자 둔덕을 내려가고 말았다.

만사에는 준비할 시간이 주어지지 않는다.

그 후 인생을 살면서 마리는 그 사실을 깨우칠 때마다 이때 오빠가 했던 말을 떠올리게 된다. 하지만 지금은 마냥 그러고 있을 때가 아니었다.

마리는 너덜너덜한 상자 종이에 과감하게 올라탔다. 그리고 앞쪽을 꼭 잡았다. 어떻게 되든 알게 뭐야. 그런 심정으로 힘주어 땅에 붙이고 있던 발에서 힘을 뺐다. 단박에 몸이 뒤로 젖혀지면서 하늘이 보였다. 놀랄 새도 없이 쫙 미끄러져 내려갔다.

"잘했어, 마리."

둔덕 밑에서 얼이 빠져 있는 마리에게 소이치로가 말했다.

"또 탈래."

마리는 휘청거리며 일어나 다시 비탈을 기어 올라갔다. 흥분한 눈빛으로 환희에 들떠 키들키들 웃으면서.

그 장소의 풀 냄새와 보송보송하던 공기의 느낌을 마리는 온몸으로 기억했다.

일요일은 소이치로를 독점할 수 있는 날이었다. 그래서 마리는 아침 일찍 눈을 떴다. 오늘은 뭘 하며 놀까. 기대로 가슴이 부풀어 늦잠을 잘 수가 없었다. 마리는 꿈지럭꿈지럭 일어나 개인형에게 말을 걸고, 기요의 화장대에서 꺼낸 립스틱을 바르면서 소이치로가 일어나기를 기다렸다.

기다리다 지치면 깨우러 갔다. 살금살금 소이치로의 방에 들어가, 침대에 기어올라 잠자는 오빠의 얼굴을 보았다. 소이치로는 대개 기요가 손수 만들어준 모자를 쓴 채 잠을 잤다. 잠든 얼굴이 귀여웠다.

"오빠, 일어나."

"아침이야."

"나 배고프단 말이야. 아메리칸 도그 만들어줘."

마리가 떼를 써도 깊이 잠든 소이치로는 일어나지 않았다. 벽에 붙어 있는 세계지도, 머리맡에 놓인 읽다 만 책. 방 안은 어두컴컴하고 고요했다.

할 수 없이 마리는 아래층으로 내려가 터덜터덜 부엌으로 들어갔다. 그래봐야 아메리칸 도그는커녕 홍차를 마실 물조차 끓일 수 없었다. 가스레인지를 켜는 것은 마리에게는 아직 금지 사항이었다. 겨우 두 살 차이밖에 나지 않는데도 마리는 할 수 있는 게 별로 없었다.

부엌에서 멈칫거리다가 마당으로 나간다. 빨랫줄이 걸려 있고, 계단식 화분대에 화분이 조르륵 놓여 있고, 물뿌리개와 빈 깡통이 굴러다니는 마당으로. 현관을 통해 나가지 않아 마리는 늘 맨발이었다. 마리는 맨발에 닿는 흙의 감촉을 좋아했다.

이른 아침의 마당은 사방이 촉촉하게 젖어 있었다. 아직 아무도 들이쉬지 않은 어슴푸레한 새벽공기를 마리는 한껏 들이마셨다. 그러고는 커다란 잎사귀 여기저기를 기어다니는 조그만 달팽이를 찾아 손가락으로 집어 들고 관찰했다. 거의 모든 꽃들이 꽃잎을 꼭 다물고 있었다. 마리는 쪼그리고 앉아 오므려진 꽃잎의 냄새를 맡았다. 꽃잎에서는 싸한 냄새가 났다.

"노래해 노래해, 노래해 노래해."

너무 이른 시간이라 마리는 조심스럽게 조그만 소리로 노래하면서 춤췄다. 그러면 마당은 마리 편이었다. 식물도 물뿌리개도 빈 깡통도 모두 마리를 보고 있는 것 같았다. 말없이, 호의적으로.

그렇게 춤을 추다 보면 불현듯 누군가의 시선이 느껴졌다. 시선은 거침없고 곧았다. 마리는 이내 동작을 멈췄다. 옆집 2층 창가에 큐가 서 있었다.

어째서인지 마리는 '안녕'이라고 말할 수 없어, 그저 가만히 큐를 노려보았다. 큐 역시 아무 말도 하지 않았다. 언제나 잠자코 마리를 쳐다보다가 휑하니 안으로 들어가버렸다.

조그맣고 어설픈 큐의 모습이 마리의 기억에 각인되었다.

"큐네 아빠, 폭력배야?"

언젠가 소이치로에게 그렇게 물은 적이 있다. 가을날 저녁, 마리는 소이치로와 함께 마당에 있었다.

"폭력배라서 큐는 엄마하고만 사는 거야?"

학교에서는 모두들 그렇게 말했다. 마리는 오빠가 다케이치를 때린 것도 그것과 관련이 있을 것이라고 생각했다.

"마리 넌 어떻게 생각하는데? 큐네 아빠가 나쁜 사람일 거라고 생각하니?"

차분하고 온화한 말투로 소이치로가 되물었다.

해가 뉘엿뉘엿 기울자 마당에는 모기와 고추잠자리가 날아다녔다.

"모르겠어."

마리는 눈을 내리뜨고 기요의 샌들을 걸친 자신의 조그만 발을 보았다.

"하지만 모두들 그렇게 말하던걸!"

"생각해봐."

소이치로는 미소를 지으며 말했다.

"생각해보면 알 수 있는 일이니까."

빨갛고 조그만 꽃을 피운 싸리가 바람에 한들거렸다. 부처꽃과 꿩의비름, 노랗고 귀여운 금불초도.

외국산 희귀 식물이 자태를 뽐내는 옆집 마당에 비하면 마리네 마당은 소박했다. 그때는 원예를 좋아하던 기요가 본격적으로 마당을 가꾸기 전이었다. 잡초는 무성하게 웃자라고 손질을 게을리해서 말라죽은 화분도 많았다.

"큐의 몸에 그 사람의 피가 절반 흐르고 있다면."

소이치로는 그렇게 말하고는 싸리 가지를 꺾었다. 해거름 속에서 그 가느다란 가지를 빙빙 돌리며 말을 이었다.

"그 사람, 틀림없이 착한 사람일 거야."

그러고서 마리 쪽으로 몸을 돌려 하카타 사투리로 물었다.

"그렇지 않다냐?"

그것은 단둘이 있을 때 소이치로가 처음 말한 하카타 사투리였다.

부엌에서 저녁 냄새가 솔솔 흘러나왔다.

마리네 집에서는 저녁을 먹은 후 습관적으로 디저트를 먹었다. 디저트는 주로 과일이었지만 기요가 직접 만든 푸딩이나 젤리일 때도 있었다. 아라타는 디저트를 '디짱'이라고 했다.

"오늘 디짱은 뭐지?"

"오, 디짱이 아주 맛있어 보이는데."

이렇게.

그 말의 울림이 재미있어서 마리도 종종 아빠를 흉내 내며 말했다.

"엄마, 빨리 디짱 줘."

기요는 그럴 때마다 얼굴을 찡그리며 아라타에게 핀잔을 주었다.

"말투가 그게 뭐야? 품위 없게."

그럼 아라타는 고개를 숙이며 바로 사과했다.

"미안."

하지만 다음 날이면 또 언제 그랬느냐는 듯이 똑같이 물었다.

"오늘 디짱은 뭐지?"

아라타는 어딘가 모르게 흥미로운 구석이 있었다. 성실하지만 어눌하고, 꼼꼼하고 반듯하지만 재미있고 왠지 고독한 분위기를 띠었다.

기요는 아라타의 그런 성향을 학문을 하기 때문이라고 했다.

"학자란 현실과는 맞지 않는 존재니까."

울타리를 사이에 두고 서서 큐의 엄마인 소후에 나나에게 그런 식으로 속내를 털어놓았다. 아닌 게 아니라 아라타는 연구에 돌입하면 며칠씩 집에 들어오지 않았다. 기요의 요구에 저녁은 집에 들어와서 먹었지만 마음은 집에 있지 않았다. 그런 때는 말수도 줄어들었고 디짱에도 흥미가 없었다.

기요는 학자인 아라타를 자랑스럽게 여겼지만 대학 자체는 싫어했다.

그 무렵 기요 옆에 나나가 있어서 기요에게는 큰 행운이었다고 마리는 생각한다. 자그마한 몸집에 마음씨가 너그러운 나나는 기요의 투정을 넉넉한 웃음으로 들어주었고, 때로는 넌지시 나무라기도 했다. 그들은 서로의 집을 오가면서 여자끼리의 시간을 차와 함께 나누었다. 도쿄에서 태어나고 자랐지만, 아라타를 따라 후쿠오카로 내려온 기요에게 나나는 유일한 친구였다.

하지만 엄마와 달리 마리에게 대학은 마음 편한 놀이터였다. 아라타는 자가용으로 출퇴근을 했다. 마리는 학교에 가고 싶지 않은 날이나, 여름방

학인데 큐에게 소이치로를 빼앗긴 날—마리는 그렇게 생각한다—에는 아라타의 차를 타고 대학에 놀러 갔다.

대학은 초등학교보다 훨씬 멋졌다. 담쟁이덩굴이 빨간 벽돌을 뒤덮은 건물의 중후한 외관. 도로와 캠퍼스를 가르는 담의 기둥도 빨간 벽돌이었다. 은행나무와 야자나무가 있는 교내는 얼마나 넓은지 걷다 보면 금세 길을 잃었다.

마리는 뭐니 뭐니 해도 그 건물, 유서 깊은 대학의 건물 중에서도 한결 고풍스러운 회색 석조 건물이 무척 마음에 들었다. 벽 위쪽에는 흰색과 파란색의 타일이 고전적인 모양으로 장식되어 있었다. 난방용 굴뚝이 여러 개 솟아 있고, 자전거 주차장으로 변한 어두컴컴한 입구의 천장에는 그대로 드러난 파이프 아래 그물망이 쳐져 있었다. 입구 좌우로 조그만 연구실이 닥지닥지 붙어 있는 그 건물은 아무튼 으스스했다. 모서리마다 거미집이 쳐져 있고 목소리나 발자국 소리까지 울리는 입구를 지나면 교정이 나왔다. 마리는 그곳에서 몇 시간이고 놀았다. 말이 교정이지 마른풀이 너절하게 자라난 햇볕이 들지 않는 곳이었다. 그곳에는 쓰다 버린 비커와 플라스크, 빈 상자와 담요 따위가 마냥 방치되어 있었다. 마리는 또 양철로 만든 창고 비슷한 곳을 들락거리는 것도 좋아했다.

아라타는 학교 안에서는 마리가 자유롭게 놀도록 해주었다. 차고 있던 손목시계를 풀어 마리의 손목에 채워주면서 머리를 톡 친 뒤 말했다.

"점심때가 되면 주차장으로 돌아오는 거다."

강의실과 연구실에만 들어가지 않으면 어디를 가든 마리 마음이었다.

마리는 직원과 학생 몇 명과 얼굴을 알고 지냈다. 교내 이발관 주인과도. 아라타는 대학에서 꽤 인기 있는 교수였다. 그리고 마리는 '데라우치 교수의 따님'으로 귀여움을 받았다.

어제가 오늘로 이어지고 오늘이 내일로 이어졌던 그 나날들. 아빠가 있고 엄마가 있고, 소이치로와 큐가 있던, 그 나날들.

열일곱 살 마리는 캔커피를 손에 쥔 채 하카타 역 플랫폼에 서서 잇달아 떠오르는 기억을 차단하듯 천천히 눈을 깜박였다.

빛나는 날들이었다. 모든 것이 너무나 멀어져 지금은 도무지 믿기지 않지만.

발치에 내려놓은 가방을 발끝으로 툭툭 차본다. 얼룩무늬 보조가방.

모든 것이 하루아침에 변한 열 살의 그날, 이 도시를 떠나야 했다. 마리는 맑게 갠 파랗고 평화로운 하늘을 올려다보며 그렇게 생각한다.

4

10월의 아침, 화창하고 아름다운 날이었다.

여느 때처럼 기요가 소이치로의 방에서 자고 있는 마리를 깨웠다.

"또 여기서 잤어? 일어나, 지각하겠다. 오빠는 어디 갔니?"

열린 커튼 사이로 하루의 첫 햇살이 하얗고 눈부시게 쏟아졌다.

"몰라."

마리는 베개에 얼굴을 묻었다. 소이치로의 침대 위에서. 마리는 잠이 덜 깬 상태로 꿈지럭거리면서 집에서 흘러나오는 소리를 들었다. 기요가 분주하게 움직이는 소리, 부엌에서 들리는 라디오 소리, 식탁에 아침을 차리는 소리, 신문을 가지러 현관으로 나가는 소리.

마리는 찝찝한 기분으로 눈을 떴다. 오빠가 이른 아침부터 어디를 갔든, 자신을 혼자 내버려두고 갔다는 사실이 불만스러웠다. 전에도 비슷한 일이 있었다. 소이치로와 큐가 둘이서만 계획을 세운 뒤 양동이에 물을 담아놓고 '밤중에 물이 어는 순간'을 보기 위해 몰래 마당으로 나갔던 것이다. 그나마 '나팔꽃이 피는 순간'을 볼 때는 마리도 함께였다. 그날은 셋이 아침 일찍 학교에 갔다.

마리는 자신의 방으로 돌아가 옷을 갈아입고 세수를 한 뒤 부엌으로 갔다. 홍차가 잔에 따라져 있었다.

"잘 잤니? 오빠는 어디 간 거니?"

기요가 또다시 같은 질문을 했다. 베이컨 냄새로 가득한 부엌에서.

"모른다니까."

부루퉁한 표정으로 조그맣게 대답했다. 마리는 화가 나 있었지만 걱정은 하지 않았다. 걱정 따위는 할 이유가 없었다.

다만 이상한 일이기는 했다. 기요는 식사를 중요하게 여겼고, 가족 개개인의 사정보다 모두 함께 모여 먹는 것을 우선시했다. 이를 소이치로는 마리보다 훨씬 더 잘 알고 있었다.

"아침부터 어떻게 이렇게 많이 먹어."

"난, 배 안 고파."

그렇게 투정을 부리는 것은 늘 마리였다. 소이치로는 접시에 담긴 것을 순순히 다 먹었다. 밖에 나가 놀다가도 식사 시간에 늦지 않게 꼭 들어왔다.

"더 놀고 싶다."

"다른 애들은 아무도 안 갔잖아."

마리가 입을 비죽 내밀고 그렇게 투덜거려도 소이치로는 이렇게 말했다.

"우리 집은 밥 먹을 시간이야. 그러니까 그만 가자."

전화벨이 울렸을 때 마리는 토스트를 억지로 입에 밀어 넣고 있었다. 하나라도 먹지 않으면 기요에게 혼나기 때문이다.

수화기를 든 기요는 별말이 없었다.

"뭐라고요?"

무슨 엉뚱한 소리냐는 듯 되물은 후에는 아무 말도 하지 않았다. 하지만 한 손에 젓가락을 든 기요의 온몸은 경악과 공포로 굳어갔다.

전화를 끊고서도 기요는 그 자리에서 꼼짝하지 않았다.

"무슨 일이야?"

긴장된 목소리로 아라타가 물었다. 얼빠진 얼굴로 기요가 돌아섰다.

"왜 그래? 어디서 온 전화야?"

마리가 할 수 있는 일이라곤 그저 가만히 있는 것뿐이었다. 의자에 앉아, 말없이.

오빠다.

그것만은 분명히 알 수 있었다. 아무도 그 이름을 입에 담지 않았지만 오빠에 관한 전화라는 것만은 분명했다. 예사롭지 않은, 있을 수 없는, 돌이킬 수 없는.

라디오에서는 기요가 좋아하는 서양음악이 흘러나왔다. 화창한 아침, 초록과 하양 체크무늬 테이블클로스를 씌운 식탁에는 먹다 만 아침식사─손도 대지 않은 소이치로의 몫까지─그대로 놓여 있었다. 하지만 마리의 눈에는 그것들이 어제까지와는 전혀 다른 부엌 풍경으로 보였다. 이 순간을 경계로 자신의 인생이 뒤바뀌어 두 번 다시 원래 자리로 돌아갈 수 없으리라는 걸 깨달았다.

기요와 아라타는 허둥지둥 집을 나갔다. 마리는 오빠가 사고를 당했다는 소리만 들었다.

"넌 집에서 기다려."

마리는 가고 싶지 않아 가겠다고 하지 않았다. 너무나 두려웠다.

마리는 소이치로의 방에서 혼자 소이치로를 기다렸다. 그곳에 있으면 안심이 되었다. 방 안의 모든 것들이 소이치로였다. 적어도 그것들은 현실이었다. 잘 알지도 못하는 끔찍한 사고 따위는 소이치로의 책상과 그 위에 놓인 연필과 연필깎이와 너덜너덜해진 파란 필통과 잠옷과 지구의와 책꽂이에 꽂힌 책에 비하면 전혀 현실적이지 않았다.

"아빠 엄마, 헐레벌떡 나가버렸어. 바보같이."

마리는 일부러 하카타 사투리로 중얼거렸다. 이 집안에서 마리와 소이치로만 사용할 수 있는 언어로.

그날 낮, 아무도 없는 집안의 적막함을 마리는 지금도 기억한다. 소이치로는 중학생이었고, 마리는 열 살이었다. 1971년 10월 18일, 오빠 소이치로가 모교인 초등학교 뒷마당에서 목매달아 자살한 아침의 일이다.

다카히코는 정확히 4시 반에 나타났다.

"일찍 왔나 보구나."

다카히코는 마리를 보고 그렇게 말했다.

마리의 것과 비슷한 커다란 가방을 어깨에 메고 손에는 검은 쇼핑백을 들고 있었다. 헤어크림을 듬뿍 발라 뒤로 넘긴, 물에 젖은 듯 검게 빛나는 머리와 하얀 피부, 동그랗고 활기찬 눈동자. 회색 코트의 소맷부리는 닳아 있었다.

"아, 다행이다."

마리는 다카히코의 목에 두 팔을 두르고 볼에 볼을 비비며 꼭 껴안았다.

"안 오면 어쩌나 했어."

헤어크림 냄새가 코끝을 스쳤다.

"이런 바보."

다카히코가 꼭 껴안긴 채로 말했다. 그 목소리가 왠지 쓸쓸하게 들려 마음에 걸렸다.

"날씨가 참 좋다."

마리는 불안한 마음을 지우려 애써 명랑한 목소리로 말하고는 팔을 풀었다.

"마실래?"

마리는 다카히코에게 캔 커피를 내밀었다.

"아니, 됐어."

해는 이미 하늘 어디에서도 찾아볼 수 없다. '날씨가 참 좋다'가 아니라 '날씨가 참 좋았지'라고 말했어야 했는지도 모르겠다고 마리는 생각한다. 비록 이렇게 공기 속에 한낮의 햇살이 엷고 미미하게 남아 있기는 해도.

특급 침대열차 '아침바람'은 베이지와 파랑, 투 톤 컬러다. 오구라와 시모노세키와 이와쿠니와 히로시마와 오카야마와 나고야와 아타미와 요코하마를 지나 도쿄에 도착한다.

이 도시를, 정말 떠나는구나.

플랫폼으로 들어온 특급열차의 칙칙한 차체를 보는 순간, 마리는 다리가 움츠러들었다.

떠나는 거야.

차내에는 난방이 들어왔다. 다른 승객과 함께 차례대로 차에 올라탔다. 차 안의 후끈한 공기가 마리는 낯설게 느껴졌다. 출발하기 전에 밖으로 나가 다시 한 번 숨을 들이쉬고 싶었다.

"그거 뭐야?"

마리는 다카히코가 껴안은 커다랗고 각진 종이 쇼핑백을 보면서 물었다. 담뱃갑 그림이 그려진 검은 쇼핑백.

"카세트라디오. 음악이 없으면 심심하잖아. 도쿄에 도착해서 내가 일하러 나가면 마리 혼자 있는 것도 그렇고. 마리는 춤추는 거 좋아하니까."

따스한 것이 가슴을 감쌌다. 마리는 다카히코를 바라보면서 웃었다.

"친절하네."

다시 한 번 껴안고 싶었지만 통로가 좁은 데다 주위의 이목도 있어 참았다.

"네가 최고야."

대신 그렇게 말했다.

열차가 출발하려면 아직 20분이 남아 있었다.

"잠깐만 기다려. 금방 올 테니까."

다카히코를 남겨둔 채 밖으로 나왔다. 태어나고 자란 도시의 해질녘 부드러운 공기 속으로.

마리는 고개를 쳐들고 눈을 가늘게 뜬 뒤 숨을 쉬었다. 낯익은 거리, 낯익은 하늘, 낯익은 빌딩과 가로수와 간판. 플랫폼에서는 보이지 않지만, 강가에는 포장마차가 하나둘 문을 열고 있으리라. 시장은 장을 보러 나온 손님들로 북적거릴 시간. 쌩쌩 속도를 내며 달리는 자전거.

고등학교 친구들은 보나 마나 '올베라'에서 소다수를 마시고 있을 것이다. 기요는 화분을 방으로 옮길 테고, 아라타는 연구실에, 그리고 큐는.

큐는 지금 뭘 하고 있을까. 마리는 주머니에서 껌을 꺼내 씹으면서 큐의 얼굴을 떠올렸다. 마리가 남자 친구와 함께 집을 나갔다는 것을 알면 큐는 뭐라고 말할까.

오늘 아침, 마리는 소이치로의 묘소를 찾아 이 도시를 떠날 것이라고 말했다. 부지 안에 커다란 연못이 있는 공원묘지는 어렸을 때 초록이 무성한 계절이면 종종 찾아가는 놀이터였다. 앙상한 겨울나무들이 줄지어 선 비스듬한 언덕길을 큐와 소이치로와 셋이 신나게 뛰어올랐던 옛날을 떠올렸다.

"겁내지 말고 꽉 잡아."

마리가 자전거를 처음 타게 된 것도 그곳에서였다. 큐와 소이치로는 마리 옆에 딱 붙어 서서 흔들리는 핸들을 잡고 끌어주기도 하고 짐받이를 잡고 밀어주기도 했다.

"핸들이 흔들리면 안 돼."

"몸을 풀어. 그렇게 굳어 있으면 안 돼."

"마리는 우리를 못 믿는구나."

소이치로가 일부러 화난 목소리로 말하면 큐가 힘을 북돋워주었다.

"우리가 여기 옆에 있어, 마리. 꽉 잡고 있다고."

그게 몇 살 때였을까. 여름이 끝나갈 무렵이었다.

기억은 언제나 마리의 등을 떠민다. 앞으로, 앞으로.

자살한 소이치로를 처음 발견한 사람은 큐였다. 마리는 큐에게 오빠가 어디서 어떤 식으로 죽었는지 끈질기게 물었다.

"기억이 안 나."

하지만 큐는 그런 대답밖에 해주지 않았다.

어느 날, 학교에 간 엄마 아빠가 대낮이 되도록 돌아오지 않았다. 둘이 돌아왔을 때, 기요는 너무 울어서 얼굴이 퉁퉁 부어 있었다. 그런데도 여전히 눈물이 흘러내려 마리를 돌아볼 겨를조차 없었다. 현관으로 나간 마리를 보고 아라타가 말했다.

"집 잘 지키고 있었구나."

마리는 자신의 머리에 올려놓은 아빠의 손이 몹시 떨렸던 것을 기억한다.

기요와 아라타는 집에 들어왔다가 금방 경찰서에 출두했다. 마리에게는 아무런 설명도 해주지 않았다. 기요는 끊임없이 울면서 간혹 아라타에게 신경질적인 말을 내뱉었다.

마리는 아무것도 묻지 않았다. 묻기가 두려웠다.

"배고프면 뭐든 먹거라."

나가는 길에 아라타가 말했다.

너무도 또렷한 기억이 지금도 마리를 괴롭힌다. 겨우 열 살이었는데, 모든 것을 다 기억하고 있는 듯 여겨지는 것은 왜일까.

다음 날 시신으로 돌아온 소이치로는 엄마 아빠의 침실에 안치되었다. 기요도 아라타도 울었다.

장례식은 매우 차분하고 조용하게 치러졌다. 소이치로의 시신은 이미 화장된 상태였다. 마리는 독경 소리가 불길하다고 생각했다. 제단도 화환도 없었지만, 밤이고 낮이고 온 집안에서 향냄새가 났다. 유골함은 눈을 뗄 수 없을 정도로 하얗고 조그맣고, 그 감촉은 싸늘했다. 옆집 나나 아줌마가 색깔이 선명한 꽃다발을 건네고는 기요를 꼭 껴안고 함께 울어주었다. 그리고 엽서. 자살한 지 이틀 후에 날아든 소이치로의 엽서는 지금도 마리의 가방 속에 있다.

기억. 오빠의 죽음과 그 후의 나날들, 감정을 동반하지 않은 혼란과 고독이 마리의 마음속에 고스란히 살아 있다.

슬퍼할 수 없었다.

"다들 바보 같아."

소이치로의 방에 들어가 마리는 오빠에게 말을 걸었다.

"제멋대로 호들갑을 떨고 있어."

그렇게 말하면 소이치로가 웃어줄 것 같았다. 소이치로가 웃으면서 이렇게 말해줄 거라고 생각했다.

—넌 여기 있어. 나도 여기 있으니까.

마리는 소이치로에게 무슨 일이 생겼는지 묻지 않았다. 소이치로 본인에게가 아니면 물어볼 마음이 없었다.

시신이 돌아온 날 밤, 침실에 무릎을 꿇고 앉은 아라타가 마리에게 말했다.

"오빠가 죽었다."

마리에게는 그 소리가 아빠 혼자 중얼거리는 것처럼 들렸다. 마리는 소이치로를 위해 초연하게 말했다.

"거짓말이야. 순 거짓말이야."

그렇게 말하면 소이치로가 마리 편을 들어줄 것 같았다. 죽음은 마리로서는 이해할 수도 승복할 수도 없는 일이었다. 인정할 수 있는 것은 오직 소이치로의 '부재'일 뿐, 아니 그 '부재'조차 마음속으로는 믿지 않았다.

상복 차림으로 찾아온 어른들이 소리 죽여 얘기하고, 오열하고, 조심스럽게 움직이는 집안에서 우는 것은 쉬운 일이었다.

오빠가 없다.

그런 생각만 해도 눈물은 주르륵 흘러나왔다. 소이치로를 이제는 만날 수 없다니, 부당하다고 생각했다.

깊은 밤, 마리는 이불을 뒤집어쓰고 혼자서 울었다. 외롭고 혼란스럽고 불안해서. 이게 만일 현실이라면, 하는 생각만 해도 밀려오는 공포감에.

큐는 좀처럼 만날 수가 없었다.

죽은 소이치로를 처음 발견하고 충격에 빠진 큐는 며칠 동안 입원해 있다가 퇴원을 한 후에도 집 밖으로 나오지 않았다.

마리가 어른들이 분주하게 이리저리 오가는 집을 살며시 빠져나와 옆집에 갔을 때도 큐의 얼굴은 유령처럼 창백했다.

"큐."

말을 걸자 움찔 놀란 듯 마리의 얼굴을 보고는 얼른 집 안으로 도망쳤다.

"큐! 기다려!"

마리는 소이치로에 관해 자신은 모르는 일을 큐가 알고 있다는 것이 서글펐다. 그날 아침, 초등학교에서 벌어진 사건은 소이치로의 죽음이 아니라 큐와 소이치로가 공유하고 있는 비밀이라고 생각했다.

"너, 뭘 봤는데? 뭘 봤기에 날 보고 도망치는 거야?"

마리는 큐를 쫓아, 셋이서 수도 없이 놀았던 옆집의 그 어두컴컴하고 썰렁한 부엌과 반들거리는 복도를 뛰었다. 큐를 따라잡으면 소이치로도 따라잡을 수 있을 것 같았다. 갑자기 없어진, 가장 좋아하는 소이치로를.

그러나 소이치로는 아무리 기다려도 돌아오지 않았다.

만일 오빠가 정말 죽은 것이라면, 나도 죽어서 오빠를 만나고 싶다. 오빠를 만나서 그날 아침에 무슨 일이 있었는지 직접 설명을 듣기로 하자. 이런 생각으로 마리가 강물에 뛰어든 것은 소이치로가 자살한 지 한 달 가까이 지난 어느 날이었다. 아무에게도 말하지 않고 집을 나와 나카스로 향했다. 강물이 차가워 보였다. 차갑고도 평화롭게.

이른 아침이었다. 어떻게 알고 따라왔는지 마리가 강물에 뛰어든 직후에 큐가 뒷덜미를 잡았다. 마리가 저항해도 큐는 혼신의 힘을 다해 마리를 껴안았다. 그 무게 때문에 마리는 오히려 물에 빠져 허우적거렸다.

"이거 놔! 그냥 내버려둬!"

아마도 그렇게 소리쳤으리라. 물속에서 몸싸움을 하자니 힘들었다. 게다가 비까지 내리고 있었다. 마리는 어떻게든 깊은 곳으로 가려고 했고, 큐는 마리의 등에 업힌 꼴로 돌아오게 하려고 했다. 처음 큐가 어깨를 잡았을 때는 허리까지 왔던 물이 어느새 턱 언저리에서 찰랑거렸다. 물이 얼마나 차가웠는지는 기억나지 않는다. 물을 엄청 들이켰다는 것과 앞이 안 보였다는 것, 그러다 천지의 구별이 사라지고, 아, 이제 죽는구나, 이제 끝나는구나, 이제 오빠를 만날 수 있겠구나, 하고 생각했던 것만 기억하고 있다.

마리와 큐는 정신을 잃은 채 강둑에서 발견되었다. 잡초가 무성한 그곳은 마리가 처음 물에 뛰어든 곳과는 한참이나 떨어져 있었다. 마리와 큐는 자신들이 어떻게 살아서 그곳까지 갔는지 알지 못했다. 마리는 하룻밤 입원했다가 집으로 돌아왔다. 소이치로가 없는 집으로.

자살하려는 마음은 아니었다. 오빠를 만나러 간다. 만나서 확인하겠다는 심정으로 뛰어들었다.

마리는 아직도 이해가 되지 않는다. 오빠가 왜 자살했는지.

자살하기 전날에도 소이치로의 행동은 평소와 다른 점이 없었다. 마리는 무엇이 되었든 납득할 수 있는 이유가 필요해서, 그리고 부모와 경찰이 꼬치꼬치 캐묻기도 해서, 그 후 몇 번이나 기억을 더듬어보았다.

하지만 백만 번을 더듬어도 무슨 징후나 조짐 같은 것, 불온한 사건은 없었다.

"엄마 말야, 얼마나 잔소리가 심한지 몰라."

그 전날 밤, 마리는 방을 치우지 않는다고 기요에게 혼나고서는 소이치로의 방으로 피신했다.

"좀 지저분하면 어때서. 왜 그렇게 화를 내는지 몰라. 나는 아무렇지도 않은데."

소이치로는 조금은 어처구니없다는 표정을 지었다.

"바보구나, 마리."

목욕을 하고 잠옷 위에 카디건을 걸치고 책을 읽던 소이치로가 말했다.

"지저분한데도 아무렇지 않다면 깨끗하게 치워도 아무렇지 않을 거 아냐."

"그러니까 어느 쪽이든 상관없잖아."

"아니야, 달라."

"난 지저분한 게 더 좋단 말이야."

대뜸 대답하고서 마리는 입을 비죽 내밀었다. 치우기가 귀찮아서였지만 아무튼 그렇게 말했다. 평소와 다름없이 정연하고, 차분하게 마음이 가라앉는 소이치로의 방에서.

"그리고 치워봤자 또 지저분해질 텐데, 헛수고잖아."

마리의 주장에 소이치로는 웃었다.

"그래, 맞는 말이다."

소이치로는 마리를 가만히 쳐다보았다. 재미있다는 듯이, 부드러운 눈빛으로.

"그래도 아무튼 치워. 끝이 없잖아, 무슨 일이든, 언제든."

"치, 순 엉터리. 오늘 나 여기서 자도 돼?"

"그럼."

소이치로는 마리에게 침대의 절반을 내주었다.

그것이 마지막 대화였다. 다음 날 아침 눈을 떴을 때 소이치로의 모습은 보이지 않았다.

사망 추정 시각은 새벽 5시 전후였다.

"뭐 하고 있는 거야? 차 떠나려고 하는데."

다카히코가 눈앞에 서 있었다.

마리는 천천히 눈을 깜박거리고는 스스로 최고라고 생각하는 환한 웃음을 지으며 밝은 목소리로 말했다.

"가자."

벌써 오래전에 이 도시를 떠났어야 했다. 열 살 때, 바로 그날.

계단에 발을 올려놓은 채 마리는 마지막으로 뒤돌아보았다. 양동이를 들고 걸어가는 역무원이 보였다.

"후회하는 거 아니지?"

다카히코가 좌석에 앉아 창밖을 보는 마리에게 물었다.

"그래. 안 해."

초연하게, 이내 대답했다. 카세트라디오에 연결된 이어폰을 다카히코와 한쪽씩 나누어 귀에 꽂고서 크리던스 클리어워터 리바이벌을 들으면서.

마리의 가슴속으로 한마디 말이 거푸 스쳐 지나갔다.

안녕, 또 보자.

죽은 지 이틀이 지나 마리 앞으로 날아온 소이치로의 엽서, 딱 한 줄 쓰여 있던 그 말이.

2장

영 앤드 프리티

1

긴긴 미끄럼틀. 마리는 잔디밭에 앉아 소풍을 나온 듯한 아이들을 바라보았다. 아이들은 서로 몸을 부딪치면서 한 줄로 미끄럼을 탔다. 봄이다. 아이들은 모두 같은 유치원복 차림이다. 흙과 잔디 냄새를 실은 바람이 마리의 볼을 어루만졌다. 마리는 쭉 뻗었던 두 다리를 들어 올리고 발끝을 쳐다보았다. 하얀 샌들을 신은 발.

다카히코가 처음 탄 월급으로 사준 샌들이다. 여름 분위기가 물씬 풍기는 바구니처럼 짜인 샌들은 가와사키에 온 후로 딱 하나 늘어난 소지품이다. 마리는 족히 10초는 쳐다보다가 만족스러운 미소를 짓는다. 다카히코는 사실 다감한 사람이다. 그러나 지난 두 달 동안 마리는 내내 다카히코에게 혼만 나고 살았다. 바바 씨 말대로 다카히코 자신이 불안하니까 그럴 수밖에 없는 것이리라. 사들인 식자재를 옮기고 설거지를 하는, 매일 똑같은 일을 하러 나갈 때조차 시간과 공을 들여 머리를 손질하고 셔츠 깃을 올리며 무장하는 다카히코.

마리는 자신이 지금 가와사키에 있다는 사실이 그저 신기하기만 하다.

어제 바바 씨가 일자리를 알선해주었다. 역 옆에 있는 극장에서 티켓을 파는 일이었다. 면접을 본다고 나름 긴장했는데, 그 자리에서 바로 채용되었다.

"그럼 다음 달부터 잘 부탁해요. 첫날은 전에 일하던 사람에게 와달라고 할 테니까, 일은 그날 배우고. 뭐 그다지 어려운 일은 아니지만, 모르는 것은 그녀에게 물어보면 돼요."

대뜸 그런 소리를 들었다. 태어나서 처음 쓰는 이력서라서 두 장을 망치고 세 장째에 겨우 완성했던 어젯밤의 일이 어이없을 정도였다.

"간단하던데."

마리는 소리 내어 중얼거리며 하늘을 바라보았다. 그리고 금세 햇살에 눈을 찡그렸다.

"도쿄에서 일자리 찾는 거, 무지 어려울 줄 알았는데 전혀 아니었어."

다카히코에게 얼른 말해주고 싶었다.

마리는 자리에서 일어나 아이들이 왁자지껄하는 소리를 뒤로하고 공원을 빠져나왔다.

데라우치 마리와 미에 다카히코는 다카히코의 고등학교 선배인 바바 마코토의 집에 빌붙어 살고 있다. 집이라곤 해도, 가와사키 역에서 걸어 8분 거리에 있는 낡은 목조 연립주택 1층의 부엌 달린 단칸방이다.

"우리가 살 방을 구할 때까지만이야."

다카히코가 그렇게 말해서 마리는 한 일주일이나 열흘쯤 머물 것으로 생각했다. 그러나 두 달이 지난 지금도 다카히코는 방을 구할 마음이 전혀 없어 보였다.

"있지, 우리 언제 이사할 거야?"

세 평짜리 단칸방에 사는 것이 불만스러워서가 아니다. 바바에게 미안해서였다. 자신들이 살 방을 찾으면 그 근처에서 마리의 일자리를 구할 계획이었다. 그런데 지난 두 달 동안 마리는 청소와 빨래밖에 하지 못했다. 그리고 오늘 결국 일자리까지 결정하고 말았다.

살 집이 정해지고 생활이 안정되면 어디에 살고 있노라고 엄마 아빠에게 편지를 쓸 생각인데, 이사에 관해 물으면 다카히코는 늘 짜증을 냈다.

"에잇, 귀찮아. 여기 사는 게 불만이야? 그나마 바바 선배가 배려해서 있게 해준 건데."

다카히코는 언성을 높이며 오히려 마리를 몰아세웠다. 그러면서도 단둘이 있을 때는 사근사근한 목소리로 말했다.

"조금만 더 기다려. 꼭 이사할 테니까."

마리는 낯선 곳에서 힘들게 일하는 다카히코가 고맙고 또 사랑스러웠다.

"이사하자고 그렇게 조르지 않는 게 좋을 거야. 그 녀석, 나름대로 무슨 생각이 있을 테니까. 그리고 난 너희들이 있어도 상관없어."

바바 역시 그렇게 말했다.

다카히코가 중학생일 때부터 바바는 다카히코를 귀여워했다. 다카히코보다 두 살 많은 바바는 고등학교를 졸업하자마자 도쿄로 올라와 일을 시작했다. 이제 3년째였다. 나카스에 있는 복 요릿집의 외동아들로, 3년 기한으로 수련 중이었다. 그런 바바가 자신이 일하는 요릿집에 주선을 해서 다카히코가 허드렛일이나마 하고 있었다. 주방장이 하카타 출신이라 덕을 보는 점도 있을 것이다.

"주방이 꼭 하카타를 옮겨다 놓은 것 같아."

다카히코는 기분이 좋은 듯 말했다. 하지만 집안이 확실한 수련생인 바바와 다카히코는 가게에서의 대우가 엄연히 달랐다. 마리는 그 사실을 다카히코의 태도가 아니라 다카히코를 배려하는 바바의 태도로 알았다.

다카히코는 바바 앞에서 유독 마리에게 거칠게 굴었다. 그래서 마리는 더욱 이사를 하고 싶었다.

둘이 있을 때는 상냥하고 좋은데, 하고 마리는 생각한다. 그러니까 더 단둘이 있어야 한다고.

"와, 정말 사람이 많다!"

도쿄 역에 내려섰을 때 마리는 그렇게 말했다. 인파를 헤치며 걷는 동안 다카히코는 자기 손에 든 짐이 더 많은데도 마리의 등을 감싸 안고서 걸었다.

일 때문에 마중을 나오지 못한 바바가 가르쳐준 대로 그들은 네모난 파란색 전철을 타고 가와사키에 도착했다.

"왜 이렇게 더러워!"

이번에는 그런 말이 입에서 튀어나왔다. 너저분한 전단지와 담배꽁초, 신문과 빈 깡통이 부는 바람에 사방으로 굴러다녔다. 낙서투성이 가드레일 밑에 누워 있는 몇 명의 남자들에게서는 코를 찌르는 냄새가 진동했다.

"괜찮니?"

다카히코는 자신의 잘못도 아닌데 미안한 표정으로 물었다. 그 모습에 마리는 왠지 서글퍼졌다. 서글프고 그리고 불안하고.

지도를 손에 쥔 채 우편함에 있는 열쇠로 문을 열고 방으로 들어갔다. 허름했지만 정리정돈은 반듯하게 되어 있는 낯선 방으로.

어디든 상관없다.

마리는 정말 그렇게 생각했다. 다카히코 옆이라면 사는 곳 따위는 어디든 상관없다고.

퇴근하고 온 바바는 몸집도 커다란 데다 빈말이라도 잘생겼다고 할 수 없는 남자였다. 다카히코가 아는 사람치고는 지나치게 성실하다는 인상을 받았다. 지금까지 소개받은 다카히코의 친구들은 모두 불량스러웠기 때문이다.

그날 밤 셋은 술을 마셨다. 술이 그리 세지 않은 다카히코도 바바를 만나자 안심이 되는지 기분 좋게 거푸 술잔을 비웠다.

"무슨 일이 있어도 따라오겠다고, 말을 안 듣는 겁니다."

자신을 그렇게 소개해서 마리는 기뻤다. 그래서 가슴을 당당하게 폈다.

"그런데 이 녀석, 부모님에게 돈을 받아 왔지 뭐예요. 어리광 피울 나이도 아닌데 말입니다."

"그럼 어때서."

바바는 싱긋 웃으며 대꾸했다.

"마리는 모두에게 사랑받으며 자랐겠지? 가족끼리 사이가 좋다는 것은 좋은 일이야."

그 말에 머쓱해진 마리는 속으로 중얼거렸다.

열 살 때까지는 그랬지.

오빠의 죽음을 경계로 모든 것이 변하고 말았다. 그리고 지금은 모두 지난 일이다. 마리는 지금 가와사키에 있다. 죽고 못 사는 다카히코 옆에.

소이치로가 죽은 뒤 마리는 말을 잃었다. 이해해줄 상대가 없는데 어떤 말을 왜 해야 할까. 기요와 아라타도 말수가 줄어들어 어쩌면 마리의 변화가 다행이었는지도 모른다. 마리는 주위 사람들에게 말을 하지 않는 대신 혼자 있을 때는 종종 중얼거렸다. 그것은 그저 혼자만의 중얼거림이었지만, 오빠에게 말을 건네는 것이기도 해서 마리 자신도 그 구별이 묘연했다.

안 그래도 싫어했던 초등학교는 수용소 같았다. 아니면 짐승들의 우리. 그러니 학교에 가는 게 고역이었다. 그러나 오빠가 없는 집은 암울했고 부모님은 비탄에 젖어 있어, 그런 중압감에서 벗어나기 위해 학교에 갔다.

마리는 잔디 썰매에도 흥미를 잃었다. 구멍가게에서 군것질을 하거나 봉

오르기에도, 공터에서 노는 것에도.

"오빠 생각이 나서 저러는 거야."

구멍가게 아줌마를 비롯해서 동네 어른들이 수군거렸다.

"바보 같아."

마리는 그런 그들을 비웃었다. 단 한 번도 소이치로를 생각한 적이 없었기 때문이다. 한순간도 잊지 않았고 언제나 오빠의 존재를 느꼈다. 그래서 둔덕이나 공터나 구멍가게에 갈 필요가 없었다. 소이치로가 가고 싶어하지 않는 장소에는 갈 일이 없는 것이다.

큐가 마리를 피하는 것도 마리가 밖에 나가지 않는 이유였다.

"오빠가 무슨 말을 했는데?"

"그날, 본 게 뭐야?"

얼굴만 봤다 하면 물어대는 마리가 귀찮았는지도 모른다. 그런 한편, 큐는 때로 창백한 얼굴로 중얼거렸다.

"네 옆에 소이치로가 있어."

그러니까 큐는 마리를 피한다기보다 겁을 먹은 것처럼 보였다.

오빠가 죽은 후에도 한동안 마리는 오빠 방에서 잤다. 그러다 끝내는 금지당했다.

"건강에 안 좋아."

마리는 기요의 말을 이해할 수 없었다. 기요는 소이치로의 물건에도 손을 대지 말라고 일렀다. 그러나 마리는 몰래 카세트라디오를 가지고 나와 자신의 방에서 들으며 잠들었다.

노래하며 춤추는 놀이도 그만두었다. 그것은 소이치로가 없을 때 마리 혼자 즐기는 놀이였다. 늘 소이치로와 함께 있는 마리는 춤을 출 수 없었다.

아라타는 대학에서 지내는 시간이 한층 많아졌다. 기요도 뭐라 잔소리를 하지 않았다. 가족끼리 외식을 하러 나가지도 않았고, 전에는 즐겨 했던 피크닉과 드라이브도 이제 더는 하지 않았다. 기요는 식물을 손질하고 키우는 데 정성을 쏟았다. 마당과 집 안에 한없이 초록이 늘어났다.

"상관없지, 뭐. 우리는 전혀 상관없어."

마리는 오빠에게 툭하면 그렇게 말했다.

집 안은 물론 학교도 둔덕도 강도, 마리의 눈에 보이는 도시의 모든 모습이 바뀌었다. 모든 것이 생소했다. 전에는 그렇게 생기발랄하게 자신들을 맞아주었던 세계가 시시껄렁한 풍경으로 변하고 말았다. 바람도 이제는 빛나지 않았고, 하늘도 소스라칠 만큼 파랗지 않았다. 그저 어디에나 있는 흔하디흔한 지방 도시.

마리는 그곳에서 사립 여중에 입학했고, 얌전하고 눈에 띄지 않는 소녀로 성장했다.

"다녀왔어."

아무도 없다는 걸 알면서도 마리는 습관적으로 중얼거렸다. 햇볕이 들지 않는 연립주택의 구석방, 새 샌들을 벗는다.

오늘은 축하할 일이 있어 도미를 샀다. 이 동네 슈퍼마켓에서 파는 도미는 하카타 시장에서 파는 것에 비하면 영 볼품이 없지만.

마리는 비닐봉지를 바닥에 내려놓고 우선 창문을 열었다. 그리고 널어두었던 요와 빨래를 거둬들였다. 창문이 좁아서 이부자리 두 채를 한꺼번에 널 수는 없다. 그래서 오늘은 요만 널었다. 그런데도 요 두 채가 절반은 겹쳐 몹시 불만스러운 듯 보였다.

마리는 사 온 것을 냉장고에 집어넣은 뒤 다리를 쭉 뻗고 다다미 위에 앉았다. 가칠가칠하고 누런 벽에 뒷머리가 닿는다. 카세트테이프를 틀자 방 안에 크리던스 클리어워터 리바이벌이 흘렀다. 아주 작은 소리로.

음악만은 늘 마리 편이었다.

중학교와 고등학교에 다니는 동안 마리는 매일 소이치로의 카세트테이프로 많은 음악을 들었다. 아라타가 즐겨 들었던 글렌 밀러나 기요가 좋아했던 프랭크 시나트라와는 전혀 다른 음악들. 퀸과 딥 퍼플, 산타나와 배드핑거. 낯설면서도 친숙한 소리와 기척에 안기는 감각이 좋았다.

마리는 같은 반 여자아이들과는 의식적으로 거리를 두었다. 초등학교 때와 달리 왕따를 당하지는 않았지만 마리에게는 그들이 자신과는 아주 동떨어진 생물로 보였다. 어떻게 하면 교복 치마를 깔끔하게 다릴 수 있는지, 양말목을 접는 방법, 도시락을 싸는 손수건의 무늬, 가방에 매다는 마스코트의 종류가 무척 중요한 듯했다. 누구는 누구와 사이가 좋고, 누구와 누구는 사이가 나쁘다는 식으로 편을 가르는 것도 마리는 어이가 없었다.

"다 쓸데없는 짓이야."

나름대로 모두와 친구로 지내면서도, 마리는 애완동물을 좋아하고 선생을 동경하고 만화 잡지를 돌려보고 비즈로 목걸이를 만드는 그들의 일상에 녹아들 수 없었다.

"별나기는."

그런 말을 자주 하지만 모두의 눈에는 마리가 오히려 별나게 보였을 것이다. 그래봤자 어느 쪽이든 마찬가지였다. 그 무렵부터 이미 마리는 그 도시를 떠나고 싶어했다. 여기는 내가 있을 곳이 아니다. 이상한 확신이었지만 왠지 그렇게 느꼈다.

그 확신 뒤에는 늘 소이치로가 있었다. 마리 안의 소이치로가 어딘가로─어딘지는 모르겠지만 아주 멀리─가고 싶어했다.

"비행기는 안 오나."

하늘을 올려다보며 그렇게 중얼거리는 버릇은 여전했다.

"오겠지, 뭐."

옆에서 그렇게 대답해주던 큐는 이제 없지만.

그러나 그 도시를 먼저 떠난 사람은 마리가 아니라 기요였다. 원예를 본격적으로 배워보겠다고 결심한 뒤 영국으로 유학을 떠난 것이다. 마리에게는 마른하늘에 날벼락 같은 일이었지만, 기요는 몇 년 동안 생각해온 일이라고 했다. 마리가 중학생이 되기를 기다렸노라고.

"가드닝이라고 해."

굳은 결심을 표명하려는 것인지, 기요는 다소 긴장한 표정으로 설명했다. 당시, 가드닝이란 생소한 말이었다.

"단순히 식물을 키우는 게 아니라 정원 전체를 디자인하는 거지. 보더라는 곧바른 화단으로 길을 만들기도 하고, 색깔별로 식물을 심기도 해. 장미하나만 해도 영국이 일본보다 종류가 몇십 배는 더 많아."

"얼마나 가 있을 건데?"

마리는 가드닝이 무엇인지에는 별 관심이 없었다. 언제? 얼마나 오래? 정말? 그럼 그동안 나랑 아빠는 어떻게 하고? 문제는 그런 것들이었다.

"적어도 2년."

"적어도?"

마리는 자기도 모르게 입을 쩍 벌렸다. 얼마나 놀랐는지 아무 말도 떠오르지 않았다.

"처음에 가서는 영어 공부도 해야 되고, 또 식물은 계절에 따라 다르잖아. 그러니까 한 계절을 적어도 두 번은 경험해봐야 할 것 같아."

기요의 계획이 마리에게는 정말 엉뚱하게 느껴졌다. 일 때문이라면 몰라도, 공부를 위해 혼자 외국에 가는 엄마가 있다는 얘기는 들어본 적이 없었다.

하지만 기요는 진심이었다. 엄마는 '외국인'이라는 별명이 붙을 정도의 외모였지만 해외여행은커녕 비행기조차 타본 적이 없었다.

"영국 어디?"

잠자코 듣던 아라타가 물었다. 화분으로 빼곡 찬 거실의 초록색 소파에 걸터앉아서.

"브라이튼."

"남쪽이군. 바다 바로 옆이야."

아라타는 그렇게 말하고는, 마치 기요가 이미 눈앞에 없는 것처럼 체념한 표정으로 쓸쓸하게 미소 지었다.

"어디서 살 건지, 학교는 어떻게 할 건지 꼼꼼하게 조사한 후에 가는 게 좋을 거야. 나도 좀 조사를 해보지. 우리 대학에 영국에서 오래 살았던 사람이 있으니까."

"아빠, 지금 그 말, 허락하는 거야?"

놀란 나머지 비난 섞인 목소리가 튀어나왔다.

"아빠, 지금 엄마에게 가도 된다고 허락한 거야?"

아라타는 마리를 보고서 또 쓸쓸한 미소를 지었다.

"아빠가 허락하지 않아도 갈 거다. 엄마는 그런 사람이야."

아라타는 미소를 지으면서 몸을 앞으로 약간 숙이고 안경을 벗었다. 피로를 느낄 때 보이는 버릇이었다.

처음에는 오빠, 그리고 엄마. 하나둘씩 사라진다.

"이제 엄마를 아는 척도 안 할 거야."

소이치로의 죽음으로 기요는 큰 충격을 받았다. 이번 유학도 기요 나름으로 그 아픔을 극복하기 위한 것이라는 건 알았지만, 마리는 승복할 수 없었다.

"어떻게 된 거 아니야? 그렇지 않고서야."

이 집안에서 죽지 못해 사는 사람은 엄마만이 아니잖아.

마리는 엄마가 없는 집은 상상도 할 수 없었다. 명랑하고, 음악과 음식 만들기를 좋아하고, 늘 가족 간의 화목을 강조했던 몇 년 전까지의 기요가 그리웠다.

"2년은 금방이야."

기요는 그렇게 말했다. 마리는 그다음 말을 기다렸지만 그뿐이었다. 사과의 말 따위는 죽어도 하지 않을 듯했다.

엄마답다.

마리는 그렇게 생각했다.

결국 기요는 그해 가을, 혼자서 비행기를 탔다. 1973년, 마리가 열세 살이던 가을, 기요는 서른아홉 살이었다.

출발하기 전날, 가족이 오랜만에 외식을 했다. 과거에 소이치로와 큐까지 함께 가던 전골집에서.

어처구니없는 밤이었다. 셋 다 무슨 이유에선지 긴장하고 있었다. 가게 안은 옅은 색 초롱이나 미닫이문이나 반짝반짝 빛날 만큼 광을 낸 미로

같은 검은색 복도 역시 예전과 조금도 변함이 없는데, 자신들만 변하고 말았다.

정식 외출이어서 마리는 교복을 입었다. 아라타는 양복에 넥타이를 맸고, 기요는 몸에 착 감기는 짙은 갈색 투피스를 입었다. 오렌지색 립스틱이 갈색에 잘 받기 때문이라고 마리는 생각했다.

"조심해서 잘 다녀와."

아라타가 그렇게 말했다. 셋이 잔을 부딪쳤다. 기요와 아라타의 잔에는 맥주가, 마리의 잔에는 사이다가 찰랑거렸다.

"좋은 결실 맺기 바랄게."

아라타의 말에 기요가 고개를 까딱 숙였다. 마리가 잘못 봤는지도 모르겠다고 생각할 만큼 그것은 순간적이고 깊은 인사였다.

2

공항 전망대에서 바람을 맞으며 비행기라는 것을 난생처음 가까이에서 보았다. 옆에는 아빠가 있었다.

마리는 그날도 교복 차림이었다. 하얀 블라우스에 남색 점퍼스커트, 하얀 양말과 남색 조끼. 데라우치가에서는 학교를 빠지고 엄마를 배웅하는 것도 정식 외출이었다.

마리는 내내 퉁명스러운 표정을 지었다. 차에 올라탈 때도, 조금 전 공항

안에 있는 찻집에서 샌드위치와 과일 주스를 사이에 놓고 부모와 마주 앉아 있을 때도.

기요는 긴장한 기색이었다. 아라타는 허탈한 표정이었다. 그리고 셋 다 별말이 없었다.

"이제 엄마를 아는 척도 안 할 거야."

마리가 엄마에게 처음 유학에 대해 들었을 때 마리는 그렇게 반응했다. 그 후 지금까지 그 태도로 일관한 것은 자신의 외로움 때문이 아니라 아빠가 가여워서였다. 동네에서나 학교에서나 애처가로 통하는 아라타는 소이치로가 살아 있을 때도 아이들보다는 거의 아내를 위해서 가족 행사에 참여했다. 피크닉이든 드라이브든, 초등학교의 운동회나 학부모 참관일조차도.

마리의 눈에는 아빠가 엄마를 숭배하는 것처럼 보였다. 그만큼 지나치게 자상했다.

"필요한 거 있으면 보내줄게."

아라타가 침묵을 깼다.

"괜찮아. 당장 필요한 것은 꾸렸고, 또 필요한 게 생기면 그쪽에서 살 수 있으니까. 여기서 보내는 것보다 그게 싸잖아."

마리는 과일 주스에 꽂힌 빨대를 깨물었다. 셋 다 샌드위치에는 거의 손도 대지 않았다.

그리고 지금 마리는 교복 차림으로 전망대에 서 있다. 아라타와 둘이서.

비행기는 모두 하얗고 매끄러운 자태로 이륙하기 전의 평화로움을 즐기는 듯 보였다. 구름 낀 하늘 아래에서 꼼짝 않고 있으면서, 혹은 콘크리트 지면 위를 천천히 이동하면서.

송신탑 옆 풀밭에서, 소이치로와 큐와 셋이 입을 빠끔 벌린 채 바라보았던 무수한 비행기를 생각했다. 윙, 하는 소리와 함께 머리 위로 날아 저 멀리로 사라졌던. 마리의 생활과는 아무 관련도 없는데, 때로 훌쩍 나타나는 하얗고 친근한 '물체'였던 그것을.

"편지 쓸게."

기요가 로비에서 헤어지면서 말했다. 마리는 그 말을 벌써 열 번도 더 들었다고 생각했다.

전망대에 싸늘한 바람이 몰아쳤다.

"저기, 엄마로구나."

트랩을 차례차례 올라가는 사람들을 가리키며 아라타가 말했다. 엄마가 눈에 띄는 순간 마리는 울음을 터뜨릴 뻔했다. 이날을 위해 모스그린색 투피스를 새로 맞춰 입은 기요는 안 그래도 큰 키에 하이힐까지 신어, 멀리서도 알아볼 수 있었다. 알아볼 수는 있었지만, 동시에 낯선 사람 같았다.

뒷모습이 어쩜 저리도 불안해 보일까.

그렇게 생각하자 가슴이 메었다. 화사함도 다부짐도 없었다. 마리가 보기에 그저 조그만 여자일 뿐이었다.

차를 타고 집으로 돌아가는 길은 절망적이었다.

아빠는 옆에서 보기 안쓰러울 정도로 어깨가 축 늘어져 있었다. 그래서 집에 도착해 차를 세우고 시동을 끈 아빠가 미소 띤 얼굴로,

"그렇게 슬픈 표정 짓지 말거라."

하고 말했을 때는 깜짝 놀랐다. 그때까지 자신도 그런 표정을 짓고 있다는 것을 전혀 몰랐다.

그렇게 마리와 아라타, 단둘이 남았다. 천이란 천은 모두 초록색이고, 부엌 입구에는 유리구슬 발이 걸려 있고, 사방에는 식물이 빼곡해서 마치 기요 그 자체인 듯한 집에.

"앞으로는 무슨 일이든 우리 둘이 해결해야 해. 여러 가지로 불편한 점이 많겠지만 서로 잘 도와서 헤쳐나가자꾸나."

기요가 떠나던 날 밤, 아라타가 마리의 방에 들어와서 말했다.

"알았어."

마리는 그저 그렇게만 대답했다. 달리 무슨 말을 해야 할지 몰랐다.

청소와 빨래는 해야겠다고 먼저 알아차린 쪽이 — 그리고 할 시간이 있을 때 — 하기로 했다. 둘 다 빨래는 열심히 했지만 청소는 좀처럼 하지 않았다. 그리고 빨래는 해도 다림질은 하지 않았기 때문에 마리의 교복 블라우스는 늘 후줄근했다.

마당에 미처 버리지 못한 검은 비닐 쓰레기 봉지가 몇 개씩 쌓여 있기도 했다.

"신경 쓸 거 없어."

아라타의 말에 마리도 그렇게 생각하려 했지만.

엄청나게 많은 화분 중 손질하기가 까다로운 것은 나나에게 기요가 미리 맡겼다. 그리고 나머지는 그냥 물만 주면 된다고 했지만 반년도 채 지나지 않아 삼분의 일이 죽고 말았다. 물을 너무 많이 준 탓이라고 마리는 생각한다. 그러고 보니 식물에 별 관심이 없는데도 마리와 아라타는 물을 자주 주었다. 둘 다 굳이 말은 하지 않았지만, 기요의 식물이 혹시라도 말라죽으면 불길한 일이 일어날 것 같아 싫었던 것이다.

중학교는 버스로 통학했다. 이즈미 야요이—야요짱이라고 불렀다—라는 친구가 생겼지만 다른 아이들과는 그다지 친하지 않았다. 이즈미 야요이는 경음악 동아리에서 활동했다. 만돌린을 쳤고, 기타도 오래 배운 아이였다. 수업이 끝난 후, 간혹 음악 연습실에서 마리가 좋아하는 캐롤 킹이나 카릴 시몬을 연주해주었다.

마리는 동아리 활동을 하지 않았다. 캔들 서비스다, 크리스마스 파티다, 안 그래도 행사가 많은 학교라서 그것만으로도 충분했다.

음식 만들기를 좋아하는 기요가 없어지자, 마리와 아라타의 식생활은 하루아침에 싹 바뀌었다. 아침은 마리가, 저녁은 아라타가 담당했다. 둘 다 최선을 다했다. 아라타는 요리가 서툴지는 않았지만, 언제나 일품요리거나 밥에 반찬 하나였다. 고기와 채소를 한꺼번에 넣고 볶은 볶음밥, 카레라이스, 접시에 수북한 생선회와 밥. 하지만 일이 바쁠 때는 그것조차 여의치 않았다. 그럴 때면 마리는 빈집에서 음악을 쾅쾅 틀어놓고 혼자 밥을 먹었다. 아빠가 주문해준 덮밥이나 우동을.

때로 나나가 채소점이나 갓 튀겨낸 따끈한 문어튀김을 갖다주었다. 그러고는,

"마리는 갈수록 예뻐지네. 그래, 학교는 재미있니?"

하고 그 자리에 아라타가 없어도 말을 붙였다. 마리는 그런 나나가 좋았다. 나나가 만들어주는 음식에서는 따스하고 친절한 맛이 났다. 하지만 마리는 어찌 된 일인지 그녀의 호의를 순순히 받아들이지 못했다.

'어때 뭐. 나나 아빠나 지금 이대로도 괜찮은걸, 뭐.'

마리는 속으로 종종 그렇게 생각했다. 그래서 나나가 가져다주는 반찬은 거의 늘 아라타 차지였다.

하루하루가 따분하게, 별일 없이 흘러갔다.

동네 공립 중학교에 다니는 큐와는 길에서 마주치면 선 채로 잠시 얘기나 나누는 사이가 되고 말았다. 초등학교 안에 살았던 큐는 소이치로가 죽은 후 며칠 입원해 있다가 옆집으로 돌아왔다. 쉬는 날 울타리 너머로 큐의 모습이 언뜻언뜻 보일 때마다 조금은 민망해질 정도로 얼굴이며 몸집이 십대 소년답게 강건하고 다부진 선을 그리고 있었다.

"옆집 큐 말이야, 볼 때마다 조금씩 달라지는 것 같아."

"그런가?"

아라타의 말에 마리는 잘 모르겠다는 식으로 대답할 뿐이었지만.

그런데 한번은 수업이 끝난 후 음악실에서 이즈미 야요이가 물었다.

"마리야, 너 좋아하는 사람 없니?"

"없어."

대뜸 그렇게 대답했지만 큐의 얼굴이 떠올라 스스로도 움찔 놀라고는 허탈한 기분이 들고 말았다. 얼마 전만 해도 오빠의 얼굴이 떠올랐는데.

물론 마리는 세상에서 소이치로를 가장 좋아했다. 하지만 열다섯 살이 되어가는 마리가 이런 상황에서 떠올리기에 열두 살에 죽은 소이치로의 얼굴은 너무 어렸다. 어른스럽고, 많은 것을 알고 있었고, 아이들 세계에서 왕따를 당하다가 단박에 리더로 변신한 듬직한 소이치로이기는 했지만.

"야요이, 넌?"

마리의 물음에 야요이는 후후후, 하고 웃은 다음 젊은 선생의 이름을 말했다.

"정말? 믿을 수 없어."

마리는 그만 솔직하게, 한편으론 어이가 없어서 비판하듯 말했다.

"어떻게 만져본 적도 없는 사람을 좋아할 수 있어? 어떻게 한 번도 볼을 비비거나 같이 들러붙어 잔 적도 없는 사람을 좋아해? 과자 하나도 나누어 먹어본 적이 없는 사람을? 난 정말 이해가 안 돼."

소이치로를 정말 좋아했다. 그것은 당연한 일이었다. 마리는 그런 말을 하고 싶었을 뿐이었다. 그런데 다음 날부터 학교에서는 시시껄렁한 소문이 나돌았다.

"마리 걔, 굉장히 개방적인가 봐."

"마리, 좀 헤픈가 보더라."

기요는 정기적으로 편지를 보냈다.

앞으로 매주 일요일마다 편지를 쓸게요.

첫 엽서에서 그렇게 선언한 대로 매주 정확하게 한 번씩 써서 보냈다. 다만 국제우편이라서 그런지 배달되는 간격이 벌어지기도 하고, 두 통이 한꺼번에 오기도 했다. 그리고 받는 사람을 늘 아라타와 마리 둘로 써놓았다. 거리의 모습, 홈스테이 가정과 정원, 수업 내용이 마치 남에게 보내듯 정중한 문장과 또박또박한 글씨로 쓰여 있었다.

방이 어두워서 전기스탠드를 샀습니다.

정원을 엉망으로 만드는 것은 벌레가 아니라 주로 달팽이입니다.

즐겁다느니 외롭다느니, 아라타와 마리는 어떻게 지내는지 걱정스럽다느니 하는 감정에 얽힌 말은 한마디도 없었다.

　　그럼, 안녕히.

　그리고 늘 생뚱맞게 끝났다.

　아라타는 때로 긴 편지를 써서 보내는 듯했다. 얇은 항공우편용 편지지 세트를 마리에게도 사주었다.

　하지만 마리는 편지를 잘 쓰지 않았다. 막상 책상 앞에 앉아 펜을 쥐면 쓸 말이 떠오르지 않았다.

　기요가 보낸 엽서는 모두 거실 테이블 위 상자에 담겨 있었다.

　"언제든지 읽을 수 있도록."

하고 아라타가 제안해서였다.

　"아빠, 정말 웃기다. 다 읽었으니까 이렇게 두지 않아도 되잖아."

　말은 그렇게 했지만, 혼자서 저녁을 시켜 먹을 때면 마리 역시 슬쩍 읽어 보았다. 모서리는 꺾이고 짜부라지고, 우표가 너무 커서 스탬프 때문에 간혹 받는 사람 이름이 잘 보이지 않는 엽서. 기요에게서 온 밝은 색의 사진엽서를.

　기요가 없어서 한 가지 좋은 점도 있었다. 아라타가 늦게 돌아오는 날, 마리가 소이치로의 방에서 자도 뭐라 하는 사람이 없다는 것. 마리는 종종 소이치로의 방에서 잠들었다.

　"나, 여기서 숙제 해도 돼?"

　"카세트라디오 가져왔어."

　"오늘 큐 만났다."

그 방에 들어서면 마리의 입에서 자연스레 말이 흘러나왔다. 대답은 없어도 소이치로가 옆에서 듣고 있다는 것을 알 수 있었다.

방 안은 소이치로가 살아 있을 때와 달라진 게 하나도 없었다. 책상서랍에는 공부를 잘했던 소이치로의 시험지—100점이나 90점이다—와 즐겨 사용했던 포켓 나이프, 도롱이벌레 고치, 녹슨 못과 고무호스 토막, 말라비틀어진 도마뱀까지 들어 있다.

"여기서 자도 돼?"

마리가 물으면 소이치로가 이렇게 대답하는 것을 알 수 있었다.

—할 수 없지, 뭐.

전에는 '좋아'라고 했는데, 지금은 그렇게 대답하지 않는다. 마리에게 그 대답은 오빠가 살아 있다는 증거였다. 이 방에서 소이치로는 마리가 지낸 만큼의 시간을 살고, 마리와 똑같이 나이를 먹어가리라.

오빠가 주위 사람들에게는 열두 살에 머물러 있는 존재라면, 지금 여기에 있는 오빠야말로 다른 사람들은 모르고 마리만 아는 오빠다. 마리는 그렇게 생각했다.

학교에서 늦게 돌아오는 날, 아라타가 마리의 방을 들여다본다는 것을 마리는 알고 있다. 딸이 편안히 잠들었는지를 확인하기 위해서다. 기요와 달리 아라타는 아이들 방에 들어갈 때도 노크를 한다. 아직 잠들지 않았으면 대답을 하지만, 잠든 탓에 대답을 하지 않으면 문이 살며시 열리면서 복도의 불빛이 가늘게 새어 든다. 마리에게는 그런 기억이 희미하게 남아 있다.

마리가 때로 소이치로의 방에서 잔다는 것을 아라타도 틀림없이 알고 있었을 것이다. 하지만 아라타는 아무 말도 하지 않았다.

"오늘은 디짱이 있는데."

학교 옆에 있는 찻집에서 케이크를 사 온 날, 아라타는 신이 난 표정으로 말했다. 그 찻집의 케이크는 크기만 할 뿐 맛은 그리 없었는데, 물론 그 의견은 가슴에 묻어두었다.

아라타는 기요가 있을 때보다 말이 많아졌다. 원래 말수가 적은 사람인데 노력하는 것이라고, 마리는 생각했다. 그래서 조금은 기요가 원망스러웠다.

"아빠도 참 한심하지."

소이치로의 방에서 그렇게 투덜거렸다.

"엄마 멋대로 하게 내버려두고. 왜 말리지 않았는지 정말 모르겠어."

그렇게 말해놓고는 이내 말을 바꿨다.

"아니, 알고 싶지도 않아."

소이치로가 '모르겠다'는 말에 예민하게 반응했던 일이 떠올랐기 때문이었다.

―생각해봐, 마리. 생각은 중요한 거야. 잘 생각해보면 거의 대부분의 일은 알 수 있으니까.

엄마가 유학을 떠났다고 하자 학교 친구들은 입을 모아 이상하다고 말했다. 마리 역시 그렇게 생각한다.

아라타는 커다랗고 퍼석퍼석한 케이크를 포크로 콕콕 찌르면서 말했다.

"엄마가 유학 가 있는 동안 아빠도 할 수 있는 일은 다 할 거야. 하지만 아빠가 할 수 없는 일이 생기면."

거기서 말을 끊고 아라타는 난처한 표정을 지었다. 그런데도 안경을 쓴 눈동자는 마리를 똑바로 쳐다보고 있었다.

"국제전화를 걸어도 좋고, 나나 아줌마에게 얘기해도 좋아."

마리는 놀랐다. 그리고 불안해졌다. 그래서 그 불안감을 지워버리려는 듯,

"그럴 필요 없어. 엄마가 없어도 난 아무렇지 않아."

하고 단호하게 말했다. 정말 아무렇지 않았다. 구깃구깃한 블라우스를 입고 다녀도, 매점에서 파는 빵으로 점심을 때워도, 깊은 밤에 혼자 있어도.

아무것도 변하지 않았다.

마리는 애써 그렇게 생각하려고 했다. 소이치로와 큐와 뛰어놀던 날들과, 길과 둔덕과 공원이 모두 놀이의 세계였던 과거에서 조금도 변하지 않았다고. 초연하게 지내면 늘 소이치로와 함께일 수 있다고.

그것은 빛나는 바람과 푸른 하늘을 떠올리는 것과 비슷했다. 마리의 몸속에는 어느 쪽이나 확실하게 있었다. 창밖에 부는 바람과 하늘보다 더 확고하고 더 풍요롭고 더 힘차게.

"도미?"

다카히코가 생뚱맞은 소리를 질렀다. 마리가 극장에서 면접을 보고 채용된 다음 날 낮이었다. 다카히코와 바바는 늦게 들어오기 때문에 저녁은 보통 일터에서 해결한다. 아침 일찍 나가야 하는 다카히코는 돌아오기가 무섭게 쓰러져 잔다. 이부자리 두 채 중 한 채는 바바가 방에서 깔고 자고, 한채는 마리와 다카히코가 부엌에서 깔고 잔다.

"부엌이라도 괜찮습니다."

처음 다카히코가 그렇게 말했을 때 마리는 내심 안도했다. 바바가 아무리 친절한 사람이라도 한방에서 자는 것은 내키지 않았다. 좁은 데다 수돗물 냄새가 나는 부엌이어도 다카히코와 단둘이 있는 편이 좋았다.

다카히코는 도미를 사 온 것에 화부터 냈다.

"왜 이런 걸 샀어? 축하할 만한 일도 아니잖아. 아르바이트 자리 하나 얻은 걸 가지고. 그리고 여기 슈퍼마켓에서 파는 도미는 어디서 잡아 온 건지도 모른다고."

화를 낼 때면 다카히코는 목을 앞으로 쑥 내민다. 마리는 그런 다카히코가 귀엽다고 생각했다. 화를 내고는 있지만 전혀 무섭지 않다고.

"어때서, 도미쯤 사도 괜찮잖아."

도쿄 말로 말했다. 농담처럼 말하고 싶을 때 마리는 다카히코에게 표준어를 썼다. 그렇다고 다카히코가 웃어준 적은 없지만.

늘 그렇듯이 바바가 중재에 나섰다.

"그래, 안 될 거 없지. 마리도 생선 고르는 눈은 있잖아."

요란한 소리를 내며 돌아가는 환풍기 바로 밑에서 소금 뿌린 도미를 통째로 구우면서 말했다.

바바는 이른 아침에 시장에 가야 하는 위치는 아니어서 낮에 나간다. 주방장과 함께 새벽 시장에 가서, 주방장이 식자재를 선별하고 가격 흥정을 하는 요령을 익히고 짐을 들고 다니는 것도 재미있는 일이라고 바바가 다카히코에게 말했다는 것을 마리도 알고 있다. 다카히코는 얌전히 듣고 있었다. 시장에서 돌아오면 다카히코는 대개 잠을 잔다. 그리고 낮에 다시 일어나 오늘처럼 바바가 집에 있으면 셋이서 밥상에 둘러앉는다.

가게에서 바바가 하는 일은 요리를 할 수 있도록 사전준비를 하는 것이어서, 주로 설거지를 하는 다카히코보다 오후에는 일찍 나간다. 그리고 다카히코보다 빨리 들어올 수도 있지만, 반드시 다카히코와 함께 돌아온다.

"바바 씨 참 좋은 사람이야."

다카히코와 단둘이 있을 때 마리는 자주 그런 말을 한다. 그래도 언제까지 신세를 지고 있을 수는 없잖아, 하는 다음 말을 애써 삼키고.

"축하한다."

점심 밥상에 모여 앉자 바바가 먼저 인사를 건넸다.

"잘 먹겠습니다."

마리와 다카히코의 말에 바바가 또다시 말했다.

"첫 면접에서 바로 합격한 걸 보면 마리가 아주 당당하게 보였나 봐."

그야 물론 마리도 똑똑하지.

아주 오래전에 소이치로가 했던 그 말이 떠올라 마리는 기쁘고 자랑스러워진다.

"그만하세요. 그런 말 하면, 이 녀석 금방 우쭐해지니까."

다카히코가 낮은 목소리로 말했다. 바바는 히죽 웃었다.

3

도쿄의 여름은 무덥다. 여름이면 현관을 활짝 열어젖히고 방충망만 남긴 채 창문이란 창문을 모두 열어 바람이 통할 길을 만들었던 후쿠오카의 집과는 전혀 다르다. 도쿄가 더 동쪽인데, 하고 마리는 생각한다. 오키나와가 덥고 홋카이도가 춥다면—마리는 그 어느 쪽에도 가본 적이 없지만—당연히 후쿠오카보다 도쿄가 시원해야 할 텐데.

하지만 마리는 하루 중 제일 더운 오후 시간을 가장 좋아한다. 점심을 먹고 바바가 나가고 나면 다카히코와 단둘이 있을 수 있기 때문이다.

오늘은 소면을 먹었다. 기요는 소면에 늘 볶은 가지와 계란 지단을 곁들였다.

엄마처럼 해봐야지.

마리는 마음속으로 생각한다. 다른 반찬은 할 줄 모르니까 어쩔 수 없지만, 이럴 때 마리는 자신을 한심하다고 느낀다.

엄마 아빠는 어떻게 지내고 있을까.

자리 잡히면 연락할게, 하고 떠나온 후로 아직 한 번도 연락하지 않았다.

하지만 이곳에는 다카히코가 있다. 내가 좋아하고, 나를 좋아한다고 말해주는 다카히코가.

회색 팬티에 러닝셔츠만 걸친 다카히코의 모습이 어린애처럼 보였다. 작은 몸집에 깡마르고 피부가 하얀 다카히코.

"덥다."

마리가 그렇게 말해도,

"그래."

라고만 대꾸하는 다카히코는,

"사랑해."

라고 말하면서 볼을 감싸고 입맞춤을 해도,

"응."

이라고밖에 대답하지 않는다.

그래도 마리는 이 시간이 가장 좋았다. 하루 간격으로 극장에서 일하기 때문에 다카히코와 지낼 수 있는 오후도 하루 간격이었다. 밥 먹은 그릇을 부엌으로 나르고 밥상을 치워 넓어진 다다미방에서 다른 사람 눈치를 보지 않고 섹스를 할 수 있는 것도.

행위를 할 때 다카히코는 한마디도 하지 않는다. 마리도 딱히 할 말은 없었지만 말없이 몸만 움직이기가 어색해서 가끔씩 조그만 소리를 낸다. 하지만 생각한 것만큼의 효과는 없는 어중간한 그 소리는 방 안의 더위와 습기 속으로 흔적도 없이 사라지고 만다.

반대로 마리는 오전 시간이 싫었다. 다카히코가 시장에서 돌아오면 그대로 곯아떨어지기 때문에 바바와 둘이 남을 수밖에 없었다. 바바는 마리의 과거를 알고 싶어했다. 어디에 살았으며, 어느 학교에 다녔고, 다카히코는 어떻게 만났는지, 가족 관계는 어떻게 되고, 어떤 소녀였는지.

바바로서는 당연한 궁금증인지도 모른다. 생면부지의 여자를 후배가 데리고 왔다는 이유만으로 자기 집에 살게 하고 있으니. 세 사람의 공통점이라고는 태어나고 자란 도시가 같다는 것뿐, 그곳에서 각자 살아온 시간 외에는 달리 나눌 얘기가 없었다.

하지만 마리로서는 하고 싶지 않은 얘기였다.

"기억이 잘 안 나요."

그래서 대충 그렇게 말하고는 입을 다물었다. 마리가 침묵하면 바바는 희미한 미소를 띠고는,

"그래, 얘기하고 싶어질 때 해도 돼."

라고 말했다. 다카히코가 일어나면 좋을 텐데. 마리는 그렇게 생각했지만, 부엌방에서 누워 자는 다카히코가 간혹 눈을 뜨고 두 사람 얘기를 듣고 있다는 것까지는 알아차리지 못했다.

마리가 일하러 가는 날은 바바가 현관에서 배웅해주었다. 자다 깬 사람처럼 푸시시한 모습으로.

"조심해서 다녀와."

그럴 때마다 마리는 혼란스러웠다. 좋아하지도 않는 남자로부터 배웅을 받으며 나가는 것도 그렇고, 그곳으로 다시 돌아가야 한다는 것도 그렇고.

바바는 마리에게 다카히코를 편드는 말을 많이 했다. 마리는 그것도 마음에 들지 않았다. 다카히코를 편들 사람은 오로지 자기뿐이라고 생각하기 때문이다.

"그 녀석도 말을 안 해서 그렇지, 많이 힘들 거야."

라고 하면, 마리도 속으로 알고 있다고 생각하고,

"단기통 400CC 타고 돌아다니던 놈이 50CC짜리 코딱지만 한 스쿠터 타고 시장을 돌아다녀야 하는 것만 해도 답답할 거야."

하면, 괜한 걱정이라고 생각하고는,

"일은 일이니까, 어쩔 수 없죠."

하고 마음에도 없는 말을 뱉는다. 그러고는 다카히코를 비난하는 말투가 된 것을 짜증스러워한다.

'남자끼리'라는 것이 탐탁지 않았다. 마리가 끼어들 수 없는 것 같아 괜히 부아가 치밀었다.

"다녀올게요."

마리는 얼른 도망치듯 바바의 집을 뛰쳐나왔다. 그러고는 입을 비죽 내밀고 요즘 들어 옆에 잘 있어주지 않는 소이치로에게 말을 건넨다.

"바바 씨 잘못은 아니라는 거 잘 알지만……. 오빠가 나를 보고 있는 것처럼 다카히코도 보고 있겠지? 내 애인이잖아."

오빠가 있어준다.

도쿄에 와서도 마리는 가끔 그렇게 생각한다. 예전만큼은 아니어도 역시 있어준다고. 아마도.

아빠와 단둘이 살았던 3년은 '오빠가 지켜준 날들'이라고 마리는 생각한다. 엄마가 떠난 후 소이치로가 늘 마리 곁을 지켜주었다. 전보다 한결 짙은 기척으로.

그 탓에 후쿠오카 거리가 조금은 빛을 되찾은 듯 느껴졌다. 자기를 거추장스러워하지 않는 것처럼.

마리는 소이치로의 방에서 잤다. 가끔은 자기 방에서도 잤지만, 그런 밤에도 소이치로가 옆에 있어주었다. 그리고 마리에게 용기를 북돋워주었다.

그 때문에 아이러니하게도 마리가 주위로부터 고립되었다.

예를 들면 버스에서 치한을 만나면 마리는 손톱으로 치한의 손등과 얼굴을 할퀴어 물리쳤다.

갑자기 마리를 피하더니 개방적이라는 둥 헤프다는 둥 엉터리 소리를 하고,

"마리하고 얘기하면 더러운 게 옮을 거야."

라고 온 반에 떠벌린 이즈미 야요이를 음악실로 불러내어 눈물이 쏙 빠질 만큼 혹독하게 다뤘다.

모두 소이치로가 옆에 있어주었기에 가능한 일이었다.

그즈음, 학교에서 돌아오면 마리는 집 안에서 춤을 추었다. 눈을 감는 버릇은 여전했지만 노래를 흥얼거리는 대신 음악을 틀어놓았다.

"오빠도 춤출래?"

마리의 그 말에 소이치로는 대답해주지 않았지만.

"마리가 외롭겠구나. 하지만 얼마 안 있으면 엄마가 돌아올 거야. 우리 집에 와서 큐랑 놀려무나."

나나가 이따금 그렇게 말해주었다.

하지만 마리는 외롭지 않았다.

엄마가 떠난 후로 나, 활달해졌어요.

영국에 있는 기요에게 그런 편지를 쓸 정도로.

―엄마가 슬퍼하겠다.

옆에서 소이치로가 그렇게 나무라는 것 같아 우체통에 넣지는 못했지만.

한번은 기요에게서, 늘 오는 엽서 외에 조그만 소포가 도착했다. 소포 역시 아라타와 마리 앞으로 온 것으로, 안에는 비스킷과 홍차, 그리고 브래지어가 들어 있었다. 그때 마리의 가슴은 그리 크지 않아 체육 시간에 달리기를 하거나 뜀틀을 뛰어도 전혀 지장이 없었다.

"어, 이게 뭐지?"

마리가 집어 들자 아라타는 난감한 표정을 짓고는, 한참 있다가 조그맣게 중얼거렸다.

"젖 가리개구나."

그 말이 너무도 노골적이라 마리는 웃을 수 없었다. 그래서 둘이 난감한 표정으로 마주 보기만 했다.

"엄마가 내 뒤통수를 때리네."

"엄마가 없어지더니 마리가 얼마나 거칠어졌는지 모르겠어."

그 무렵, 반 아이들은 마리를 그렇게 평했다. 하지만 아라타의 눈에 비치는 마리는 조금도 거칠지 않았다.

그런 날들을 보내다 고지마 나오유키를 만났다. 아라타의 대학 연구생이었던 고지마는 다른 연구생이나 학생들과 함께 가끔씩 마리의 집에 놀러 왔다. 조용해서 그리 눈에 띄지 않는, 대체로 소심한 인상이었다. 하기야 마리는 이름조차 제대로 알지 못했지만. 아라타를 찾아온 손님이 있을 때면 사교성이 없는 마리는 언제나 자기 방에 틀어박혀 있었다.

어느 날 고지마가 마리의 학교 앞에 서 있었다. 아무 연락도 없이, 불쑥. 고지마가 집까지 데려다주겠다고 해서 마리는 고지마와 함께 집에 왔다. 그날 고지마는 집에 들어오지 않은 채 돌아갔다.

"오늘 일은 아빠에게 비밀이다."

말하기가 껄끄럽다는 듯이 그렇게 말하고. 마리 역시 알았다고 대답했다.

비슷한 일이 몇 번 계속되자 마리는 불량소녀라는 이즈미 야요이의 말을 반증하는 꼴이 되고 말았다. 하지만 마리는 상관하지 않았다. 오히려 잘되었다고까지 생각했다.

"고지마 오빠, 좀 징그럽기는 하지만 귀여운 구석도 있어."

마리는 소이치로에게 그렇게 말했다.

"들어오라고 하면 집에도 들어오고 커피도 주면 마시지만, 안 그러면 아무 일 없어."

어떤 형태로든 타인이 자신에게 호감을 품고 있다는 것이 기뻤다. 그런 사람이 어른 남자라는 것도.

마리가 두려워할 일은 없었다. 나쁜 소문이 나도는 것도, 실제로 성적 경험을 갖는 것도, 아라타나 다른 누구에게 꾸지람을 듣는 것도.

"하고 싶지 않은 일은 안 하면 돼."

살아 있을 때 소이치로는 늘 그렇게 말했다. 하지만 정작 뭔가를 할 수 없는 사람은 마리였다. 소이치로는 무슨 일이든 하고 말았다. 그것도 혼자서. 무서운 일도, 위험한 일도. 주저하고 망설이면 마리는 그저 홀로 남겨질 뿐이었다.

아무것도 두려워할 게 없다고 결심했지만 마리에게는 아무런 일도 벌어지지 않았다. 성적 경험도 꾸지람을 듣는 일도. 대신 아라타의 연구자료가 도난당하는 사건이 벌어졌다. 자료는 아라타의 침실에 놓여 있었다.

"나 개인에게 중요한 자료일 뿐이야. 물론 어떤 학자에게는 의미가 있을지 모르지만, 세계를 바꿀 수 있는 연구 자료는 아니지."

아라타는 그렇게 말했지만, 마리는 화가 치밀었다. 대체 어떤 인간이 그런 자료를 갖고 싶어할까. 하지만 문제는 그게 아니었다. 아라타는 논문을 제출할 수 없게 되었고, 그것은 순전히 마리 탓이었다. 마리는 고지마를 가끔 집에 들여놓았다는 사실을 아라타에게 털어놓았다.

"고지마 군을? 그것만으로 고지마 군을 의심할 수는 없지."

아라타는 뜻밖이라는 듯 놀라면서도 그렇게 말했다. 그러고는 마리에게도 엉뚱한 추측을 하지 말라고 주의를 주었다. 하지만 마리에게 그것은 엉뚱한 추측이 아니라 확신이었다. 자료가 없어진 날부터 고지마가 마리 앞에 나타나지 않는다는 것이 바로 그 증거 아닌가. 아라타 역시 마리에게 고지마가 드나들었다는 얘기를 들은 후로는 침실을 이 잡듯 뒤지기를 그만두었다.

마리는 속이 부글부글 끓어 견딜 수가 없었다.

"반드시 되찾아올 거야."

그렇게 마음먹고 대학으로 쫓아갔다.

고지마는 뻔뻔스럽게 굴었다. 평소의 움찔움찔 소심한 태도는 손톱만큼도 보이지 않았다. 조교인지 학생인지 모르는, 같은 연구실에 있는 젊은 여자에게,

"데라우치 교수님의 따님이야. 차 좀 끓여줘."

하고 지시했다.

"밖으로 좀 나와요."

마리는 얼른 말을 잘랐다.

그냥 내버려두라는 소이치로의 목소리가 들린 듯했지만, 마리는 결코 그냥 내버려둘 수 없었다. 용서할 수 있는 일과 용서할 수 없는 일이 있다고.

고지마는 싱긋 웃고는,

"그러지. 그런데 어디로 갈 거지?"

하고 물었다.

구름이 끼고 서늘한 날이었다. 마리는 그 시간에 아라타가 강의 중이라는 것을 알고 있었다. 강당 앞을 지나 도서관 쪽으로 걸어갔다.

"돌려줘요."

걸어가면서 마리는 다짜고짜 그렇게 말했다. 오랜만에 온 대학이었다. 옛날에는 놀이터였던 넓은 캠퍼스.

뭘? 고지마는 그렇게 되묻지 않았다. 대신 마리에게 갑자기 키스를 했다. 어떤 용도로 쓰이는지 모를, 낡아 허물어질 것 같은 건물 뒤에서. 머리를 뒤로 젖히고 도망치려 했지만 등을 껴안은 팔의 힘이 억세서 그럴 수 없었다.

키스는 영원히 계속될 것 같았다. 간신히 풀려났을 때 마리는 가장 먼저

입을 닦고 땅에다 침을 뱉었다. 고지마가 웃으며 비아냥거렸다.

"원하던 거 아니야?"

마리는 태어나서 처음으로 굴욕을 느꼈다.

누군가가 마리의 손을 들어올렸다. 아니, 손이 아니라 팔꿈치였다. 뒤에서, 누군가가. 마리는 그렇게 생각했다.

고지마를 때린 것은 마리였고, 마리 자신도 그렇다고 기억한다. 뻐꿋한 손가락이 밤이 되어도 아플 정도로 세게. 그것도 손바닥이 아니라 주먹으로. 아무리 생각해도 묘한 일이었다. 때린 것은 분명히 자신인데, 그 행위는 자신의 의지와 힘으로 한 것이 아니었다.

〈줄리아〉.

그해 여름, 마리가 일했던 극장에서 상영된 영화다. 비번인 날에는 영화를 마음대로 봐도 좋다는 소리를 들었지만, 마리는 영화에는 관심이 없었다.

하지만 일 자체는 좋았다. 유니폼을 입고 한가롭게 일해도 되는 간단한 일이었다.

"나 일하는 거, 다음에 보러 와."

다카히코에게 그렇게 말해두었다. 다카히코가 일하는 요릿집은 신바시에 있다. 가와사키 역에서 전철을 타고 다니니까 일하러 가는 길에 쉽게 들를 수 있다. 다카히코가 출근할 시간이 되면 마리는 가슴이 두근거려 가만히 앉아 있을 수 없었다.

"누구 기다리는 사람 있어?"

청소하는 아줌마가 놀리듯 물으면 마리는 당당하게 대답했다.

"네."

마리의 근무 시간은 아침 9시 반에서 저녁 6시까지였다. 밤에는 다른 사람이 와서 교대한다. 서른 살 정도 된 인상 좋은 여자인데 결근이 잦아, 마리는 지난 한 달 동안 네 번이나 야간 근무를 했다.

"괜찮아요."

그녀에게서 대신 근무해달라고 부탁하는 전화가 올 때마다 마리는 두말하지 않고 대답한다. 집에 빨리 들어가 봐야 다카히코도 없고, 하고 싶은 일도 없다.

이 극장에서는 '펀치'라는 보라색 음료수를 팔고 있다. 네모난 유리 용기에 찰랑찰랑하게 담긴 음료수를 바닥에 달린 프로펠러 같은 것이 자동으로 돌아가면서 휘휘 젓는다. 150엔이나 내고 그런 걸 사 먹는 사람의 마음을 이해할 수 없다고 마리는 생각한다. 애써 마셔볼 것까지도 없이 들척지근하고 인공적인 냄새가 어두컴컴한 로비를 한가득 풍겼다.

더러 즐거운 일도 있었다. 도쿄에 와서 본 것, 배운 것. 이를테면 바바가 마리와 다카히코를 야구장과 경마장에 데려다 주었다. 다카히코가 샌들을 사준 곳은 신주쿠에 있는 백화점이었다. 마리는 그 백화점이 있는 거리가 마음에 들었다. 차가 다니지 않아 보행자들이 마음껏 거리를 활보해도 되는 그곳에는 아이들에게 풍선을 나누어주는 사람도 있었다. 아이들에게만 주는 풍선을 다카히코가 떼를 써서 마리도 한 개 얻었다.

바바와 함께 사는 연립주택에 도둑고양이에게 먹이를 주는 사람이 있었다. 도둑고양이들은 더러웠지만 그래도 귀여운 구석이 있었다. 몸집이 작은 새끼 고양이도 우는 소리만은 다들 걸걸했다. '야옹'이나 '먀옹'이 아니라 '미웅'이나 '니잉'하고 울었다. 마리는 그 고양이들을 좋아했다.

아무튼 이곳에서 어떻게든 헤쳐나가자.

초연하자.

옛날에 오빠가 말했던 것처럼, 그리고 지금까지 줄곧 그런 식으로 살아온 것처럼.

4

기요와 아라타가 처음 만난 곳은 긴자에 있는 맥주홀이었다. 그때 아라타는 학생이었고, 기요는 그곳에서 일하고 있었다. 마리가 그 얘기를 들은 것은, 기요가 없는 섣달 그믐날이었다. 주문한 해넘이 국수를 먹으면서 아라타가 느닷없이 그런 얘기를 꺼냈다.

"이 사람밖에 없다고 생각했단다."

하루가 멀다 하고 맥주홀에 드나들었던 날들을 아라타는 그렇게 설명했다. 쑥스러운 미소도 띠지 않은 채 담담한 말투로.

"엄마, 그때 어땠어?"

아무도 보지 않는 텔레비전에서는 홍백전 소리가 낮게 흘러나왔다.

"눈에 확 띄는 사람이었지."

국수 사발에서 고개를 든 아라타가 한참 생각한 뒤 말을 이었다.

"키가 크고, 화사한 화장에, 기가 세 보였어."

마리는 웃었다.

"예나 지금이나 똑같네, 바보같이."

"바보같이."

아라타도 따라 중얼거리면서 살짝 웃었다.

기요는 맏딸이었고, 아래로 남동생과 여동생이 둘씩 있었다. 기요가 처음 가족을 소개했을 때 아라타는 그 와글와글함에 눈이 휘둥그레졌다. 그때 막내 남동생은 초등학생이었다.

"무슨 생각해?"

마리가 놀리는데도 아라타는 당황한 기색 없이 대답했다.

"결혼할 때. 아빠는 결혼을 통해 엄마가 자유로워지기를 바랐지. 그러기 위해서라면 학교를 그만두어도 상관없었고, 회사에 다니라고 하면 그 말을 따를 생각이었다."

마리는 얌전히 귀를 기울였다. 아빠가 어른끼리의 얘기를 자식에게 털어놓는 것은 흔치 않은 일이었다. 거의 처음이라고 할 수 있을 정도로.

"그런데 엄마는 지금 이대로가 좋다고 했어. 그리고 이렇게 낯선 곳까지 따라와 주었지."

그다음 말이 이어지기를 기다렸지만 그것으로 끝인 듯했다. 안경 너머로 마리를 쳐다보는 아라타는 미안하다는 표정을 지었다.

"그래서? 그래서 엄마를 외국으로 보낸 거야?"

마리는 앞뒤가 맞지 않다고 생각했다. 집을 나간 기요가 잘못이라고. 마리는 얘기에 흥미를 잃은 척하면서 국수를 후루룩 입에 넣었다. 그리고 입을 우물거리면서 텔레비전으로 다가가 볼륨을 높였다. 기요가 있었다면 식사하면서 텔레비전 보는 것을 허용하지 않았을 것이다. 그러나 아라타는 아무 말도 하지 않았다.

그날 밤 아라타가 한 말은 사실이었지만 전부는 아니었다. '이 사람밖에 없다'고 마음을 굳힌 사람은 아라타만이 아니었다. 기요가 몇몇 남자 가운데에서 결국 아라타를 선택했다는 것, 아라타가 하숙하는 집에 불쑥 나타나 결혼하자고 했다는 것, 그래서 오히려 아라타가 어쩔 줄 몰라 당황했다는 것 등은 말하지 않았다. 아라타는 자신이 일방적으로 사랑에 빠져 무릎 꿇고 결혼을 간청했다는 식으로 말했을 뿐이다.

푹푹 찌는 무더운 한낮에 다다미방에서 다카히코와 몸을 섞으며 마리는 자신이 모든 것을 끊었다고 생각하고 싶었다. 부모도 소이치로도 모두 과거일 뿐, 자신은 아주 먼 곳에 다카히코와 단둘이 있다고.

그 무렵, 다카히코는 마리를 건성으로 안았다. 후쿠오카에 있을 때처럼 애지중지 다루지도 않았고, 도쿄로 막 올라왔을 때처럼 옷을 벗기는 것조차 답답하다는 듯 난폭하면서도 정열적으로 사랑해주지도 않았다.

일하러 나가기 전의 짧은 시간을 다카히코는 거의 누워만 지낸다. 요즘은 마리가 오히려 애교를 부리면서 자극하지 않으면, 그리고 옷까지 벗겨주지 않으면 내켜하지도 않는다. 마음이 동했나 싶어도 행위는 지극히 짧았다. 예전처럼 사랑스럽다는 듯 머리를 쓰다듬거나 말과 입술로 마리를 행복하게 해주지 않는다.

언제부터인가 마리는 행위를 하는 도중에 눈을 뜨게 되었다. 전에는 부끄러워 그럴 수 없었는데. 하지만 지금은 다카히코가 자신을 보고 있지 않다는 것을 알기 때문에 눈을 뜬다.

다카히코는 무슨 생각을 하고 있는 걸까.

반짝 눈을 뜨고서, 냉정한 기분으로 그렇게 생각한다는 것은 서글픈 일이었다.

그런데도 마리는 행위를 원했다. 과거와는 다른 현실을 제 힘으로 헤쳐 나가고 있다고 생각하고 싶었다.

극장에서 마리의 즐거움은 아이들을 보는 거였다.

〈줄리아〉라는 영화를 보는데 왜 아이들을 데리고 오는 걸까. 여름방학 이라서 그런지 낮에는 아이나 갓난아기를 데려오는 관객까지 있었다. 영화를 보다가 싫증이 난 아이들이 도중에 로비로 나가 뛰어다녀도 부모들은 별말 하지 않았다. 아이들이 뛰어다니거나 떠들면 주의를 주라는 지시를 받았지만, 마리는 그러지 않았다. 그냥 내버려두었다. 그리고 그들의 웃음소리와 고함 소리와 발소리와 재잘거리는 소리를 흐뭇한 눈길로 바라보았다. 특히 오누이가 있으면 흥미롭게 바라보았다. 모두 귀여웠지만 누구 하나 마리가 아는 아이들과는 닮지 않았다.

역시 도쿄 아이들은 달라.

마리는 그렇게 생각했다. 혼자 덩그러니 있는 아이에게는 말을 걸어보기도 했다.

"원피스 참 예쁘다."

"엄마가 영화를 좋아하시니?"

몰래 편치를 따라준 적도 있었다. 마리가 그런 규칙 위반을 해도 동료나 청소하는 아줌마는 눈감아주었다. 빨간 카펫이 깔린 숨 막히는 실내가 마리에게는 오히려 편안했다. 일해서 돈을 받는다고 생각하면 뿌듯한 마음이 들어 드나드는 업자들에게도 가능한 한 밝게 대했다.

하지만 다카히코가 일하러 나가는 시간이 되면 마리는 여전히 안절부절

못했다. 전화를 걸어 잘 일어났는지 확인하고, 차려놓은 점심을 먹었는지 묻기도 했다.

"여기 들렀다 가지 않을래? 지금 오면 아무도 없는데."

그렇게 덧붙이는 것도 잊지 않았지만, 다카히코는 한 번도 와주지 않았다.

"다음에 갈게."

"지각할지도 모르는데, 어떻게."

다카히코는 시큰둥한 대답만 할 뿐이었다.

괜찮아.

마리는 다카히코가 와주지 않아도, 잘 해나갈 수 있으니까 괜찮다고 생각한다. 자신이 할 일도 아닌데 재떨이에서 넘쳐난 재를 닦고는 가슴을 쫙 폈다. 그러면서도 만에 하나 다카히코가 나타날까 봐 거울을 봤다.

다카히코와 바바는 간혹 술을 마시고 귀가했다. 안 그래도 집에 오는 시간이 늦은데, 그럴 때는 더욱 늦었다. 술이 약한 다카히코는 바바에게 업히 듯 들어와서는 두세 시간 잔 뒤 다시 시장에 나갔다.

사과하는 쪽은 늘 바바였다.

"미안하다, 이렇게 취하게 해서."

비슷하게 마셨을 텐데, 바바는 전혀 취한 기색이 아니었다. 바바는 다카히코의 바지를 재빨리 벗기고, 필요하면 물까지 먹여주고, 부엌 이부자리에 눕혔다. 마리는 그저 보고 있을 뿐이었다.

"오, 마리! 잘 있었어?"

다카히코는 혀 꼬부라진 소리로 그렇게 말하기도 하고, 옷 갈아입히는 것을 도우려고 하면 저리 비키라고 고함을 지르기도 했다.

"넌 이제 집에 가라."

그런 말을 할 때도 있었다. 마리는 그 말을 가장 싫어했다.

"다음에는 셋이 마시자."

바바가 그렇게 말할 때마다 마리는 조금도 기쁘지 않았다. 바바가 아니라 다카히코가 그렇게 말해주기를 바랐기 때문이다.

하루하루가 그런 식이었다. 그래서 아침에 바바가 나가기를 기다렸다가, 다카히코가 커다란 종이봉투를 내밀었을 때는 그저 덤덤한 마음이었다.

"이게 뭔데?"

받아들고 들여다보니 안에는 유카타와 허리띠가 들어 있었다.

"마리에게 어울릴 것 같아서."

마리는 자기도 모르게 다카히코를 와락 껴안았다.

"고마워, 고마워, 고마워."

스스로도 어이가 없을 만큼 몇 번이나 말했다.

"다음 주에 불꽃놀이가 있는데 구경꾼들이 꽤 많이 모인대. 그날 쓸 수 있을 것 같아. 형이 가게에 부탁했나 봐."

역 앞에 있는 양품점 봉투였다. 그 양품점 한구석에 균일가로 파는 유카타가 몇 벌 걸린 것을 마리도 본 적이 있었다.

"치수가 맞을지는 모르겠지만."

다카히코의 말에 마리는 웃으면서 대답했다.

"괜찮아. 치수가 안 맞아도 입을 수 있어. 깡똥해도, 질질 끌려도, 그런 거 전혀 상관없어."

마리 혼자서는 허리띠를 묶을 수 없는데도 개의치 않았다. 대충 묶어도 상관없다고 생각했다.

"자기가 날 좋아하지 않는 줄 알았는데, 그게 아니라서 기뻐."

마리는 그렇게 말하고는 덧붙였다.

"너무 기뻐서, 말이 이상해졌다."

다카히코는 오랜만에 보는 자상한 표정으로 재잘거리는 마리를 물끄러미 바라보았다.

"입어봐."

마리는 그 자리에서 옷을 훌훌 벗고 유카타를 걸쳤다. 그러고는 허리띠를 둘둘 감아 배꼽 아래에서 묶었다.

"어때?"

두 손을 뒷머리에 대고 허리를 비틀며 포즈를 취했다. 유카타가 아니라 목욕가운처럼 대충 마리의 몸을 감싸고 있는 천에서, 그래도 쪽빛으로 물들인 빳빳한 무명 특유의 싱그러운 냄새가 났다.

"하나도 안 어울린다!"

다카히코가 큰 소리로 말하자 마리는 단박에 때리는 시늉을 했다. 두 몸이 한데 엉키고 입술이 포개졌다.

여기 있어, 여기 있어, 여기 있어.

두 팔로 다카히코를 껴안으며 가슴속으로 몇 번이나 중얼거렸다.

난 네 곁에 있을 거야, 영원히. 헤어지지 않을 거야.

다카히코의 가슴에 얼굴을 묻으면서 마리는 몇 번을 중얼거렸다.

"우리는 한몸이니까."

마지막으로 그렇게 소리 내어 말했다.

마리에게는 생활 자체가 증명이었다. 자신이 과거에서 멀어졌다는 사실과 다카히코만 있으면 괜찮다는 것의.

그러나 현실은 마리의 생각과는 다르게 흘러갔다. 다카히코가 때로 가게에 출근하지 않아 문제가 되었다. 설거지도 엉터리로 하는 때가 많아 바바가 주의를 주었지만 고쳐지지 않았다. 그런 것을 마리는 전혀 모르고 있었다.

불꽃놀이를 하던 날, 마리는 아침부터 설렜다. 사이좋게 지내는 청소 아줌마에게는 유카타를 싸 들고 올 테니까 잘 입혀달라고 미리 부탁을 해놓았다. 야근 때 결근이 잦은 아줌마에게도 그날 밤은 일을 대신해줄 수 없다고 선언해서 웃음을 사기도 했다.

해가 지기만을 애타게 기다렸다.

다카히코는 약속 시간인 5시 반에 정확하게 나타났다. 로비 안까지는 들어오지 않고 잿빛 유리문 밖에서 따분하다는 듯 담배를 피웠다.

"다카히코!"

마리가 뛰어나가 다카히코의 팔을 잡았다.

"뭐 하는 거야? 들어와, 어서. 소개하고 싶은 사람이 있단 말이야."

마리는 도라지꽃 무늬 유카타를 곱게 차려 입은 뒤였다.

다카히코도 잔뜩 멋을 부린 모습이었다. 헤어크림을 듬뿍 바른 머리는 반들반들 빛나고, 늘 입는 셔츠 위에는 재킷까지 걸치고 있었다.

"됐어. 일 다 끝났잖아. 빨리 가자."

꽁초를 내던지고는 구둣발로 뭉갠다.

"들어가기 싫어?"

마리는 쪼그리고 앉아 담배꽁초를 주웠다.

"알았어. 그럼 잠깐만 기다려."

마리는 로비로 돌아가 담배꽁초를 재떨이에 버리고는 청소 아줌마를 불렀다.

"야마노 씨, 야마노 씨."

그리고 야간 타임 아줌마도. 부를 생각이 없었는데 어쩌다 보니 옆에 서 있는 매니저까지 부르고 말았다.

다시 밖으로 뛰어나가 마리는 다카히코에게 한 사람씩 소개했다. 다카히코는 퉁명스러운 표정을 지었지만 그래도 한 사람 한 사람에게 '아', '예' 하고 짧은 인사를 했다.

"내가 정말 신세 많이 지고 있는 사람들이야."

마리가 그렇게 말하자 다카히코는 다시 한 번 고개를 숙였다.

불꽃놀이가 열리는 장소까지 버스를 타고 갔다. 역 주변은 벌써 사람들로 북적거렸다. 마리는 다카히코를 놓치지 않으려고 옆에 바짝 붙어 걸었다. 오랜만에 하는 둘만의 외출이었다.

그날 다카히코는 친절했다.

"우리, 다음에 디스코텍 가자. 너 춤추는 거 좋아하는데, 여기 와서는 한 번도 못 갔잖아."

다카히코를 만난 곳도 디스코텍이었다. 마리는 그때가 그리웠다. 개조한 서양식 건물로 '마리아 하우스'라 불렸던 널찍한 그곳. 아무리 밤늦은 시간이라도 사람들로 북적거리고, 창문에서는 불빛이 넘쳐흘렀다. 그곳에 가면 늘 친구들이 있었다. 달콤한 술과 향내 나는 공기, 그리고 음악.

"여기에도 '마리아 하우스' 같은 데가 있으려나."

승객을 콩나물시루처럼 태운 버스 창문으로 강둑이 보였다. 하늘에는 아직 부연 햇살이 남아 있었다. 아파트가 줄줄이 이어지는 살풍경한 길이었다.

"글쎄 좀 다르겠지. 그런 디스코텍은 잘 없을 거야. 하지만 신주쿠나 요코하마, 롯폰기에 가면 춤출 데는 얼마든지 있어."

다카히코가 말했다.

"아, 축제 냄새!"

버스에서 내린 마리는 환성을 질렀다. 강둑을 따라 간이가게들이 줄지어 있었다.

물에 떠 있는 풍선을 낚았다. 볶은 국수를 먹고, 사과사탕도 먹었다. 보조 바퀴 달린 자전거를 탄 아이들과 스쳐 지날 때마다 다카히코는 아이들의 머리를 살짝 쓰다듬어주었다. 겨우 그만한 몸짓에도 마리는 마음이 따뜻해졌다.

강물은 형편없이 더러웠다. 물길은 거의 마른 채 잡초만 무성하고 모기가 들끓었다. 그리고 사방에는 신문지와 주간지가 널려 있었다.

펑! 펑! 소리만 들렸다. 폭죽을 시험적으로 쏘아 올리는 듯했다.

"자기 어디가 좋은지 알아?"

걸어가면서 마리가 물었다.

"이렇게, 나를 지켜주는 것."

눈을 감고 다카히코의 어깨에 기댔다.

"이렇게 눈 감고 걸어도 괜찮잖아."

다카히코는 뭐라 대꾸하는 대신 마리의 등을 팔로 감싸 안았다. 마리는 행복한 한숨을 쉬었다.

그때 퍼펑! 하고 한층 커다란 소리가 나면서 동시에 환성이 일었다. 두 발, 세 발. 잇달아 슈르륵 슈르륵 하고 하늘로 치솟는 소리가 울렸다. 다카히코가 웃는다.

"눈 떠봐."

"싫어."

이렇게 있어도 안심인걸, 뭐. 다카히코에게 기댄 채 마리는 생각했다. 살랑살랑 강바람이 이마를 스쳐갔다. 그리고 억센 다카히코의 입술이 입술에 와 닿았다.

다음 날, 바바 혼자 집에 돌아왔다.

다카히코를 기다리던 마리가 물었다.

"다카히코는요?"

"한잔하러 갔어."

바바의 대답에 마리가 다시 물었다.

"혼자서?"

"음."

그뿐이었다. 바바는 뭐라 설명하려 하지 않은 채 말했다.

"먼저 목욕해도 돼."

마리는 듣던 카세트라디오를 껐다. 불안이 자신의 가슴속이 아니라 온 방으로 번지는 것을 느꼈다.

"무슨 일 있었어요?"

최대한 아무렇지도 않은 말투로 물었다.

"무슨 일은. 아무 일도 없었어. 그 녀석도 가끔은 혼자서 마시고 싶겠지, 뭐."

불안감에 답답함이 더해졌다.

"다카히코는 잘 마시지도 못하는데 왜 혼자 가게 했어요?"

바바는 오히려 원망스러운 눈초리로 마리를 노려보았다.

"왜 나를 탓하는 거야? 그런 말은 다카히코에게 해야지."

온화한 바바의 성품에 어울리지 않는 말투였다.

"말할 거예요. 다카히코에게 직접 말할 테니까, 지금 어디 있는지 가르쳐 줘요. 늘 마시는 데가 어디예요? 내가 가서 데리고 올래요. 바바 씨는 다카히코를 혼자 가게 해도 난 절대 혼자 가게 하지 않을 테니까."

마리는 바바를 노려보며 말했다. 때마침 다림질을 하고 있어서 손에는 물뿌리개를 들고 있었다.

"그런 표정 짓지 마, 뭐가 그리 대단하다고. 다카히코가 가는 데를 내가 어떻게 일일이 알아."

"됐어요."

마리는 물뿌리개를 손에 든 채 뛰쳐나왔다. 일단은 역 앞을 찾아볼 생각이었다. 무슨 일이 있더라도 다카히코는 내가 지킨다, 고 마음먹었다. 어디에 있든 찾아낼 것이라고.

그날 밤, 마리는 자신에게 울컥하는 나쁜 버릇이 있다는 것을 깨달았다.

술집이 너무 많아 닥치는 대로 문을 열어보았지만 다카히코가 있을 리 없었다. 어떤 가게 사람은 노골적으로 싫은 표정을 지었다. 술 취한 어떤 이는 집적거리기도 했다.

"앉아서 술이나 한잔하고 가지."

길가에는 부랑자들이 누워 있었다. 한눈에 삐끼라는 것을 알 수 있는 여자도 있었다. 마리는 그들이 무섭지 않았지만 자신이 성가신 존재라는 것에 기가 죽었다. 불안감에 어쩌면 좋을지 난감했다.

자전거 주차장 옆에서 자신을 부르는 귀에 익은 목소리가 들려왔다. 그
때 마리는 거의 울 뻔했다.

"그만 돌아가자. 걱정 안 해도 될 거야. 집에 가서 기다리자."

바바의 말에 마리는 물뿌리개를 손에 든 채 바바를 뒤따랐다. 이곳에서
산 지 반년이 되었는데도 자신이 조금도 도시 생활에 익숙해지지 않았다는
것을 새삼스레 깨달으면서.

5

2년 예정으로 떠난 엄마는 결국 3년이 지나서야 돌아왔다. 마리가 고등
학교 1학년 때였다.

1976년 12월.

기요를 배웅했던 날처럼 마리는 아라타와 공항까지 마중을 나갔다. 하지
만 교복 차림은 아니었다. 정식 외출이든 아니든 이미 자신이 입을 옷은 스
스로 결정하는 게 당연하다고 생각했다.

벽돌색 굵은 실로 짠 헐렁헐렁한 스웨터에 아주 짧은 데님 치마. 겨울방
학이 되기를 기다려 머리카락 군데군데를 분홍색으로 브리지 넣어 염색했
다. 새 학기가 시작되면 또 선생들이 난리를 치리라. 마리는 교장실로 불려
갔다가 그대로 귀가 조치를 당하리라. 일주일간의 자택 근신 처분을 받고
다시 검은색으로 머리를 염색하게 되리라.

그래도 상관없었다. 마리는 분홍색 머리칼이 마음에 들었다. 검은색은 너무 무겁다고 생각한다. 더구나 마리가 좋아하는 사람들은 모두 칭찬해주었다.

"독특한데."

아라타는 그렇게 말했고, 여자 친구들은 입을 모아 잘 어울린다고 했다. 비록 학교 친구들이 아니라 디스코텍에서 알게 된 나이 많은 여자 친구들이었지만. 옆집 큐까지,

"마리답네. 잘 어울려."

하고 말해주었다. 마리를 '불량기가 있다' 느니 '헤프다' 느니 하면서 멀리하는 반의 여자아이들 역시 교칙을 위반할 배짱은 없으면서 그런 점을 알게 모르게 동경한다는 것을 마리는 알고 있었다.

특히 나나 아줌마의 반응은 흥미로웠다. 마리를 보더니 놀라 눈을 동그랗게 뜨고 말했다.

"어머, 명아주 같다."

"명아주가 뭔데요?"

"조그만 이파리 일부분만 빨간, 마리처럼 귀여운 들풀이야."

마리는 해가 기운 전망대에서 싸늘한 공기를 온몸으로 느끼며, 1분 간격으로 어둡고 깊어지는 밤하늘을 홀로 바라보았다. 기요가 탄 비행기가 도착하려면 아직 시간이 남아 있어 아라타는 공항의 찻집에 있다.

"좀 춥겠는데."

집을 나설 때 아라타가 말하자 마리는 괜찮다고 대답했다.

"어차피 차 타고 갈 텐데, 뭐."

바람이 차가워 목을 잔뜩 움츠린 채 소매를 잡아당겨 손을 덮었다. 벽돌

색 스웨터는 마리의 하얀 피부를 돋보이게 하리라. 그리고 군데군데 분홍색인 머리와도 잘 어울린다.

엄마는 어떤 표정으로 비행기에서 내릴까?

마음속으로 소이치로에게 물었다.

나를 보고 어떤 표정을 지을까?

3년. 마리 생각에 엄마가 딸을 그냥 내버려두기에는 너무 긴 시간이었다. 매주 꼬박꼬박 엽서를 보냈고, 생일이나 크리스마스 때는 어린 딸이 좋아할 만한 선물을 보내기는 했지만.

또 3년이라는 세월은 아라타의 머리를 새하얗게 물들이고 말았다. 마리는 3년 사이에 아빠가 열 살은 더 먹은 것처럼 늙었다고 생각한다. 많지 않은 월급으로 딸을 사립 고등학교에 보내는 데다 아내에게 송금까지 해야 하는 생활은 동정받기에 충분했다.

비행기를 기다리면서 마리는 자신이 왜 기요를 만나고 싶어하는지 알 수 없었다. 기요에게 화가 났는데도 왜 가장 마음에 드는 옷을 입고, 설레는 가슴으로 기다리고 있을까.

"전망대에 올라간 적 있어요?"

마리는 지금 다카히코를 기다리면서 바바와 술을 마시고 있다.

"다카히코도 다림질도 일단은 다 잊고, 마리도 한잔 마셔."

바바가 권했다. 다다미 위에 다리를 쭉 뻗고 앉아 마리는 바바의 물음에 다카히코를 만났을 때 얘기를 했다.

"전망대에서 활주로를 바라보면 비행기가 외국으로 간다는 게 거짓말처럼 느껴져요. 비행기는 그저 날아서 보이지 않게 될 뿐이니까. 그다음에는 존재하지 않으니까. 사라져버리니까. 홀연히 없어지니까. 타지 않은 사람만 그냥 남겨질 뿐이죠."

바바는 고개를 갸웃거렸다.

"그래도 어머니는 그때 돌아오셨잖아?"

마리는 책상다리를 하고 앉아 잔술을 홀짝거리는 바바를 쳐다보았다.

"마찬가지예요."

바바는 잠시 생각하고서 대꾸했다.

"그런가."

마리는 웃었다. 바바는 마리가 무슨 얘기를 하려는지 모르는 것이다. 그런데도 들어주고 있었다.

"돌아올 때도 홀연히 나타나잖아요. 외국이 아니라 하늘에서, 그 어디도 아닌 장소에서."

그날 일을 생각하면 마리는 지금도 신기한 기분이 든다.

돌아온 기요는 떠날 때와 똑같은 모스그린색 투피스 차림이었다. 낯선 오버코트를 들고 있었지만 그 밖에는 변한 게 아무것도 없어 보였다. 나이조차 먹지 않은 것처럼.

그런데도 기요는 마리가 전혀 모르는 낯선 분위기를 띠고 있었다. 온몸 가득히.

마리와 아라타를 알아보았을 때, 기요의 얼굴을 빈틈없이 뒤덮은 것은 동요였다고 마리는 생각한다. 기쁨이나 반가움이 아니라, 동요였다.

"잘 왔어."

아라타가 그렇게 말하면서 손을 내밀어 짐을 받아 들자, 기요는 그나마 화사한 미소를 지으며 마리에게 말했다.

"키가 많이 컸네."

한 걸음 밖으로 나섰을 때는 걸음을 멈추고 이렇게 말했다.

"아, 후쿠오카의 냄새."

주차장은 캄캄한 어둠에 싸여 있었다. 내쉬는 숨은 하얗고, 하늘에는 별이 돋아 있었다. 트렁크에 짐을 싣고 나자 기요는 말없이 뒷좌석에 올라탔다. 아라타의 차를 탈 때면 아이들에게도 조수석을 양보하지 않았는데, 마리는 그 변화에 몹시 당황했다. 아무도 뭐라 하지 않은 채, 아라타는 운전석에, 마리는 조수석에 올라탔다.

엄마가 뒤에 있어 마리는 가슴이 두근거렸다. 기쁜 것은 아니었다. 다만 가슴이 두근거려 어쩔 줄을 몰랐다.

"아, 강이다."

"아, 이케다 아줌마네 가게네."

간혹 기요가 그렇게 중얼거렸을 뿐 셋 다 별말을 하지 않았다.

"머리, 언제 염색했니?"

기요는 나무란다기보다 흥미로워하는 말투로 물었다.

"지난주 수요일. 종업식 날 했어."

기요는 어울린다는 말도, 어울리지 않는다는 말도 하지 않았다.

"제법 잘 어울리지?"

대신 아라타가 그렇게 말했을 뿐이었다.

"엄마는 집에 도착한 후에야 반가운 표정을 지었어요. 아, 그리운 집에 돌아왔구나, 하는 표정을."

술기운에 힘입어 마리는 바바에게 할 생각이 없었던 말까지 하고 말았다. 1시가 지나서도 다카히코는 들어오지 않았다. 불안이 야금야금 마리의 가슴을 뒤덮었다.

"집안이 너무 어질러져 있어서 조금 놀란 것 같았지만 그래도 아무 말 하지 않았죠. 그날은요."

기요는 짐을 풀어 남편과 딸에게 선물을 건넨 뒤 피곤하다면서 이내 잠자리에 들었다. 마리와 아라타는 저녁을 먹지 않아 라면을 먹으러 나가 하마까지 나갔다.

차를 몰고 갔는데도 아라타는 정종을 청했다. 마리에게 묻지도 않고서 잔술을 두 개 주문하고는 마리가 마시든 말든 상관없다는 표정으로 혼자 술을 마셨다. 아라타식의 건배였다.

"정종 마신 거, 그때가 처음이었어요. 그전에 친구들이랑 맥주나 피즈(fizz) 정도는 마신 적이 있었지만요. 정종도, 아빠와 둘이 술을 마신 것도 그때가 처음이었어요."

그러면서 마리는 방구석에 놓인 카세트라디오를 보았다. 다카히코가 마리를 위해 싸 들고 온 카세트라디오. 마리는 춤추는 거 좋아하니까.

"나랑 마시는 것도 처음이지."

바바가 말했다.

순간적으로 찾아든 침묵을 깨뜨리고 싶어, 마리는 하던 얘기를 계속했다.

"그날도 라면을 먹은 후에 난 '마리아 하우스'에 갔어요. 그 앞까지 아빠가 데려다 주었죠. 그곳에 가면 반드시 누군가 아는 사람을 만날 수 있었고, 다카히코도 있었으니까."

바바가 미소를 지었다.

"엄마를 다시 만난 날인데도 다카히코를 만나고 싶었다는 건가?"

"물론이죠."

마리는 고개를 꾸벅 숙였다.

그해 여름, 그곳에서 열렸던 댄스파티에 참가한 뒤 '마리아 하우스'는 마리가 매우 좋아하는 장소가 되었다. 하얗고 고전적인, 외국의 무슨 저택 같은 그 건물의 창문에서는 빛과 음악과 좋은 냄새가 흘러나왔다.

그곳을 드나드는 손님 중에 마리는 가장 나이가 어린 축이었다. 그것도 열광적으로 춤을 추는. 디스코텍에서 춤을 별로 추지 않는 여자들, 치크댄 스만 추려는 여자들을 마리는 경멸했다. 겨울에도 땀에 푹 젖을 때까지 춤을 추고, 지쳐서 축 늘어질 때가 되어서야 음료를 마셨다. 대개는 시원하고 달콤한 술을 딱 한 잔 마시고 돌아왔다.

남자끼리는 들어갈 수 없기 때문에 디스코텍 앞에는 늘 여자 파트너가 없는 남자들이 서성였다. 말을 걸어 같이 들어갈 만한, 마음에 드는 여자를 기다리는 것이다. 그런 남자들이 마리에게 말을 건넨 적은 없었다. 마리를 귀엽다고 하는 사람은 나나 아줌마뿐이라는 것을 마리는 '마리아 하우스' 에서 깨달았다.

하지만 일단 안으로 들어가면 상황은 달라졌다. 마리보다 나이가 좀 많은 여자들은 마리를 무척 귀여워했다.

"마리, 얼마나 보고 싶었는데."

그렇게 말하면서 꼭 껴안는 여자도 있었다.

"마리 춤, 진짜 마음에 들더라."

하면서 술을 사주는 여자도. 여자들의 몸에서는 향수 냄새와 담배 냄새가 났다. 예쁜 여자도 예쁘지 않은 여자도 있었지만, 마리의 눈에는 모두가 어른스럽고 즐거워 보였다. 디스코텍에서, 드레스 코드에 완벽하게 대처한 화사한 차림으로 춤을 추는 여자들.

처음에 미에 다카히코는 '마리아 하우스'의 문을 열어주는 젊은 종업원에 불과했다. 어울리지 않는 양복을 입고서 싱긋 웃어주지도 않는.

"또 왔어?"

"벌써 가는 거야?"

그렇게 말을 걸어도 마리는 아무런 대꾸 없이 고개만 숙인 채 지나갔다.

"이름이 뭐지?"

한번은 그렇게 묻기에 무심코 대답했다.

"데라우치 마리."

"마리짱이네."

다카히코의 말투가 사근사근해서 마리는 천천히 고개를 들고 쏘아붙였다.

"아니, 데라우치 마리."

다카히코는 움찔 놀라기는커녕 오히려 부드럽게 웃었다.

"그러니까 마리짱이라는 거지."

다카히코를 좋아하게 된 것은 바로 그 순간이었다. 그러니까 마리짱이라는 거지.

"다카히코가 많이 늦네."

마리는 일어나 늘 이불을 너는 창문을 열었다. 대답은 없었지만 따가운 시선이 등으로 쏟아졌다. 갑자기 단둘이 있다는 것이 어색하게 느껴졌다.

다카히코는 후쿠오카에 있을 때는 그렇게 질투가 심하더니, 왜 이런 데다 날 혼자 내버려두는 걸까.

그런 생각을 하자 걱정보다 외로움이 앞섰다.

뒤에서 바바가 조그만 소리로 웃었다.

"창문, 닫아."

돌아보니 돌부처처럼 바바가 너그러운 표정을 짓고 있었다.

"걱정 안 해도 돼. 아무 짓도 안 할 테니까."

그러고는 술잔을 비웠다.

"나 먼저 잘게. 마리도 이제 그만 자."

부엌 마루가 삐걱거리는 소리, 컵을 씻는 물소리. 외로움이 차올랐다. 마리는 울고 싶은 심정이었다. 창문을 닫자 외로움이 한층 짙어졌다.

다카히코는 새벽이 되도록 돌아오지 않았다. 문을 여는 소리에 발딱 일어난 마리가 뭐라 뭐라 물어도,

"잠이나 자."

라는 말만 했을 뿐, 다카히코는 어떠한 설명도 하지 않았다. 취한 것 같지도 않았다. 다카히코는 세수를 하고 옷을 갈아입더니 그대로 시장으로 가버렸다.

"저런 녀석, 그냥 내버려둬."

현관에 홀로 남은 마리에게 이불 속에서 바바가 한마디 내던졌다.

마리는 극장에서 하는 일과 연립주택에 빌붙어 사는 도둑고양이에게 말을 건네는 것이 이곳 생활의 낙이었다. 고양이들은 모두 너저분했지만, 안아 올리면 새끼 고양이조차 입을 쫙 벌리고 조그만 이를 드러내며 가르랑거리는 것이 듬직하고 마음에 들었다. 마리는 아무에게나 애교를 떠는 고양이는 싫었다.

"넌 참 이상하게 생겼다. 왜 이렇게 얼굴이 납작하니?"

마리는 고양이들에게 그런 식으로 말을 걸었다.

"넌 왜 이렇게 눈곱이 많이 꼈어?"

목덜미를 잡고 들어 올리면 새끼 고양이는 엎드린 자세 그대로 들려 올라왔다.

"넌 참 애교도 없다."

고양이들은 밖에 놓인 세탁기 옆에 살았다. 그래서 마리는 빨래를 할 때마다 고양이들을 보았다. 우글쭈글하고 불결하기 짝이 없는 알루미늄 접시에는 말린 가다랑어포 비슷한 것이 들러붙어 있다. 접시는 2층 사람이 갖다 놓은 것 같았다. 간혹 마리도 그 접시에 우유를 따라준다. 다 큰 고양이들은 우유를 반기지 않지만, 새끼 고양이들은 앞을 다투어 고개를 처박고 허겁지겁 핥았다.

그런 새끼 고양이들을 보면 마리는 용기가 샘솟는 듯한 기분이 들었다. 왠지 자신과 소이치로와 큐가 떠올랐다.

9월. 청명한 날, 마리는 여느 때처럼 세탁기를 돌려놓고 고양이들과 놀고 있었다. 사람 하나가 겨우 지나갈 수 있을 정도로 좁은, 마당이라 할 수도 없는 곳에는 잔디가 드문드문 돋아 있다.

그날 밤 이후로 다카히코는 마리에게 부쩍 친절하게 굴었다. 반대로 바바는 다카히코를 쌀쌀맞게 대했다. 바바가 군이 말하지 않아도 직장에서 다카히코의 태도가 불성실하다는 것 정도는 마리도 충분히 짐작했다.

"믿을 수 있는 사람이야. 걱정 안 해도 돼."

둘이 몰래 도망치자는 계획을 세울 때 다카히코는 바바에 대해 그렇게 말했다.

"아무튼 요만할 때부터 신세를 졌으니까, 나도 그 형에게는 꼼짝 못하지."

그런 바바가 외면한다면 다카히코가 얼마나 불안하고 고독할까. 생각만 해도 마리는 가슴이 아렸다. 마리는 그 누구든 다카히코에게 상처를 주는 것은 원치 않았다.

다카히코는 마리가 전에 만난 어떤 남자와도 달랐다. 소이치로처럼 똑똑하지도 않고, 큐처럼 푸근하지도 않다.

"봉 오르기도 못할걸."

마리는 고양이들에게 말한다. 경솔하고, 툭하면 싸워대고, 강하지도 않으면서 이내 사람들에게 대든다.

후쿠오카에 있을 때도 참 많이 싸웠다. 자신이 먼저 시비를 걸어놓고서 상황이 불리하다 싶으면 금세 도망쳤다. 달리기만큼은 잘했다. 마리를 내버려둔 채 도망친 적도 있었다. 그러고는 이내 자신을 합리화했다.

"마리는 여자니까, 험한 꼴 안 당하잖아."

다카히코는 팔이 가는데도 꽉 껴안으면 아플 정도로 힘이 셌다. 비록 가늘고 싸움에 약하다 해도 남자의 팔이었다.

마리는 그때가 그리웠다. 깊은 밤의 시카 섬과 이키노마츠바라, 츠야자키와 나가타래 해수욕장. 다카히코가 모는 오토바이를 타고 온갖 바다를 돌아다녔다.

"바다를 좋아하나 보군."

다카히코의 말에 자신이 고개를 갸우뚱했던 것까지 기억이 났다. 바다를 특별히 좋아하는 것은 아니었다.

"좋아하는 사람이랑 있을 때는 바다에 가야 하는 거 아냐?"

마리는 그렇게 말했다.

그중에서도 나노츠 부두는 추억이 많은 장소였다. 그곳에서 다카히코와 키스를 100번 정도는 했다. 얘기도 100시간 정도 나누었다. 도망치자는 계획도 그곳에서 세웠다. 아침 바다가 한가롭다면 밤바다는 불온했다. 눈을 감으면 마리는 그 항구의 탁한 물 냄새를 코로, 입으로 한가득 느꼈다. 거대한 창고, 긴긴 제방. 그곳에는 평상이 쌓여 있었다.

"둘이서 살 수 있으면 좋겠다."

마리는 종종 그런 말을 했다.

"다카히코만 있으면 돼, 난."

"가족은 어떻게 하고?"

걱정스럽다는 듯이 늘 그렇게 되물었던 다카히코의 순진한 옆얼굴을 떠올렸다.

"가도 된대. 왜 안 되는데?"

마리는 대답했다. 그것은 마리 가슴속에 있는 소이치로의 말이었다.

"정말이야? 그렇게 말하는 부모가 다 있나?"

다카히코는 웃었다.

암벽에 철썩철썩 부딪치는 물소리가 거칠고 드높았다. 류큐 해운이니 노다 상선이니, 컨테이너 박스에 쓰인 글자를 멍하니 바라보면서 마리는 물소리를 들었다.

세탁기 돌아가는 소리에 마리는 현실로 돌아왔다. 도쿄 외곽, 가와사키에 있는 연립주택으로. 단둘은 아니지만 다카히코와의 생활로.

6

마리는 도쿄를, 사람들이 흔히 말하는 '냉정한 도시'라거나 '위험한 도시'라고는 생각지 않았다. 극장에서 일하는 사람들도 연립주택의 주인도 모두 친절했다. 늘 장을 보는 슈퍼마켓의 계산대 아줌마도 인상이 좋았다. 다만 색깔이 예쁜 도시는 아니라고 생각한다. 하늘도 나무도 있었지만 예쁘지는 않다. 자연뿐만 아니라 간판이나 지붕도 후쿠오카에 비하면 무채색으로만 보였다.

마리가 태어나고 자란 곳은 집 밖으로 한 걸음만 나서도 '세계'였다. 도시이기 전에 커다란 하나의 세계였고, 하늘과 바람과 햇살이 늘 그 세계를 조화롭게 가다듬었다. 도쿄에는 그런 느낌이 없었다.

1978년 가을, 마리는 열여덟 살이 되었다.

생일날 아침, 마리에게 가장 먼저 축하한다는 말을 해준 사람은 바바였다. 그래서 마리는 화가 났다. 무례한 태도라고 생각했다. 다카히코는 눈을 뜨자마자 상냥하게 말을 건네는 성격도 아니고, 그렇다고 잊어버린 것은 아니니까 참고 기다리다 보면 그날 밤이나 다음 날 아침, 어쩌면 이삼 일이 지나서일지도 모르지만 아무튼 언젠가는 반드시 축하해줄 것이다. 마리는 그렇다는 것을 알고 있었고, 그래서 기다리고 싶었다. 기억해주어서 고맙다고 생각하고 싶었다.

"다카히코와 같이 케이크라도 사올게."

나가면서 바바는 그렇게 말했다.

"되도록 빨리 올게. 그리고 가게에서 뭐든 맛있는 거 들고 올 테니까 기다리고 있어."

다카히코는 옆에 서 있으면서도 아무 말 하지 않았다.

"정말 빨리 들어올 수 있어? 저녁밥, 같이 먹을 수 있는 거야?"

바바가 나간 후 다카히코에게 물었다.

"몰라."

다카히코는 귀찮다는 듯이 대답하고는 화장실로 가버렸다.

마리는 서글펐다. 여전히 다카히코를 좋아하는 자신을 다카히코가 예전처럼 좋아하지 않는 것 같아 불안했다. 마리가 특별한 것을 바라는 건 아니었다. 적어도 마리 생각에는 특별한 것이 아니었다. 마리는 다카히코의 사랑을, 그리고 이해를 원했다. 또 신뢰하고, 소중히 여겨주기를 바랐다. 그것은 당연한 바람이라고 생각했다. 어린 시절의 소이치로나 큐도 그렇게 해주었으니까.

요즘 다카히코가 무슨 생각을 하는지 도무지 모르겠어.

소이치로에게 가슴속으로 투덜거렸다. 한 시간쯤 지나 다카히코도 일하러 나가버리자 마리 홀로 방에 남았다. 청소와 빨래와 장보는 것밖에 할 일이 없는 방에.

하지만 저녁때 기쁘고 반가운 일이 생겼다. 다카히코가 만면에 미소를 띠고 돌아온 것이다. 카세트라디오의 볼륨을 높여놓아 마리는 문이 열리는 소리를 듣지 못했다. 다다미방에서 춤을 추고 있던 마리는 사람의 기척에 눈을 떴다. 그러자 방문 앞에 그리운 다카히코가 서 있었다. 옛날처럼 사근사근한 표정으로 춤추는 마리를 쳐다보고 있었다.

"다카히코!"

반갑게 이름을 불렀다.

"벌써 돌아온 거야? 아니면 뭐 두고 간 거라도 있어?"

"돌아온 거야."

다카히코는 그렇게 말하고,

"춤, 더 춰봐."

하고 놀리는 듯한 눈빛으로 채근했다. 방 안에는 햇살이 가득 기울고, 펑크 밴드 섹스 피스톨즈의 〈God save the queen〉이 흐르고 있었다.

"그만 됐어."

마리는 쑥스러워하며 뛰어가 땀에 젖은 팔로 다카히코를 껴안았다.

"어떻게 이렇게 빨리 왔어?"

다카히코의 차가운 귀에 달아오른 볼을 비비며 물었다. 다카히코의 몸에서는 차가운 거리의 냄새가 났다. 도쿄의 냄새다, 하고 마리는 생각했다.

"바바 형이 먼저 가라고 해서."

마리의 몸을 살며시 떼어놓으며 다카히코가 대답했다.

"내 생일이라서?"

마리의 눈이 반짝반짝 빛났다.

"아마……."

다카히코가 미처 대답을 하기도 전에 마리는 그 입술을 막았다. 1초, 2초, 아니, 더 오래.

"바바 씨, 정말 좋은 사람이네. 대단해."

입술을 떼고서 그렇게 말했다.

"돌아오는 길에 경마장에 들렀어."

다카히코는 그렇게 말하면서 바지 주머니에서 구깃구깃한 지폐와 동전을 꺼냈다.

"또?"

마리는 잔소리용 표정을 지으려 했지만 마음대로 되지 않았다. 다카히코가 이런 말을 했기 때문이다.

"이 돈으로 맛있는 거 먹으러 가자. 디스코텍에 가도 좋고. 백화점에 가서 네가 사고 싶은 것도 사줄게. 그 전에 오늘은 우리 이쪽 방에다 이불 펴자."

다카히코는 경마에 푹 빠져 있었다. 쉬는 날에는 하루 종일 경마장에서 보냈다. 자신은 인정하지 않지만, 일터에서 빠져나와 몰래 가기도 한다는 것을 마리는 알고 있었다. 동시에 경륜도 하는 듯한데, 다카히코 말로는 경륜은 라인의 역학 관계에 좌우되기 때문에 복잡하고 번거롭다고 했다. 하지만 경마는 모든 게 말에 달려 있어서 공명정대하고 승부에 목매달면 그만큼 벌 수 있다고 한다.

가와사키라는 도시 탓이라고 마리는 생각했다. 이 도시에는 경마장도 경륜장도 야구장도 있다. 물론 야구는 도박이 아니지만 남자가 여자를 방치한 채 놀러 가는 장소라는 점에서 마리에게는 똑같은 곳이었다. 술을 마시는 곳도 있고, 돈으로 여자를 살 수 있는 장소도 있다. 또 밤새도록 징그러운 영화를 상영하는 극장도.

"다카히코는 여기가 좋아?"

서쪽으로 기운 햇살 속에서 요만 깔고 사랑을 나눈 후 다카히코의 몸에 원숭이처럼 두 팔과 두 다리를 휘감은 마리가 물었다. 섹스 피스톨스는 이제 흐르지 않았다.

"아니, 조금도. 거리도 사람도 이 방도, 좋을 리가 없잖아?"

다카히코는 대답했다. 두 팔에 힘주어 마리를 꼭 껴안으면서.

"그럼, 우리 이사하자."

조그만 소리로 마리가 속삭였다. 버럭 고함을 지를까 봐 무서워서였다. 하지만 다카히코는 고함은 지르지 않았다.

"네 맘, 알아."

하고 대답하고는 마리보다 더 조그만 소리로 물었다.

"바바 형하고 무슨 일 있었어?"

그런 다음 마리에게 대답할 틈조차 주지 않은 채 손가락으로 마리의 음부를 헤집으며 또 뭐라고 알아들을 수 없는 말을 중얼거렸다.

"싫어."

마리는 고통스러워 신음했다. 몸을 비틀며 피하려 해도 다카히코는 멈추지 않았다. 마리의 몸을 몸으로 꽉 누르고 거의 울부짖으면서 얼굴을 배에 비벼댔다. 멈추게 하려면 걷어차는 수밖에 없었다.

다카히코는 울고 있었다.

"바보같이."

마리는 깨진 물건을 다루듯 조심스럽게 다카히코의 머리를 껴안아주었다. 다카히코는 마리의 뒷덜미를 적시면서 한없이 흐느꼈다.

외출 준비를 하고 집을 나설 때는 기분이 개운했다. 마리와 다카히코는 오랜만에 손을 잡고 걸었다. 저녁노을도 사라지고 어둠이 드리워지고 있었다.

결국 백화점에는 가지 않았다. 다카히코는 데려가고 싶은 데가 있다면서 마리를 역에서 좀 떨어진 곳에 있는 술집으로 데리고 갔다. '마사'. 입구에 걸려 있는 포럼 옆에 군데군데 찢어진 빨간 초롱이 있고, 거기에 검은 글자로 그렇게 씌어 있었다.

"여기 앉아, 앉아. 왜 이렇게 늦었어?"

네 명이 앉는 테이블에 혼자 앉아 있던 중년 남자가 다카히코에게 한 손을 들어 보이며 말했다.

꼬치구이 연기와 냄새로 가득한, 허름하지만 푸근한 느낌이 드는 가게였다. 벽에 붙어 있는 선반에는 복고양이가 장식되어 있었다.

다카히코는 턱을 쑥 내밀며 가볍게 인사하고는 당황한 마리에게 말했다.

"노부 씨야."

기분 좋을 때의 목소리였다. 다카히코가 의자에 앉아 마리도 따라 옆 의자에 앉았다. 맥주 두 잔이 나왔다.

"잘 먹겠습니다."

다카히코가 공손하게 말해 마리도 똑같이 말했다.

"좋다. 보기 좋아."

노부 씨가 싱글거리며 말했다. 두 눈의 크기가 서로 다르고 몸집이 작은 남자였다. 노부 씨는 소주를 마시면서 오이를 된장에 찍어 먹었다. 소스가 묻어 있는 접시가 놓인 것을 보면 닭 꼬치구이는 벌써 먹은 모양이었다.

"다카가 오늘은 좀 벌었지?"

마리 쪽을 향해 말했다. 마리는 애매하게 고개를 끄덕였다. 다카. 다카히코와 이 사람은 얼마나 친한 사이일까.

"춤추러 갈 거지?"

거지? 하고 묻는 말꼬리에 애교가 묻어 있었다. 노부 씨는 스키복 같은 하얀 면 재킷 차림이었는데 소매 끝이 거무죽죽했다. 보나 마나 부인이 없겠지, 하고 마리는 생각했다.

겨우 10분을 함께 마시고 노부 씨는 자리에서 일어났다.

"자, 그럼 나는 간다. 너희들은 더 먹고 가. 내가 내는 거니까."

다카히코가 벌떡 일어서기에 마리도 따라 일어섰다.

"됐어, 일어날 거 없다니까. 그냥 앉아 있어."

노부 씨는 씩 웃으면서 팔을 아래로 향하고 흔들었다.

"잘 먹었수다."

노부 씨는 가게 주인에게 그렇게 말하고 외상이 가능한지 돈을 내지 않은 채 밖으로 나갔다.

"누구야? 만나기로 약속된 거였어? 깜짝 놀랐잖아. 갑자기 알지도 못하는 사람을."

미닫이문이 닫히자마자 마리가 물었다.

"미안하다."

다카히코는 순순히 사과하고는 존경이 담긴 말투로 말을 이었다.

"그래도 좋은 사람이야, 노부 씨. 마권 맞히는 가게를 하는데, 오늘은 만마권(100엔당 1만 엔 이상이 배당되는 마권—옮긴이)도 맞혔다고."

"흐음."

마리는 관심이 없어 심드렁하게 대꾸했다.

그 후로는 만족스러운 밤이었다. 다카히코와 둘이 꼬치구이를 먹고 커다란 잔에 소주 칵테일을 마셨다.

"생일, 축하해."

다카히코가 축하의 말을 하면서 마리와 잔을 부딪쳤다.

그다음에는 가게에서 나와 전철을 타고 신주쿠로 갔다. 전철에는 버려진 경마 신문이 뒹굴었다. 승객들이 밟지 않을 수 없을 만큼 많이, 그것도 펼쳐진 채로. 마리는 눈살을 찡그리면서도 과감하게 밟았다. 이 정도는 이제 익숙하지 뭐, 하는 식으로.

디스코텍은 지저분한 주상 복합 빌딩 지하에 있었다. 입구 옆에는 맥주 박스까지 쌓여 있어 '마리아 하우스'와는 전혀 딴판이었다. 마리는 우선 그 비좁음에 놀랐다. 왕왕 울리는 음악 소리도 그랬지만.

"음악이 이상하네. 이거 코모도어스인가?"

말은 그렇게 했지만 중저음 소리에 혈관이 터져 나갈 것 같았다. 얼른 조그만 사물함에 가방을 집어넣고는 플로어로 뛰어나갔다.

플로어는 연기로 자욱했다. 마리가 일하는 극장에서 파는 펀치 비슷한 냄새도 났다. 달콤하고 인공적이면서 어딘가 모르게 무슨 가루 같은, 보라색 음료 냄새였다.

"꺄아아, 이게 얼마 만이야!"

두 팔을 높이 쳐들고 엉덩이를 거의 쭈그려 앉듯 낮춘 채 환성을 질렀다. 실내가 좁으니 플로어도 좁았지만 그것은 문제가 되지 않았다. 몸을 맞대고 북적거리는 사람들 사이를 헤치고 들어갔다. 가까스로 마리를 따라온 다카히코에게 소리쳤다.

"나, 이제 열여덟 살이야."

음악 소리 때문에 다카히코에게는 닿지 않았다.

"다카히코 옆에서 열여덟 살이 되었어. 그리고 지금은 다카히코랑 춤추고 있고."

마리는 주위를 아랑곳하지 않고 소리를 질렀다.

"뭐라고?"

다카히코가 옆에서 몸을 쑥 내밀며 되물었다.

마리는 미친 듯이 춤을 추었다. 뒤로 등을 젖히고 허리는 앞으로 쑥 내민 채 몸을 돌리고 머리를 휘저으며 발을 구르고 웃고 눈을 감고. 그런 마리를 보면서 다카히코는 가볍게 리듬만 탔다.

'마리아 하우스'에서 그랬던 것처럼 이 디스코텍에서도 마리의 춤은 남달랐다. 잘 추고 못 추고를 떠나 그냥 남달랐다. 그래서 사람들이 슬쩍슬쩍 자리를 피해 마리 주위에만 공간이 생겼다. 작지만 마리가 자유롭게 춤출 수 있는 공간이.

도중에 다카히코가 바에서 마실 것을 가져왔다. 마리는 그것을 단숨에 들이켜고는 또 춤을 추었다. 춤을 추다 보면 어릴 적의 안도감이 되살아났다. 눈을 감고 내키는 대로 춤을 추다 눈을 뜨면 눈앞에 소이치로와 큐가 있을 것 같았다.

"넌 왜 춤출 때 눈을 감니?"

언제였나, 소이치로가 그렇게 물은 적이 있었다. 지금이라면 이렇게 대답하리라.

"오빠를 만날 수 있으니까 그렇지."

두 시간이 지나서야 밖으로 나왔다. 밤바람이 땀에 푹 젖은 두 사람의 열기를 식혀주었다.

"아, 신나게 췄다."

마리는 들뜬 기분으로 다카히코의 팔짱을 꼈다. 쓰레기장 옆을 지나면서 어깨에 머리를 기댔다. 그러고는 골목길의 밤기운을 크게 들이마셨다.

"신주쿠도 더럽기는 마찬가지지만 그래도 좋은 곳이야. 다카히코랑 같이 있으니까."

마지막 전철 시간이 머지않았다는 것을 먼저 알아차린 것은 다카히코였다.

"전철 놓치겠다."

"뛰자."

마리와 다카히코는 있는 힘을 다해 역으로 뛰었다. 묘한 웃음이 발작처럼 끓어올랐다. 이런 시간에 이런 장소에서 뛰고 있다니. 신이 난 마리와 다카히코는 뛰면서 키들키들 웃었다. 한 손은 서로의 손을 꼭 잡고, 다른 한 손으로는 배를 움켜쥐고.

행복의 여운을 안고 두 사람은 연립주택의 문을 열었다. 불은 환하게 켜져 있는데 아무 소리도 기척도 없었다.

다다미방에 바바가 앉아 있었다.

"어디를 싸돌아다니다가 오는 거야?"

다카히코 앞에 버티고 선 바바가 분노에 찬 목소리로 싸늘하게 물었다. 그러고 나서 다카히코의 멱살을 잡았다.

"어? 어디를 싸돌아다니다가 오느냐고 묻잖아."

"이러지 마요."

마리가 바바의 팔을 잡았지만, 바바는 마리와는 눈조차 마주치지 않았다. 하얗게 메마른 발톱, 뼈가 불거진 바바의 넓적한 발이 다다미 위를 스쳤다. 바바의 얼굴은 분노로 뒤틀렸다.

"가게에는 왜 안 나왔어? 경마냐? 파친코? 아니면 또 그 여자겠군. 그 여자하고 이 돈은 주방장에게 돌려줄 거니까. 알겠어, 다카히코?"

셔츠 깃을 잡고 흔들자 다카히코는 거의 공중에 뜬 꼴이 되었다.

"그만해. 부탁이니까, 다카히코를 놔줘!"

마리는 신경질적으로 소리를 질렀다. 바바는 마리를 거들떠보지도 않은 채 다카히코의 먹살만 놓았을 뿐이다. 다카히코와 바바는 서로를 노려보았다.

"뭘 그렇게 노려봐? 하고 싶은 말이 있으면 해보라고. 할 말 있어? 네가 가게에 안 나올 때마다 내가 얼마나 사과를 하는지 알기나 해? 다른 사람들하고 주방장에게."

"시끄러워! 형이 뭐라고 내게 그런 소리야. 내 부모도 아니잖아."

다카히코가 큰 소리로 바바의 말을 잘랐다. 다카히코의 눈초리와 목소리는 마리가 도망치고 싶을 만큼 비통하고 애처롭고 원망이 가득했다.

"그런 가게, 언제든 그만둘 수 있어. 내가 설거지나 해서 뭘 하겠다고? 형은 가게가 기다리고 있지만, 그래서 수련이다 뭐다 하지만 결국은 놀고먹는 거잖아."

마리는 다카히코가 울음을 터뜨릴지도 모른다고 생각했다. 아니면 자신이 울음을 터뜨리거나.

"너, 옛날부터 쓰레기인 줄은 알았다만 점점 더 형편없어지는구나."

이제 바바의 목소리에 분노는 가시고 없었다. 그저 피로감과 체념이 있을 뿐이었다.

그때 다카히코가 몸을 구부리고 어깨로 바바의 몸을 쳤다. 바바가 바닥으로 나동그라졌다. 놀란 마리가 비명을 지르며 다카히코에게 매달렸지만 다카히코는 벽에 세워둔 밥상을 번쩍 들어 내려쳤다. 마리는 꼼짝도 할 수가 없었다.

조금만 더 침착하게 굴었다면 두 번이고 세 번이고 밥상을 내리치는 다카히코를 뒤에서 잡을 수 있었을지도 몰랐다. 하지만 그때 마리는 그럴 여유가 없었다. 그래서 바바의 등을 부둥켜안고 울면서 감쌌다. 다카히코를 위해서.

다카히코는 마리의 뒷머리와 등을 향해 가차 없이 밥상을 휘둘렀다. 충격은 있었지만 아픔은 느끼지 못했다. 그리고 엉덩이와 다리에 두 번. 마리는 그쪽이 오히려 아팠다.

"밥상으로 얻어맞는 것보다 마리 몸이 무거워서 숨 막혀 죽는 줄 알았어."

훗날 바바는 그렇게 말했다. 아무튼 그때 마리는 필사적이었다. 필사적으로 바바의 몸을 덮친 채 머리를 꽉 껴안았다.

다카히코가 공격을 멈췄는데도 한동안은 움직일 수 없었다. 고개를 돌리면 머리에 다시 밥상이 떨어질까 봐 겁이 났던 것이다.

"마리."

다카히코의 목소리가 들렸다. 몹시 불온한 목소리였다.

"비켜."

마리는 고개를 저었다.

"비키라고 하잖아."

마리는 또 고개를 저었다.

그 후 다카히코가 밖으로 나가버렸는데도 마리는 깨닫지 못했다.

바바는 눈가가 찢어지고 볼이 부어오르고 의식도 다소 몽롱한 듯 보였다.

"무겁다."

마리가 바바의 입에 손을 대고 호흡을 확인하자 그렇게 말했다. 그제야 안심한 마리는 울음을 터뜨리며 눈물 젖은 얼굴로 바바의 볼을 비볐다. 고개를 들자 방 한구석에 케이크 상자가 나뒹굴고 있었다. 오늘 아침 바바가 나가면서 사 오겠노라고 했던 말이 떠올랐다. 그리고 오늘이 자신의 생일

이라는 생각도. 다카히코와 디스코텍에 간 것이 10년 전 일처럼 아득하게
느껴졌다.

7

　마리가 용서할 수 없는 것은 그날 밤 다카히코가 바바를 때렸다는 사실
이 아니었다. 마리를 내버려두고 나간 것이었다. 바바의 집에 마리만 남겨
놓고.
　"도저히 믿을 수가 없어요."
　마리는 야마베에게 그렇게 말했다.
　"내게는 다카히코가 전부였는데. 정말, 정말 못 믿겠어요."
　마리는 지금 야마베 미노루의 방에 있다. 야마베는 바바가 사는 연립주
택 2층의 한쪽 방에 살고 있었다.
　마리와 야마베는 마주치면 서서 얘기나 나누는 사이였다. 마당에 눌러
사는 도둑고양이들을 먹이까지 줘가며 귀여워하는 야마베에게 마리는 호
감을 갖고 있었다.
　"다 끝난 일이잖아. 덕분에 이렇게 됐으니까."
　믿을 수 없다고 몇 번이나 말하는 마리를 야마베는 부드럽게 달랬다.
　"그거야 그렇지만."
　황당한 소리만 하는 다카히코와의 관계에 지친 마리에게 야마베의 온

화함은 더없이 따스하고 푸근했다. 하지만 한편으론 갈피를 잡을 수 없었다.

집을 나간 다카히코는 다음 날 아침 짐을 가지러 돌아왔다. 마리를 쳐다보지도 않은 채 일부러 우당탕탕 방을 걸어 다니면서 말없이 옷가지와 잡다한 것들을 가방에 쑤셔 담았다.

"잠깐, 나 좀 봐."

마리의 말에 다카히코는 아무런 대꾸도 하지 않았다.

"어디로 가는 거야? 어젯밤 일, 바바 씨에게 사과해야지."

세면실까지 따라가 뒤에서 말을 건넸다. 다카히코는 칫솔과 타월을 가방에 휙휙 집어던졌다.

"다카히코!"

마리는 분통이 터져 언성을 높이고는 다카히코가 손에 들고 있는 헤어크림을 낚아챘다.

"뭐 하는 짓이야."

다카히코가 자신을 겁줄 요량이라는 것은 알았지만, 마리에게는 오히려 삐친 어린애처럼 몹시 유치해 보였다.

"이리 내놔."

거울 앞에서 서로를 노려보는 꼴이 되었다.

"싫어."

힘을 주고 말하자 목소리가 경직되고 말았다. 어젯밤 그 일이 있기 전까지 다카히코가 마리에게 폭력을 휘두른 적은 단 한 번도 없었다. 어젯밤에도 실제로는 마리에게 그런 것이 아니었다. 그런데도 마리는 겁을 먹었다. 깡마르고 겁이 많은 다카히코. 늘 그렇게 생각했는데, 지금 눈앞에 있는 사람은 자신보다 힘도 세고, 그렇다는 것을 알면서도 감정을 억제하지 못하는 남자였다.

"어디로 가느냐고 물었잖아."

자신이 겁에 질려 있다는 것이 마리를 더욱 불안하게 만들었다.

"나를 그냥 두고 갈 거야?"

거의 울먹이고 있었다. 마리를 노려보는 다카히코의 눈은 증오라고 해도 좋을 만큼 분노와 원망으로 일렁였다.

"마리 너에게는, 바바 형이 있잖아."

마리는 기가 막혀 반박할 말도 나오지 않았다. 바바와 자기 사이에 아무 일도 없다는 것은 다카히코도 익히 알고 있을 것이다.

"속도 편하지. 이사를 하고 싶다느니 뭐가 어떻다느니, 불평만 하면 되니까. 그러면서 바바 형에게는 아양을 떨고."

뜻밖이었다. 다카히코는 더욱 비아냥거렸다.

"아무한테나 교태를 부리잖아. 놀고먹는 바바 형하고 잘 어울리더군. 누가 데려왔는지 알고나 있어?"

"어째 그런 말을 하냐?"

본의 아니게 목소리가 떨렸다. 그러자 다카히코는 경멸하듯 숨을 내쉬면서 조그만 소리로 물었다.

"갑자기 웬 사투리? 도쿄 사람처럼 말해봐. 할 줄 알잖아"

지리멸렬했다. 다카히코는 지리멸렬하고 말이 통하지 않는다.

"이제는 친절하게 대해줄 수 없다는 거야?"

울지 않으려고 애써서 그런지 목소리가 작아졌다.

다카히코는 나가버렸다. 재워줄 여자가 있는지도 모른다. 아니면 노부 씨라는 사람을 찾아갈지도 모른다. 어쨌든 그것은 마리의 인생 밖 일이었다.

문이 닫혔을 때 마리는 헤어크림을 손에 꼭 쥔 채 다다미방에 서 있었다. 딱풀처럼 생긴, 다카히코가 '치크'라 부르며 애용했던 것이다. 마리는 아무 생각 없이 뚜껑을 열고 립스틱을 돌리듯 빙빙 돌렸다. 쓰다 만 크림이 밀려 올라왔다. 끈끈하게 휘감기는, 들쩍지근한 냄새가 났다. 마리가 잘 알고 있는 다카히코의 냄새였다.

마리가 놓아버리고 만 것. 다카히코는 이미 후쿠오카만큼이나 멀어졌다.

충동적으로 뚜껑을 닫자 소기름 같은 크림이 용기 안에서 물큰 짜부라졌다.

그 후 마리는 일주일 동안 다카히코를 기다리며 지냈다. 꼭 돌아올 거야. 그렇게 믿고 싶었다. 바바와의 관계도 어색했다. 후쿠오카를 떠날 때 엄마가 준 돈도 떨어졌다. 알게 모르게 다카히코가 다 써버린 것이다. 도박에 썼는지 여자에게 썼는지, 아니면 마리에게 사준 샌들과 유카타에 썼는지 알 길이 없었다. 하지만 어느 쪽이든 마찬가지였다. 다카히코는 끝내 돌아오지 않았다.

가을이 한달음에 깊어졌다. 역 앞 너저분한 광장에는 전단지와 신문지와 함께 마른 낙엽이 뒹굴었다. 매일 아침 세수를 하는 물도 쉽게 데워지지 않았다.

"일주일이 지나버렸네요."

마리는 바바에게 말했다. 가끔은 한잔하는 것도 괜찮다고 해서, 늦은 밤 맥주를 함께 마실 때였다.

"다카히코, 안 돌아올까요?"

바바의 잘못이 아니라는 것은 알고 있었다. 그런데도 마리는 바바에게 호의를 품을 수 없었다.

"안 돌아올 거야. 그 녀석은 내가 더 잘 알아."

그 말에 견딜 수 없는 슬픔이 밀려들었다. 방금 전이었다면 다카히코에 관해서는 누구보다 마리 자신이 잘 안다고 생각했을 것이다.

"그럼 나도 나가야겠네요."

고개를 든 바바의 표정이 지금도 선하다. 당황스럽고 불안해하는.

"왜? 마리가 나가버리면 그 녀석이 돌아왔을 때."

"앞뒤가 안 맞아요."

마리가 말을 잘랐다.

"모순돼요. 다카히코가 돌아오지 않을 거라고 말한 사람은 바바 씨잖아요."

벌떡 일어선 바바가 양 어깨를 잡고 입술을 짓눌렀다. 갑작스럽게 당한 마리는 두 손을 다다미 바닥에 대고 쓰러지지 않도록 몸을 버티는 게 고작이었다. 그렇게 마리는 바바의 입술을 받아들였다. 두 눈을 꼭 감고, 코로만 숨을 쉬면서.

믿어지지 않을 만큼 오래 계속되었다. 바바는 얼굴이 크고, 입술은 두툼하며 억셌다. 그리고 다짜고짜 빨아댔다.

또야? 마리는 그 옛날 아빠의 대학에서 억지로 키스를 당한 기억이 되살아났다. 하지만 지금은 사정이 전혀 다르다. 이곳은 바바의 방이다. 잘못은 여기에 눌러 있는 자신에게 있다.

마리는 꾹 참았다. 이까짓 일, 아무것도 아니야. 어떻게든 그렇게 생각하려 했다. 키스 따위, 별거 아니라고.

마리의 몸을 뒤덮은 바바는 온 입술과 혀로 쭉쭉 빨아댔다. 바바의 숨이 조금씩 거칠어졌다.

이게 끝나면, 하고 마리는 생각했다. 묘한 일이지만 오히려 마음이 냉정해졌다. 이게 끝나면 떠나자. 처음 집에서 들고 온 것만 챙겨서 이곳을 나가자. 일단은 어디서든 날이 밝기를 기다렸다가 극장으로 가자. 지배인에게 극장에서 지내면서 일할 수는 없는지 물어보자. 아니면 어디 싼 집을 구해줄 수는 없는지 물어보자.

간신히 남자의 몸이 떨어져 나갔을 때, 마리는 자신의 사고가 아주 투명하다는 것을 자각했다. 무섭지도 슬프지도 않았다.

"다카히코 녀석은 잊어버려."

바바는 마리에게서 눈길을 떼지 않은 채 바지를 벗기 시작했다. 마리는 자신이 입고 있는 스웨터가 목까지 올라가 있고 한쪽 가슴이 브래지어 밖으로 튀어나와 있는 것을 바로 고쳤다. 일어서자 다리가 휘청거렸다. 환하게 불 켜진 방, 바바는 팬티 한 장 차림이었다. 다다미를 밟고 선 다리가 뜻밖에도 하얗고 예쁜 모양이었다. 그리고 부드러워 보이는 천 너머로 그 안의 것이 커다랗게 우뚝 서 있었다.

왕고추 큐.

먼 옛날 생각이 나서 마리는 슬머시 미소 지었다. 큐는 지금 어떻게 지내고 있을까.

"이제 가야겠어요."

마리는 말했다. 목소리가 부드럽게 나와 스스로도 놀랐다. 만일 바바가 자신을 덮친다 해도 어쩔 수 없는 일이라고 생각했다. 무슨 차이가 있을까.

"하고 싶어요?"

마리는 그렇게 물으면서 바바를 똑바로 쳐다보았다. 묘한 틈이 생겼다. 둘 다 아무 말도 하지 않았다.

마침내 바바가 바지를 주워 들었다. 마리는 안도하며 미소 짓고는 두 팔로 바바의 목을 껴안았다. 감사의 표시로 그렇게 했는데, 바바는 바짝 긴장한 채 낮은 소리로 말했다.

"네 손에 죽고 싶군."

짐이랄 만한 것도 없었다.

"말리지 않을 테니까 아침까지 기다려."

바바는 그렇게 말했지만 그럴 수 없다는 것은 마리도 알고 있었다.

"집에는 연락했니?"

그릇을 선반에 정리하면서 야마베 미노루가 말했다.

"네."

"착하구나."

스테레오에서는 작은 소리로 차이코프스키 음악이 흘러나왔다.

전화는 기요가 받았다.

"엄마?"

엄마가 울기라도 하면 어쩌나 싶었는데, 그것은 기우였다.

"마리니?"

"응."

"잘 있는 거지?"

"응."

"다행이다. 잘 있는 거지?"

"응."

똑같은 질문에 마리는 '응'이라는 말밖에 하지 못했다. 그 이상 무슨 말을 하면 기요가 아니라 자신이 울 것 같아서였다.

"어디서 거는 거니, 마리?"

'응'이라는 대답으로 끝날 질문이 아니었다. 마리는 심호흡을 하고 목소리가 떨리거나 눈물이 쏟아지지 않도록 주의하면서 애써 밝은 목소리로 대답했다.

"그야 도쿄지."

기요는 듣고 있지 않았다. 멀리서 아라타를 부르는 소리가 났다.

"마리야?"

일부러 일요일에 전화를 걸었다. 기요와 아라타가 번갈아 전화를 받았다. 마리는 야마베에게 들은 대로 주소와 전화번호를 알려주었다.

"어떤 남자하고 같이 살고 있어. 다카히코는 아니고. 여기서 알게 된 사람."

슬며시 고백하는 심정으로 말했는데, 기요나 아라타나 놀라는 기색이 없었다. 마치 같이 사는 사람이 다카히코든 야마베든 마찬가지라는 식이었다.

"그래서 아직 돌아올 마음은 없는 거니?"

기요가 물었다.

"없어."

주저 없이 대답했다. 옆에서 아라타가 '잘 있으면 됐지' 하고 말하는 소리가 들렸다.

엄마와 아빠의 공기였다.

마리는 그렇게 하면 그 집의 냄새를 맡을 수 있기라도 하듯 천천히 숨을 들이쉬었다. 블라인드를 쳐 햇빛을 차단한 거실의, 초록 커튼과 초록 소파, 수많은 식물들.

"알았어. 엄마가 아빠랑 같이 놀러 갈게. 그럼 됐지? 널 데려오겠다는 뜻은 아니야. 마리, 듣고 있니?"

"응, 듣고 있어."

변함없다, 고 마리는 생각했다. 귀가 아니라 피부가, 목소리가 아니라 공기를 흡수하는 것 같았다. 돌아갈 마음은 없었지만 그래도 전화하기를 잘했다고 생각했다.

무슨 얘기를 나눴는지 들려주자, 야마베는 한 손에는 행주를 든 채 다른 한 손으로 마리의 머리를 가볍게 톡톡 치며 또 말했다.

"착하구나."

마리는 그렇게 머리를 치는 게 싫었다. 난 도둑고양이가 아니라고요!

야마베는 계량 기기를 제조하는 회사에서 기술자로 일하는 서른두 살의 남자였다. 사실 마리는 계량 기기가 뭔지 잘 몰랐다. 그리고 취미는 고전음악을 듣는 것이었다.

바바의 방에서 뛰쳐나온 날 밤, 마리는 세탁기 옆에 쭈그리고 있던 야마베를 만나는 행운을 얻었다.

"이런 밤에 여행이라도 떠나는 거니?"

마리가 들고 있는 숄더백 — 얼룩무늬에 어린애 하나쯤 너끈히 들어갈 만큼 큰 — 을 힐끔 보더니 야마베는 흥미롭다는 듯 물었다.

"이사예요."

마리는 짧게 대답했다. 밤바람이 스치자 바바 때문에 부어오른 입술이 아렸다.

"아침이 될 때까지 방에 좀 있게 해줄 수 있어요?"

마리는 자신이 넉살도 좋다고 생각하면서 물었다. 넉살이 좋은 것이다. 이런 부탁을 할 수 있으니.

"그러지, 뭐."

야마베는 고개를 움츠리고는 두말하지 않고 승낙했다.

야마베와는 전에도 얘기를 나눈 적이 있었고, 바바나 다카히코와도 얼굴은 아는 사이라서 설명하기가 그리 힘들지 않았다.

"우선은 집에다 연락을 해야지."

마리가 얘기를 끝내자 야마베는 그렇게 말했다. 마리에게 목욕을 하라고 한 뒤 자신은 바닥에서 자겠노라 고집을 피우며 마리에게 침대를 양보했다. 침대에서 자기는 참 오랜만이었다. 눅눅한 시트의 냄새가 낯설었다.

잠이 오지 않았다. 야마베도 잠들지 못하는 듯했다.

"같이 자요."

마리는 야마베에게 그렇게 말했다.

침대 속에서 마리는 이제 육체의 정조 따위는 지키려 애쓰지 말자고 생각했다. 외로웠고 어쩌면 좋을지 몰랐다. 그런 말이라도 하지 않으면 미안할 것 같기도 했다. 하지만 뜻대로 이루어지지 않았다. 야마베의 몸이 반응하지 않았던 것이다.

"너무 오랜만이라……"

야마베는 변명을 하듯 말했다. 하지만 마리는 그 상황에 안도해야 하는 건지 어떤 건지 혼란스러웠다. 안기고 싶었다. 바바는 증오스러웠지만 잘 모르는 사람이라면 괜찮을 것 같았다.

천장을 바라보며 나란히 누워 있자니 외로워 견딜 수가 없었다.

"부탁이니까 안아줘요."

마리는 애원했지만 거절당했다. 그저 서로에게 몸을 딱 붙이고 잤다. 옛날에 소이치로와 그랬던 것처럼.

다음 날, 극장에서 먹고 자며 살 수는 없다는 것을 알았다. 대신 마리의 월급으로 충당할 수 있는 월세 7만 엔 정도의 방을 찾아보기로 했다.

"욕실까지 바라기는 힘들지 모르겠지만."

지배인이 말하자 야마노 씨가 거들었다.

"대중탕이 가까우면 그런대로 괜찮아."

두 사람 다 그런 정도의 방은 반드시 있을 것이라고 장담했다.

야마베는 고독한 사람이었다. 어머니를 일찍 여의었는데 아버지와는 성격이 맞지 않는다고 했다. 애인은 없고 섹스에도 별 관심이 없다는 말도 했다. 경험이 없는 것은 아니니까 언젠가는 할 수 있겠지, 하며.

방을 구할 때까지 마리는 이곳에 묵을 생각이었다. 둘은 매일 한침대에서 잠들었다. 서로의 몸을 어루만지고 키스도 했다.

"이러다 보면 할 수 있는 날이 오겠지. 감만 되살아나면."

야마베는 농담처럼 그렇게 말했다. 한기가 드는지 몸에 소름이 돋아났다.

"할 수 있을 거예요. 쉬운 일인데요, 뭐."

마리도 그렇게 맞장구치고는 야마베의 홀쭉한 몸에 자신의 살을 열심히 비벼댔다.

나흘 후에 조건에 딱 맞는 방을 찾아냈다. 원룸에 부엌도 있는 데다 현관에는 조그만 신발장까지 붙어 있는 듯했다. 하지만 그때는 이미 방이 필요 없었다.

"그래서? 부모님, 언제 오신대?"

그릇을 다 정리하고, 담배를 입에 물고 불을 붙이면서 야마베가 물었다.

"글쎄요. 올라올 때 전화한다고 그랬어요."

실내 구조가 똑같은데도 야마베의 방은 바바의 방과 전혀 달랐다. 다다미방에 침대가 있고 침대 밑에는 칙칙한 장미색 카펫이 깔려 있다. 게다가 대형 스테레오와 책꽂이까지 있어 빈 공간이 거의 없다.

야마베는 자신의 빨래는 자기 스스로 했다. 자신이 먹은 그릇조차 마리 손에 맡기지 않았다.

"자기 몫만 해주면 되니까."

야마베는 차분한 어조로 그렇게 말했다.

가와사키에 온 지 어언 1년이 되어가고 있었다. 상황이 생각지도 못한 방향으로 흘러갔지만 마리는 마음이 편했다.

마리가 야마베를 딱히 좋아하는 것은 아니었고, 그 점은 야마베도 알고 있었다. 야마베도 마리를 딱히 좋아하는 것은 아니었고, 마리 역시 그 점을 충분히 알고 있었다.

"오늘은 뭐 먹고 싶어요?"

아침에 마리가 그렇게 물으면 야마베는 히죽 웃으면서 대답한다.

"고추잡채."

마리는 흉내도 못 낸다는 것을 알면서 일부러 그러는 것이라, 이내 다시 말한다.

"볶음밥."

마리가 야근을 할 때는 반대로 야마베가 물었다. 야마베는 마리가 먹고 싶다는 것을 언제나 만들어준다. 그런 데다 밤길이 위험하다면서 극장까지 데리러 와준다.

마리는 그런 일들이 즐거웠다. 서로가 원하지 않는 것이, 한쪽은 원하는데 다른 한쪽은 원하지 않는 것보다 훨씬 균형감이 좋다는 것을 마리는 처음 배웠다.

8

난 참 철부지야.

1979년 3월, 마리는 창밖으로 맑게 갠 하늘을 바라보았다. 스테레오에서는 차이코프스키. 차이코프스키? 내가? 다카히코나 그 옛날 '마리아 하우스'에서 함께 춤추었던 여자들이 지금 이 모습을 보면 뭐라고 할까. 아마 꽤나 놀랄 것이다. 하지만 차이코프스키는 그런대로 들을 만했다. 눈을 감고 듣다 보면 마치 지휘자처럼 지금은 콘트라베이스, 여기서는 피아노를 멈추고, 하는 식으로 팔을 휘두르게 된다.

야마베와의 생활은 평화로움 그 자체였다. 자신이 지금 왜 여기에 있는지, 그것만 생각하지 않는다면 '인생이 그런대로 잘 풀려가고 있었다'. 지난주에 놀러 왔던 기요가 한 말이다.

나란히 찾아온 아라타와 기요는 야마베의 방에 한 시간 정도밖에 머물지 않았다. 호텔에 묵고 있다면서 내일은 친척을 찾아볼 것이라고 했다. 그런데 다음 날 불쑥 극장에 나타났다. 기요는 유니폼을 입은 마리를 보고는 노골적으로 인상을 찌푸렸다.

"이런 말 하고 싶지 않지만, 영 안 어울리는구나."

정말 철부지답게 그 한마디에 마리의 가슴에는 따스한 것이 차올랐다. 그리움 같은 것. 외로움 같은 것.

엄마는 예나 지금이나 변함없이 무례한 사람이야.

맑게 갠 하늘을 올려다보면서 마리는 마음속으로 소이치로에게 말했다.

야마베는 늘 친절했다. 마리의 부모에게도 예의 바르게 대했다. 애인이기보다는 보호자 같은 태도였지만.

마리의 일이 늦게 끝날 때는 여전히 데리러 와준다. 그리고 함께 있는 사람들에게는 미소 띤 얼굴로 정중하게 고개를 숙인다.

"이번 남자는 친절해서 참 좋네."

극장 사람들은 입을 모아 그렇게 말했다. 물론 옳은 말이었다.

어느 날 밤, 야마베는 전부터 마리를 지켜보았노라고 털어놓았다. 자신은 위세가 등등한 여자를 좋아하는데, 마리는 그야말로 위세가 등등한 여자였다고 말하면서 야마베는 머쓱한 미소를 지었다.

"안 그랬으면 재워주지도 않았을 거야."

마리는 알 수 없었다. 야마베의 이 사소한 고백을 자신이 이미 '알고 있었다'고 생각해야 하는지 '몰랐다'고 생각해야 하는지.

간혹 바바 마코토와도 마주쳤다. 물론 어색했다.

"잘 지내요?"

"다카히코에게서는 연락 있었어요?"

하고 말을 건네면 힐금 노려보았다. 노려보고 마는 정도면 그나마 다행이었다.

"이런 데서 용케 살고 있군. 아주 말투까지 변해 마누라 행색을 하면서."

그렇게 귀에 거슬리는 말을 내뱉을 때도 있었다.

계절은 겨울에서 고향을 떠나 두 번째 맞는 봄으로 바뀌고 있는 중이었다.

야마베는 영화를 좋아했다. 새로 개봉되는 영화보다는 재방영되는 옛날 영화를 좋아했다. 영화를 보기 위해 가부키초나 이케부쿠로, 요코하마, 때로는 시모다카이도, 산겐자야 같은 먼 곳까지—마리에게는 그렇게 여겨졌다—찾아갔다. 마리는 영화를 그리 재미있는 것이라고 생각지 않았지만, 쉬는 날 같이 가자고 하면 따라갔다. 영화보다는 오히려 극장에 관심이 많았다. 자신이 하는 일에 자부심을 가졌기 때문에 다른 극장을 보는 것도 공부라고 생각했다. 어떤 극장이든 똑같은 냄새가 났다. 극장이 작으면 작을수록 그 냄새가 강하고 짙게 떠다녔다. 하지만 분위기는 마리가 일하는 일반적인 대형 극장과 도심의 조그만 극장이 전혀 달랐다.

"아이들이 없네."

"매점이 참 조그맣다."

"혼자 보러 오는 사람이 많네."

마리는 그렇게 느낌을 말했다.

그러고는 마음속으로 내일 지배인과 야마노 씨에게 말해주어야겠다고 생각했다. 야마베가 좋아하는 영화는 동시 상영인 때가 많아 마리는 따분하다 못해 잠이 들 때가 많았다.

"마리, 마리, 다 끝났어."

야마베가 살며시 어깨를 흔들어 눈을 떴을 때, 그 멍한 기분이 마리는 싫지 않았다. 멍하고, 홀로 남겨진 듯한 기분. 기지개를 켜면서 의자에 앉은 채 줄줄이 나가는 다른 손님들을 바라본다.

"재미있었어요?"

옆을 올려다보며 그렇게 물으면, 야마베는 우습다는 듯이 고개를 갸우뚱하고는 말했다.

"줄거리 얘기해줄게."

야마베와의 생활은 안락했다. 섹스는 하지 않지만 마리는 그다지 상관하지 않았다. 요즘은 시도조차 하지 않았고, 그런데도 침대는 하나밖에 없으니까 붙어서 잔다. 야마베는 섹스 대신 성적인 얘기를 듣고 싶어했다.

"『비타 섹슈얼리스』(근대 작가 모리 오가이의 성욕적 생활을 테마로 한 소설─옮긴이)야."

하지만 성적인 얘기라고 해서 징글징글한 표정으로 묻는 것은 아니었다. 흥미롭다는 듯이 오히려 시원시원하게 물었다.

"첫 남자는?"

야마베는 단도직입적으로 물었다.

"다카히코."

"언제?"

"오래전에."

야마베는 눈동자를 빙그르르 돌린다.

"제대로 대답해야지. 몇 살 때, 장소는 어디였고, 어쩌다 그렇게 되었는지."

"뭐 하게요?"

마리가 되물으면 야마베는 당연한 것 아니냐는 말투로 대꾸했다.

"도움이 될지도 모르잖아. 하고 싶은 마음이 들게."

하지만 마리가 부끄러움을 무릅쓰고 얘기해주어도 별다른 효과는 없었다.

"성적인 환상을 품은 적은?"

어떤 날, 야마베는 또 그렇게 물었다.

"환상? 환상은 웬 환상? 없어요. 난 현실주의자니까."

마리가 쌀쌀맞게 대꾸해도 야마베는 끈질기게 물었다.

"여고에 다녔지? 선생이나 선배를 흠모했던 적은 없어?"

"없어요."

"그럼 아빠와의 관계는?"

"보통이었죠. 건전하고. 그만해요, 이제."

그러다 결국은 어느 한쪽이 어처구니없어하며 끝을 낸다.

"야마베 씨, 정말 징그럽네요."

마리가 그렇게 말하든지,

"마리, 영 멋이 없네. 낭만이 없어."

야마베가 그렇게 말하든지.

그래도 마리는 야마베가 물으면 성에 얽힌 일화를 조금씩 풀어놓았다.

다카히코와 나눴던 정열적인 섹스의 시대, 그 후에 찾아온 난폭한 섹스의 시대, 그리고 또 그 후의 슬픈 섹스의 시대 얘기를.

"좋은데. 그 얘기 좀 더 해봐. 그렇지, 잠깐 기다려. 감상적인 바이올린을 틀어놓고 듣자고."

야마베는 반은 농담 삼아 말했다. 마리는 고지마 얘기도 했다.

"어른이 접근해 온 것은 처음이라서 그때는 뭣도 모르고 좋아했어요."

신기하게도 야마베에게는 솔직하게 얘기할 수 있었다. 야마베를 사랑하지 않으니까 그럴 수 있는지도 몰랐다.

　소이치로와 큐에 관해서는 아무 말 하지 않았다. '처음 동경한 남자'도 '이상적인 남자'도 소이치로였다. 그리고 성에 관해 기억하자면 가장 먼저 '왕고추 큐'가 떠올랐지만, 그것은 마리가 간직한 비밀이었다. 아니, 마리와 소이치로와 큐의 비밀이었다.

　습도가 높은 밤, 마리는 쉽게 잠을 이루지 못하고 뒤척였다. 그 무렵 마리는 주로 소이치로의 방에서 잤다. 그날 밤도 그랬다. 소이치로의 방은 마리가 세상에서 가장 좋아하는 장소였다. 그곳에 있으면 자기 멋대로 유학을 떠난 엄마도, 그 때문에 집안일을 해야 하는 자신과 아빠의 일상도, 말다툼 끝에 울리고 만 이즈미 야요이도 잊을 수 있었다.

　마리가 항상 느끼는 소이치로의 기척을 그 방에서는 특히 강하고 분명하게 느꼈다. 때로는 목소리가 들리는 듯한 착각이 들기도 했다.

　"여기서 자도 돼?"

　―어쩔 수 없지.

　"오늘, 나 때문에 야요이가 울었어."

　―알아. 다 보고 있었으니까.

　"내가 잘못한 걸까?"

　피식피식 웃는 소리.

　"왜? 오빠, 왜 웃어?"

　―너 겁쟁이구나.

　"겁쟁이? 내가 왜?"

―생각해봐. 생각해보면 알 수 있을 테니까.

"모르겠으니까 묻는 거잖아."

―겁쟁이구나, 우리 마리.

소이치로의 타월 이불을 턱까지 끌어 올렸다.

"오빠 냄새가 나."

―겁쟁이구나, 우리 마리.

"다른 말 좀 해봐."

―못해.

"영국은 지금 몇 시일까?"

―9시간을 빼. 아빠가 그랬잖아. 계산해봐.

눈꺼풀이 무거워지고, 손발이 따끈하고 나른해지면서 마리는 잠으로 빨려 들어갔다.

"마리."

마리는 반가웠다. 양 어깨에 어떤 물체의 무게가 느껴졌다. 손이라고밖에 생각할 수 없었다. 누가 마리를 살며시 흔들고 있었다.

"마리, 일어나. 안 일어나면 그냥 두고 간다."

오래전 소이치로는 그렇게 속삭이면서 마리를 깨웠다. 이렇게 귓가에 입을 대고 작은 소리로.

"마당에서 큐가 기다리고 있어. 저기 봐, 마리."

한밤중에 아이들만의 약속이었다.

"기다려, 오빠. 기다리라니까."

누가 잠옷 단추를 푸는 느낌이 들었다. 싸늘한 손이 피부에 닿았다.

"마리."

움찔 놀라 눈을 떴다. 눈앞에 큐의 얼굴이 있었다.

"마리."

거의 숨이 넘어갈 듯 큐가 같은 말을 중얼거렸다. 어두워서 표정까지는 보이지 않았지만 눈썹을 애처롭게 찡그리고 있었다.

"지금 뭐 하는 거야?"

반사적으로 윗몸을 일으켰다. 큐도 따라 윗몸을 들었다. 가슴이 훤히 드러나 보였다.

"큐, 옷 벗었어?"

깜짝 놀라서 묻자 큐는 고개를 천천히 끄덕였다.

"우리도 할 수 있을 거야. 자연스러운 일이니까. 그럴 거야."

"안 돼."

마리는 큐가 대체 무슨 말을 하는지 알 수 없었고, 알고 싶지도 않았다.

"안 돼. 비켜."

목소리가 떨렸다. 공포가 몸속에서 밀려 올라와 당장이라도 비명이 터져 나올 것 같았다. 게다가 아까부터 타월 이불 너머로 마리의 아랫배를 짓누르고 있는 뜨겁고 딱딱한 것의 정체는, 생각만 해도 속이 울렁거렸다.

"빨리 비켜. 나 무섭단 말이야."

스스로를 통제할 수 없어 목소리가 조금씩 커졌다. 큐는 마리 이상으로 겁먹은 얼굴이었다.

"미안해. 그런 게 아니고."

"뭐가 그런 게 아니야."

마리는 두 손을 앞으로 내밀고 말했다.

"사슴벌레랑, 나비랑."

마리는 듣고 싶지 않았다.

"갈게. 미안해. 갈 테니까 소리치지 마."

겁에 질린 큐가 말했다. 마리가 고개를 까딱거리자 큐는 안도의 한숨을 쉬었다.

"정말 미안해. 다시는 안 그럴게."

침대에서 내려간 큐의 그림자가 마리의 잠은 물론 큐에 대한 배려마저 날려버렸다.

"꺄아아아악!"

스스로도 놀랄 만큼 큰 소리로 비명을 지르면서 마리는 타월 이불을 머리까지 뒤집어썼다.

아라타가 후닥닥 방으로 뛰어 들어왔을 때 큐의 모습은 어디에도 없었다. 창문이 열려 있었고, 레이스 커튼이 바람에 한들거렸다.

―왕고추 큐였구나.

소이치로가 웃고 있었다.

다음 날 아침, 마리는 침대 위에서 하얀 면 팬티를 발견했다.

아라타와 기요의 눈에 딸의 생활은 왠지 궁상맞아 보였다. 기요가 보기에 장미색 카펫에 싸구려 원목 침대, 조립식 책꽂이와 스테레오 세트로 거의 꽉 찬 다다미방은 볼품이 없었고, 아라타가 보기에 마리가 '야마베 씨'라고 소개한 남자는 유난히 벙실거리고 붙임성이 좋아 오히려 믿음직스럽지 못했다.

두 사람은 앉을 곳이 없어 침대에 걸터앉았다. 마리는 홍차를, 야마베는 조그만 상을―평소에 부엌에 놓고 사용하는―들고 왔다.

마리는 고교 생활을 도중에 포기한 것을 후회하거나 반성하는 것 같지는
않았다.

"재미있게 잘 지내고 있어. 얼마 전에는 긴자에도 다녀왔어. 아빠랑 엄마
가 처음 만난 곳 맞지?"

일부러 명랑하게 말하는구나 싶은 딸에게 기요는 이렇게 말할 수밖에 없
었다.

"인생이 그런대로 잘 풀려가고 있구나."

후쿠오카로 내려가 시간이 흐를수록 기요는 마리를 그냥 내버려두어도
괜찮은지 불안한 마음이 들었다. 마리는 아직 미성년인데, 힘을 써서라도
데리고 왔어야 하는 것 아닐까.

마리가 집을 떠나고 난 후의 날들이 기요에게는 몰아치는 폭풍과 다름없
었다. 가족이 전부였다. 적어도 과거에는 그런 마음으로 살았는데.

가든 플래너, 플로리스트, 또는 꽃꽂이 강사로 일하면서 수업을 하고, 호
텔과 음식점을 꽃으로 장식하고, 타인의 정원 설계를 거드는 날들을 보내
며 기요는 문득문득 지금의 나를 소이치로가 본다면 뭐라고 할까, 하고 생
각했다. 사려 깊고, 어른 이상으로 어른스러웠고, 특별한 소년이었던 소이
치로.

영국행도 소이치로가 더 멀리 가야 한다고 말하는 것 같아 힘을 얻어 내
린 결단이었다.

고등학교를 중퇴한 채 보잘것없는 연립주택에서 남자와 궁상맞게 살고
있는 마리를 소이치로가 본다면 뭐라고 할까.

"내가 넉살 좋아 보이나요?"

목욕을 한 후 맥주를 마시면서 마리는 야마베에게 솔직하게 물었다.

"다카히코와 살고 싶어서 도쿄로 왔는데, 지금은 야마베 씨와 살고 있으니까."

맥주가 목구멍 안으로 흘러 내려갔다. 자신의 볼과 어깨와 젖은 머리칼이 그 액체를 반기는 것이 느껴진다.

"그럼 넉살이 좋은 건가?"

"그런 건 아니지만."

간혹 길가에서 스쳐 지나가는 바바의 얼굴에는 그렇게 쓰여 있었다.

"그런 부모 밑에서 어떻게 넉살 좋은 여자가 태어나겠어."

오래오래 생각하고서 야마베가 천천히 말했다.

"그런데 꽤 재미있던데. 마리는 부모님 앞에서는 하카타 사투리로 말하더군. 정작 부모님은 표준어를 쓰는데 말이야."

"뒤죽박죽이에요. 옛날부터 난 섞어서 썼어요."

"그런가. 그런 것 같지 않은데. 지금은 표준어를 쓰잖아. 섞어 쓰지 않는다고."

야마베는 고개를 옆으로 갸우뚱했다.

"글쎄요."

이번에는 마리가 고개를 갸우뚱했다.

어렸을 때, 집에서 하카타 사투리를 쓰는 경우는 부모에게 반발하고 싶을 때였다. 부모에 대한 반발심과 오빠와의 소박한 연대감을 갖기 위해.

"생각이 잘 안 나요."

마리는 귀찮아서 그렇게 말하고는 시원한 맥주를 꿀꺽꿀꺽 소리 내며 마셨다.

9

도쿄는 춥고, 몹시 건조하다. 그래서 피부는 거칠어지고 입술도 쉽게 튼다.

"어, 피가 나잖아."

때로 그렇게 말하면서 야마베는 마리의 입술을 살며시 빨아준다. 야마베의 입술 역시 건조하지만 매우 따뜻하다.

그 순간, 여지없이 슬퍼지는 것은 어째서일까.

어루만져 주는 사람이 있다는 것은 행복한 일이라고 마리는 애써 생각하려 한다.

그야 물론 마리도 똑똑하지.

소이치로의 그 말을 굳게 믿었는데, 지금 상황을 생각하면 의심이 들었다. 어쩌면 나, 그렇게 똑똑하지 않은지도 몰라.

"고등학교, 졸업할 걸 그랬나."

깊은 밤, 차이코프스키를 들으면서 마리는 야마베에게 슬쩍 말을 건넨다. 한 손에는 야마베가 좋아하는 달콤한 싸구려 백포도주 잔을 들고.

"왜? 그만두고 싶어서 그만둔 거잖아?"

야마베가 이상하다는 표정을 짓는다.

"물론 그렇지만."

마리에게 고등학교는 우울한 곳이었다. 지붕에 창문이 달린 집과 스테인드글라스가 있는 교회, 초콜릿 전문점처럼 단장한 건물이 유독 많은 구획에 높은 담으로 둘러싸인 채 고요하게 자리한 여자고등학교. 창문이 천장에서부터 바닥까지 길쭉하게 나 있는 석조 건물.

"수업도 많이 빼먹었어요."

그렇다고 갈 곳도 없어 건물 뒤 풀밭에 홀로 있었다.

"춤추고, 혼자 중얼거리면서 걸어 다니고, 마디 있는 풀을 잘라 손톱 손질도 하고."

고독했다고 마리는 마음속으로 덧붙인다. 오빠도 없었고, 큐도 없었다. 입학할 때는 엄마도 없었다. 밤이 되면 집에 아빠가 있었지만, 낮에는 한없이 먼 존재였다.

학교의 그 높은 담 안에서는 외톨이였다. 마리는 기억을 더듬으며 그런 생각을 한다. 다카히코를 만나 그가 그 담 밖으로 끌어내주기 전까지는.

"학교 밖이 더 편했어요. '올베라'라는 찻집이 있었는데, 학교에서 그나마 사이좋게 지내던 친구들과 자주 갔죠."

고풍스러운 찻집이었다. 보라색 간판과 유리 케이스 안에서 뽀얗게 먼지를 뒤집어쓰고 있던 푸딩 모형. 문을 열면 억척스러운 아줌마가 맞아주었다.

"일단 집으로 갔다가 밤이 되면 춤추러 갔어요. 약속은 없었지만 거기 가면 늘 누군가가 있었죠. 그리고 새 친구도 생기고, 춤을 추고 나서는 바다로 몰려갔어요. 밤새 수다도 떨고. 재미있었어요."

그때는 많은 사람들이 있었다. 마리는 그때가 그리웠다. 모두 마리보다 나이가 많았고 어른스러웠다.

그곳은 마리가 처음 스스로 찾은 자신의 공간이었다. 큐는 물론이거니와 소이치로의 환영도 따라오지 않는 곳이었다.

그렇게 학교 밖에서 편한 곳을 찾으면 찾을수록 학교는 더 불편한 곳이 되었다.

'올베라'에 모이는 몇몇 친구 외의 동급생들은 자신을 멀리한다는 것을 마리는 알고 있었다. 주위에서 수군거리는 험담과 그녀들에게서 문득문득 엿보이는 적의를.

초연하게 지내면 그만이야.

소이치로의 말을 따르면 따를수록 골은 깊어졌다.

"그래도 역시 돌아가고 싶지 않네요. 학교는 싫어요."

마리가 그렇게 말하자 야마베는 미소를 지었다.

"다행이다."

"다행?"

달짝지근한 포도주를 손에 든 채 구관조처럼 말을 되받았다.

"나, 소주 마실래요. 야마베 씨는 이런 걸 잘도 마시네요."

부엌에 가서 싱크대에 잔을 비웠다.

"마리가 없어지면 내가 곤란하니까. 학교든 후쿠오카든, 나는 안 갔으면 좋겠어."

마리는 술잔을 헹구다 동작을 멈췄다. 부드럽게 한 말일 텐데, 왜 또 이렇게 가슴이 답답해지는 걸까?

중요한 것은 누군가가 마리를 받아들이고 원하는 것이었다. 가족이든 학교든 직장이든 그런 배경과 전혀 무관한 장소에서 누군가가 자신을 원하는 것. 몸이든 마음이든 상관없다. 아까워할 이유가 뭐가 있을까. 더구나 마리는 좋아하는 남자보다 잘 모르는 남자와 지내는 게 쉽다는 것을 발견하고 말았다. 셋이 사는 것보다 둘이 사는 것이 쾌적하다는 것도.

야마베는 친절하다. 마리를 구속하려 들지도 않는다. 마리 역시 야마베를 화나게 할까 봐 언행을 조심해야 할 필요가 없다.

마리가 도쿄에서 만난 가장 중요한 사람은 자신을 받아들여 준 야마베 미노루였고, 가장 마음이 맞는 사람은 야마노 마키코였다. 마리가 일을 열심히 하고, 가끔은 공짜로 야근—이랄까, 결근이 잦은 야간 근무자 대신—까지 한다는 것을 지배인에게 넌지시 알려 시급을 200엔 올려주게 한 사람이 야마노 씨였다. 또 마리가 지금까지 만들어본 적이 없는 계란찜과 크림 커틀릿, 그리고 고추잡채 레시피를 가르쳐주어 야마베를 놀라게 하는 데 큰 역할을 한 사람도 야마노 씨였다.

　또한 야마노 씨는 마리가 규칙을 위반하는 걸 보고도 못 본 척해준다. 사실 그래서는 안 되는데, 마리는 심심해하는 아이들에게 말을 건네고 펀치를 살짝 따라 맛을 보게 해준다. 그래서 마리 역시 야마노 씨가 로비 한구석에서 몰래 담배를 피워도 아무 말 하지 않는다.

　"아저씨는 잘 있니? 사이좋게 지내고 있어?"

　야마노 씨의 말투는 놀리는 듯해도 실제로는 걱정과 애정이 담겨 있다. 그래서 마리는 방긋 웃으면서 대답한다.

　"잘 있어요. 물론 사이좋게 지내고 있고."

하고.

　야마노 씨는 극장으로 데리러 와주는 야마베가 마음에 드는 모양이었다. 파란색 겉옷에 남색 운동화, 청소하는 아줌마 차림의 야마노 씨는 이렇게 말했다.

　"얼마나 친절한 사람이니. 얼굴도 갸름하고 그런대로 괜찮은 남자잖아."

　"그래요."

　마리는 애매모호하게 대답한다.

　한번은 야마베와 야마노 씨와 함께 영화를 보러 갔다. 〈토요일 밤의 열기〉.

영화를 본 후, 허기가 져서 생선초밥을 먹었다. 야마노 씨가 존 트래볼타 같은 사람에게 유혹을 받아보았으면 좋겠다는 말을 했다.

"역시 우리는 남자 취향이 비슷한가 봐요."

마리는 웃으면서 그렇게 대꾸했다. 그러자 옆에 있던 야마베가 마치 연기를 하듯 머리를 감싸쥐었다.

"그럼 나는 꿈도 못 꾸겠군요."

즐거운 밤이었다. 셋이서 정종을 잔뜩 마셨다. 그중에서도 야마노 씨가 가장 즐거워하며 떠들고 웃었다.

쉰여섯 살이라고 하니까, 야마노 씨는 기요보다 훨씬 나이가 많다. 남편을 먼저 저세상으로 보내고, 자식 둘은 모두 결혼해서 손자까지 있다고 한다. 자식들이 같이 살자고 하지만 말도 안 되는 소리라고 잘랐다고 한다.

그런 야마노 씨에게 마리는 두 번 선물을 했다. 첫 번째는 한쪽 눈이 뭉개진 도둑고양이였다. 다른 고양이들이 못살게 굴어서 불쌍하다고 했더니 그녀가 달라고 했다.

"연립주택이지만 문제없을 거야."

야마노 씨는 자신만만하게 말했다.

"원래가 다 낡아빠진 집인 데다 관리인을 오래전에 내 편으로 만들어놓았거든."

두 번째 선물은 레코드였다. 재킷에 트래볼타의 사진이 찍혀 있는 비지스 앨범.

"어머나, 고마워라. 트래짱이잖아. 장식해둘게. 아쉽게도 스테레오가 없어서 들을 수는 없지만."

야마노 씨는 눈을 반짝이며 말했다.

봄이 가고 여름이 왔다. 더럽다고 여겼던 가와사키 거리도 여름이면 가로수가 무성한 초록으로 덮이고, 하늘에는 낮고 하얀 구름이 낀다는 것을 알게 되었다. 극장은 소름이 쫙 돋을 정도로 냉방을 틀었고, 집은 피부가 짓무를 듯이 더웠다. 바퀴벌레를 때려죽이는 방법도 마리가 도쿄에 와서 배운 것 중 하나였다. '벌레 공포증'이 있는 야마베를 대신해 마리가 과감하게 바퀴벌레를 퇴치한다.

밤이 되면 야마베는 키스를 하거나 마리의 가슴을 만지고 싶어했다. 가슴과 배에 얼굴을 묻기도 했지만, 거기가 끝이었다. 마리에게 그것은 상쾌한 일이 아니었다. 어떻게든 섹스를 하고 싶은 것은 아니었지만, 일방적으로 만지는 것은 고통이었다. 자신만 알몸을 드러내는 것 같아 부끄러웠다. 잠자코 있기도 어색해서 거짓 섞인 한숨도 신음도 아닌 소리를 내며 몸을 꿈틀거려보지만, 괜히 마리만 뜨거워질 뿐 야마베의 몸은 싸늘한 채였다. 손을 더듬어 찾은 것이 피부보다 싸늘하고 흐물흐물할 때면 자기도 모르게 움찔 놀라 얼른 거두었다. 그러고는 자신이 잘 알지도 못하는 남자와 살고 있다는 걸 새삼 깨달았다.

기요와 아라타에게서 간혹 소포가 왔다. 소포에는 건어물과 된장이 들어있기도 하고, 치도리 만주와 계란과자가 들어 있기도 했다. 갓 지은 원피스나 무슨 내용인지 모르는 책이 몇 권 들어 있을 때도 있었다.

책은 내가 아니라 야마베 씨가 읽고 있어요.

마리는 엽서에 그렇게 써서 보냈다. 떠나고 싶어 견딜 수 없었던 집과 거리였는데, 소포의 포장을 뜯으면 물건이 아니라 상자 속 공기가 새삼 그립고 정겨웠다.

바바는 그해 한여름에 후쿠오카로 돌아갔다. 마리는 그 소식을 집주인에게 들었다. 짐이 많지 않아 원래 휑했던 바바의 방을 떠올렸다. 다카히코가 심술을 부릴 때면 마리 편을 들어주었던 바바를, 투박한 하카타 사투리를, 부엌에서 생선을 다듬을 때의 당당하던 뒷모습과 진지한 옆얼굴을. 마리가 야마베와 살기 시작하고부터는 가시 돋친 말만 뱉었던 바바. 인사도 하지 못한 채 헤어졌지만, 마리는 멀리서 바바의 행운을 빌었다.

야마베가 늦게 들어오는 날이면 마리는 야마노 씨와 저녁을 먹고 들어갔다. 번쩍거리는 장신구를 좋아하는 야마노 씨는 청소복을 벗으면 치렁치렁한 목걸이와 커다란 귀걸이를 한다.

"여자는 남자 하기 나름이라고 하지만, 그렇다고 남자에게만 의지하면 안 돼. 남자도 죽으면 다 그만이니까."

국숫집에서 따끈한 우동을 먹으며 야마노 씨가 말했다.

그런 말을 들을 때, 마리는 소이치로를 생각한다. 친절한 사람이라고 소이치로가 단언했던 큐의 아버지와 뒤에 남은 소후에 나나를, 그리고 역시 남편을 앞세운 야마노 씨를.

"하기야 마리는 아직 젊으니까 그런 걱정은 할 필요도 없겠지만."

마리는 야마노 씨를 똑바로 쳐다본다. 무언가를 잘못 받아들인 듯한 기분이 든다. 젊어서 죽는 사람도 있는데. 그리고 죽지는 않았지만, 없어지는 사람도.

"왜? 왜 그렇게 빤히 보는 거니?"

야마노 씨는 얼굴에 주름과 잡티, 흰머리가 많다. 진짜 나이를 많이 먹었구나, 하는 것을 새삼스럽게 깨닫는다. 같은 직장에서 일하고 이렇게 마주 앉아 저녁을 먹고 있어도, 이 사람과 나 사이에는 긴 세월의 강이 흐르고 있다. 마리는 그 강이 눈에 보이는 느낌마저 들었다. 저 건너 강기슭은 아주아주 멀다.

"아무것도 아니에요."

마리는 미소를 짓는다. 기요도 야마노 씨 같은 생각으로 일을 시작한 것일까. 아들을 잃고, 언젠가는 남편도 잃을지 몰라서? 하지만 마리는 수긍할 수 없었다. 잃기도 전에 잃을 것을 두려워하다니, 겁쟁이라고 생각되었다. 마리는 겁쟁이가 되고 싶지는 않았다. 그래서 컵을 들고 단숨에 비웠다.

야마노 씨가 눈을 가늘게 뜨고 웃었다.

"마리, 정말 술이 세구나. 과연 규슈 여자야."

"그럼요."

마리는 가슴을 쫙 펴고 대답한다.

마리는 야마베의 변함없는 온화함이 답답했다. 마리의 눈에는 야마베가 아무것도 바라지 않는 남자로 보였다. 다달이 월급을 받는 생활을 10년이나 했으면서, 학생 때와 똑같은 연립주택에서 똑같은 생활을 하고 있다. 듣는 레코드는 늘 차이코프스키고, 마시는 술도 초록색 병에 든 늘 똑같은 백포도주다. 마리도 도둑고양이도 귀여워했지만 그 어느 쪽도 야마베의 생활에는 아무런 영향을 주지 않는다.

"나, 디스코텍에 가고 싶은데."

마리가 그렇게 말하면 야마베는 난감하다는 듯이 이내 고개를 저었다.

"그런 곳은, 나 싫은데."

야마베는 자신의 방을 벗어나려 하지 않는다. 여행과 이사도 하고 싶어 하지 않고, 영화 말고는 오락이나 사치에도 관심이 없다.

"좀 더 여러 가지 경험을 해보고 싶다는 생각, 안 해요?"

"아니."

마리의 물음에 야마베는 단박에 대답한다.

"좀 더 나하고 친해지고 싶은 생각, 없어요?"

"지금도 충분히 친한데, 뭐."

"그럼 좀 더 큰 집에 살고 싶다든지, 다른 일을 해보고 싶다든지, 언젠가는 내 가게를 갖고 싶다든지, 또 언젠가는 귀여운 아이를 낳고 싶다든지, 그런 마음은?"

줄줄이 늘어놓고 물으면 야마베는 슬픈 표정을 짓는다.

"마리, 지금 이대로 살면 안 되나?"

마리는 이렇게 친절한 사람에게 짓궂게 굴었다는 생각에 금세 슬퍼진다. 내가 고시랑고시랑 말이 많은 걸까. 그래서 다카히코도 나를 떠난 것일까.

"안 되는 건 아니지만."

아니지만. 그다음 이어질 말은 마리도 모른다. 나는 과연 뭘 바라는 걸까.

생각해봐, 마리.

소이치로는 그렇게 말하리라.

생각해보면 알 수 있으니까.

마리는 자신이 굼뜬 것인지도 모른다는 생각을 했다. 왜냐하면 어떤 물음에 대해 생각하고서 답을 찾기 전에 먼저 세계가 변하기 때문이다.

가을이 오면서 마리는 열아홉 살이 되었다. 고양이 한 마리가 없어지고, 야마베는 감기에 걸려 회사를 이틀 쉬었다.

"괜찮아요? 병원에 가는 게 좋지 않겠어요?"

눈에는 빨갛게 핏발이 서고, 연신 콧물을 닦아내는 야마베에게 죽 그릇을 내밀면서 물었다.

아침. 방 안은 둘둘 말아 내던진 휴지와 목사탕 껍질, 읽다 만 주간지와 귤껍질이 발 디딜 틈조차 없이 어지럽게 널려 있었다.

"괜찮아."

야마베가 맥없이 미소 지으며 대답했다.

"엄마가 아닌 사람이 간병해주는 건 처음이군."

그 말을 듣는 순간 마리는 소름이 쫙 끼쳤다. 성가심, 불길함, 그리고 죄의식. 위선적이다, 하고 느낀다. 죽 따위를 끓여주면서 걱정하는 척하다니, 마리는 자신이 정말 위선적이라고 생각했다.

"그래서 지금은 기뻐. 코가 막혀서 답답하고, 열 때문에 관절도 욱신욱신 아프지만 그래도 기뻐. 마리가 옆에 있어주니까."

무섭다, 고 생각했다. 그렇게 의지하면 무섭다. 그래서 이렇게 말했다.

"바보같이. 빨리 낫기나 해요."

감기를 앓는 야마베가 안쓰러웠지만 목소리는 냉담했다.

"이제 가야겠어요."

한시바삐 집을 나서고 싶었다. 빨간 카펫이 깔려 있고 펀치 냄새가 가득한, 그리고 널찍한 직장으로 어서 빨리 가고 싶었다.

자신이 굼뜬 데다 잔인하기까지 한지도 모르겠다, 고 생각한다. 갈 곳 없는 자신을 싫은 내색 하나 하지 않고 받아들여준 사람인데.

그날 밤, 마리는 간신히 열이 내린 야마베가 누워 있는 옆자리에서 밝은 마음으로 엽서를 썼다.

아빠, 엄마, 잘 계세요?

이제 곧 겨울이네요. 나는 잘 있어요. 또 소포 보내주셔서 고맙습니다. 보탬이 되었어요. 그리고 혹 기대하고 있지 않을까 싶어서 말하는데, 아직 내려갈 마음은 없어요. 책은 또 보내주세요. 야마베 씨가 책을 좋아하는 것 같으니까.

마리 올림

10

긴 미끄럼틀. 마리는 페인트칠이 벗겨진 철책에 걸터앉아 땅을 보고 있다. 겨울이 되자 공원은 썰렁했다. 가와사키에 막 왔을 때 마리는 이 공원이 마음에 들었다. 나무들이 많아서인지 아이들 때문인지 바람까지 부드럽게 느껴졌다.

하지만 지금은 바람이 싸늘하다. 나무들은 헐벗었고, 아이들의 모습도 보이지 않는다. 그런데도 집에 있는 것보다 가슴이 후련했다.

그 방에 있다 보면 왠지 숨이 막혀, 하고 마리는 속으로 중얼거렸다.

야마베는 변함없이 친절하지만 내게 무관심하기 때문에 그럴 수 있는 것이라고 느껴졌다. 그러면서도 말만은 허물없이, 징그러울 정도로 거침없이 어리광을 피우듯 한다.

"내내 혼자였고, 사람을 별로 좋아하지 않는다고 생각했어."

결연한 표정으로 그렇게 말하다가도 금세 눈을 반짝이며 기쁘다는 듯이 말한다.

"하지만 지금은 마리가 옆에 있잖아. 마리는 내게 아무것도 바라지 않지?"

묻는 것이 아니라 확인하는 말투다. 그러고는 당당하게 덧붙인다.

"나도 바라는 거 없으니까."

그때마다 마리는 자신이 야마베의 말에 놀아나고 있는 듯한, 가벼이 여겨지는 듯한 기분이 들었다. 그래서 불합리하다는 생각까지 한다.

이 집에 굴러 들어온 것은 자신이고, 야마베를 이용하고 있는 것도 자신이라고 생각해보지만, 야마베는 아무래도 상관없지 않았을까? 혼자서 웃고 말하고, 섹스를 하지 않아도 불만이 없고, 적으나마 매달 집세를 내는 그런 여자라면 누구든 환영하지 않았을까? 이런 생각을 하면 비참한 기분이 들었다.

얼마 전까지만 해도 마리는 도쿄에서 알지도 못하는 남자를 우려먹을 수 있는 자신을—비록 처음부터 우려먹을 생각은 없었지만, 자신은 야마베를 우려먹는 것이나 다름없다고 마리는 생각한다—자랑스럽게 여기는 마음이 없지 않았다. 더욱이 후쿠오카를 멀리 떠나, 자신 말고는 의지할 사람이 하나도 없는 상황에서.

하지만 지금은 자신이 현명하지 못한 탓에 야마베의 손바닥에서 놀아나고 있다는 기분이 든다.

한편 야마베는 때로 딱하게 보일 정도로 비굴하게 애원한다.

"절대 아무 데도 가면 안 돼. 나를 이용할 거면 철저하게 해."

마리는 지금까지 이렇게 말하는 남자를 한 번도 본 적이 없었다.

"남자는 다 어린애야."

야마노 씨는 그렇게 말하며 웃는다. 하지만 소이치로는 열두 살에 이미 어른이었다. 큐 역시 지금의 야마베보다 훨씬 어른스러웠다.

마리는 짧게 코를 훌쩍거리고는 철책에서 휙 뛰어내렸다. 적어도 공원에는 신선한 공기가 있었다. 긴자와 신주쿠는 물론 후쿠오카와도 이어져 있을 공기가.

공기는 전부 이어져 있다는 생각이 마리에게 큰 위안이 되었다. 소이치로의 방 벽에 붙어 있던 세계지도를 떠올린다.

"알몸으로 사는 사람들도 있어."

함께 자는 밤, 소이치로는 그런 말도 했다.

"배에서 사는 사람들도 있고, 사람을 먹는 사람도 있어."

"거짓말."

"거짓말 아니야. 그 정도는 놀랄 일도 아니야. 어딘가에는 외계에서 온 우주인도 있을지 몰라. 미국에서는 우주선이 몇 번이나 목격되었대."

마리는 미국과 아프리카가 어디에 있는지 그 지도를 보고 알았다.

사람을 먹는 사람. 마리는 희미하게 미소 짓고는 공원을 뒤로했다. 추워서 볼이 얼얼하고 피부는 가칠가칠했다. 얼른 돌아가 목욕을 하고 싶다. 온수기로 물을 끓이는 욕탕이라 무릎을 구부리지 않으면 들어가 앉을 수 없을 만큼 욕조가 작지만, 씻으면 방에 밴 야마베의 기척에서 몸을 지킬 수 있을 것 같았다.

　기요는 마리에게 가끔 집에 내려오라고 했다. 마리는 엄마의 말이 고맙기는 했지만, 31일까지 일하는 바람에 새해를 도쿄에서 맞아야 했다. 뜻밖에도 즐겁게 한 해를 보내고 새해를 맞았다. 해마다 가와사키 대사에 가서 참배를 한다는 야마노 씨가 같이 가자고 했다. 그들은 밤늦게 가와사키 대사로 갔다. 야마베도 함께였다.

　"신년 참배? 그런 걸 왜 가. 난 집에서 둘이 새해를 맞고 싶은데. 그리고 사람들이 끔찍하게 모여들 거야. 춥기도 하고, 차비도 많이 들고."

　처음 극장에서 전화를 걸었을 때 야마베는 그렇게 말했다.

　그런데 야마노 씨를 바꿔주자 야마베의 태도가 단박에 바뀌었다.

　"꼭 가겠대."

　야마노 씨는 웃으면서 야마베의 대답을 마리에게 전했다.

　일이 끝난 후 일단 집으로 돌아갔다. 야마베는 짜증을 내며 가고 싶지 않다고 투덜거렸다. 그리고 부엌에 있는 꾸러미가 거치적거린다고도. 부엌에 있는 꾸러미는 기요가 보내준 것이다. 청어알과 떡과 병에 든 콩자반, 다시마와 말린 표고버섯, 그리고 신문지에 싼 감자와 연근, 귤 상자 등. 물론 자리는 차지하지만 마리는 넉넉한 식료품을 보기만 해도 안심이 되고 기뻤다.

　야마베는 또 마리가 얻어 온 가스스토브를 가지고도 뭐라고 투덜거렸다. 스토브를 새로 산 야마노 씨가 전에 쓰던 것을 마리에게 준 것이다.

　"직장에 가서 대체 무슨 소리를 하기에 사람들이 그래. 혹시 부모님한테 먹을 것까지 보내달라느니, 방이 추워서 죽겠다느니 그러는 거 아냐?"

"그런 말 한 적 없어요."

"그럼 왜 스토브를 주지? 방이 이렇게 좁은데, 전기스토브만 있어도 충분하잖아."

하지만 전기스토브는 발열관 하나가 고장나서 전혀 따뜻하지 않았다.

"됐어요. 가고 싶지 않으면 안 가도 돼요."

마리의 말에 야마베가 순간적으로 불안한 표정을 지었다.

"마리는?"

"난, 갈 거예요."

틀린 말을 한 것은 아닌데 입을 다무는 야마베를 보니 후회 비슷한 감정이 밀려들었다. 안 갈 게요, 라고 말하고 싶었다. 야마베의 등이 그 말을 기다리고 있다. 하지만 마리는 자신의 마음을 다잡듯 똑같은 말을 되풀이했다.

"난, 갈 거예요."

야마베는 어쩔 수 없이 나갈 준비를 했다. 그 모습을 보며 마리는 정말 몹쓸 짓을 한 듯한 기분이 들었다.

그런데 정작 야마노 씨를 만난 야마베는 쾌활하게 인사했다.

"오랜만에 뵙는군요. 어렸을 때 신년 참배를 하고는 처음입니다. 올해는 멋진 해가 되겠어요."

인파 속을 걸으면서 야마베는 흩어지지 않도록 마리와 야마노 씨의 등을 양손으로 감쌌다. 이 은근한 몸짓 때문에 마치 자상한 연인처럼 보였다.

그래서 마리의 마음도 그만 들뜨고 말았다. 싸늘한 밤기운과 하얀 입김, 수많은 사람들까지 왠지 특별하고 유쾌하게 느껴졌다.

"0시가 되면 호마 의식(불을 피우며 그 불 속에 공양물을 던져 넣어 태우는 의식— 옮긴이)이 있을 거야."

야마노 씨가 줄지은 사람들의 머리 위에 있는 2단 지붕을 가리키며 설명해 주었다.

"주차장 쪽에 두루미 연못이라는 게 있으니까, 나중에 가보자고."

해마다 온다고 하더니, 아닌 게 아니라 야마노 씨는 그 절에 관해 속속들이 알고 있었다. 그녀는 큼지막한 금색 귀걸이를 한 얼굴로 방긋 웃으면서 북적거리는 사람들을 아랑곳하지 않고 걸어갔다.

한밤중인데도 노인과 아이들이 많이 걷고 있었다. 마리는 눈을 휘둥그렇게 떴다. 불 밝힌 초롱, 본당이 먼데도 떠다니는 향냄새.

야마베가 마리의 손을 꼭 쥐고는 자신의 코트 주머니에 쏙 집어넣으며 말했다.

"이러고 있자."

기쁨에 겨운 마리가 야마베의 팔에 볼을 비볐다. 딸꾹, 하는 소리가 나왔다. 마리는 자신이 딸꾹질을 한 것에 놀라면서도 쑥스러웠다.

주머니 속 온도는 바깥 온도와는 전혀 다르다.

호마목이 타는 연기를 쐬고, 참배를 하고, 연못가를 지나 절 밖으로 나갔다.

"새해를 같이 맞을 수 있는 사람이 있다는 거, 정말 행복한 거야."

야마노 씨가 말했다. 마리는 고개를 돌려 야마베의 얼굴을 보았다. 야마베도 마리를 보고 있었다. 함께 있다는 느낌이 절절하게 다가왔다. 적어도 마리는 지금 외톨이가 아니다.

그 순간이 마리가 야마베에 관해 지니고 있는, 마지막 행복한 장면이 되었다.

시간이 흐르면서 야마베의 친절함은 패기 없음으로 바뀌었고, 마리가 그런 태도에 화를 내면 몹시 가혹한 말을 했다.

"마리는 사람들을 이용하고 있어."

그런 말을 들으면 정말 그런 것 같아 난감했다.

"아니에요. 사람을 이용하다니, 난 그러지 않아요."

이내 부정하면 야마베는 허탈한 미소를 지으면서,

"아니, 그래."

라고 했다. 그럼 또 그런 것 같은 기분이 들었다.

"마리는 나도 이용하고, 부모님도 이용하고, 야마노 씨도 이용하고 있어."

한 번 시작된 불쾌한 말다툼은 끝없이 이어졌다. 기요가 보내준 물건들은 야마베의 방을 잠식했고, 야마노 씨에게 얻은 낡은 가스스토브는 활활 타오르며 방의 온도를 높였다.

"야마베 씨가 너무 외롭게 사는 거예요."

친구도 없고 가족들과도 소원하게 지내는 인생이라서 사람의 호의를 받아들이지 못하는 것이라고 마리는 생각한다. 하지만 호의에 기대는 것과 이용하는 것은 어떤 차이가 있을까.

"피차가 이용하고 있는 거 아닐까요?"

결국 마리는 이렇게 말하고 말았다. 그리고 말을 뱉는 순간 참담한 기분이 들었다.

1월, 맑고 추운 날이 계속되었다. 마리는 여전히 직장과 집 사이를 오갔고, 혼자서 집안일을 도맡아 했다. 집에 늦게 들어가면 야마베는 늦었다고 야단을 했다. 마리와 있을 때면 야마베는 고양이들과 놀기만 할 뿐 아무것도 하지 않았다.

후쿠오카에 돌아가고 싶다.

마리는 끝내 그런 생각을 하게 되었다. 야마베가 자신을 받아들인 것은 그때의 야마베에게 마리가 고양이였기 때문이다. 가족도 친구도 연인도 없고, 묵을 곳도 없는 여자였기 때문이다. 야마베는 그런 것들이 아니면 마음을 열 수 없는 사람이다.

"이제 돌아갈래요."

공원에 매화가 피기 시작할 무렵의 어느 날, 마리는 야마베에게 선언했다.

"도피하는 것 같아 집으로 돌아가기 싫었는데, 그래서 지금 이렇게 살고 있는데, 이제는 상관없어요. 야마베 씨를 계속 이용해서는 안 되니까."

아침이었고, 마리는 일하러 나갈 준비를 끝낸 참이었다. 생각하고 결심하고 선언한 말에 야마베는 마리가 생각지도 못한 반응을 보였다.

"이용하고 있었어? 마리, 나를 이용하고 있었어?"

야마베는 거의 얼이 빠진 표정이었다.

마리는 혼란스러웠다. 혼란스러우면 말이 저절로 애매해진다.

"그런 건 아니지만, 야마베 씨가 그렇게 말했잖아요. 내가 야마베 씨를 이용하고 있다고. 생각해보니까 그럴지도 모르겠다 싶었어요. 우리가 서로를 이용하고 있다고, 생각해보니까."

야마베가 마리의 말을 잘랐다.

"무슨 상관이야. 이용하면 어때서."

침묵이 찾아왔다. 야마베는 마리를 똑바로 쳐다보았다. 마리는 뭐라고 말하면 좋을지 몰랐다. 슬프다는 것밖에 알 수 없었다. 그래서 이렇게 말했다.

"그렇게 말하면 슬프죠. 난, 그래도 집에 돌아갈래요. 이제 가고 싶어요. 야마베 씨를 좋아하기는 하지만, 그뿐이니까. 잘은 모르겠지만 역시 이용하고 있는 거예요. 그러니까 좋아하는데도 슬픈 거죠."

야마베는 상처 입은 것처럼 보였다. 마리가 보기에 안쓰러울 만큼. 금방이라도 무너져 버릴 것처럼 보였다.

"그래도 헤어지고 싶지 않아."

야마베가 천천히 말했다. 마리는 더욱 슬퍼졌다. 이제는 뭐가 뭔지 알 수가 없었다.

"왜요?"

고작 그렇게 물을 뿐이었다. 좁고 너저분하지만 그래도 야마베와 마리의 습관과 생활이 고스란히 녹아 있는 방에서.

야마베의 표정이 일그러졌다. 체념의 빛을 띤 채 웃었다.

"마리는 내 33년 인생에서 단 하나뿐인 친구니까."

마리는 숨을 훅 내쉬었다. 이번에는 할 수 있는 말이 없었다. 자신이 야마베와 똑같은 빛깔로 웃고 있다는 것을 마리는 알지 못했다.

"알아, 내가 별 이용 가치가 없는 거겠지. 하지만 마리가 돌아가겠다면 나도 따라갈 거야. 이번에는 내가 마리에게 빌붙어 살 거야. 그게 어디든, 어차피 난 혼자니까."

너무나 놀랐다. 야마베가 ─ 야마베가 아니어도 누군가가 ─ 그런 말을 하다니, 마리는 생각지도 못한 일이었다. 야마베는 일도 그만두겠다고 했다. 애당초 하고 싶은 일도 아니었다고.

"따라온다고요? 야마베 씨, 정말 날 따라올 거예요?"

마리의 목소리가 차츰 작아졌다.

기뻐해야 할 일인지 슬퍼해야 할 일인지 알 수 없었다.

"아직 젊으니까 모험도 해야지."

야마노 씨는 반색을 했다. 이때 마리는 후쿠오카로 돌아가는 것이 왜 모험인지 몰랐다.

"스토브는 들고 가서 잘 쓰겠습니다."

야마베는 야마노 씨에게 웃는 얼굴로 말했다. 말은 잘 한다, 고 마리는 생각했다. 3월, 국숫집에서 한 마리의 송별회 자리에서였다. 극장 사람이 마리와 야마베를 둘러싸고 죽 앉았다. 그중에는 마리 대신 급하게 채용된 새 아르바이트생도 있었다.

마리는 일을 인계할 시간을 일주일이나 달라고 주장했다. 마리 자신이 일을 시작했을 때처럼, 인계야 하루면 할 수 있다고 다들 말했지만 마리의 생각은 달랐다.

마리는 극장 일을 좋아했다. 극장에는 다양한 손님들이 오갔다. 새 영화를 개봉할 때마다 오는 손님도, 같은 영화를 몇 번이나 보는 손님도. 영화가 시작된 후에 들어가는 손님도, 도중에 나오는 손님도. 자러 오는 거나 다름없는 손님도 있었다. 마리는 단골이랄 수 있는 몇몇 손님에 관해서 후임자에게 꼼꼼히 설명해주고 싶었다.

업자들에 관해서도 그랬다. 에어컨과 워터 쿨러를 관리하러 오는 사람과 매점에 물건을 납품하러 오는 사람들, 청소 도구를 빌려주는 회사 사람. 후임자가 그런 사람들을 알아보지 못해 실례되는 대접을 한다면 전임자에게 불명예스러운 일이라고 마리는 생각한다.

"마리가 일을 참 잘해줬는데."

지배인은 몇 번이나 그렇게 말하며 마리가 그만두는 것을 아쉬워했다.

"인기가 많네."

야마베가 귓가에 속삭였다. 그 말에 서글픈 울림이 묻어 있어 마리는 조금 난감했다. 조금 난감하고 조금 짜증스러웠다.

―자랑스럽다. 난 네가 자랑스러워.

바로 옆에서 소이치로가 그렇게 말하는 것을 느낄 수 있었다.

봄날의 밤이었다. 창문 너머로 옆에 있는 대중탕의 지붕과 굴뚝이 보였다.

한마디 하라는 말에 마리는 자리에서 일어섰다.

"여러분, 그동안 정말 고마웠습니다."

그러나 소주를 몇 잔이나 거푸 마셔, 더 이상 서 있을 수가 없었다. 박수 소리와 웃음소리가 마리를 가득 에워쌌다.

순식간이었다.

놀라고 울고 혼란스러워하다 보니 도쿄에서 지낸 2년이 눈 깜짝할 사이에 지나갔다. 마리는 후련한 마음마저 들었다.

"왜? 왜 웃는데?"

도쿄 역 플랫폼에 서서 한 손에 캔맥주를 쥔 야마베가 고개를 기울이며 물었다. 으스스 한기가 느껴지는 날이었다. 부슬부슬 봄비가 지붕을 타고 내리며 똑똑 떨어졌다.

"그냥요."

마리는 대답한다. 다카히코와 타고 왔던 열차를, 지금 마리는 야마베와 타려 하고 있다. 사람이 너무 많아 왠지 겁이 났던 도쿄 역도 지금은 아무렇지 않다.

"이렇게 될 줄은 꿈에도 몰랐죠."

"이렇게?"

"혹 달고 후쿠오카로 내려가는 것 말이에요."

마리는 그렇게 말하고 색깔 없는 도쿄 거리의 비에 젖은 공기를 한껏 들이마셨다.

3장
일단은, 뛰어들다

1

또다시 전골집의 다다미방이다. 보글보글 끓는 뽀얀 국물에 당근의 빨간 색과 채소의 초록색이 돋보인다.

아라타는 말이 없었다.

"술은 마시겠지."

"일은 아예 그만두었다는 말이지."

때로 그렇게 질문 아닌 질문을 하는 것 외에는 조용히 음식을 먹을 뿐이었다.

야마베 역시 무릎을 꿇고 앉은 채 딱할 만큼 거북한 표정에 조그만 소리로 말했다.

"가게가 아주 멋지군요. 음식이 아주 맛있습니다."

선명하게 화장하고 짙은 갈색 투피스를 입은 기요 혼자서 분위기를 띄우려고 애썼다. 그러나 기요의 노력은 초점이 빗나가 있어 그다지 성과가 없었다.

"지금까지 회사에서 쌓은 실력이 있으니까 이곳에서도 일차리를 찾을 수 있을 거야."

하지만 야마베의 실적 따위는 아무도 모를뿐더러 당사자가 취직할 의지가 있는지조차 의심스러운 상황이었다.

또 기요는 아라타와 마리의 앞접시에 음식을 바지런히 덜어주면서 마리에게도 일렀다.

"얘, 야마베 씨에게도 좀 덜어드려."

마리는 야마베에게만 덜어주는 것도 어색할 것 같아서 손을 내밀지 않는다. 그래서 야마베만 제 손으로 덜어 먹는 꼴이 되었다.

사흘 전, 마리는 2년 만에 하카타 역에 돌아왔다. 도쿄에서 열차를 탈 때는 비가 내렸는데, 이른 아침의 하카타 역은 화창하게 개어 있었다.

"와아!"

스스로도 예상치 못한 반가움과 돌아왔다는 안도감에 마리는 야마베의 팔을 잡으며 탄성을 질렀다. 그러나 야마베는 떨떠름한 표정이었다.

"도쿄에 있으면서 신세를 많이 져서."

마리는 야마베를 집으로 데리고 온 까닭을 기요와 아라타에게 그렇게 설명했다. 마리에게 야마베는 연인이 아니었다. 굳이 말하자면 친구 같은 것, 또는 어떻게 하다 보니 주워 기르게 된 버려진 고양이 같은 것이었다. 바로 어제까지는 야마베에게 마리가 그런 존재였던 것처럼.

하지만 기요와 아라타가 그런 상황을 이해할 리 없었다. 남자와 함께 집을 나간 딸이 다른 남자를 데리고 돌아왔다. 그들은 호리호리하게 키만 클 뿐 듬직하지 못한 눈앞의 남자가 딸의 새 연인이라 생각할 수밖에 없었다. 하기야 지금 둘은 방을 따로 쓰고 있다. 마리가 자신의 방을 야마베에게 내주고, 소이치로의 방을 썼다.

죽은 오빠의 방에서 자는 건 좋지 않다던 기요도 그 결정에는 반대하지 않았다. 마리의 방은 둘이 — 결혼하지 않은 남자와 여자가 — 자기에는 비좁다.

돌아온, 그것도 굴러 들어온 두사람이 앞으로 어떻게 생활해나갈지는 아무도 몰랐다. 하지만 아무튼 그렇게 마리는 후쿠오카에, 그리고 소이치로가 살았던 집에 돌아왔다.

그러고 보니까 나 또 이 다다미방에 얌전히 앉아 있네.

고급스러운 맛의 전골을 먹으면서 마리는 마음속으로 그렇게 중얼거린다. 소이치로가 살아 있을 때는 가족끼리 여러 곳을 다녔고, 다양한 음식점에서 외식을 했다. 그런데 소이치로가 죽은 후에는 특별한 일이 있을 때면 늘 이 전골집에서 자리를 가졌다.

"맥주, 제법 잘 마시네."

기요가 마리에게 말했다.

술은 도쿄에서 산 2년 동안에 마리가 발견한 '잘할 수 있는 일' 중 하나였다. 실제로 마리는 술이 셌다. 술꾼이라고 해도 좋을 만했다. 다른 음료―커피나 홍차, 일부러 조스이 거리까지 가서 마셨던 짙고 달콤한 코코아, 기요가 만들어준 신선한 과일주스와 야채주스, '올베라'에서 늘 마셨던 크림소다―보다 술이 더 맛있었다. 술을 꽤 많이 마셔도 둥실 뜬 것처럼 기분만 좋아졌지 취하지는 않았다. 다만 과거 이 도시에서 살았던 마리는 자신이 그렇다는 것을 알 기회가 없었을 뿐이었다.

이와 같은 일들이 또 있을 것이다. 마리는 생각한다. 아직 모르는, 자신에 관한 진실.

"다카히코 군은 어떻게 지내고 있지?"

불쑥 묻는 아라타에게 마리는 짧게 대답했다.

"몰라."

야마베가 다카히코를 모르는 것은 아니지만 야마베 앞에서 그런 것을 묻는 아빠에게 화가 났다. 그리고 다카히코라는 이름에 아직도 반응하는 자신에게도.

한때는 다카히코만 옆에 있어주면 된다고 생각했다. 다카히코를 지켜주고 싶기도 했다. 어느 쪽이나 헛된 바람이었지만.

"당신이나 마리가 걱정 안 해도 그는 나름대로 잘 살고 있을 거야."

기요가 희미하게 미소 지으며 말했다. 그 상황을 수습하려는 의도가 아니라 솔직한 의견인 듯했다.

오랜만에 집으로 돌아온 마리에게 기요의 충실한 생활은 신선한 충격이었다. 영국 유학을 마치고 돌아와 시작한 원예 일이 지난 2년 사이 어엿한 직업이 되어 있었다. 허브를 연구하는 한편, 소개한 것이 적절한 시기를 탄 모양이었다. 원래 기요는 요리를 좋아했던 덕분에 허브를 키우는 방법과 허브를 사용한 레시피를 책으로 만드는 일 등 여러 곳에서 의뢰를 받아 원고를 쓰고 있었다. 지역 텔레비전 프로그램의 강사 일은 그만둔 지 오래였다. 차를 타고 30분 정도 거리에 있는 땅을 빌려 별장식 정원을 만들고, 학원을 두 군데 운영하며 집필에도 공을 들이고 있었다. 찾아오는 손님도 많았고 외출도 잦았다. 그러면서도 집안일까지 소홀히 하지 않아 정말 대단하다 싶었다.

영국 생활이 성격에 잘 맞았는지, 기요는 수입이 안정되면 언젠가는 일본과 영국을 오가면서 살고 싶다는 꿈같은 소리를 했다.

좀 이상해.

솔직히 마리는 당혹스러웠다. 옛날처럼 대놓고 엄마에게 반발하는 일은 없었지만 기요가 집에 있어주기를 바라는 마음은 부정할 수 없었다.

"오빠가 살아 있었다면 지금과는 전혀 달랐을 거란 생각이 들어요."

어느 날 밤, 마리는 야마베에게 그렇게 털어놓았다. 마치 시간이 멈춰버린 듯한, 17년 동안 친숙하게 지냈던 자신의 방에서.

"엄마는 오빠를 무척 좋아했으니까, 오빠가 있었다면 이 집을 떠나지 않았을 거예요."

그리고 나 역시. 이 말은 입 밖에 내지는 않았지만 마리는 속으로 덧붙였다.

"그럴까."

저녁을 먹은 뒤 변함없이 침대에 벌렁 누워 시간을 보내던 야마베가 대꾸했다.

"집에서 살림만 할 것 같지는 않던데."

침대 커버도 커튼도 옅은 초록색이다. 기요가 손수 만들어 몇 번이나 빨아 조금은 색이 바랜, 눈에 익은 초록이다.

"야마베 씨는 잘 몰라서 그래요."

책상 앞 의자에 앉아 마리가 말했다. 목소리가 쓸쓸하게 나와 스스로도 놀랐다.

"글쎄, 그럴지도 모르지. 하지만 오빠는 이미 죽고 없잖아."

야마베는 주저하지 않고 말했다.

부자연스러운 침묵이 방 안을 채웠다. 마리로서는 여전히 인정하기 어려운 일이었다. 특히 이 집에서는, 모든 것에서 소이치로의 기척을 느낄 수 있는 이 집 안에서는 도저히 믿을 수 없는 일이었다. 실제로 지금도 귀를 기울이면 후후, 하고 웃는 소이치로의 웃음소리가 들린다. 목소리보다 더욱 짙고 강한 기척. 소이치로는 꼭 방만 한 크기로 자신의 존재를 확대시켜 마리를 감싸고 있다.

─안 돼, 마리. 그 사람은 몰라.

마리는 야마베에게 소이치로의 방에는 들어오지 말라고 이미 말해두었다. 그때 야마베가 보였던 상처 입은 표정.

"오빠는, 이 집에 있어요."

마리는 천천히 그리고 신중하게 선언하듯 말했다. 달리 어떻게 말하면 좋을지 몰랐다.

"지금도, 확실하게 있다고요."

답답했다.

― 이제 됐으니까, 그만해.

소이치로가 그렇게 말한 듯했지만 마리는 그만두지 않았다.

"오빠 방, 볼래요?"

그만 자기도 모르게 그렇게 말하고 말았다.

문을 열면 모든 것이 분명해질 것이다. 소이치로 그 자체인 방을 보면 야마베도 소이치로라는 존재를 이해할 수 있을 것이라고 생각했다.

그러나 현실은 그렇지 않았다.

"와우! 그대로 뇌두었네."

마리가 문을 열고 불을 켜자 야마베는 그렇게 말문을 열었다.

"어린애 방이군."

그러고는 사방을 돌아보며 말했다.

"귀여운데?"

마리로서는 상상도 못했던 말이었다. 과연 자신과 야마베가 지금 같은 공간에 서서 같은 것을 보고 있는 것일까.

마리는 견딜 수 없어 창문을 열었다. 공포에 가까운 감정에 금방이라도 짓뭉개질 것 같았다. 이 사람은 모른다. 귀여운 어린애 방이라고? 이 사람이 어떻게 된 것이다. 아니면 내가 어떻게 된 것일까.

"보여줘서 고마워. 그런데 오빠 방이 아니라 동생 방 같아. 지구본 같은 것도 있고 말이야."

야마베는 부드러운 목소리로 말한 뒤 마리의 어깨에 손을 올려놓았다. 야마베의 그 몸짓에 마리는 자신이 떨고 있다는 것을 알았다. 마당에 핀 꽃들 사이로 촉촉하고 달짝지근한 봄의 공기가 떠다녔다.

"우와!"

불쑥 밤공기를 헤치고 어떤 소리가 울렸다.

"뭐지?"

마리가 창밖으로 몸을 내밀자 야마베도 뒤에서 똑같이 몸을 내밀었다. 야마베의 볼이 마리의 볼에 닿으면서 귀에 숨결이 느껴졌다. 마리는 자신의 몸이 굳어지는 것을 느꼈다. 마당은 다시 잠잠해졌다. 눈을 부릅뜨고 어둠을 쳐다보았지만, 거뭇거뭇한 식물 말고는 아무것도 보이지 않았다. 하지만 마리는 그것이 큐의 목소리라는 것을 알았다.

"고양이들, 잘 있는지 모르겠군."

마리가 창문을 닫자 야마베는 그렇게 말했다.

다카미야 거리가 부드러운 봄바람과 봄빛으로 물들고 있었다.

기요와 아라타는 앞일은 둘이서 천천히 생각하면 될 거라고 했지만, 야마베는 일자리를 찾아보기는커녕 밥을 먹을 때 말고는 마리의 방에 틀어박혀 있을 뿐 밖으로 나올 생각도 하지 않았다. 마리는 야마베의 태도에 당황하지 않을 수 없었다. 보여주고 싶은 곳이 있다느니, 같이 걷고 싶은 곳이 있다느니 하며 끌어당기면 야마베는 투덜거리며 따라나서기는 했지만 조금도 즐거운 표정이 아니었다.

어렸을 때 상자 종이로 잔디 썰매를 탔던 둔덕으로 데려가자 야마베는 눈 아래 펼쳐진 거리의 모습을 보고 툭 내뱉었다.

"아무것도 없는 동네로군."

나쁜 뜻이 있는 말투는 아니었지만 마리는 그래서 더욱 깊은 골을 느꼈다. 메우기 어려운, 서글픈 골이었다.

"하늘을 봐요. 비행기가 올 테니까."

마리가 애써 들뜬 말투로 말했다. 그러나 파랗고 투명한 하늘은 고요하기만 할 뿐 비행기가 나타날 기미는 없었다. 하기야 비행기가 나타난다고 한들 무슨 의미가 있을까.

"나, 일하고 싶지 않다."

야마베가 고개를 들지도 않은 채 말했다.

"그럼, 안 해도 돼요. 내가 일할 테니까."

야마베가 어이없다는 듯, 아니면 이제 지쳤다는 듯 불쾌하게 피식 웃었다.

"세상 물정을 통 모르는군."

마리는 둔덕 위를 걸으면서 도토리를 주웠다. 이곳은 눈을 감고서도 걸을 수 있다.

야마베는 바닥에 주저앉아 풀을 쥐어뜯으며 말했다.

"그래, 뭘 해서 얼마나 벌 건데? 게다가 네 부모님이 허락할 리가 없지. 외동딸에게 돈벌이시키고, 공짜 밥 먹는 남자를 말이야."

"그럼 어쩌자는 거예요?"

목소리에 짜증이 배어나왔다. 마리는 야마베의 옆에 앉았다가 그대로 벌렁 누웠다. 흙과 풀 냄새가 코를 찔렀다.

후쿠오카로 돌아갈 결심을 했을 때, 마리에게는 한 가지 계획이 있었다. 하지만 아직 말할 단계는 아니었다. 그리고 스스로도 매몰차다고 여기지만 마리는 야마베가 슬슬 부담이 되었다. 야마베도 그런 마리의 심정을 틀림없이 알고 있을 거라는 것도.

"야마베 씨, 나 좋아해요?"

마리가 누운 채 묻자 야마베가 이내 대답했다.

"좋아하지."

"나도 야마……."

"알아."

야마베가 마리의 말을 잘랐다.

"마리가 나를 좋아한다는 건 알아. 그러니까 말 안 해도 돼."

마리는 한숨을 쉬었다.

나도 야마베 씨를 좋아해요. 하지만, 하지만. 그다음 말을 하고 싶었다.

말하지 않아도 된다고 해서 말하지 않은 자신을 마리는 비열하다고 생각했다. 비열하고, 겁쟁이라고.

"이 부근에도 호텔, 있지?"

"그야 물론 많죠."

고등학교 시절, 다카히코와 몇 번 간 적이 있다. 같은 학년 아이들보다 어른이 된 것 같아 신나게 드나들었다.

"가고 싶어요?"

마리가 묻자 야마베는 부끄러운 표정을 지었다.

"안 될지도 모르지만."

마리는 알 수 없었다. 야마베는 서로 사랑하지 않는 사람의 알몸을 왜 보고 만지고 싶어하는 걸까. 도쿄에 있을 때는 마리가 오히려 그러기를 원했다. 그러면 자신들이 연인이라고 생각할 수 있을 것 같아서.

하지만 지금은 야마베의 육체를 만지고 싶지 않았다.

"그럼 가요."

마음과는 반대로 마리는 명랑한 목소리로 말하고는 벌떡 일어났다. 그리고 야마베의 팔을 잡아 일으켜 세웠다. 자신을 따라 후쿠오카까지 와준 야마베에게, 이제는 만지고 싶지 않다는 말 따위를 어떻게 할 수 있을까. 달리 의지할 사람이 없는 도쿄에서만 야마베가 소중했다고.

"집 안에서는 이렇게 팔짱도 낄 수 없으니까."

팔짱을 끼고 주택가로 이어지는 언덕길을 내려가면서 마리는 그렇게 말했다. 눈을 감고 야마베의 몸에 기대어.

그리움은 어디서 샘솟는 걸까. 마리는 생각한다. 몇 년 동안이나 이 도시를 떠나고 싶어 안달을 했는데.

귀향은 마리가 예상했던 것보다 훨씬 간단하게 마리를 그리움과 행복으로 채웠다. 그리고 그것은 부모님 때문도 아니고, 소이치로를 바로 곁에서 느낄 수 있는 집 때문도 아니었다. 오로지 도시 그 자체가 지닌 힘 때문이었다.

머리로 생각하고 몸으로 느끼기 전에 머리칼과 피부와 손발이 제멋대로 거리의 공기를 숨 쉬고 만끽하면서 마리는 점차 기운을 되찾았다. 초등학교 옆에 있는 문방구─막과자를 팔았던─와 '메이지 분유' 간판, 잡풀이 무성한 공터, 길이 널찍하고 한가로운 주택가 등.

도쿄에서 지낼 때 망가진 전기스토브 앞에서 오들오들 떨었고, 부엌에서 잠을 잤다. 그리고 남자를 찾느라 술집을 이리저리 헤맸고, 바로 그 남자에게 밥상으로 얻어맞았던 기억. 그런데 지금은 그 모든 기억들이 자신이 아닌 다른 누군가의 사연처럼 느껴졌다.

마리는 낮이면 거리를 걸어 다니고, 밤이 되면 소이치로의 방에서 잠들었다. 야마베만이 도쿄에서 지낸 날들이 '다른 누군가의 사연'이 아니라는 것을 알려주었다.

큐와 마주친 것은 후쿠오카로 내려온 지 2주쯤 지났을 때였다. 화창하게 갠 오후, 소이치로의 무덤 앞에서였다. 그날 마리는 야마베를 데리고 소이치로의 묘소를 찾았다. 아름다운 공원묘지, 근처에는 연못과 가로숫길, 그리고 정수장이 있다.

"좋은 곳이군."

야마베는 소이치로의 무덤을 향해 미소 지으며 말했다. 마치 어린아이에게 보내는 미소 같았다. 어리고 천진하고, 그렇지만 무력한.

사방에 서 있는 무성한 나무의 가지가지에서 새가 지저귀며 서로 화답하듯 짹짹거렸다.

마리는 맥주를 들고 오기를 잘했다는 생각이 들었다. 같이 들고 온 병따개로 뚜껑을 퐁 따서 무덤 앞에 놓았다.

모두 오빠를 어린애라고 여기고 과자나 주스 같은 것을 두고 가지만, 마리는 오빠가 어린애가 아니라는 것을 알고 있었다.

아마 소이치로는 술이 셀 것이다. 이렇게 화창하고 아름다운 날에 오빠와 둘이 맥주를 마시고 싶었다.

야마베는 눈을 감고 두 손을 모았지만, 마리는 눈을 똑바로 뜨고 그냥 서 있기만 했다. 소이치로와는 늘 대화를 나눈다. 그러니 비석에 말을 걸 이유는 없었다.

그때 뒤에서 인기척이 느껴졌다. 돌아보니 큐가 서 있었다.

"아, 큐."

보자마자 목소리가 튀어나왔다. 소이치로의 존재를 확실하게 느꼈을 때처럼 벅찬 기쁨이 끓어올랐다.

"큐, 잘 지냈어?"

분명히 큐가 맞는데, 남자는 아무 말이 없었다. 오른손에 국화 몇 송이를 든 채 무표정한 얼굴로 멀거니 서 있을 뿐이었다. 큰 키에 단단하고 탄력이 있는 몸집이 소이치로를 쫄랑쫄랑 따라다니던 소년과는 전혀 다른 사람인 것처럼 듬직했다.

"와, 반갑다. 키, 많이 컸네."

큐의 시선이 야마베에게 고정되어 있는 것을 마리는 겨우 알아차렸다. 바로 그때 야마베가 인사했다.

"안녕하세요."

마리는 야마베를 큐에게, 큐를 야마베에게 소개했다.

"얘기 많이 들었습니다."

남 앞에서는 늘 넉살이 좋은 야마베가 미소를 띠고 말했다.

"여기서 이렇게 만나다니, 정말 반가워. 왠지 오빠가 우릴 만나게 해준 것 같다."

큐의 얼굴을 보는 순간 마리는 말이 많아졌다. 큐는 아무 대답이 없을뿐더러 긴장한 얼굴로 몸까지 바들바들 떨고 있었다.

"왜? 왜 그래, 큐?"

큐가 열에 들뜬 어린애처럼 두 눈을 부릅떴다.

"나는 마리가 좋아. 오래전부터 줄곧 좋아했어. 어렸을 때부터 마리를 신부로 맞이하겠다고 마음먹었는데. 하지만 이제는 이룰 수 없는 꿈이겠지.

그 사람과 함께하는 거겠지. 마리, 마리, 행복하게 살아."

말을 끝내자마자 큐는 후닥닥 뛰어갔다. 어리둥절해하는 마리의 눈앞에 큐가 내던진 하얀 국화 몇 송이가 휘날렸다.

2

믿을 수 없다.

소이치로의 방, 마리는 침대에 누워 천장을 쏘아보고 있다. 벌써 새벽 2시가 넘었는데 잠이 오지 않았다.

"나는 마리가 좋아. 오래전부터 줄곧 좋아했어."

큐는 분명 그렇게 말했다. 한낮의 묘지에서, 느닷없이.

그런 일이 있을 수 있을까. 2년 만에 만나는 큐였다. 그전에도 길에서 마주치면 잠시 서서 얘기나 나누는 사이에 지나지 않았다. 물론 마리는 큐를 좋아했다. 소이치로와 마리, 그리고 큐. 셋은 어디를 가든 함께였다. 아주 당연하게 함께 있었다. 하지만 그것은 아주 먼 옛날의 일이었다. 소이치로의 죽음이 모든 것을 변화시키기 전의 일이다. 그리고 소이치로가 죽은 후, 마리를 피한 것은 오히려 큐 쪽이었다.

"뭐가 어떻게 된 건지."

큐가 사라진 후 야마베가 중얼거렸다. 마리가 묻고 싶은 말이었다.

"글쎄요."

마리는 고개를 갸우뚱하고서 그저 멍하게 큐가 사라진 쪽을 바라보았다. 따뜻한 날이었다. 하늘은 한없이 파랗고 지지배배 지저귀는 새소리 외에는 아무 소리도 나지 않았다.

"언제까지 보고 있을 거야?"

야마베의 목소리가 먼 곳에서 나는 소리처럼 들렸다.

흩어진 하얀 국화를 주워 비석 앞에 놓았다. 깊은 밤, 큐가 창문으로 몰래 들어왔던 먼 날의 기억이 뇌리를 스쳤다. 소년이었을 때의 마음을 그대로 간직한 채 어른이 되는 사람도 있을까.

야마베는 집요했다. 집으로 돌아오는 내내 큐에 관해 미주알고주알 물어 댔다. 아무리 떨쳐내도 끝내 다시 나타나고 마는 한밤의 모기처럼.

"좀 이상하잖아. 아무 일도 없었는데 신부로 맞을 생각을 하다니, 그렇게 말할 수 있나?"

야마베가 골이 난 투로 말했다.

마리는 이해할 수 없었다. 뭘 가지고 '아무 일도 없었다'고 단정하는 걸까. 그리고 뭘 가지고 '무슨 일이 있었다'고 하고. 큐와 자신이 공유했던 시간, 야마베와 자신이 공유한 시간.

"그야 아무 일도 없지는 않았죠. 하지만 야마베 씨가 상상하는 그런 일은 아니에요."

문 바로 안쪽에 조팝나무 꽃, 그 옆에는 개나리가 피어 있다. 담장을 따라서는 덩굴장미.

이 계절, 기요의 정원은 숨이 턱 막힐 만큼 꽃들이 만발했다. 빌린 땅에 만든 가든은 질서정연한 아름다움을 자랑하지만, 식물의 자연스러운 기운에 맡긴 이곳은 잡다하면서도 꽃들로 넘쳐난다.

"큐는 좀 남달라요. 텔레비전에 나와서 숟가락을 휜 적도 있어요."

마지막으로 마리는 그렇게 말하고 대화를 끝내려 했다.

그런데 야마베가 어깨를 으쓱하며 대꾸했다.

"그런 건 아무 상관없잖아."

"그건 그렇지만 아무튼 남들과는 좀 다른 소년이에요."

야마베는 코웃음을 쳤다.

"소년이라고? 내게는 어엿한 남자로 보이던데."

마리는 소이치로의 침대에 누워 낮에 있었던 일을 몇 번이고 되짚어보았다. 친절하고, 정의감이 투철하고, 성실하면서 어눌하고, 복잡한 가정사를 짊어진 옆집 소년. 야마베에게 말한 대로 마리에게 소후에 큐는 지금도 소년이었다. 하지만 그렇다고 해도 누군가가 자신에게 그렇게 당당하고 거침없이 속마음을 드러내기는 처음이었다.

자기도 모르게 입가에 미소가 떠올랐다. 마리는 이불을 턱 밑까지 끌어올리고 발끝을 꼼지락꼼지락 움직였다.

"조금은 기뻤는지도 몰라."

소이치로에게 그렇게 말한다. 물론 옆방에서 자고 있는 야마베를 잊은 것은 아니었다. 큐의 마음에 답할 수 있는 입장이 아니라는 것도 알고 있었다. 그런데도 큐가 한 말을 떠올리면 몸 안에서 조그맣고 따스한 불이 지펴졌다.

다음 날, 마리는 기요의 설득에 넘어가 같이 쇼핑을 하러 갔다.

"좀 제대로 된 옷을 사야겠다."

"옷 같은 거 필요 없어."

마리는 그렇게 말했지만 몇 년 동안 새 옷을 사지 않아 어디를 가든 티셔츠에 청바지 차림이었다. 좀 싸늘하다 싶은 날에는 그 위에 레인코트를 걸쳤다. 레인코트는 고등학교 때 산 것이었다.

"이제 다 너덜너덜해졌잖아. 그리고 남자 옷 같아서 멋도 없고."

그러나 마리는 그 베이지색 레인코트가 — 겉에서는 안 보여도 하얀 바탕에 파란색 줄무늬가 있는 안감이 좋아서 — 마음에 들었다.

야마베에게도 같이 가자고 했지만 나가기 싫다고 했다. 그래서 기요와 둘이 외출했다. 기요는 무척이나 신이 난 표정이었다. 백화점을 두 군데 돌면서 마리의 옷과 기요의 구두, 그리고 식료품을 샀다. 유리그릇도 구경하고, 점심에는 우동을 먹고, 저녁때 디저트로 먹을 케이크도 샀다.

"네가 돌아와서 엄마는 정말 좋다."

기요는 두 번이나 그런 말을 했다.

하지만 마리는 왠지 모르게 어색했다. 엄마와 둘이 있는데도 할 말이 별로 없었다. 옛날처럼 반항할 수도 없었고, 그렇다고 순종할 수도 없었다. 그래서 마리는 거리와 오가는 사람들, 가게의 쇼윈도, 흘러가는 자동차의 행렬만 멍하니 바라보았다.

기요는 생기에 넘쳤다. 아름답다고 해도 좋을 정도였다. 소이치로를 잃고서 허울만 남아 무기력했던 엄마와는 전혀 다른 사람처럼 보였다.

"하지만 오빠는 이미 죽고 없잖아."

그렇게 말했던 야마베가 떠올랐다. 야마베의 말이나 기요의 태도 모두 마리로서는 승복할 수 없었다.

이날의 쇼핑에는 다른 목적도 있었다는 것을 마리는 집에 돌아가서 알았다. 아라타가 야마베와 대화를 나눈 것이다. 마리가 없는 자리에서 서로를 마주하고. 기요는 미리 알고 있었던 것 같았다.

"그렇다고 아빠가 야마베 씨를 싫어하는 건 아니야. 하지만 앞날에 대해서 그 사람이 어떤 생각을 하는지 궁금한 것은 당연하잖아."

기요가 사 들고 온 식료품을 봉투에서 꺼내면서 말했다.

아라타는 야마베에게 이력서를 쓰도록 지시했다고 한다. 일자리를 찾을 수 있도록 돕겠노라면서.

저녁 먹는 자리가 몹시 거북했다. 야마베는 애써 곱살스럽게 굴었지만 아라타는 벌레 씹은 표정이었다.

"알겠습니다."

이력서와 취직에 관해서는 그렇게 대답해놓고서, 정작 어떤 일을 하고 싶으냐고 물으면 애매하게 말을 얼버무리며 히죽히죽 웃는 야마베의 태도에는 마리조차 분노를 느꼈다. 말로는 이렇게 편을 들었지만.

"그렇게 재촉할 거 없잖아요. 일자리가 없는 것은 나도 마찬가지니까."

쌀쌀한 날이 계속되었다. 도쿄에서 짐이 도착해, 마리 방에 스테레오를 꺼내놓은 야마베는 거의 방에서 나오지 않았다.

"그 사람, 대체 어쩔 작정이라던?"

기요가 몇 번이나 그렇게 추궁했다. 그럴 때마다 마리는 이렇게 대답했다.

"내가 일할 테니까, 조금만 더 기다려줘."

그리고 말한 대로 오래된 독일 과자점 — 하카타 역에서 가깝고 가게 일부를 찻집으로 꾸민 햇볕 잘 드는 곳 — 에서 낮에 아르바이트를 시작했다.

"돈 문제가 아니라는 건 너도 알잖아."

하지만 기요가 그렇게 말하면 마리는 할 말이 없었다.

마리는 밤에 잠자는 시간이 가장 반가웠다. 소이치로의 방은 소이치로 그 자체였다. 침대와 이불이 마리를 포근히 감싸 편안한 잠으로 채워주었다. 그럼 부모나 야마베는 하잘것없는 문제로 느껴졌다. 자신과는 무관한 문제라고. 마리는 침대 속에서는 여전히 어린 동생이었고, 오빠와 큐의 보호 아래 있는 철부지였다.

　—멀리 가는 거야, 마리. 아주 멀리.

　방 그 자체인 소이치로가 마리에게 말을 건넨다. 그것은 밝고 힘찬 기적이었다. 마리에게 '인생을 두려워해서는 안 돼'라고 말해주는.

　장마가 걷히자 여름은 눈부신 햇살과 무성한 초록, 소나기가 내리기 전의 텁텁한 먼지 냄새와 요란스럽게 울어대는 매미 소리, 그리고 서늘한 밤공기로 후쿠오카 거리를 수놓았다. 이 도시는 산소가 풍부하다, 고 마리는 생각한다. 그래서 더워도 숨이 막힐 정도는 아니라고.

　일은 즐거웠다. 상품의 가짓수가 많고 신선한 것을 다룬다는 점이 극장 일과 달랐지만, 손님을 대해야 한다는 기본적인 점은 같았다. 케이크 상자를 끈으로 묶는 방법도 계산기를 두드리는 방법도 마리는 금방 익혔다. 틈이 나면 행주로 여기저기를 닦았고, 손님이 물을 때를 대비해 가게의 역사와 근처 백화점에 지점이 있는지 여부, 독일 과자의 전통과 역사까지 공부했다. 기요가 보면 보나 마나 어울리지 않는다고 할 촌스러운 유니폼도 거슬리지 않았다.

　"디짱, 얻어 왔어."

　마리는 거의 매일 팔다 남은 케이크를 들고 돌아왔다. 아라타와 기요는 반색했지만 실제로는 거의 먹지 않았다. 그래서 마리와 야마베가 꾸역꾸역

먹었다.

야마베는 늘 언짢은 표정이었다. 지금은 그런 표정이 당연한 것이 되고 말았다. 감기 기운이 있다느니 머리가 지끈거린다느니 하고 투덜거리기도 했다. 또 그것을 이유로 밥 먹으러 내려오지 않는 일도 종종 있었다. 그러고는 배가 고프면 훌쩍 밖에 나가 제멋대로 끼니를 때우는 듯했다.

"옆집 남자가 감시하고 있어."

피해망상에 사로잡힌 사람처럼 말을 해서 마리를 괴롭힐 때도 있었다.

사실 밤에 마리가 창문을 열면 옆집 마당에 큐가 서 있는 일이 간혹 있기는 했다. 하지만 큐는 다만 거기에 서서 검은 덩어리처럼 보이는 수풀 너머로 마리가 서 있는 창문을 올려다볼 뿐이었다. 꼼짝도 하지 않고, 말 한마디 하지 않은 채. 마리 역시 그저 큐를 바라만 보았다. 어느 쪽이든 휙 등을 돌려 그 자리를 떠날 때까지. 불과 몇 초 동안, 아니면 1분 정도.

그렇게 큐를 쳐다볼 때 마리는 스스로 뭐라 설명할 수 없는 슬픔에 휩싸였다. 그것은 지나간 것들이 지니는 슬픔과 비슷했다. 매달리려 해도 이미 지나가 두 번 다시 손에 닿지 않는 것들. 어둠이 짙은 여름밤은 흙과 나무 잎사귀들의 냄새가 났다.

아마 야마베 역시 옆방에서 창밖으로 살피고 있으리라. 마리의 모습은 보이지 않아도, 서 있는 큐의 시선 끝에 마리가 있다는 것을 느끼고는 있으리라. 마리는 어떻게 해야 좋을지 몰랐다.

그런데도 저녁을 먹고 난 후면 마리와 야마베는 아라타와 기요가 침실로 들어가기를 기다렸다가 거실에서 둘만의 시간을 갖는다. 야마베는 언짢은 표정에 입만 열었다 하면 마리를 비난하지만 그래도 깊은 밤 거실에서 묵묵히 독일 과자를 먹어준다.

"억지로 먹을 거 없어요. 매일 먹다 보면 질리잖아요."

마리가 그렇게 말해도 다 먹을 때까지 멈추지 않는다. 마치 억지로든 다 먹는 것이 마리에게 할 수 있는 유일한 애정 표현이라도 된다는 듯이.

"그만 먹어요. 내 속이 다 울렁거리네. 그만 먹어요."

더는 참을 수 없어 마리가 언성을 높인다.

야마베는 스프링이 퉁기듯 고개를 번쩍 들고는 상처 입은 목소리로 중얼거린다.

"말이 너무 심하다."

화분이 조르륵 놓인 거실에는 선풍기 한 대가 돌아가고 있다. 벽에는 소이치로가 그린 그림이 바짝 마른 테이프에 의지해 붙어 있다. 테이블에는 재떨이가 두 개. 하나는 묵직한 유리 제품으로 기요가 하도 애지중지하는 나머지 아라타가 재떨이로 사용하지 않는 것이고, 하나는 오래 써 검게 얼룩진 홍차 깡통이다. 그것들 모두가 마리의 눈에는 익숙한 것들이었다.

집 안에서 야마베는 늘 고립되어 있었다. 마리가 자신의 유일한 친구니까 따라가겠노라고 했던 야마베를 그런 상황에 놔두는 것이 마리는 진심으로 애처로웠다.

"미안해요. 후쿠오카에 와봐야 야마베 씨에게는 좋은 일이 하나도 없네요."

"대학에 가고 싶어."

키가 훌쩍 자란 해바라기의 꽃잎이 갈색으로 물들고, 짙은 파랑과 빨강이었던 접시꽃이 가을바람에 색이 바랠 즈음 마리는 기요와 아라타에게ㅡ 그리고 가장 난감했지만 야마베에게도ㅡ 그렇게 선언했다.

"낮에는 아르바이트하고 밤에는 공부할 거야. 대학 입시 공부가 아니라 검정고시 공부지만."

그것은 도쿄를 떠날 때 이미 결심한 일이었다. 그러나 야마베가 일자리를 찾을 때까지 기다리려고 했다. 야마베에게 그럴 마음만 있다면.

"학비, 대줄 수 있겠어?"

네 사람은 부엌 식탁에서 아침을 먹는 중이었다. 마당을 향한 창문이 활짝 열려 있어 상쾌한 바람이 솔솔 불어왔다.

"언젠가는 갚을게. 약속해."

그렇게 결심하기까지 야마노 씨의 영향이 컸다. 기요보다 나이가 많지만 마리를 친구 대접해준 야마노 씨, 한쪽 눈이 뭉개진 도둑고양이를 받아준 야마노 씨. 남편을 앞세우고 혼자 살면서도 사복 차림일 때는 금색 액세서리를 즐겨 했던 야마노 씨. 가와사키에 있는 극장에서 청소부로 일하면서 해마다 가와사키 대사에 참배를 가고 존 트래볼타를 좋아하는 야마노 씨.

"여자는 남자 하기 나름이라고 하지만, 그렇다고 남자에게만 의지하면 안 돼. 남자도 죽으면 다 그만이니까."

야마노 씨가 언젠가 마리에게 말했다.

마리는 그 말이야말로 진리라고 생각했다. 소이치로가 마리를 남겨두고 죽다니, 누가 상상이나 했을까.

게다가 만일 야마베를 앞으로도 보살펴야 한다면 마리에게 안정된 직장이 있어야 했다.

"농담이겠지. 학교는 싫다고 했잖아. 둘이서 있을 수만 있다면 그걸로 충분하다고 했잖아."

야마베는 맥없이 이의를 제기했다. 젓가락을 쥔 야마베의 손이 떨리고 있었다. 금방이라도 울음을 터뜨릴 것처럼 보였다.

"그래, 우리 이 집 나가서 아파트를 빌리자. 내가 언젠가는 다시 일해서……."

그다음 말을 마리는 듣지 않았다.

"난, 더 멀리 가고 싶어."

잠시 동안 아무도 뭐라 말하지 못했다. 맑게 갠 날이었다. 라디오에서 영어로 일기예보가 흘러나왔다. 대화에 방해가 되지 않을 만큼 작은 소리로.

"오늘이 방생회가 있는 날이네. 야마베 씨, 방생회가 뭔지 알아요?"

"아니요."

기요의 물음에 알든 말든 상관없다는 식으로 야마베가 대답했다. 마리 역시 지금은 방생회 따위는 상관없다고 생각했다. 어렸을 때는 소이치로와 큐와 함께 신이 나서 하코자키 궁의 가을 축제에 갔다. 그러고 보니 벌써 그런 계절이 돌아온 것이다.

"거리에 포장마차가 죽 나와요. 기분전환이 될 테니까 이따가 둘이 다녀와요."

기요가 야마베에게 설명했다.

"그래, 둘이 다녀오는 게 좋겠군."

아라타도 거들었다. 그리고 다 식은 커피를 홀짝홀짝 마시고는,

"그리고 대학에 가겠다는 거, 아빠는 찬성이다. 학비는 걱정하지 말거라."

하고 이왕 말이 나왔으니 한마디 한다는 식으로 말했다.

아르바이트가 끝나고 일단 집으로 왔다가 다시 나왔다. 마리나 야마베나 내키지 않았지만 집에 있기도 답답했다.

"나를 이용하고 이제 버리는 거로군."

버스 안에서 야마베가 그런 말을 했다.

"대학에 가는 게 어째서 야마베 씨를 버리는 일이죠?"

버스는 꽤 붐볐다. 마리는 창밖, 해질녘 거리의 활기찬 모습을 멍하니 바라보고 있었다.

"그 집 딸로 돌아가려 하니까 그렇지."

내뱉는 듯한 말투였다.

똑바로 앞을 향한 하코자키 궁의 참배길은 하염없이 길다. 중간에 도로를 끼고 또 곧바르고 긴 길이 이어진다. 걸어온 길을 돌아보니, 그 끝에 있는 바다까지 뻥 뚫려 있어 하늘이 압도적으로 보였다. 하늘은 파랑이 미처 떨치지 못한 아쉬움과 저녁노을이 뒤섞여 시원한 분홍으로 물들어 있었다.

"화내지 마요. 야마베 씨는 좋은 사람이지만 이대로 가면 우리 둘 다 인생이 망가질 거예요."

인파를 헤치고 경내를 향해 걸으면서 마리가 말했다.

길 양쪽에 줄줄이 늘어선 하얀 깃발이 바람에 펄럭거렸다. 만인화락, 천하태평.

"우리, 헤어지는 게 좋겠어요."

더 빨리 했어야 하는 말이었다. 옆에서 걷던 야마베의 몸이 순간적으로 굳어졌다. 마리는 시줏돈을 던지고 합장했다.

"싫어."

야마베가 힘없이 툭 내뱉었다. 하지만 이내 주위의 시끌시끌한 소리에 묻혀버리고 말았다.

"우리, 가게 구경이나 해요. 꽤 북적북적하죠?"

빙그르르 몸을 돌려 야마베의 손을 잡아당기듯 걸으면서 마리가 말했다. 깃발 아래를 아이들 몇 명이 뛰어다녔다.

"우리, 다 여기서 시치고산(다섯 살의 남자아이, 세 살과 일곱 살의 여자아이의 성장을 감사하고 앞으로의 행복과 건강을 기원하는 행사—옮긴이) 치렀어요."

마리는 자신의 말에 야마베가 오히려 외로워진다는 걸 알았다. 하지만 어쩔 수 없었다. 도로와 참배길이 마주치는 곳에 운동회 때처럼 하얀 텐트가 서 있었고, 그 아래에서 라면을 팔고 있었다. 몽글몽글 피어올라 공기에 녹아드는 하얀 김의 냄새.

"헤어지기 싫어. 우리 다른 데로 가자. 죽은 오빠도 없고 옆집 이상한 애도 없는 데로 가서 살자."

야마베가 단호하게 말했다.

온갖 간이가게가 줄지어 있었다. 풍선 낚기, 닭 꼬치구이, 볶음국수, 팝콘, 팥빙수에 사과 사탕, 도쿄 케이크, 계란과자. 대륙이 가까워서인지 지짐과 타피오카를 파는 가게도 있었다. 샛길로 들어서면 마술이나 묘기를 보여주는 가게까지 있다는 것을 마리는 알고 있었다.

"난 마리 때문에 모든 것을 버렸는데, 마리는 날 버리겠다는 거야?"

"저것 봐요, 하카타 구슬."

경쾌한 목소리로 말하고는 걸음을 멈췄다. 당신을 사랑하지 않는다고 말하기가 왜 이리 어려운 걸까.

매화 모양, 벚꽃 모양, 조개껍데기 모양, 거북 모양. 마리는 자갈 비슷한 흙구슬을 손바닥에 올려놓았다.

"아침이 될 때까지 방에 좀 있게 해줄 수 있어요?"

잘 곳이 없어서 야마베에게 그렇게 말했던 밤이 떠올랐다. 가와사키의 연립주택, 도둑고양이가 있는 세탁기 옆에서. 그런 뜬금없는 부탁에 야마베는 어깨만 으쓱하고는 '그러지, 뭐' 하고 대답했던가.

"마리, 너 참 잔인하다."

야마베의 말이 마음을 찔렀다. 손바닥에 놓인 알록달록한 흙구슬의 윤곽이 부옇게 번졌다.

"마리!"

반가운 목소리가 들렸다. 그 자리에 있던 모두가 움직임을 뚝 멈췄을 만큼 커다란 목소리였다. 돌아보니 사람들 너머로 큐가 서 있었다. 큐 옆에는 이목을 끌 만큼 얼굴 생김이 또렷하고 귀여운 여자─작지만 풍만한 몸집에 대담한 꽃무늬 원피스를 입은─가 큐의 팔을 잡고 서 있었다.

큐가 뭐라고 외쳤다. 그러고는 여자의 손을 뿌리치고 마리를 향해 달려왔다. 마리에게는 그 말이 들리지 않았다. 그것은 그저 그립고 반가운 큐의 목소리일 뿐이었다.

"가면 안 돼."

야마베가 마리의 어깨를 잡았지만 마리의 눈은 큐의 모습만 좇았다. 그래서 야마베의 손길은 느끼지도 못했다.

"데리러 와준 거야?"

기쁨에 들뜬 목소리였다. 큐는 그 말에는 대답하지 않고 소리쳤다.

"마리, 나랑 사귀자! 난 어렸을 때부터 죽 너를 사랑했단 말이야!"

소년처럼 열기 띤 목소리로, 그것도 참배길 한가운데서.

마리는 어이가 없었다. 그리고 이어 웃음이 터져 나왔다.

"와아!"

그렇게 대답하자마자 큐가 마리의 손을 잡았다. 아주 오래전, 같은 학년 아이들에게 당하고 있던 마리를, 막대기를 휘두르며 구해주었던 소후에 큐의 따스하고 믿음직스러웠던 손바닥과 같은 온도, 같은 감촉이었다.

3

축제일의 저녁때라 사방이 인파로 뒤덮였다. 강을 따라 줄줄이 늘어선 라면가게, 수면에 비치는 초롱의 빨간빛.

"어쩔 건데?"

큐에게 손을 잡힌 채 잡아끄는 대로 하루요시 다리까지 오고 말았다. 잡아끄는 대로? 마리는 속으로 자신을 비웃는다. 정말 비열한 말투군. 구해주었잖아.

흙구슬가게 앞, 많은 사람들 속에서 큐의 모습을 알아보았을 때의 그 반가움과 샘솟는 기쁨이란! 길 잃은 아이가 가족을 다시 만났을 때처럼 마리는 큐의 팔에 매달렸다. '마리, 너 참 잔인하다'고 했던 야마베를 그 자리에 남겨두고.

"내게 맡겨."

여전히 열기에 찬 눈을 반짝이며 큐가 마음을 굳힌 듯 말했다. 마리의 손을 잡은 손도 뜨거웠다.

러브호텔 따위는 익숙하다.

좁고 어두컴컴한 입구를 지나 프런트 앞에서 큐가 열쇠를 받는 동안 마리는 조금 떨어진 곳에 서서 몇 번이나 그런 생각을 했다. 바로 얼마 전에도 야마베와 같이 왔고, 그전에도 다카히코와 몇 번이나 왔다. 전혀 대수로운 일이 아니다.

그런데도 다리가 후들거렸다. 수족관 속의 열대어를 쳐다보며 이 물고기들에게는 이곳이 집이자 일상이라는 생각을 애써 한다. 딱히 특별한 장소는 아니라는 식으로.

그래도 여전히 가슴이 쿵쿵거렸다. 나쁜 짓을 하는 듯한 기분이었다. 이런 장소에 큐와 있다는 것이 믿어지지 않았다.

방에 들어서자마자 큐는 소스라칠 만큼 억센 힘으로 마리를 껴안았다. 입맞춤을 하는데 정체 모를 공포와 죄책감에 마치 누군가가 심장을 한 손 아귀에 움켜쥐는 느낌이었다.

러브호텔 따위는 익숙하다고 생각하고 싶은데, 가슴은 쿵쿵거리고 온몸은 떨리고. 마리는 자신이 자칫 울음을 터뜨릴지도 모른다고 생각했다.

큐는 친절했다. 마리의 블라우스로 손을 뻗어 단추를 풀어주려 했다.

"내가 할게."

그렇게 말하는 마리의 목소리가 떨렸다.

둘 다 알몸이 된 시점에 공포감이 극한에 다다랐다. 벗은 큐의 몸은 놀라우리만큼 우람했다. 온몸이 근육 덩어리 같았다.

마리는 도망치듯 흐물흐물한 이불로 몸을 가렸다. 그때 체온을 가진 물체가 마리의 몸을 덮쳤다.

"교미는 자연스러운 거야."

귓가에서 큐가 신음하듯 속삭였다. 교미라고 하다니, 큐답다. 마리는 의식 저편에서 멍하게 그런 생각을 했다. 사타구니로 밀어붙이는 뜨겁고 굵직한 것을 받아들이려 애쓰는 마리의 머릿속에서는 어린 시절의 무수한 일들, 이미 잊어버렸다고 생각했던 갖가지 일들이 소용돌이를 그렸다. 이미 퇴색되었다고 생각했던 것들이 색이 바래기는커녕 생채기 하나 없이 선명하게 피어오르며 밀려왔다.

노래해, 노래해, 노래해.

혼자라는 불안함을 씻어내듯 큰 소리로 노래를 부르며 춤추었던 자신의 모습이 떠올랐다.

노래해, 노래해, 노래해.

학교를 오고 가는 길, 늘 기다란 나뭇가지로 벽과 땅과 길 양옆의 도랑을 긁고 휘저으며 걸었던 큐의 모습도. 셋이서 걸어가는데도 아이들은 마리의 머리만 잡아당기고 놀려댔다. '시건방진' 데다 '못난이'였기 때문이다.

노래해, 노래해, 노래해.

남자아이들을 물리치기 위해 큐가 끌고 다녔던 그 나뭇가지.

땀에 흠뻑 젖었다. 침대는 있는 대로 삐걱거렸다. 마리는 부끄러움을 참고 허리를 들어보았다. 하지만 너무도 우뚝 선 큐의 그것은 도무지 안으로 들어오지 못하고 있었다.

"잠깐, 큐. 서둘지 마."

마리는 숨을 헉헉거리며 큐의 이마에 달라붙은 머리칼을 끌어올린 뒤 속삭였다. 그때 미소가 피어올랐다. 그러자 공포감 대신 마음이 편안해지면서 소년이 아닌 열아홉 살 청년 큐와 마주하는 듯한 기분이 들었다.

진지하다 못해 일그러진 얼굴로 마리의 몸을 파고들려는 큐가 사랑스러워 보였다.

그러다 너무 오래 그것을 받아들이려 격투를 벌인 피로감에 마리는 자기도 모르게 잠에 빠져들었다.

"마리……. 언제였더라, 아소 고원에서……."

큐의 목소리가 간간이 들렸다.

손발이 무거워 더는 움직일 수 없었다.

"사슴벌레도……."

큐의 목소리가 마치 자장가 같았다. 벌써 새벽이었다. 육체는 지쳐 축 늘어졌는데, 마리의 마음은 평온했다. 의식이 멀어지기 직전 소이치로의 유쾌한 목소리를 또렷하게 들은 기분이 들었다.

─왕고추 큐였구나.

큐의 뜻은 이루어지지 않았지만 마리는 그날 밤─이미 날이 밝아오고 있었지만 방생회의 그 밤─큐의 품 안에서 편안히 잠들었다. 입가에 미소를 띠고서.

눈을 뜬 마리의 뇌리를 가장 먼저 스친 것은 야마베였다. 버스를 타고 제대로 돌아갔을까.

꽤 높은 곳에 나 있는 창문으로 희붐한 빛이 스며들었다. 옆에서는 큐가 알몸으로 자고 있었다.

야마베를 혼자 내버려두었다. 그런 장소에, 그에게는 낯선 도시, 축제의 인파 속에.

"내가 넉살 좋아 보이나요?"

"그런 부모 밑에서 어떻게 넉살 좋은 여자가 태어나겠어?"

언제였나, 불안해서 그렇게 물은 마리에게 진지하게 대답해주었던 사람인데.

마리는 조그맣게, 그러나 긴 한숨을 내쉬었다. 일이 점점 복잡해졌다. 마리의 사고가 따라가지 못할 속도로.

옆에서 큐가 몸을 꿈틀거렸다. 자기도 모르게 마리는 미소를 짓는다. 야마베에게 몹쓸 짓을 했다고 생각하면서도 그것과 이것은 별개라는 생각이 들었다. 야마베를 홀로 내버려둔 것은 큐가 아니라 마리다. 큐에게는 아무 잘못도 없다.

"잘 잤어?"

살며시 말하고는 큐를 일으켰다. 구깃구깃한 시트가 아직도 둘의 땀으로 눅눅했다. 머리맡에 있는 시계는 아침 7시가 조금 지나 있었다. 10시에는 아르바이트를 하러 가야 하지만 아직 여유가 있었다.

밖은 환한데 프런트는 여전히 어두컴컴했다. 큐가 열쇠를 돌려주는 동안 마리는 어젯밤과 똑같은 장소에 서서 같은 열대어를 쳐다보았다.

이른 아침의 하카타 거리를 마리와 큐는 손을 잡고 걸었다. 돌이켜보면 초등학교를 졸업한 후 어젯밤까지 단 한 번도 큐와 손을 잡은 적이 없었다. 역으로 향하는 회사원, 학생들과 반대 방향으로 걸었다. 불 꺼진 초롱, 길 여기저기에 널브러져 있는 쓰레기봉투, 평소와 다름없는 맑은 아침 공기.

큐는 말없이 빨리 걸었다. 마리도 뒤처지지 않으려고 걸음을 재촉했다. 큐는 화가 난 것처럼 혹은 후회하는 것처럼 보였다. 그것은 다짜고짜 마리의 손을 잡고 끌어당겼던, 그리운 어린 시절의 소년과는 하나도 닮은 구석이 없는 까다롭고 풀 죽은 남자의 뒷모습이었다.

"옛날에는 상자 종이 타고 잔디 썰매도 많이 탔는데."

정수장 부지로 이어지는 언덕길을 올라가면서 마리가 말을 건넸다. 조금만 더 같이 있고 싶었다. 집으로 가는 샛길로 아직은 들어서고 싶지 않았다.

"우리, 저 둔덕에 가보지 않을래?"

마리의 그 말은 제안이기보다 애원처럼 들렸다. 적어도 마리 자신의 귀에는.

바람이 부드럽게 불어왔다. 웃자란 들풀에 뒤덮인 둔덕은 둘에게 오라고 손짓하듯 싱그러운 냄새를 풍겼다. 마리는 둔덕 끝에 있는 길로 올라갈 생각이었는데, 큐는 비탈을 그대로 오르기 시작했다. 풀들이 온 사방에서 사르락사르락 바람에 흔들렸다.

꼭대기까지 올라가 땅에 앉았다. 위이잉, 하늘이 울리면서 비행기가 지나갔다. 옛날부터 그랬다. 비행기는 언제나 불쑥 나타난다. 눈을 찡그리고 하늘을 올려다보며 기다릴 때는 절대로 나타나지 않으면서.

"참 오랜만이다."

눈을 감고 말했다.

"그러네."

큐도 그렇게 중얼거렸지만, 왠지 공허하게 들렸다. 둘 사이에 침묵이 흘렀다.

그 옛날, 날마다 이곳에서 놀았을 때 나는 큐와 무슨 얘기를 주고받았을까. 어떤 말로, 어떤 식으로.

"미안하다. 어제는 내가 제대로 이끌지 못해서."

불쑥 큐가 말했다.

제대로 이끌지 못해서? 말의 의미를 이해하는 데 잠시 시간이 필요했다. 어젯밤, 오랜 시간을 두고 분투했던 서로의 모습이 떠올라 쑥스러움에 고개 숙이고 웃었다. 이 사람은 이끌려고 애써주었다. 그렇게 생각하자 온몸이 절절하도록 감격스러웠다. 야마베와 시도할 때는 그야말로 마리가 늘 이끌어야 했는데.

"큐는 훌륭했어."

마리의 목소리가 통통 튀었다. 어쩌면 오늘 아침 나는 행복에 젖어 있는 게 아닐까 하는 생각이 들었다. 오랜만에 행복한, 그리고 편안한.

큐가 휘청거리며 맥없이 일어났다.

"큐?"

큐는 대답하지 않은 채 비탈에 발을 내디디는가 싶더니 그대로 굴러 내려갔다.

"대체 뭐 하는 거야?"

마리도 허둥지둥 일어섰다. 큐가 밑에서 벌떡 일어나 바지를 툭툭 털고는 마리를 올려다보며 말했다.

"해봐."

"괜찮아?"

마리가 물었지만 대답은 없었다. 큐는 마리를 남겨둔 채 걷기 시작했다. 해봐? 어쩌라는 거지? 순간적으로 망설이다가 상자 종이 없이 미끄러져 내려갔다. 하지만 큐는 마리를 기다려주지 않았다.

야마베는 돌아와 있지 않았다. 기요와 아라타도 외출했는지 집 안이 조용했다. 마리는 샤워를 하고 아르바이트를 하러 갔다. 야마베가 오지 않을까 하고 문이 열릴 때마다 돌아보았지만 나타나지 않았다. 소후에 큐도. 햇살이 좋은 테이블 자리, 달콤한 냄새로 가득한 실내, 문이 열릴 때마다 울리는 종과 여자 손님들의 끝없는 수다.

1980년 9월, 마리는 두 남자를 떠안고 말았다고 생각했다.

야마베는 끝내 돌아오지 않았다. 다음 날도, 그다음 날도. 모아놓은 클래식 레코드도 스테레오도 박스에 들어 있는 열두 권짜리 문학 전집도 그대로 남겨둔 채 모습을 감추고 말았다. 야마베뿐만이 아니었다. 큐도 홀연 사라지고 말았다.

그래서 마리는 달그락 하고 정겨운 소리를 내는 여닫이문을 열고 물었다.

"아줌마, 큐는요?"

그럴 때마다 나나는 자애로운 목소리로 대답했다.

"미안하구나, 집에 없어. 어디를 그렇게 싸돌아다니는지 모르겠구나."

마리는 소이치로의 방에 살며시 들어가 오빠에게 푸념했다.

"정말 이해할 수가 없네. 나를 좋아한다고 해놓고서."

소이치로는 아무 대답이 없었다. 기척을 느끼려고 온몸을 바짝 곤두세웠지만 소이치로는 아무 말이 없었다.

"말 안 하기야? 못됐다."

마리는 그 때문에도 또 화가 났다. 오빠는 옛날에도 큐만 편들더니.

마리는 하늘을 향해 솟아 있던 봉을 떠올렸다. 오빠와 큐는 늘 마리만 혼자 내버려두고 가버린다.

태풍이 집요했던 늦더위를 몰고 가버렸다. 11월에 접어들면서 마리는 스무 살이 되었다. 큐가 여행을 떠났다는 소식을, 그제야 나나에게 들었다.

"흐음."

마리의 반응은 그뿐이었다.

치, 어때 뭐. 다카히코도 야마베도, 그리고 큐도 어딘가로 가버렸다. 어때 뭐. 나는 아무 상관 없어.

마리는 이듬해 여름에 있을 검정고시를 위해 공부를 시작했다. 놀랍게도 공부가 재미있었다. 교과서란 교과서가 모두 아름다운 책으로 여겨졌다. 꼼꼼하게 읽고 이해하면 몰랐던 것들을 알 수 있었다.

고등학교 시절의 마리는 성적은 그저 그랬지만 수업도 공부도 싫어했다. 교과서도 학교도 싫어했다.

공부를 할 때면 소이치로의 방을 써도 기요와 아라타가 뭐라 하지 않았다. 야마베가 마리의 방을 사용했었기에, 아라타나 기요는 마리가 소이치로의 방을 자기 방처럼 쓰는 데 별 거부감이 없는 듯했다. 실제로 소이치로의 방에서 공부가 더 잘되었다. 도서관처럼 적막하고 반듯하게 정돈되어 있는 소이치로의 방.

그리고 보니 오빠는 우등생이었다. 마리는 먼 옛일을 되새겼다. 중학생이었지만 모든 과목에서 손쉽게 일등을 차지했다. 그렇게 늘 옆에 들러붙어 있었는데, 그 사실에 별 감흥이 없었던 자신이 신기했다.

검정고시는 모두 열한 과목을 봐야 한다. 마리의 경우, 자퇴한 고등학교에서 다섯 과목에 대해 '단위이수 증명서'를 받을 수 있기 때문에 여섯 과목만 시험을 보면 된다.

"애써 보는 시험인데, 나머지 다섯 과목도 볼까?"

마리는 소이치로에게 농담처럼 말했다. 절반은 진심이었다. 소이치로는 웃음으로 흘려들었다. 그러고는 이렇게 말해주었다.

─그야 너는 똑똑하니까.

마리가 공부에 열중할 수 있었던 이유 중 하나는 아라타가 붙여준 가정교사─아라타가 다니는 대학의 학생─가 마음에 쏙 들었다는 것이다. 가정교사는 마리의 말을 진지하게 들어주고는 이런 말로 마리를 격려해주었다.

"재미없으면 기억하지 않아도 돼. 거기서 점수 못 따도 다른 데서 따서 합격하면 되니까."

아라타는 전공이 화학이라서 제자 중에는 남학생이 압도적으로 많았다. 그런데도 가정교사로 여학생을, 그것도 일부러 다른 학부에서 찾아 데리고 왔다. 그 이유는 딸의 과거 행동—마리가 아라타 밑에 있는 연구생을 몰래 만났고, 고등학교를 중퇴하고 남자와 집을 나가더니 다른 남자와 돌아왔다는 것—으로부터 상상할 수 있는 어떤 위험성 내지는 가능성을 배제하기 위해서였다.

오카야마 현에서 태어나고 자란 시마모리 미치루는 도쿄에 있는 여자대학을 졸업한 후 규슈대학에 다시 입학했다. 그래서 현재 2학년인데도 나이는 스물넷이었다. 남자처럼 짧은 머리에 비쩍 마른 여자였다. 엄격하고 무서울 것 같은 첫인상이었다.

그런데 오히려 느긋한 사람이라는 것을 금방 알게 되었다. 게다가 조금은 무책임하다는 것까지.

미치루는 일주일에 세 번 왔다. 오후 5시에 와서 저녁을 먹고 10시까지 공부하는 것으로 사전에 약속했다. 그런데 그 시간 동안 공부에는 손도 대지 않는 일도 있었고, 심지어 '야외 학습'이라면서 밖으로 데리고 나가는 일도 있었다.

"대입 검정 같은 거, 식은 죽 먹기야. 염려 마. 해마다 대충 40퍼센트는 붙으니까."

미치루는 그렇게 말했다. 하지만 마리는 그렇게 쉽게 생각할 수 없었다.

"그럼, 60퍼센트는 떨어지는 거네."

자신은 절대 붙을 수 없을 것이라고 생각했다. 그런데도 미치루는 늘 웃으면서 반드시 붙을 것이라고 말했다.

그녀의 교수법은 함께 공부하는 것이 아니라, 마리 혼자 공부하다가 모르는 부분을 질문하면 그 질문에 답해주는 것인 듯했다. 그 대신 한 번 질문한 것에 관해서는 속속들이 자세하게 설명해주었다. 자료는 물론 관련된 책까지 찾아주기도 했다. 그러고는,

"그렇게 꼼꼼히 안 봐도 돼. 미리 말하지만 그런 건 시험에 안 나오니까."

라고 했다.

또 미치루는 소이치로의 기척을 조금은 느끼는 듯했다. 마리에게는 무엇보다 반가운 일이었다. 이를테면 마리가 마음속으로 소이치로에게 이런 말을 했다고 치자.

"읽어도 모르겠어."

"문제의 지문 자체가 좀 이상한걸, 뭐."

─그냥 내버려둬. 그런 쓸데없는 건 안 봐도 돼.

소이치로가 그렇게 대답해주었을 때 미치루는 책을 읽다 말고 고개를 들어 마리에게 묻는다.

"뭐라고 했니?"

"아뇨."

"이상하네."

마리의 대답에 고개를 갸우뚱한 채 중얼거리다가 다시 책을 읽기 시작한다.

소이치로에게 더욱 가까이 다가선 일도 있었다.

─그건 실제적이지 않잖아.

영어 구문 하나에 소이치로가 그렇게 간섭했을 때였다.

"나도 그렇게 생각해."

미치루가 그렇게 대꾸한 것이다.

마리는 화들짝 놀랐고, 마리의 반응에 이번에는 미치루가 깜짝 놀랐다. 의자에 앉아 있던 미치루는 윗몸을 뒤로 제치면서 눈썹을 추켜올리고 마리를 쳐다보았다. 그러고는 아무 일도 없었다는 듯이 말했다.

"실제적이지 않지만 맞기는 해. 외워둔다고 손해 볼 건 없지."

"어떻게? 미치루 언니, 난 말하지 않았어. 그런데 어떻게 그렇게 대답하는 거야?"

믿을 수 없는 심정으로 마리가 말하자 미치루는 오히려 이상하다는 표정을 지으며,

"들렸으니까 그렇지."

라고, 있는 그대로 말했다.

겨울 동안 마리는 때로 옆집을 찾아가 나나와 차를 마셨다. 남편을 잃었는데 아들까지 곁을 떠나버린 나나가 안쓰러웠다. 큐는 지금 뭘 하며 지내는지 궁금하기도 했다. 어디에 있는지, 그리고 왜 갑자기 사라져버렸는지, 또 잘 있는지.

"글쎄, 어디에 있는지. 늘 떠다니니까."

나나의 대답은 애매모호했다. 나나는 온화한 눈빛으로 마리를 바라보았다. 계란과자와 따끈한 차, 그리고 손수 만든 장아찌 같은 것을 내놓으며.

"마리는 볼 때마다 귀여워지네. 아빠 엄마를 꼭 닮았어."

나이 탓인지 외로움 탓인지, 나나의 말은 갈수록 길어졌다.

"대학에 가서 공부할 거라면서? 대단하네. 큐도 애써 입학했는데, 정말 어떻게 된 건지 모르겠구나."

한숨과 뒤섞여 한없이 — 딱히 누구를 향한 것도 아니면서 — 흘러나왔다가 사라지는 나나의 말에 마리는 아픔에 가까운 슬픔을 느꼈다. 그리고 그것은 소이치로를 잃은 기요의 슬픔과 맞물렸다.

4

마리는 대입 검정고시에 떨어졌다. 한여름에 이틀에 걸쳐 치렀다. 마리 생각으로는 제법 잘 봤고 재미있기까지 했다. 그런데 가을바람과 함께 날아온 결과는 여섯 과목 가운데 네 과목이 합격, 두 과목은 불합격이었다.

그날 데라우치가의 거실에서 통지서를 보여주자 미치루는 놀라 눈을 동그랗게 치뜬 채 잠시 말을 잃었다. 그러고는 정말 유쾌하다는 듯이 미소를 지으며 옆에 있는 기요의 속내 따위는 아랑곳하지 않은 채 말했다.

"멋지다. 와! 멋지다. 마리, 정말 떨어졌네. 그렇게 똑똑한데, 놀라게 해주네. 나 같으면 절대 못할 일인데."

마리는 화가 울컥 치밀었다. 하지만 한편으로 안도하기도 했다. 시험에 떨어졌다고 동정을 받고 싶지는 않았고, 미치루가 가정교사로서 어떤 책임감을 느끼지 않을까 싶어 걱정스럽기도 했기 때문이다.

"조급하게 굴 것 없다. 아빠는 네가 네 과목에 합격할 만큼 열심히 해준 것만으로도 감격이야."

낮에 전화를 걸어 결과를 알리자 아라타가 느긋하게 말했다.

마리가 의아할 만큼 감격한 목소리였다. 그 말은 다시 한 번 마리를 울컥하게 만들었다.

"아빠는 아직도 내가 바보인 줄 알아?"

하지만 동시에 안심이 됐다. 그런데 미치루의 반응은 아라타와는 전혀 달랐다.

"걱정하실 거 하나도 없어요."

저녁 식탁에서 팥밥—네 과목이나 합격한 기념으로 기요가 지어주었다—을 오물오물 먹으면서 미치루는 기요와 아라타에게 그렇게 선언했다. 마리가 미치루를 존경하는 까닭은 바로 이런 점 때문이었다. 그녀는 누구에게든 똑같은 태도로 당당하게 말했다.

"내년에 두 과목만 합격하면 되잖아요. 게다가 그 1년 동안 다른 것도 많이 배울 테니까요."

미치루는 내내 웃는 얼굴로 기분 좋게 말했다.

저녁을 먹고 미치루와 마리는 가든에 갔다. 밤바람을 맞으며 한 시간 정도 자전거를 탔다. 기요가 자신의 인생에서 세 번째로 소중하게 여긴다는 그 가든—첫째는 가족, 둘째는 영국에서의 추억, 셋째는 가든이라고 했다—은 지난 반년 동안 마리와 미치루가 저녁을 먹은 뒤에 즐겨 찾는 산책 장소였다.

"아, 바람이 상쾌하다."

미치루가 하늘에 뜬 반달을 올려다보면서 한결 여유 있는 목소리로 말했다. '면 소재는 좋아하지만 다림질은 귀찮아하는' 미치루는 늘 구깃구깃

주름진 셔츠 차림이었다. 오늘은 하얀 바탕에 가슴에 달린 주머니만 마도라스 체크무늬인 셔츠를 입었다.

"눈에는 또렷이 보이지 않아도 가을이 왔음을."

유명한 와카(和歌, 일본 고유의 정형시 ─ 옮긴이)의 위 소절을 미치루가 읊으면 마리가 아래 소절로 화답했다. 이는 둘 사이에 게임처럼 자리를 잡았다.

"부는 바람 소리에 놀라 알게 되누나. 후지와라노 도시유키."

"출전은?"

"『고킨슈』. 가을 상."

"그럼 '달빛이 또렷이 비치는구나' 는?"

"『가시조노 문집』?"

"딩동댕."

어슬렁어슬렁 걸으면서 천천히 주고받는다. 가든 한쪽 '월드' ─ 기요의 표현이다 ─ 는 돌담 꼭대기에서 아래로 넝쿨과 장미가 흘러내리는 것처럼 엉켜 붙어 있어 밤에 보면 으스스하기까지 하다. 돌과 잎사귀에서 축축하게 젖은 싸한 냄새가 풍겼다.

"왜 고전에서 떨어졌을까? 내용을 모르는 것도 아닌데 시험에서 떨어졌다는 것은 요령이 없다는 거야."

미치루가 사뭇 흥미로운 듯 말한다.

"그래요."

어쩔 수 없이 마리는 고개를 끄덕였다. 싫어하면서 잘 못하는 물리라면 몰라도 좋아하는 고전에서 떨어지다니, 자신도 뜻밖이었다.

"그리고 말이지, 요령을 부리지 않는다는 것은 크고 우등한 사람이라는 증거지."

그런 다음 미치루는 부럽다고 덧붙였다.

"나는 옛날부터 요령을 잘 부렸는데."

"에게, 무슨 소리야? 미치루 언니, 나한테 자랑하는 거야?"

벽을 따라 오솔길을 걸어가면 왼쪽에 규모는 작지만 본격적인 '정형식' 정원이 나온다. 미로처럼 기하학적으로 배치된 나무들 사이사이에 라벤더와 세이지가 자리하고 있다.

"기요 씨, 성깔이 있네."

불쑥 미치루가 화제를 바꿨다.

"성깔?"

"그래. 이런 곳에 이런 정원을 만들다니, 성깔 있는 거지."

마리도 그렇다고 생각했다. 아주 가끔 텔레비전 방송국이나 잡지사에서 취재하러 나올 뿐, 이곳은 아무도 돌아보는 이 없이, 다만 존재한다. 그만큼 엉뚱하다고 할 수도 있는 공간이다. 기요가 아니면 '월드' 니 '정형식' 이니 하는 용어를 과연 어떤 사람이 이해할 수 있을까.

"그래도 우리 집 정원하고는 완전히 다르니까 재미있잖아. 여기는 언제 와도 늘 사진과 똑같아. 예쁘고 반듯반듯하고. 그런데 우리 집 정원은 뒤죽박죽, 식물들이 제멋대로 자라고 번식해."

마리는 오래전부터 생각해오던 말을 했다.

그러자 미치루는 웃으면서 살며시 고개를 끄덕였다.

"극과 극이구나."

"맞아. 아빠는 우리 집 정원을 농담 삼아 비정형식 가든이라고 부르니까."

흙에 자갈이 섞여 있어 둘이 걸을 때마다 발밑에서 조그맣고 경쾌한 소리가 났다.

"나는 여기도 멋지지만 너희 집 정원도 멋있어. 뭐랄까, 너네 가족에게 어울리는 정원이야."

양팔을 좍 벌리고 심호흡이나 체조하는 동작을 하면서 미치루가 말했다.

"그런가."

마리는 고개를 갸우뚱하고서 그렇게 중얼거렸다.

두 번째 시험을 치를 때까지의 1년은 미치루의 말대로 '많은 것을 배우는' 날들의 연속이었다. 마리가 예상했던 것보다 훨씬 다양하고 많은 것들을 배웠다. 그리고 거기에는 늘 미치루가 있었다.

미치루에게는 마리가 전에 만난 어떤 사람과도 다른 분위기가 있었다. 가족도 애인도 있는데, 마치 가족도 애인도 없는 사람 같은 얼굴로 살고 있었다. 누구와도 이어지지 않은, 자유롭고 고독한 인간처럼.

미치루는 대학의 정문이 거의 마주 보이는 식당 2층에서 하숙하고 있다. 입에 발린 말로라도 절대 새것이라 할 수 없는 자전거를 타고 어디든 간다. 술은 한 방울도 마시지 않으면서 술자리에는 기죽지 않고 참석하고 디스코텍에도 간다.

춤에 관한 한 미치루의 체력은 마리조차 눈이 휘둥그레질 만큼 막강했다. 일단 플로어에 나갔다 하면 쉬지 않고 춤을 췄다. 모두가 같은 동작으로 분위기를 고조시키는 곡—마리는 끔찍이 싫어하지만—이 울려 퍼지면, 잘 알지도 못하면서 어깨 너머로 힐금힐금 따라하다가 금방 익힌다. 절대 잘 추는 춤은 아닌데 느긋하고 즐겁게 춤을 춘다. 그리고 춤동작도 커서 사람들 눈에 쉽게 띄었다.

또 놀랍게도 미치루는 춤을 추면서 말을 했다. '마리아 하우스' 밖까지 들릴 만큼 왕왕 울리는 음악 소리 속에서.

"춤은, 옛날에는 기도였어. 신의 분노를 잠재우기 위해 하는 행위였지. 가뭄이나 질병, 인간의 힘으로는 도저히 막을 수 없는 일이 생겼을 때, 대지 위에서 힘차게 춤을 추면 하늘에 기원하는 마음이 닿는다고 생각했던 거지."

그런가 하면 이런 말을 하기도 했다.

"운동과 저항의 관계에 대해서 간단하게 말해봐. 그리고 압스트락시옹─크레아시옹(abstraction-création)이 뭔지 알아?"

때로는 엉뚱한 질문도 했다.

"지금 100만 엔이 있다면 뭐 할 거야?"

마리는 미치루의 질문에 종종 웃었다. 미치루는 지금 대학에서 동양사를 배우고, 도쿄에서 졸업한 여자대학에서는 가정학─사실 마리는 가정학이 어떤 학문인지 상상조차 되지 않지만─을 배웠다. 그런데 가정교사로서 그녀가 들려주는 지식은 색다르고 광범위했다. 시험공부에 보탬이 되는지 어떤지는 둘째치고.

"아, 목마르다."

먼저 그런 소리를 하는 것은 언제나 마리 쪽이었다. 피즈나 럼 코크처럼 달콤하고 가벼운 술을 마시는 마리 옆에서 미치루는 아무것도 마시지 않은 채 흥에 겨워 리듬을 탔다. 땀 때문에 이마에 들러붙은 짧은 머리를 강아지처럼 머리를 푸르르 떨어내기도 하면서.

"그래가지고 떨어지나."

어떤 때는 마리가 웃으면서 손가락으로 쓸어주기도 한다.

마리에게 '마리아 하우스'는 과거와는 완전히 다른 장소였다. 이미 들어

서기만 해도 가슴이 두근거리는, 번쩍거리고 화려하고 어른스러운 세계가
아니었다. 드레스 코드에 걸릴까 봐 그렇게 긴장했다니, 우스꽝스럽게 느
껴졌다. 미치루와 함께 드나드는 그곳은 일상에서 잠시 벗어나는 유흥의
장소였다.

"문에 서 있는 남자를 좋아한 적이 있었어."

마리는 과거를 털어놓았다. 눈썹을 살짝 추켜올리면서 재미있어하는 미
치루에게,

"여기 문 닫은 후에 같이 바다에 가기도 하고, 그 남자가 캔 콜라를 사주
기도 했어."

라고 설명하다 보니 그 일이 아주 멀고 유치한 사랑으로 여겨졌다. 흐뭇한
정경이라고 해도 좋을 정도로. 그 사실을 깨달은 마리는 스스로 놀란다.

실컷 춤을 추고서 둘이 한 자전거를 타고 돌아가는 것도, 그 시절이었다
면 볼품없다고 여겼으리라. 다카히코와 똑같은 헬멧을 쓰고 오토바이 뒤에
올라타 그의 등을 꼭 껴안을 수 있는 것을 조금은 자랑스러워했다.

미치루의 애인은 성이 오쿠무라였다. 아라타의 강의를 듣는 학생으로
늘―마리가 만났을 때는 늘―빨간 조끼 차림이었다. 둘이 나란히 저녁을
먹으러 데라우치가를 찾는 일도 있었다. 마리 눈에 비친 그들은 사이좋은
우등생 커플이었다. 실제로 둘 다 상당히 우수한 학생인 듯했다. 식탁에서
나누는 화제도 때로는 유기화학, 때로는 중국의 어떤 임금의 일화, 때로는
열기는 잦아들었지만 아직도 몇몇 대학에서 암암리에 계속되고 있는 학생
운동에 관한 것이었다.

오쿠무라와 미치루는 희곡 연구회라는 동아리 소속이었다. 연기를 하는
것이 아니라 희곡을 연구하는 동아리라고 설명해주었다. 마리는 연극이나

희곡에 관심이 없었지만 놀러 오라고 하면 가끔 동아리방을 찾아갔다.

하루하루가 그런 식으로 지나갔다. 독일 과자점에서 하는 아르바이트도 계속했기 때문에 바쁘게 지냈다.

야마베의 물건은 레코드만 남기고 모두 처분해버렸다.

"그냥 버려."

마냥 놓여 있는 스테레오와 책, 그리고 망가진 스토브를 보고서 미치루가 그렇게 말해 마리도 결심할 수 있었다.

"그래도 소중하게 여기던 건데."

마리가 그렇게 말하자 미치루는 어이없다는 표정을 하면서 양팔을 좍 벌렸다.

"생각해보니까, 내가 야마베 씨에게 못할 짓을 한 건데 잘 가라는 말도 못했잖아. 그리고 내 것도 아닌데 어떻게 마음대로 버려?"

마리가 계속 말을 이으려 하자 미치루가 말을 잘랐다.

"생각이 지나친 거야. 마리, 너는 늘 생각을 너무 많이 해서 탈이라니까."

놀라웠다. 그런 생각은 한 번도 해보지 못했다.

"오래도록 생각하는 연습을 해왔으니까 그렇지."

자기도 모르게 말투가 완고해졌다.

—생각해봐, 마리. 생각해보면 알 수 있으니까.

"난 제대로 충분히 생각하고 싶고, 생각하면 알 수 있단 말이야."

마리가 이렇게 말하자 미치루가 빤히 쳐다보았다. 그러다 보니 서로 노려보는 꼴이 되고 말았다. 그러나 마리는 물러서지 않았다. 소이치로의 말을 뒤집을 수는 없었다.

"좋아. 그럼 생각해봐. 여긴 네 방이야. 이 잡동사니들, 거치적거리지? 너에게 필요한 거 아니지? 그럼 버리는 게 당연하지 않을까? 어때?"

미치루가 차분하게 설명하자 이번에는 마리도 수긍할 수 있었다.

"당연하네."

마리는 빙긋 웃으며 미치루와 소이치로에게 공통점이 있다고 생각했다. 생각하는 방식에 아주 비슷한 공통점이 있다고.

"그런데 말이지, 생각하기보다 우선은 뛰어드는 거야. 그런 태도가 필요한 경우도 있어."

고개를 기우뚱 기울이고 화장기 없는 입술에 엷은 미소를 띤 채 미치루가 말했다.

그녀답지 않게 고개를 숙인 탓인지도 모르겠다. 마리에게는 그 말이 마리가 아니라 미치루 자신에게 하는 말로 들렸다. 자신에게 들려주는, 자신을 납득시키기 위한 말처럼.

우선은 뛰어든다.

그 말에 마리는 둔덕에서 탔던 잔디 썰매를 떠올렸다.

"그런데 말이지, 만사에는 준비할 시간이 주어지지 않거든."

소이치로도 그런 말을 했었다.

기요와 아라타가 예전처럼 사이좋은 부부가 아니라는 것을 마리는 이미 알고 있었다. 그렇다고 사이가 나쁜 것도 아니었다. 아마 미치루와 오쿠무라의 눈에는 충분히 사이좋은 부부로 보일 것이다. 기요가 쓴 글이 책으로 나오면 아라타는 축하한다고 말해주었다. 또한 아라타가 가르치는 학생이 집으로 놀러 오면 기요는 음식을 만들어 대접한다. 마리가 검정고시에 떨어졌을 때도 한자리에 모여 여섯 과목 가운데 네 과목에 합격한 것을 축하해주었다.

하지만 둘은 이제, 일요일에 침실에 틀어박혀 있지도 않았고, 같이 외출하거나 반주를 나누는 일도 없었다. 뿐만 아니라 서로에게 조심했다. 필요한 말을 할 때가 아니면 눈을 마주치는 것조차 애써 피했다.

같은 집에 살지만 서로 다른 인생을 살고 있는 거야. 나야 상관없지만.

마리는 그런 생각이 들었다.

대체 언제부터 그렇게 되었을까. 마리는 기억이 잘 나지 않았다. 소이치로의 죽음을 시작으로 모든 것이 변했다. 하지만 그 무렵 둘은 서로를 향해 있었다. 그렇기에 말다툼을 하고, 기요가 신경질을 부리며 울부짖을 때 아라타만이 기요를 달랠 수 있었다.

기요의 유학이 무언가를 결정적으로 바꿔버리고 말았다. 마리는 그렇게 생각할 수밖에 없었다. 유학이, 또는 영국이.

기요에게는 '영국의 추억' 이 아주 소중한 듯했다. 고양이 그림이 그려진 싸구려 머그잔, 하숙집 부부와 나란히 찍은 사진, 영국에서 알고 지내던 사람들에게서 간혹 날아오는 엽서와 편지를 기요는 사랑스러운 눈길로 하염없이 바라보았다.

"오늘도 그렇지. 저녁때 갑자기 사라져버렸어, 부엌에 있다가. 도마 위에 썰다 만 당근이 그대로 놓여 있었다니까."

마리는 소이치로의 방에서 중얼거렸다.

마리는 부엌이 따뜻해서 깜짝 놀랐다. 가스레인지의 불은 꺼져 있었지만 방금 전까지 켜져 있었다는 것을 온기로 알았다. 전기밥솥에서는 다 된 밥의 고소한 냄새가 났고, 냄비에는 다 끓은 국이 찰랑찰랑하게 담겨 있었다. 네모난 접시에는 옷을 입힌 크로켓이 튀기기만 하면 되는 상태로 조르륵 놓여 있었다. 그리고 도마 위에는 썰다 만 당근 장아찌.

다리가 휘청했다. 마리는 자기도 모르게 한 손으로 입을 막았다. 터져 나오는 비명을 막으려는 것처럼. 왜 그렇게 동요했는지 모르겠다. 기요가 홀연 사라졌다고 생각했기 때문이다. 마리는 역시, 하고 생각했다.

소이치로와 똑같았다. 역시, 라고. 마치 자신이 오래전부터 예상했던 일이라는 듯이.

기요는 가든에 있었다. 정원 일을 하고 있는 것이 아니라 그저 서서 바라보고 있었다. 저녁에서 밤으로 변하는 하늘과 하나둘 돋기 시작한 별을.

"엄마."

자전거를 타고 간 마리가 부르자 기요가 말했다.

"허브를 좀 따 가려고 왔어. 샐러드 만들려고."

부자연스러운 일은 아니었다. 기요는 허브를 거의 매일 음식에 사용하니까.

"그래도 내가 엄마를 부른 것은 한 10분은 지나서였어. 10분이나, 아니 어쩌면 15분일지도 몰라. 아무튼 그만큼 오래, 엄마는 마냥 서 있었어. 엄마가 아니라 전혀 모르는 사람 같았다니까."

"난 이 시간대의 정원이 좋더라. 그 아이들이 가장 편안해하는 시간이니까."

타고 온 차를 세워둔 데까지 나란히 걸어가는 동안 기요는 나직한 목소리로 말했다.

"식물을 그 아이들이라고 하는 것만 해도 이상하잖아."

생각이 나, 마리는 새삼 분개한다. 소이치로가 썼던 책상에는 물리 참고서와 공책이 펼쳐져 있다.

기요가 홀연 사라진 따스한 부엌에서, 역시, 하고 생각했을 때의 공포감이 아직도 몸에 남아 있었다. 역시, 오빠 때랑 똑같아, 하고. 소이치로의 접시 위에서 싸늘하게 식어갔던 계란 프라이와 베이컨. 마리는 저녁때 느낀 공포의 정체를 알고 싶어, 생각하고 또 생각했다.

하지만 난 엄마가 오빠와 똑같은 일을 했다고는 생각지 않았어. 그게 아니라, 일어나야 할 일이 일어난 거라 여겼지. 오빠에게 일어났던 어떤 일이 엄마에게도 일어났고, 그리고 데려간 것이라고.

사람은 누구든 같은 장소에 머물 수 없다.

가든에 서 있었을 때, 기요는 정말 아주 먼 곳에 있었다. 여기가 아닌 어딘가에. 마리를 겁에 질리게 한 것은 아마도 그 거리와 한 사람이 자신의 내면에 안고 있는 짙은 어둠, 그리고 머물고 싶은 장소에 아무도 머물 수 없다는 사실이었으리라.

5

이른 여름, 마리와 미치루는 조스이 거리의 초콜릿가게 테이블에 앉아 있다.

"나무늘보, 귀엽더라. 그리고 새끼 원숭이도."

날씬한 컵을 어색하게 들고서 창밖을 바라보며 마리가 말했다.

"거북도."

미치루가 덧붙였다. 미치루는 오늘도 구깃구깃한 셔츠 차림이다.

"거북? 이상하다. 거북이 뭐가 신기하다고."

마리는 웃었다.

옛날에는 옆집에도 있었다.

"그래도 그 거북은 귀엽던데 뭐, 초록색에."

곧 죽어도 그렇게 주장하는 미치루의 너무 짧다 싶을 만큼 짧은 머리가 마리는 멋지다고 생각했다.

"이상해."

그리고 거푸 그렇게 말했다. 순간적으로 미치루가 말한 '그 거북'이 조금 전에 동물원에서 본 거북인지, 옛날에 큐가 귀여워했던 거북인지 알 수 없었다. 그러고 보니 그 거북도 암녹색이었다.

낮에도 가끔은 햇살 속에서 놀자는 미치루의 제안에 둘은 오늘 오후 내내 미나미 공원 동물원에서 지냈다. 평일이라 한산했다. 체험 학습을 나온 아이들 몇 쌍이 인솔 교사를 따라 걷고 있었다.

"미치루 언니는 어렸을 때 어땠어?"

어렸을 때도 미치루가 있었다면 훨씬 재미있었을 텐데, 하고 생각하면서 마리는 물었다. 큐와 소이치로도 미치루와는 금방 의기투합했을 것이다.

"좀 우울한 아이였지."

미치루는 단박에 대답했다.

"만약 마리가 내가 상상하는 그런 귀여운 아이였다면, 아마 마리를 괴롭

했을 거야. 그것도, 은근슬쩍."

생각지도 못한 대답이었다.

"정말?"

살짝 웃으면서 가볍게 흘려들었지만 가슴이 일렁였다. 미치루의 말투는 전혀 농담조가 아니었다.

안절부절못하고 마리는 실내를 돌아본다. 서양식과 소녀 취향을 한데 섞어놓은 듯한 인테리어의 이 가게는 마리가 다녔던 여고에서 그리 멀지 않은 곳에 있다. 해거름의 이 시간, 아니나 다를까 사방에서 마리가 예전에 입었던—그러나 질색했던—교복 차림의 여고생들이 재잘거리며 커피와 코코아를 마시고 있었다.

미치루가 마리의 시선을 좇으며 슬며시 웃었다.

"옛날 생각나니?"

"전혀."

곧바로 대답해서 그런지 말이 몹시 단호하게 나왔다.

마리는 오래도록 이 도시를 떠나고 싶었다. 오빠가 없어진 후로 이 도시는 불편한 장소가 되고 말았다. 그래서 다카히코를 만나 결국 떠났다.

"도쿄에서 대학 다닐 때는 어땠어?"

마리가 묻자 미치루의 얼굴이 셔츠 못지않게 구깃구깃 일그러졌다.

"재미없었어?"

"전혀."

미치루가 마리 흉내를 내며 대답했다. 흐음, 하고 맞장구를 치면서 마리는 미치루에게 친근함을 느꼈다. 뭐야, 똑같잖아.

—더 멀리 가는 거야.

가슴속의 소이치로가 또 그렇게 말한다. 그런데 나는 이곳으로 돌아오고 말았어, 하고 마리는 떨떠름한 기분으로 생각한다.

　그때 불쑥 미치루가 물었다.

　"멀리가 어딘데?"

　"아니, 어떻게?"

　심장을 또 꽉 움켜쥐는 느낌과 함께 마리는 되물었다.

　"난 아무 말도 안 했는데, 미치루 언니는 왜……."

　"들렸으니까 그렇지."

　마리의 말을 중간에 끊고서 미치루는 부드러운 목소리로 말했다.

　"우리 오빠 목소리가?"

　깜짝 놀라서 묻는 마리를 미치루 역시 놀란 표정으로 바라보았다.

　"설마? 마리의 목소리지."

　"거짓말."

　미치루는 어깨를 으쓱했다.

　"거짓말 아니야. 마리가 아무 말 안 했다는 건 인정하지만 그래도 들렸어. 그렇게 때로 들리는걸, 뭐."

　"텔레파시야, 그거?"

　그렇다면 앞뒤가 맞는다고 생각했다. 소이치로의 방에서, 지금까지도 비슷한 일이 몇 번 있었다.

　"설마."

　미치루는 한마디로 부정했다.

　"마리, 너 텔레파시 같은 걸 믿니?"

　기가 막히다는 표정이었다. 손잡이가 아닌 컵 몸뚱이를 쥐고서 미치루는 차갑게 식어버린 코코아를 마셨다.

큐에게는 있었지, 하고 마리는 생각했다.

"미치루 언니는 안 믿어?"

"물론 안 믿지."

가정교사로 마리를 가르칠 때와 똑같은 자신감에 찬 말투였다.

"말이지, 어떤 사람이 마음속으로 무슨 생각을 하는지 알고 싶다거나 안다고 생각하는 건, 다 상상력이야. 입을 통해 나오지 않은 말을 헤아리기 위해 필요한 것은 언제나 상상력이라고."

납득할 수 없었다. 그렇다면 내게 들리는 오빠의 목소리는 내 상상력의 산물이라는 말인가.

"이해가 안 돼."

마리가 그렇게 말하자 미치루는 웃었다.

"상상할 것도 없지. 마리는 얼굴에 다 씌어 있으니까."

창문 너머로 지나가는 버스가 보였다. 어렸을 때부터 눈에 익은 사이테 버스였다. 유유히 지나가는 그 버스 바로 앞에서 잎이 무성한 가로수가 바람에 흔들렸다.

"그래서 멀리가 어딘데?"

미치루는 눈으로만 웃으면서 마리를 똑바로 쳐다보고 묻는다. 저녁 햇살이 테이블에 비스듬한 그림자를 드리웠다.

"모르겠어."

토라진 어린아이 같은 목소리였다. 미치루는 목구멍 속에서 공기를 굴리는 것처럼 조그맣게 까르르 웃고는 테이블로 몸을 쑥 내밀어 마리의 볼에 살짝 입맞춤을 했다.

아르바이트는 재미있고 즐거웠다. 하지만 한 가지 불편한 점은 가게가 하카타 역에서 가까운 번화가에 있는 탓에 고등학교 시절 반 아이들이 간혹 찾아온다는 것이었다. 그녀들은 마리를 알아보면 마치 옛날에 아주 친했던 사이처럼 호들갑을 떨어댄다.

"너, 혹시 마리 아니니?"

처음에는 조심조심 묻지만 마리가 고개를 끄덕이면 괴성을 지르며,

"어머머, 정말 오랜만이다. 어떻게 지냈어? 갑자기 학교에서 안 보여서 얼마나 걱정했는데."

라고 하기도 하고,

"와, 반갑다. 조금도 안 변했네. 금방 알아봤다, 얘."

라고 하기도 한다. 상대는 어디까지나 손님이니까 친절하게 대해야 한다고 생각하지만, 마리는 그 손님이 누구인지 전혀 기억이 나지 않는다. 여대생이 된 그녀들은 엇비슷한 옷을 입고, 엇비슷한 머리 스타일에 엇비슷하게 화장한 모습이라 구별이 되지 않는다. 기껏해야 어디선가 본 적 있는 얼굴인데, 하고 생각할 뿐이었다. 그래서 당황한 마리는 방긋 웃으며 짧게 대답했다.

"응."

"그래, 오랜만이다."

"돌아왔어."

마리의 눈에는 그녀들이 한결같이 어려 보였다.

학교에서는 나를 멀리한 주제에.

처음에는 그런 식으로 생각했다. 그래서 마음속 소이치로에게,

"치, 언제 아는 척을 했다고."

하고 말을 걸었지만 얼마 지나지 않아 마리는 그들이 자신이 생각하는 것보다 자기를 싫어한 게 아닐지도 모른다고 생각하게 되었다. 그 정도로 그녀들의 말이나 태도에 악의가 없었다.

"와, 마리네! 잘 지냈어?"

놀란 표정으로 천진하게 눈을 반짝이며 말하는 그녀들의 말에 거짓은 없으리라.

그것은 어찌 보면 신기한 일이었다. 지금은 고등학교 때와 뭐가 달라졌을까. 다림질도 하지 않은 교복을 입고, 점심때는 도시락이 아니라 내내 빵만 먹고, 수업을 빼먹고 뒷마당에서 혼자 춤을 추었다.

"잘 지냈지, 뭐. 고마워."

케이크 상자를 포장하고, 감겨 있는 리본 테이프를 다그르륵 풀어 날랜 솜씨로 상자를 묶으면서 마리는 대답한다. 그리고 마음속으로 덧붙인다.

누구인지는 모르겠지만, 너도 잘 지내.

그해 마리는 대입 검정고시에 무사히 합격했다. 뿐만 아니라 어린 시절 놀이터였던 규슈대학에도 단번에 합격했다.

"야호!"

구름 낀 3월의 오후, 마리는 합격자 발표장에서 그렇게 첫마디를 내질렀다. 늘 입고 다니는 레인코트에 목도리를 둘둘 감고, 기요가 짜준 장갑을 낀 마리는 잠시 그 자리에서 움직이지 않았다.

"큰일 났네."

그리고 아무런 뜻도 없이 중얼거렸다.

그렇게 1983년 4월, 마리는 대학생이 되었다. 학부는 문학부 국문학과를 선택했다. 가장 잘할 수 있는 분야라는 것을 알았기 때문이다.

"내가 너무 쉽게 선택했나."

아직은 바람이 서늘한 저녁, 마리는 데라우치가의 비정형식 가든에서 소이치로에게 말을 건넸다.

"대학에 가고 싶다는 마음은 있었지만, 무슨 공부를 할지는 생각해보지 않았거든."

벤치 모양 받침대 위에도, 아래에도 그저 마른 나뭇가지가 꽂혀 있는 것처럼만 보이는 꺾꽂이 화분이 조르륵 놓여 있다. 그 옆 조그만 공간에는 수선화와 쑥부쟁이 꽃이 흐드러지게 피어 있다.

어떤 학부에 지원할지는 미치루와 의논했다. 그녀의 의견은 '모든 길은 로마로 통한다' 였다. 그러니 마음에 드는 학부를 선택하면 된다는 뜻이다.

"그래도 학부가 다르면 얻을 수 있는 지식도 다를 테고, 졸업한 후에 취직할 때도 방향이 달라지잖아."

마리가 그렇게 반론하자 미치루는 웃었다.

"다 마찬가지야."

미치루는 자신감에 차서 그렇게 단언했다.

"미치루 언니가 하는 말, 가끔은 이해를 못하겠어."

마리는 소이치로에게 그렇게 말한다. 소이치로는 아무 말 없이 그저 미소 짓는 것으로 기척을 보냈다.

새싹이 움트기 시작한 꽃사과나무의 가냘픈 가지에 달팽이가 붙어 있었다. 마리는 싱긋 웃으며 잘 살라고 응원했다. 엄마가 영국에서 돌아온 후부터는 달팽이를 없애는 데 열정을 쏟기 때문이다.

하얗던 하늘에 조금씩 보랏빛 어둠이 스며든다. 밖에서 오빠와 큐와 노느라 집에 가고 싶지 않았던 옛날 일이 떠오르는 저녁 하늘이었다.

소이치로가 바로 옆까지 다가온 느낌이 들어, 마리는 그 기척을 확인하려 눈을 감는다.

─멀리 가는 거야, 마리. 더 멀리.

"마리."

누군가가 마리를 불렀다.

"마당에 있니?"

기요의 목소리였다.

"응."

마리는 현실로 돌아와 큰 소리로 대답했다.

"준비 다 됐어?"

"응."

돌아보며 또다시 대답했다. 입학식 날이어서 남색 투피스를 입었다. 그리고 난생처음 산 검은 펌프스를 신었다.

"아빠한테 전화 왔는데, 학교에서 바로 간대."

모스그린 투피스에 오렌지색 립스틱으로 화사하게 꾸민 기요가 부엌문에 서서 말했다.

"그러니까 이제 가야겠어요, 우리 대학생."

우리 대학생. 마리가 대학에 합격한 후 기요와 아라타는 가끔 딸을 그렇게 부른다. 마리는 그 호칭이 묘하게 들렸다. 어렸을 때부터 이 집을 드나든 아라타의 제자들이야말로 '대학생'이었지, 그들과 자신은 조금도 닮지 않았기 때문이다.

"그렇게 좀 부르지 마."

기다리고 있던 택시에 오르면서 마리가 말했다. 기요가 그 말에 담은 어떤 유의 경의가 쑥스러운 동시에 자신에게는 벅차게 여겨졌기 때문이다.

"축하한다."

커다란 잔 다섯 개가 부딪쳤다. 정장 차림인 일가 세 사람과 평소와 다름없는 차림의 미치루와 오쿠무라. 마리의 입학 축하와 미치루에 대한 사은회를 겸한 데라우치가의 정식 외출 장소는 오늘도 변함없이 전골집이다.

"축하해요."

기모노를 차려입은 중년의 종업원까지 축하하자 마리는 몸 둘 바를 몰랐다.

이런 때는 그냥 마시는 거야.

마음을 다지고 실행에 옮겼다. 맥주에서 정종으로, 정종에서 소주로. 아라타도 기분 좋게 잔을 비웠고, 기요는 부지런히 음식 시중을 들었다.

오쿠무라와 미치루는 대학원으로 진학했다. 이런 사람들이야말로 '학생'이라고 마리는 생각한다.

"이거, 정말 맛있네요."

미치루는 몇 번이나 그렇게 말하면서 깜짝 놀랄 만큼 왕성한 식욕을 보였다.

"들어요, 많이들."

아라타는 잘 먹어주어 고마운 듯했다.

깔끔하게 닦인 다다미, 까맣게 반들거리는 기둥, 넉넉한 닭고기 국물과 냄새에서 피어오르는 따사로운 김.

"아, 행복해."

마리는 그렇게 중얼거렸다. 취하기도 했지만 가족들 앞에서 그런 말을 한다는 것은 얼마 전까지의 마리였다면 생각도 못할 일이었다.

"미치루 언니의 솔직함이 옳았나 보네."

그래서 얼른 둘러대고는 식어버린 소주—이날은 소주를 따끈하게 데워 마셨다—를 단숨에 들이켰다.

"앞으로도 계속, 요령 안 부리는 큰사람이어야 해."

미치루가 그렇게 말해 나머지 세 사람의 웃음을 샀지만 마리는 문득 불안해졌다.

"이제 가정교사 그만두는 거야?"

"필요 없지 않니?"

미치루가 차분하게 되물었다. 마리는 부정하고 싶었지만 그것이 치졸하다는 것을 알고 있었다.

초연하게.

소이치로라면 그렇게 말하리라.

미치루는 질문을 한 후에는 늘 느긋하게 대답을 기다려주었던 것처럼. 오늘도 궁금한 표정으로 마리를 가만히 쳐다보았다.

"응, 필요 없어."

마리의 대답에 소이치로가 '그렇지'라고 하는 소리가 들린 듯했다.

"그렇지."

실제로는 미치루가 그렇게 말했다. 그런 미치루를 오쿠무라가 사랑스러운 듯 바라보았다. 인상적이었다. 아라타와 기요가 사랑스럽다는 표정으로 마리를 바라본다는 것을 알아차리지 못했지만.

대학 생활은 순조롭게 시작되었다. 1학년 때는 들어야 할 강의가 많았다. 그런데도 마리는 듣지 않아도 될 과목까지 수강 신청을 했고, 관심이 있는 과목은 다른 학부 강의라도 청강 허가를 받아 들었다. 아르바이트에 할애할 시간마저 없어졌다.

봄부터 여름에 걸쳐 오리엔테이션이다 합숙이다 하고 우울한 행사가 계속되었다. 그러나 그 기간이 지나자 생활이 차분해져서 하루의 대부분을 공부에 전념할 수 있었다.

고등학생 때도 그랬지만 마리는 집단행동이 싫었다. 도무지 적응이 되지 않았다. 나이가 네 살이나 많은 탓인지 아직껏 친구는 한 명도 없었다.

치, 뭐야. 나, 조금도 성장하지 않은 거 아냐.

그렇게 생각하면서 혼자 피식 웃기도 한다. 하지만 고등학교 시절과 결정적으로 다른 것도 있었다. 친한 친구는 없어도 마리는 아무하고나 친근하게 대화를 나누었다. 주위와 거리를 두고는 있었지만 소외감은 없었다. 그리고 무엇보다 배우는 것이 즐거웠다. 몰랐던 것을 알게 되면 알기 전보다 훨씬 더 멀리 갈 수 있으리라. 그 사실이 기뻐서, 한 시간이나 걸리는 길을 자전거 페달을 열심히 밟으며 대학에 다녔다. 가끔은 아라타의 차를 얻어 타고 캠퍼스 앞에서 내리는 일도 있었지만 대개는 자전거로 통학했다. 후쿠오카는 자전거를 타고 달릴 때 다른 도시―예를 들면 도쿄 같은―와의 차이점을 가장 잘 알 수 있다. 색감이 아름답고 바람은 부드럽다.

"아직 대학에 싫증이 안 난 모양이네. 놀랍다."

9월에 3주 동안 영국 여행을 다녀온 기요가 신기하다는 듯이 마리에게 말했다.

"싫증은 무슨. 착실하게 다녀서 졸업할 건데."

기요는 불과 3주 만에 몰라볼 정도로 생기발랄해지고 딸이 보아도 한층 아름다워졌다.

　"듬직하다."

　하지만 실제로는 그리 듬직하지 못하다는 말투로 기요는 흥겹게 말했다.

　그야말로 마리는 공부에 전념했다. 가끔은 디스코텍에 가서 기분전환을 하기도 했지만 강의가 끝나면 밤늦게까지 도서관에서 지냈다. 그리고 우수한 성적으로 졸업하기 위해 일반교양 과목이라도 리포트는 정성을 다해 작성했다. 아라타가 간혹 '너무 힘 빼지 마라'고 주의를 줄 정도였다. 그런데 왜 4년 후의 졸업식에 마리의 모습은 없었을까. 마리가 새로운 사랑에 빠졌기 때문이다.

4장

사랑에 빠지다

1

1984년, 가을.

그 남자는 대학 구내에 있는 이발관에서 나왔다. 차림새가 좀 별난 사람이네, 하고 마리는 생각했다. 못 보던 얼굴인데 이 학교 학생인가, 하고.

대학에는 정말 다양한 인간이 있다. 학생의 나이와 고향, 경제적인 상태와 생활 리듬이 천차만별이다. 교수, 조교수, 강사 외에도 대학에는 많은 사람들이 오가고, 출입하는 업자도 많다.

그 남자는 큰 키에 마른 체구, 짧은 단발에 조그맣고 동그란 안경을 끼고, 목에는 인도 실크 같은 얇은 오렌지색 천을 둘둘 감고 있었다. 왠지 옛날 사람 같았다. 옛날 사람이란 신화 속 오쿠니누시노미코토 같은, 하고 마리는 속으로 생각하고, 혼자 씩 웃으며 남자와 눈이 마주치기 전에 눈길을 돌렸다.

점심시간. 하늘은 파랗고 투명하다. 마리가 명실상부한 대학생이 된 지 2년째다. 지금은 아르바이트도 그만두고, 동아리 활동도 하지 않는다. 친구한 명 없이 오로지 강의를 듣고, 그다음에는 도서관에서 책을 읽고, 집으로 돌아와 셋이 저녁을 먹는, 단순한 생활을 한 덕분인지 모든 과목의 성적이 탁월하다.

"데라우치 씨는 공부 벌레니까요."

동급생들은 네 살 위인 마리에게 존댓말을 쓴다.

"와, 그래요? 저도 같은 고등학교 다녔는데."

뭐야, 간단하잖아.

지금까지 살아온 인생에서, 또 학교라는 장소에서 주위 사람들이 그녀를 감탄스러워한 적은 단 한 번도 없었다.

"마리는 이상한 애야."

"마리 걔, 진짜 난폭하다니까."

"남자애들하고만 어울려."

"불량소녀에다 헤프기까지 하다니까."

"그러니까 가깝게 지내지 않는 게 좋아."

초연하자. 그렇게 생각하며 마리는 시간을 보냈다. 초연하게 있다 보면 오빠가 지켜줄 거라고 믿었다.

하지만 지금은 애써 가슴을 펼 필요가 없다. 오후 강의까지 짬이 있어, 마리는 옛날에 잔디 썰매를 탔던 둔덕으로 자전거를 몰았다. 학생 식당의 소리와 냄새에는 아직도 적응이 안 된다. 그래서 마리는 종종 밖에서 빵으로 점심을 때운다.

요즘 들어 둔덕 아래에 철조망이 쳐졌다. 환성을 지르며 비탈을 타고 내려오는 아이들의 모습은 이제 어디에도 없다. 약간 높은 지대의 한적한 주택가 한 모퉁이, 찾아오는 사람 없이 잔디 비탈만 펼쳐진 곳. 마리는 옆에 있는 언덕길로 그곳에 올라간다.

여기서 느껴지는 공기의 보송보송함은 여전하다. 길 양옆에는 억새, 미역취, 옻나무가 있다. 옛날에 소이치로는 마리에게 그 옻나무를 절대 만지면 안 된다고 주의를 주었다. 숨을 깊게 들이쉬면 공기의 맛이 엷고 투명하다는 것을 단박에 알 수 있다.

마리는 잔디에 앉아 빵을 뜯어 먹으면서 책을 펼쳤다. 한동안 미치루를 만나지 못했다. 착실하게 열심히 공부하고 있지만 저녁을 먹고 나면 따분하기도 하거니와, 기요와 아라타 사이의 어색한 분위기에서 벗어나고 싶은 마음에 종종 밤거리로 나간다. 걷기만 해도 기분이 후련했다. 하카타 거리에는 무엇이든 다 있다. 늦은 밤까지 문을 연 찻집과 극장, 주크박스와 팝콘이 있는 혼자서도 들어갈 수 있는 싼 술집.

갓 입학했을 무렵에는 미치루를 불러내 그런 곳에 함께 갔다. 미치루와 있으면 자신이 어느 누구와도, 그 어떤 것과도 이어지지 않은 자유로운 존재라는 생각이 들었다. 작은 일에도 곧잘 웃는 미치루를 따라 마리도 많이 웃었다.

길거리에서 기타를 치는 사람이든, 계단을 내려가거나 꿈틀꿈틀 춤추는 싸구려 장난감을 파는 사람이든, 누구나와 금방 의기투합하는 것도 미치루의 장기였다. 그들과 친구가 되는 것은 아니지만, 그 자리에서만큼은 친구처럼 얘기를 나누었다. 때에 따라서는 포장마차에서 꼬치구이와 라면을 함께 먹기도 했다.

그런 일이 마리에게는 무척이나 즐거웠다. 다카히코나 야마베와 함께 있을 때는 알지 못했던 느긋함이자 강인함이었다. 또 미치루와 함께 나가면 기요와 아라타도 걱정을 하지 않는 듯했다.

그런데 언제부터인가 미치루에게 연락을 해도 만날 수 없는 날이 계속되었다. 논문 때문에 조사할 일이 있다느니, 다른 약속이 있다느니, 감기에 걸렸다느니 하는 말들을 처음에는 그대로 믿었는데, 변명이 계속되자 수상쩍게 느껴졌다.

"왜?"

수화기에 대고 그렇게 물었을 때의 서글픔과 비참함은 잊히지 않을 것이다.

비참함. 그 한마디에 온갖 감정이 다 포함되어 있다고 마리는 생각한다.

왜 나를 피하는데? 내가 무슨 잘못이라도 했어? 마치 차인 남자에게 매달리는 여자 같잖아.

"그럴 리가 없잖아."

미치루는 웃으면서 부정했지만 결국에는 어이없을 만큼 솔직하게 말했다.

"난 그저, 이제는 마리와 같이 다니고 싶은 마음이 없을 뿐이야."

마리는 분개했다. 미치루에 대한 분개가 아니라 상처받은 자신에 대한 것이었다. 왜냐고 묻고 싶어 어쩔 줄 모르는 자신이 견딜 수 없었다.

"그럼, 알았어."

그렇게 말했다. 다카히코나 야마베에게도 매달리지 않았다. 홀연 사라져 버린 큐에게도.

전화를 끊기 직전에 미치루가 공허하게 웃은 듯한 기척을 확연히 느꼈다.

"헤어졌어."

오쿠무라가 미치루와 헤어졌다고 마리에게 털어놓은 것은 몇 달이 지나서였다.

"왜요?"

이번에는 거리낌 없이 물을 수 있었다. 전골집 다다미방에서 사랑스럽게 미치루를 바라보던 오쿠무라의 모습이 떠올랐다.

"마리는 알고 있었을 텐데."

어딘지 모르게 가시 돋친 대답이었다. 오쿠무라는 아라타의 연구실에 남아 공부를 하는 한편 취직이 결정된 제약 회사의 프로젝트에 참여하고 있었다. 많이 바쁜지 얼굴에 초췌해 보였다.

둘은 아라타의 연구실에 있었다. 구관 중에서도 가장 오래되어, 깨진 유리창을 테이프로 이어 붙인 좁고 너저분한 방이었다.

마리는 눈을 동그랗게 떴다. 연인들이 헤어진 이유를 당사자가 아니고서야 어떻게 알 수 있을까.

"하기야, 이유 따위는 상관없지만."

오쿠무라가 작은 소리로 말을 이었다.

"나와는 관계없는 일이니까."

오쿠무라는 더 이상 아무 말도 하지 않았다. 다만 마리를 보는 눈에 험악한 그늘이 언뜻 엿보인 듯했다.

상관없다. 마리는 간단하게 점심을 먹고, 메말라 제 색을 잃은 잔디에 누워 한숨을 쉬었다. 어차피 가정교사는 이제 필요 없다. 공부나 열심히 하자. 마리는 마음을 다잡았다. 신나게 공부해서 좋은 성적으로 대학을 졸업하고, 취직해서 멋지게 살겠노라고.

이발관에서 나왔던 남자와 며칠 후에 다시 마주쳤다. 일요일 해질녘이었다. 아니, 이미 해는 지고 어둑어둑 밤이 내려앉기 시작한 애매한 시간대였다. 저녁 준비를 하는 기요의 부탁으로 몇 가지 풀—바질, 로즈메리, 차이브 등의 이름을 적은 메모지에는 구별하기 쉽도록 일러스트까지 그려져 있었다—을 뜯으러 자전거를 타고 가든으로 달렸다.

파랑과 엷은 먹색을 섞어놓은 듯한 공기 속에서, 길 위에 동그랗게 서 있는 사람의 모습이 보였다. 그 사람은 움직이지 않았다. 자전거를 탄 마리는 가까이 다가가고 나서야 그 사람이 바로 그 남자라는 것을 알아차렸다. 남자는 희멀건 코트를 입고 두 손을 주머니에 넣은 채 기요의 가든을 향해 서 있었다.

브레이크 소리가 끼익 울렸다. 남자 바로 앞에서 자전거가 멈췄다. 돌아본 남자와 눈이 마주쳤다. 짧은 단발머리에 조그맣고 동그란 안경, 여미지 않은 코트자락, 그리고 목에는 지난번처럼 오렌지색의 얇은 천을 휘감고 있었다.

남자가 미소 지었다. 그러자 볼 한쪽만 움푹 들어갔다. 선이 가늘고 피부색이 무척 하얀 남자였다. 축축한 한기와 저녁 어둠 속에서 피부도 미소도 서 있는 모습도 유난히 육감적이고 아름다웠다. 마리는 미소로 답하지도 못한 채 멍하게 남자를 쳐다보았다. 한쪽 발만 땅에 의지해 몸의 균형을 잡고서.

"안녕하세요."

남자가 말했다.

"또 만나는군요."

보기와는 달리 시원스러운 목소리였다. 너무 낮지도 않고 쾌활하면서도 듣기 좋은 목소리다. 대학에서 이 남자도 나를 보았다고 생각하자 어이없게도 가슴이 두근거렸다. 마리는 뚱한 표정으로 고개를 까딱 숙이고는 자전거에서 내렸다. 자전거를 옆으로 뉘어놓고 가든의 나무문으로 향했다. 남자가 한 걸음 옆으로 물러났다.

"댁의 가든인가요?"

열쇠 구멍에 열쇠를 꽂는 마리 뒤에서 남자가 놀란 듯이 물었다.

"엄마의 정원이에요."

돌아보지 않은 채 대답했다. 냉담하다 싶을 만큼 딱딱한 목소리였다.

"저."

뒤에서 또 목소리가 들렸다. 거침없으면서도 큰 목소리였다.

"좀 들어가도 될까요?"

돌아본 마리에게 남자가 물었다. 거의 안절부절못할 정도로, 더는 기다릴 수 없다는 표정이었다.

"들어오세요."

미소를 짓고 싶었는데 생각대로 되지 않았다. 가든으로 한 걸음 들어선 남자는 사방을 돌아보고는 벽을 뒤덮은 넝쿨과 장미를 뚫어져라 쳐다보았다. 그러고는 정형식 화단—거기에 허브가 있다—안까지 마리를 따라왔다.

"멋진 정원입니다."

남자는 흙과 나뭇잎과 저녁 어둠이 빚어내는 한기를 상쾌하게 들이마시면서 말했다.

"완전히 영국식이군요."

잠시 후 말을 이었다.

"지나가다 보았는데, 그냥 지나칠 수가 없어서. 10년 전에는 없었거든요."

"10년 전?"

되묻고는 허브를 따서 손에 들고 일어섰다.

"네, 10년 만입니다."

남자는 마리의 손으로 눈길을 주고는 또 미소 지었다.

"멋진 저녁이 되겠군요."

놀라웠다. 보기엔 그냥 풀인데, 식용 허브라는 것을 아는 남자가 있을 리 없다고 생각했다.

나무 문을 다시 잠그고 가볍게 인사하고 헤어졌다. 인사할 때 남자는 또 미소를 띠면서 말했다.

"그럼, 잘 지내요."

알지 못하는 사람과 헤어지면서 그렇게 말하는 남자는 처음 본다. 마리는 뉘어놓은 자전거를 세우고, 바구니에 허브를 담은 뒤 안장에 올랐다. 남자는 마리의 집과는 반대 방향으로 걸어가고 있었다.

후, 긴장했잖아.

가슴속으로 중얼거리며 마리는 조그맣게 숨을 내뱉었다. 결국 이름도 묻지 않았다. 10년 만이라고 했다. 표준어를 쓰던데, 이 고장 사람일까? 멍하니 그런 생각을 하면서 마리는 발을 페달에 올려놓았다.

데라우치가의 그해 겨울은 참 파란이 많았다. 첫째 이유는 기요가 침울해지면서 평소에는 온화한 아라타가 대놓고 짜증을 부렸기 때문이고, 둘째 이유는 마리가 다시금 사랑에 빠졌기 때문이다.

기요의 말수가 줄어들고 표정뿐 아니라 안색마저 나빠지자 처음에는 아라타와 마리도 많이 걱정했다. 기요는 일에 집중하지 않았다. 강연을 취소하는가 하면 의뢰받은 원고를 도중에 포기하기도 했다. 몸이 안 좋다면서 침대에서 누워 지낼 때도 있고, 서리 내린 이른 아침의 가든에서 한 시간이나 넋을 놓고 서 있기도 했다.

"엄마, 대체 어떻게 된 거야? 엄마가 그러면 아빠가 걱정하잖아."

화가 치밀어 그렇게 악을 써봤지만 소용없었다.

"아무 일도 아니야."

"미안해."

대답은 그렇게 했지만 기요의 상태는 조금도 바뀌지 않았을 뿐더러 점점 더 이해할 수 없게 변했다. 잠깐이지만 밤중에 외출한 적도 있고, 하루에도 몇 번씩이나 눈물을 글썽이고.

마리가 이유를 물어도 기요는 대꾸하지 않았다. 마리는 답답함을 느꼈지만, 그보다 불안이 앞섰다. 엄마답지 않아.

그리고 뜻밖에도 아라타가 아내에 대한 걱정을 놓아버렸다.

"그냥 내버려두어라."

눈살을 찌푸리고 씁쓸한 표정을 지으며 그렇게 말한 적도 있었다.

집안이 몹시 불편한 장소가 되고 말았다.

"아, 지겨워."

마리는 소이치로에게 불만을 털어놓았다. 세계지도가 붙어 있는 벽과 스탠드가 달린 책상과 간소한 침대, 그리고 서랍장이 있는 소이치로의 방에서.

"유학도 가고 일도 하고, 엄마는 지금까지 자기 하고 싶은 대로 하면서 나와 아빠의 생활을 바꾸려 했는데, 아직 모자란 걸까."

소이치로는 희미하게 웃어 보인다. 씁쓸한 웃음이다.

─멀리 가는 거야, 마리. 그리고 엄마 역시 멀리 갈 거야.

그것은 마리가 듣고 싶은 말이 아니었다.

"난 싫어."

불안감에 가슴이 오그라드는 것 같았다.

"엄마, 데리고 가지 마."

애원이면서 동시에 선언이었다. 이번에는 소이치로의 기척이 유쾌하게 웃었다.

─바보네, 우리 마리. 내가 데려가는 게 아니야. 다들 제 발로 멀리 가는 거지. 마리도, 엄마도, 그리고 아빠도.

소이치로의 기척은 마지막까지 웃고 있었다. 절반은 유쾌한 듯이, 절반은 쓸쓸하다는 듯이.

마리가 사랑에 빠진 것은 그런 날들이 계속되는 와중이었다. 학교에 갔다가 돌아와 썰렁한 분위기 속에서 엄마 아빠와 저녁을 먹고 거리로 놀러 나가는 나날.

"늘 혼자 오는군."

주크박스와 팝콘이 있는, 바라고 하기에는 너무 밝은 술집의 카운터 자리에 앉아 있을 때 한 남자가 다가와 말을 걸었다.

"앉지 마요."

다른 자리도 비어 있는데 굳이 마리의 옆 스툴에 앉으려는 남자에게 딱 잘라 말했다. 기분도 울적한 데다 얼핏 보니 남자는 마리의 취향이 아니었다.

"거 되게 퉁기네."

남자는 이상하다는 듯 내뱉고는 개의치 않고 마리의 옆 스툴에 걸터앉았다. 그러고는 맥주와 비프스튜—마리는 지금껏 시켜본 적이 없지만 메뉴에는 몇 가지 안주거리가 적혀 있다—를 주문하고, 청바지 주머니에서 찌그러진 담뱃갑을 꺼내, 한 개비를 입에 물고 불을 붙였다. 길고 가느다란 연기가 그의 입에서 흘러나왔다.

몹시 불쾌했다. 마리는 경멸하는 눈빛으로 남자를 노려보았다. 남자는 씩 웃었다.

"나 모르겠어?"

기억에 없었다.

"너, 마리 맞지? 규슈대생."

남자는 까맣게 그을린 피부에 긴 머리는 갈색으로 물들였다. 야윈 볼에 핏기 없는 입술, 손가락이 길었다.

"누군데?"

수상쩍어하는 마리의 물음에 '시바타' 라는 대답이 돌아왔다.

"시바타?"

아무 기억도 떠오르지 않았다.

"그래. 하카타 아닌 곳에서는 죽어도 라면을 먹지 않는 남자."

"아."

생각났다. 동시에 남자가 손을 내밀어, 그 손을 마주 잡고 힘찬 악수를 나누었다. 그는 옛날에 마리가 미치루와 밤거리를 어슬렁거리던 시절, 길거리에서 물건을 팔던 남자였다. 얼굴을 아는 사이가 되어 길에 서서 혹은 주저앉아 얘기꽃을 피우다가, 시바타가 일찌감치 물건을 접으면 셋이서 라면을 먹으러 간 적도 몇 번 있었다.

"어떻게 지내요? 오래전부터 와타나베 거리에서는 안 보이던데. 다른 데서 그 초록색, 쩍 들러붙어 빙빙 돌면서 벽에서 내려오는 거 팔고 있어요?"

"설마."

시바타는 그렇게 말하며 웃었다. 마리 취향이 아니라고 여겼던 모습이 누구인지 기억나는 순간 다가가기 쉽고 소박하게 느껴졌다.

"그건 다 지나간 옛날 일이지. 지나갔지만 좋았던 시절 얘기."

겨우 1년 전쯤 일인데, 시바타는 먼 옛날을 돌아보는 노인 같은 말투로 말했다.

"호, 그래요."

더 이상 물어서는 안 될 것 같았다. 사람의 인생에는 많은 일이 생긴다. 밖에서 보이지 않을 뿐이다.

시대는 빠르게 변하고 있었다. 매일 밤 '마리아 하우스'에서 춤추던 번쩍번쩍 화려한 여자들은 이미 거기에 없고, 불효자 거리의 북적거림마저 과거의 불온하면서도 가슴 설레던 활력 — 그곳에 있기만 해도 마음이 든든해지고 열기를 발산할 수 있었던 — 을 잃어가고 있었다.

"아, 잠깐만 기다려봐."

시바타는 주위를 탐색하듯 실내를 휘 돌아보더니 스툴을 빙글 돌리며 내려섰다. 그리고 손가락에 담배를 끼운 채 테이블 자리에 앉아 있는 두 사람에게 다가갔다.

1분도 채 안 돼 돌아와서는, 재떨이에 담배를 비벼 끄면서 물었다. 코카콜라 로고가 찍혀 있는 조그만 유리 재떨이였다.

"미치루 씨는 어떻게 지내?"

"잘 모르겠는데."

"호, 그래."

잠시 침묵하고서 시바타가 다시 입을 열었다.

"소문은 들었는데."

"소문? 무슨 소문?"

자기도 모르게 진지한 표정으로 묻는 마리를 재미있다는 듯 보고 있던 시바타는 맥주잔에 입을 대고 어깨를 으쓱하며 말한다.

"별거 아닌 소문이야. 라면 먹으러 갈래?"

"라면? 비프스튜는 어쩌고요?"

그렇게 묻기는 했지만 마리로서는 아무 상관이 없었다. 그보다 미치루에 관한 소문을 듣고 싶었다.

"저쪽에 있는 커플이 먹어줄 거야."

시바타가 엄지손가락으로 어깨 너머 방금 전 다녀왔던 테이블을 가리켰다.

"이거 마실 동안만 기다려."

그러고는 마치 혼자 온 손님처럼 앞을 바라보면서 신나게 맥주를 마셨다.

2

동성애자.

묘한 일이다. 그 단어는 마리의 내면에서 늘 라면과 직결된다.

양철로 지붕을 얹은 포장마차 안에 뽀얗게 어린 김, 바지런히 움직이는 점원의 고무장화와 젖은 지면, 커다란 플라스틱 용기에 담긴 생강.

"거짓말."

마리는 라면을 입에 밀어 넣으면서 말했다.

"그래, 그냥 뜬소문일지도 모르지. 소문은 무책임한 거니까. 신경 쓸 거 없어."

시바타는 그렇게 말했다.

그 후 몇 년, 아니, 실제로는 10년이 지나고 20년이 지난 후에도 마리는 동성애자 하면 라면을 떠올린다.

"스트리트에서는."

시바타는 그런 표현을 썼다. '거리 모퉁이나 술집, 라이브 하우스에 모이는 사람들 사이에서는' 이란 뜻이겠거니 짐작했지만, 좀 이상한 표현이라고 생각했다. 이상한 표현이지만 이 사람에게 잘 어울린다고.

미치루는 스트리트에서 동성애자로 유명하단다. 도쿄의 대학에 다닐 때도 동급생과 관계를 가진 끝에 동거까지 하는 바람에 문제가 되었다느니, 어느 날 상대의 부모가 쳐들어왔다느니, 상대 여자는 억지로 관계를 끊게 되어 울었는데 미치루는 태연했다느니. 느니, 느니, 느니.

그래서 오쿠무라가 '진실'을 알고 싶다고 미치루를 추궁했는데, 미치루가 굳이 부정하지 않아 둘이 헤어지게 된 듯했다.

"순 거짓말."

다시 한 번 마리는 힘주어 말했다. 소문의 진위는 자신이 부정하느냐 아니냐에 달려 있다는 생각이 들었다. 시바타는 재미있다는 듯이 웃고는, 자신은 어느 쪽이든 문제가 안 된다는 말투로 말했다.

"알았어. 알았으니까 먹어."

전에도 황홀할 정도였다, 고 마리는 옛일을 떠올린다. 라면을 먹는 시바타의 모습은 정말 멋있다. '맛있게'가 아니라 '기분 좋게' 먹는다. 경쾌한 소리와 함께 면을 먹고는 행복한 표정으로 국물을 마신다. 순식간이다. 짧은 순간이지만 여유롭고 우아하기까지 하다.

아름답다, 고 마리는 생각한다. 이 사람은 몸짓이 무척 아름답다. 하지만 마리는 그렇게 말하는 대신 다른 말을 했다.

"와, 정말 빠르다."

마리도 급하게 그릇을 비웠다. 빨리 먹는 데는 자신 있다. 어렸을 때부터 소이치로와 큐에게 지지 않으려고 재빨리 깨끗하게 먹는 연습을 했다. 재빨리 깨끗하게, 그리고 맛있게.

맥주를 마시며 라면을 먹는 마리를 시바타가 만족스러운 듯 바라보고 있다. 불붙인 담배를 피우는 것조차 잊고 들고만 있을 만큼.

시바타 하지메는 마리보다 나이가 여섯 살이나 많아 올해 서른 살이다. 맏아들로 누나와 남동생이 있고, 지금은 아버지의 뒤를 이어 주유소에서 일하고 있다. 하카타에서 태어나 하카타에서 자란 자칭 '하카타 아닌 곳에서는 죽어도 라면을 먹지 않는 남자' 다. 고등학교를 중퇴하고 한동안 오사카에서 생활하다가 낙향한 후에도 행상이나 물장사를 하면서 한가롭게 지냈다. 그런데 작년에 자신은 결국 이곳에서 살다가 이곳에 뼈를 묻게 되리라는 것을 깨달았다고 한다.

"괜히 허세 부리는 게 아니라 건들거리고 사는 데 싫증이 난 거지, 뭐."

그렇게 말하고 시바타는 소리 없이 미소 지었다.

"뭐 어때요. 지금도 충분히 건들거리고 있는데."

밉살스럽게 말했지만, 마리는 시바타가 무슨 말을 하고 싶은지 알 것 같았다. 사무칠 정도로 알 것 같았다.

"우리 엄마는 이곳을 떠나고 싶은가 봐요."

마리는 그렇게 말해놓고는, 처음 보는 것이나 다름없는 남자에게 느닷없이 속내를 털어놓은 자신이 당황스러웠다. 당연히 시바타도 당황한 표정이었다.

"그래? 떠나다니, 어디로?"

"모르겠어요."

마리는 그렇게 중얼거리며 기요의 애처로운 얼굴을 떠올린다. 영국, 영국일까? 기요가 가고 싶어하는 곳이 그곳일까? 벌써 다녀왔는데? 마리가 도쿄에 다녀온 것처럼.

마리와 시바타가 이런 얘기를 라면집에서 나눈 것은 아니었다. 라면집에서는 이미 나왔다. 그런데도 왠지 헤어지기가 아쉽고, 할 얘기도 더 있는 것 같아 나가하마 항을 정처 없이 걸었다. 하카타 어항에서 나가하마 선착장을 지나 후쿠오카 경정장을 보면서 나노츠 부두까지.

소금기를 머금은 바람과 방파제에 부딪히는 파도 소리. 밤인데도 밝은 것은 가로등 때문일까, 하고 마리는 생각한다. 군데군데 서 있는 창고와 트럭, 검붉은 하늘에는 더러 구름이 있고, 달도 떠 있기는 한데 윤곽이 애매했다.

"학교는 재미있어?"

시바타가 물었다. 마리는 잠시 생각하고 나서 얼굴을 한껏 찡그리고 고개를 옆으로 저었다.

"공부는 재미있는데, 학교는……."

"난 공부가 싫더라. 일하는 게 좋아. 몸을 사용하는 게."

홀쭉하면서도 울툭불툭한 몸이네. 손바닥도 크고.

"주유소까지 같이 걸어가 주면 차로 데려다 줄게."

마리는 시바타의 제안을 받아들였다. 무인 주유소를 쇠사슬이 빙 두르고 있었다. 반짝거리는 급유기와 호스, 그리고 세차용 장치가 쇠사슬의 보호 속에 잠자듯 평화롭게 자리하고 있었다.

"주유소, 멋진 장소네."

마리는 눈을 반짝이며 말했다. 인사치레도 빈말도 아니었다.

다음 날 아침, 마리는 눈을 뜨자마자 시바타를 만나고 싶다는 생각을 했다. 오빠의 방과 커튼이나 침대 커버가 똑같은 자신의 방에서. 의자와 책상,

머리맡에 있는 책과 조개껍데기, 바구니에 담겨 있는 티셔츠와 스웨터. 늘 보아 익숙하던 것들이 어제와는 조금씩 달라 보였다. 서먹하거나 아니면 귀엽거나.

하지만 그때 마리는 자신이 사랑에 빠졌다는 것을 미처 몰랐다. 그저 들뜬 기분으로 시바타가 보고 싶을 뿐이었다.

강의가 끝나면 주유소에 가서 만나야지. 아침을 먹기 전에 이미 그렇게 마음먹었다. 어젯밤에 무슨 일이 있었던 것은 아니다. 어제 시바타를 만난 것은 우연이었고, 라면집에 간 것은 미치루에 관한 소문을 알고 싶어서였다. 밤길을 걸어 주유소까지 갔고, 그리고 그의 애마인 빨간 픽업트럭을 타고 집으로 돌아왔다. 그런데 지금 마리는 시바타를 생각하면서 행복에 젖어 토스트에 버터를 바르고 있다.

"양송이버섯은 볶으면 거무스름해지면서 마치 상한 것처럼 되는데, 왜 그럴까?"

기요가 한숨을 쉬며 푸념하고는 식탁에 접시를 놓았다. 화장기 없는 얼굴색이 누르뎅뎅하다. 마리는 눈살을 찌푸렸다.

"엄마야말로 거무스름해. 양송이버섯이야 좀 거무스름하면 어때서."

그때 현관에서 마리를 부르는 소리가 났다. 아침을 먹다 말고 나가보니, 시바타 하지메가 서 있었다.

"안녕."

시바타가 환하게 웃으며 말했다. 마리의 얼굴을 보는 순간 밝아진 표정을 굳이 숨기지 않았다.

"손님이 온 게로구나."

아라타가 뒤늦게 말했다.

"우리 집을 어떻게 알았어요?"

마리는 밖으로 나가 현관문을 닫자마자 물었다. 마리 역시 기쁨을 감추지 않았다.

"마침 만나고 싶다고 생각했는데. 어제 만났으니 이상할까 싶기도 했지만 그래도 만나고 싶어서 오후에 주유소에 가려고 했어요. 잠깐 얼굴이라도 보려고. 그런데 이렇게 와주다니 믿을 수가 없어요. 내가 만나고 싶어한다는 거 어떻게 알았어요?"

마리는 흥분한 말투로 숨을 쉬는 것조차 잊은 듯 단숨에 말을 쏟아놓고는 시바타를 올려다보았다.

"이거 내가 오히려 믿을 수가 없는데."

조금은 부끄러운 표정으로, 그러나 마리에게서 눈길을 떼지 않은 채 시바타가 말을 이었다.

"얼굴을 보러 온 건 난데 말이야."

마리와 시바타는 그것으로 충분했다. 만났다기보다 서로의 존재를 확인했다고 느꼈다.

고작 5분 동안의 만남이었다. 일이 있는 시바타는 길에 세워둔 트럭 쪽으로 경쾌하게 걸어갔고, 마리는 황홀한 기분으로 아라타와 기요가 식탁에 앉아 궁금해하고 있을 집으로 돌아갔다. 오늘 저녁, 어제와 같은 가게에서 만나기로 약속하고서.

그날 이후 마리에게는 믿을 수 없는 일들이 이어졌다. 행복한 설렘과 안심, 행복한 답답함과 자신감. 시바타 하지메는 바다처럼 심플하면서도 복잡하고, 바람처럼 막무가내면서도 친절했다.

둘은 매일 만났다. 헤어질 때는 떨어지기 싫어 애달파했고, 그러다 서로 데려다 주기를 되풀이한 끝에 빨간 트럭에서 새벽을 맞는 일도 종종 있었다.

하지메는 기요나 아라타와도 금방 친해졌다. 놀라운 것은 기요의 반응이었다. 데라우치가의 정원 일을 거들거나 차를 정비 — 물론 그런 일들은 식은 죽 먹기나 다름없지만 — 하는 하지메의 예의 바름과 무례함이 오락가락하는 태도를 불쾌해하기는커녕 오히려 신뢰하는 듯 보였다.

"하지메 씨, 얼마나 웃기나 몰라."

마리는 소이치로에게도 보고한다.

"글쎄, 나보고 '나의 엔젤' 이래. 단둘이 있을 때만 그렇게 부르지만."

소이치로는 살며시 평온한 기척을 보내주었다. 평온하지만 조금은 적막한 기척을.

마리는 이제 시바타 하지메가 없는 장소는 재미없게 느껴졌다. 대학도 번화가도, 부모가 있는 집조차도.

"하지메 씨가 오면 엄마도 기운이 좀 나는 것 같아."

마리는 소이치로에게 그런 말도 했다.

"나도 엄마랑 얘기하기 쉬워지고."

마리도 시바타가에 드나들었다. 부모님과 할머니, 남동생이 있는 시끌시끌하고 밝은 집이었다.

하지메는 일 잘하는 남자였다. 아침부터 밤까지 주유소에서 일했다. 겨울인데도 피부가 까만 것은 실외에서 지내는 시간이 압도적으로 많은 데다 일광욕을 좋아해서 어쩌다 쉬는 날이면 바다나 공원, 또는 자기 집 좁다란 베란다에 종일 누워 있기 때문이라는 것도 알았다. 마리는 그 옆에서 베고 누운 팔에 무게가 너무 실리지 않도록 조심하면서 하지메의 피부에서 풍기는 향기로운 냄새를 맡는 것이 좋았다.

"나의 엔젤."

달콤한 목소리로 그렇게 속삭여주는 것도.

그해가 저물 무렵, 소후에 큐에게서 엽서 한 장이 날아왔다.

"상하이에 있대?"

기요는 종이가 말라비틀어진 것으로 보아 관광 기념품점에서 몇 년은 방치되어 있었을 허접한 사진엽서─중국 사람들이 강가를 거닐고 수면에는 녹색 불빛을 받은 나무들의 그림자가 어른거리는 풍경이 담긴─한 장을 건네주고는 마리가 읽기 전에 물었다.

상하이에서 소후에 큐

마지막 그 한 줄이 기요의 눈에 보였던 것이리라.

"몰라."

마리는 쌀쌀맞게 대답하고 읽기 시작했다.

여행, 호궁(胡弓), 저녁 하늘, 노인, 외국인 거주 지역, 등을 쫙 펴고 있는 아이들.

그런 단어들이 적혀 있었다. 여행지에서 보낸 엽서. 그 이상은 아니었다. 큐가 왜 그런 곳에 있는지, 왜 갑자기 없어졌는지 이유도 변명도 없었다. '상하이에서 소후에 큐.' 끝맺음은 그랬다. 하지만 파란 잉크로 쓴 의외로 꼼꼼하고 귀여운 글씨들이 마리에게 큐의 체온이랄까 숨결 같은 것을 느끼게 해주었다.

글씨를 이렇게 쓰는구나, 그런 생각을 했다. 상하이라…… 과연 어떤 곳일까? 절박한 표정으로 좋아한다고 말했던 옆집 청년을 떠올렸다.

"큐는 모험가로구나."

기요가 말했다.

해가 바뀌었다. 마리는 운전면허를 땄다. 빨간 픽업트럭을 직접 운전해 보고 싶어서였다. 임시 면허를 따자 하지메가 몰래 연습을 시켜주었다. 운전 학원의 차보다 좌석이 훨씬 높아서 시야가 넓어 재미있다고 마리는 재잘거렸다.

"아니야, 기아를 좀 더 부드럽게 바꿔야지."

하지메가 그렇게 말했을 때는 시동이 저절로 꺼진 후였다.

"괜찮아, 좀 더 과감하게 왼쪽으로 붙여서 주차해. 늘 왼쪽이 너무 비잖아. 여긴 부딪칠 데도 없으니까."

순간 바퀴가 왼쪽에 있는 도랑에 빠지고 말았다. 그러자 인내심 많은 사설 교관도 끝내는 고개를 저었다.

"마리는 운전에 재주가 없나 보다."

"정말? 그런가. 포기하는 거야? 날 버리는 거야?"

소이치로는 어렸을 때부터 차를 좋아해서 차에 관해 많은 것을 알고 있었다. 마리보다 차멀미는 자주 한 주제에. 도로를 달리는 차를 대충 한 번 보고도 차종과 연식을 알아맞혔다. 엔진 소리만 듣고도 차종을 맞혔다. 큐에게도 그런 감각—또는 열의—이 있어서, 셋이서 큰길에 나가면 소이치로와 큐는 빨리 알아맞히는 시합을 했다. 대개는 소이치로가 이겼다. 마리는 그런 소이치로가 자랑스러웠다. 치마에 검은 흙먼지가 묻는다고 기요에게 혼이 날 걸 알면서도 가드레일에 걸터앉아서.

조수석에 앉은 하지메가 싱긋 웃었다. 그리고 풀이 죽은 마리의 머리를 껴안고 속삭였다.

"그럴 리가 있나. 운전 같은 건 내게 맡겨. 요금도 무료에다 안전 운전까지. 언제든, 어디에 가든, 언제까지라도."

마리는 몸이 녹아내릴 듯한 행복감에 눈을 감고 하지메와 키스했다.

그래도 운전면허는 무사히 땄다. 마리는 축하 겸 춤추러 가자고 제안했고, 하지메와 둘이 밤을 새워 춤췄다.

대학에는 변함없이 꼬박꼬박 다녔다. 대학에서 마리는 책벌레였다. 강의를 듣는 것보다 책 읽는 게 더 재미있을 때도 있었다.

그런데도 빠지지 않고 강의를 듣는 것은 사랑하는 하지메가 한 말에 자극을 받았기 때문이다.

"그렇게 공부를 열심히 하던 마리가 나를 만난 뒤에 열등생이라도 되면 소이치로 씨가 얼마나 원망하겠어."

소이치로를 '소짱'이나 '오빠'도 아니고 마치 손윗사람 대하듯 '소이치로 씨'라고 부르는 하지메가 마리는 점점 더 좋아졌다.

나는 이제 도둑고양이가 아니야. 이제는 멀리 가고 싶지 않아.

마리에게 시바타 하지메는 오빠이자 친구 같은 연인이었다. 다시 말해 이 세상에 있는 좋은 것의 집합이었다.

봄.

"싼 티켓을 구했어."

기요가 2주 예정으로 영국에 다녀오겠다고 했다. 마리가 하지메와 함께 가든 일을 거들고 있을 때였다. 마리와 하지메는 막 배달된 침니 포트(chimney pot)—굴뚝 모양의 꽤 큰 화분으로 윗부분에 꽃을 심는다. 몇 년 전 침니 포트를 처음 본 마리는 '거의 기둥이잖아' 하고 생각했다—를 트럭에 실어 운반했다.

"야반도주하는 거 같다."

하지메는 주유소 문을 닫은 후에야 올 수 있기 때문에 가든 일도 늘 밤에만 했다. 마리는 차 속에서 중얼거렸다.

"또야?"

기요의 여행 계획을 들었을 때 마리의 입에서 가장 먼저 튀어나온 말이었다. 유학을 끝내고 돌아온 후에도 기요는 영국에 네 번이나 다녀왔다. 일 때문에 갔어도 돌아올 때는 생기를 되찾아 몰라볼 정도로 쾌활했다. 그래서 아라타와 마리는 기요의 영국 여행을 묵인 내지는 찬성해왔다.

"응."

기요가 벌써부터 활기를 띠고 대답한다. 날씬한 몸에 바지와 후드 집업을 입고 고무창 신발을 신고 면장갑을 낀 차림으로.

왠지 이번에는 보내고 싶지 않았다. 가게 내버려두면 두 번 다시 돌아오지 않을 것 같은 느낌이 들었다.

"하지메 씨, 미안해요. 이거 역시 조금만 더 왼쪽으로."

기요는 조금 떨어진 곳에서 눈을 찡그리고 간격을 가늠하고는 방금 전에 옮겨다 놓은 포트를 가리켰다.

"알겠습니다."

따스한 밤공기 속으로 부드러운 흙냄새가 피어올랐다. 나무에서는 향신료 비슷한 냄새가 났다. 꽃에서는 달짝지근하고 촉촉한 냄새가.

"뭐하러 또 가는데?"

마리는 감정을 드러내지 않으려고 애쓰면서 물었다.

"뭐하러는……. 필요한 것도 사고 친구들도 만나고. 클로시라고 서리 막는 유리 상자, 왜 우리 정원 퍼걸러 밑에 있잖아? 그것도 부탁받았어."

기요는 시원스레 대답했다. 그 대답에 미심쩍은 점은 없었다.

"응, 그렇게. 아주 딱 좋아. 고마워요."

기요가 하지메에게 큰 소리로 말한다.

"가지 마."

마리는 작은 의지가 담긴 목소리로 말했다. 기요가 놀란 표정으로 마리를 쳐다보았다.

"이번에는 가지 마."

마리는 다시 한 번 말했다.

"달이 아주 예쁜데."

하지메가 두 손에 묻은 흙을 떨어내면서 다가와 말했다.

"아니, 갈 거야."

기요의 얼굴에 웃음꽃이 선명하게 떠올랐다.

명쾌했다. 원래 낮은 기요의 목소리가 한결 낮고 쾌활하게 울렸다. 달빛이 스미는 봄날의 어둠처럼.

3

이 도시의 봄은 하늘이 그 애매하고 엷은 색을 공기에도 부드럽게 녹여
놓은 듯하다. 은행나무와 소철이 있는 드넓은 캠퍼스를 걸으면서 마리는
생각한다. 이런 도시를 떠나고 싶어하다니, 그때는 왜 그런 생각을 했을까.

오래된 회색 석조 건물 위쪽에는 파란색과 흰색 타일이 고전적인 무늬를
그리고 있다. 낮에도 서늘하고 어두운 자전거 주차장—어렸을 때 마리는
이곳에서 혼자 눈을 감고 춤을 췄다. 손목에는 비즈 팔찌를 둘둘 감고—을
지나 창문이 줄줄이 나 있는 복도를 죽 가다 보면 오른쪽에 아라타의 연구
실이 있다.

문은 안쪽으로 활짝 열려 있었다.

"아빠."

아무도 없는 것을 확인하고 마리는 아빠를 불렀다.

"놀러 왔는데. 들어가도 돼?"

좁고 해가 들지 않는 방이다. 문과 마주한 곳에 책상과 조그만 소파 세트.
그 앞에는 책꽂이가 세 줄이나 놓여 있는 데다 바닥에는 뭐가 들어 있는지
모를 종이 상자가 쌓여 있다.

"들어와."

엷은 미소와 함께 아라타가 의자에서 일어났다. 책상 위에는 영어와 일
본어가 섞인 종이 다발과 꽁초가 수북한 재떨이가 있다.

부딪치지 않게 조심하면서 걸어가 마리는 소파 한 모퉁이에 앉았다. 그
곳에서 보이는 것은 모두 어린 시절부터 늘 보아온 익숙한 것들이다. 깨진
유리를 테이프로 붙인 창문, 철제서랍, 색 바랜 책등, 여행을 다녀온 학생들

이 기념품으로 들고 온 조잡한 인형 장식품.

"무슨 강의였는데?"

아라타가 포트 뚜껑을 누르면서 찻주전자에 뜨거운 물을 따르며 물었다.

"언어학. 그리고 히구치 이치요(일본 메이지 시대 여성 작가 ─ 옮긴이)."

"재미있겠구나."

빈정거림은 아니었다.

"문학이라……."

그 말에 마리는 자신이 이미 어린 딸이 아니라는 사실을 새삼 떠올린다. 아빠가 차를 내밀었다. 이 방에 오면 늘 마시게 되는 차. '황차'라고 하고 싶을 만큼 엷은 녹차다.

이렇게 있으니 엄마가 없었던 시절 같다. 마리는 멍하게 그런 생각에 잠긴다. 아빠와 둘이 살았던 중학생 때.

"오늘도 늦니?"

아라타는 강단에 설 때는 고지식하게 넥타이를 매지만 연구실에서는 풀어놓는다. 하얀 와이셔츠에 회색 바지 차림인 아빠는 몹시 지쳐 보였다.

"응. 아마 그럴 거야."

마리는 요즘 한동안 집에서 저녁을 먹지 않았다. 강의가 끝나면 주유소에 가서 일을 거든다. 그러면 하지메 옆에 있을 수 있기 때문이다. 저녁은 주유소 바로 뒤에 있는 시바타의 집에서 간단하게 해결한다. 일이 끝나면 하지메와 거리로 놀러 나가거나 바닷가를 거닌다. 하지메는 밤의 거리에 훤하다. 좁은 계단을 내려가 묵직한 문을 열면 음악이 쾅쾅 쏟아져 나오는 디스코텍도 알고, 어두운 실내 여기저기에 박제된 작은 새가 매달린, 왠지 정체가 의심스러운 바도 안다.

마리는 하지메와 함께 있으면 안심이 되었다. 간판 없는 가게에 들어설 때나 치안 상태가 좋지 않는 시외를 걸을 때도.

가지 말라고 간곡하게 말렸는데도 결국 기요는 영국 여행을 떠나고 말았다. 2주가 지나면 그릇과 모종과 가드닝 용품을 산더미처럼 싸 들고, 물론 그것들은 일에 필요한 것이지만 일과는 무관한 기쁨과 인격으로 돌아오리라. 마치 두 사람의 인생을 살고 있는 것처럼.

마리와 아라타에게 줄 선물을 안고 돌아오는 기요를 볼 때마다 마리는 그렇게 느꼈다. 마리와 아라타가 모르는 엄마의 다른 인생이 자신의 가정을 좀먹고 있다고. 그것은 불안한 일이었다. 불안하고 한편으로는 외로운.

"아빠도 외식도 많이 하고 나가서 좀 놀기도 하면 좋을 텐데."

마리의 말에 아라타가 피식 웃었다.

기요는 다양한 음식을 만든다. 고등어조림나 닭찜, 우무무침처럼 어느 가정에서나 먹는 요리부터 과일을 듬뿍 사용한 소스를 발라 구운 갈비, 허브와 마늘 수프, 손이 많이 가는 중화요리까지.

음식을 만들고 빨래를 하고 청소를 한다. 정원 일을 하고 강연과 집필을 한다. 아직도 구식 재봉틀로 아라타의 셔츠와 마리의 여름 원피스를 만든다. 아들이 방랑하고 있는 나나를 염려해서, 다과를 들고 찾아가기도 한다. 그러다가 어느 날 갑자기 그런 일들을 모두 내던지고 훌쩍 멀리 떠난다.

가족을 무시하는 거야. 마리는 그렇게 생각한다.

주유소 일을 거드는 것은 하지메 옆에 있고 싶어서였지만 가족 셋이 식탁에 마주 앉으면 어색하기도 해서였다. 아라타에게는 좀 미안하다. 요즘 부쩍 말수도 줄고 나이가 들어 지친 기색을 보이는 아라타. 그래서 얼굴이나마 보려고 이렇게 들르지만, 그렇다고 뭐가 달라지는 것은 아니다.

"차, 잘 마셨어."

마리는 일어나 다시 한 번 연구실의 냄새를 맡는다. 자신에게 소이치로의 방이나 하지메라는 존재가 있는 것처럼, 아라타에게 안심하고 도피할수 있는 유일한 공간인 조그만 방.

"아침 먹을 때까지는 돌아오너라."

아라타가 말했다.

하지메가 가업을 이어 운영하는 주유소는 쇼와 거리의 끄트머리에 있다. 바다가 가깝고 하늘이 드넓게 보이는 곳이다. 주변에는 드문드문 집과 가게가 흩어져 있다.

하지메의 주유소, 마리가 그곳에서 하는 일은 청소와 세차 조수, 그리고 주유를 위해 진입하는 차를 안내하는 것이다. 하지메가 주유하고 오일을 점검하는 동안 마리는 재빨리 재떨이를 비우고 유리창을 닦는다. 젖은 천과 마른 천으로 번갈아 쓱싹쓱싹, 힘차게. 어린아이가 타고 있으면 서비스로 사탕을 준다. 조그만 바구니에 담긴 사탕은 세 종류의 맛이 있다.

그러다 안쪽에 있는 매점에서 계산도 맡게 되었다. 매점에는 차를 손질하는 데 필요한 갖가지 도구와 약품이 있다. 그것들의 이름과 용도, 가격과특징을 기억하는 것도 꽤 즐거운 일이었다.

주유소에서는 하지메와 그의 아버지 외에 세 사람이 아르바이트를 하고있다. 세 사람은 오전 9시에서 밤 8시까지 일하고 교대로 하루씩 쉰다. 365일 정기휴일은 없다.

"주유 한번 해볼래?"

어느 날, 마리에게 그렇게 말한 사람은 세 사람 가운데 나이가 가장 많은

후지와라 아저씨였다. 그는 몸집이 작고 자글자글 주름투성이의 얼굴에 짝
눈이다.

"네."

마리는 바로 대답해놓고도 그만 하지메의 모습을 찾았다. 해봐도 될지
불안했다. 하지메는 근처에 없었다. 후지와라 아저씨가 싱글싱글 웃으면서
총처럼 생긴 노즐을 들고 다그쳤다.

"안 할 거야?"

후지와라 아저씨에게 건네받은 노즐은 한 손으로 들기가 벅찰 만큼 무거
웠다.

"한 손, 한 손. 단단히 잡아야지."

왼손으로 받치려는 마리를 후지와라 아저씨가 나무랐다.

"주입구 속까지 깊이 집어넣어."

마리는 시키는 대로 했다.

"이제 들어간다."

후지와라 아저씨가 뒤에서 기계의 단추를 누르면서 동시에 노즐을 잡은
마리의 손을 잡았다.

"이 레버로 조절하는 거야."

쿨럭쿨럭. 액체가 흘러드는 것을 느낄 수 있었다. 그 순간 휘발유 냄새가
코를 찔렀다. 마리는 혹시 자신이 서툴러 어디선가 액체가 새는 것은 아닐
까 불안해졌다.

덜커덩, 갑자기 노즐을 잡은 손에 충격이 전해져 마리는 자기도 모르게
몸을 움찔했다.

"스토퍼."

후지와라 아저씨가 지시했다. 노즐을 일단 꺼냈다가 이번에는 끝만 살짝 다시 넣었다.

"그다음은 가득 찰 때까지 조금씩 조금씩, 이때는 눈으로 보면서 확인하는 거야."

그 부분은 후지와라 아저씨가 직접 했다. 옆으로 물러난 마리는 숨죽인 채 가만히 쳐다본다.

주입구가 이렇게 조그맣고 어두운데 어떻게 안이 보이지? 하지만 말은 하지 않았다. 머리에는 햇살이 쏟아졌고 콘크리트 지면에서는 열기가 뭉글뭉글 피어올랐다.

나중에 마리는 하지메에게 자랑스럽게 보고했다.

"나, 오늘 주유해봤다. 하얀 도요타 카로라였는데……."

기요와 아라타의 관계는 그렇다 해도, 마리 자신의 인생은 순조로웠다. 하지메의 부모와 할머니, 회사에 다니는 남동생까지 마리를 '마리짱' 이라고 부르며 가족처럼 대했다.

하지메가 쉬는 날이면 둘이 차를 몰고 나가 드라이브를 하거나 전철을 타고 짧은 여행을 했다. 마리는 하카타 역이 좋았다. 사방으로 뻗어 있는 무수한 선로와 형형색색의 전철이 있어서 어디로든 갈 수 있는 곳. 오이타, 나가사키, 가고시마…… 하지메가 살았던 오사카와 마리가 살았던 도쿄에도.

"하카타 역은 언제나 축제일 같아."

언젠가 하지메에게 그렇게 말한 적이 있다.

"크로켓에다 꼬치구이, 달달한 냄새가 나는 과자에, 살아 있는 병아리까지 팔잖아."

하지메가 웃었다.

"듣고 보니 그렇네. 나는 그런 생각을 한 번도 한 적이 없는데. 왜 역에서 병아리를 팔까?"

마리도 신이 나서 웃었다. 하지메가 웃기만 해도 마리는 신이 난다.

"볼거리도 많고 북적거리잖아. 도쿄 역은 사람은 많지만 볼거리는 하나도 없었어."

몬지 항에서 연락선을 타고 시모노세키까지 진출한 일도 있었다. 연락선은 하얀 물보라를 일으키며 놀라우리만큼 빨리 달렸다. 때마침 저녁 하늘에서 비가 내려, 마리는 선실 유리창으로 죽죽 흘러내리는 무수한 물방울을 하지메와 손을 마주 잡고서 바라보았다.

"비도 참 좋네."

마리가 한껏 만족스러운 목소리로 중얼거렸다.

"응. 비도 좋지."

하지메 역시 만족스러운 목소리로 대꾸했다. 그리고 가볍게 키스를 나눴다. 어떻게 키스하고 싶은 순간이 늘 동시에 찾아오는 걸까. 마리는 그것이 신기하다고 생각한다. 신기하고 멋지고 기쁜 일이라고.

그 후에도 간혹 큐는 엽서를 보냈다. 양쯔 강, 태극권, 국경. 그런 말들이 담겨 있는 엽서다. 우한에서, 청두에서, 카트만두에서.

커다란 배낭을 짊어진 채, 땀과 흙으로 얼룩진 티셔츠 차림으로 홀로 여행하는 큐를 상상했다.

침낭에서 잠들기도 할까? 생활할 돈은 있는 걸까? 누군가를 만나 좋아하게 되기도 할까? 내가 하지메 씨를 만난 것처럼.

"큐가 엽서를 보냈어요. 다카에 있나 봐요."

마리는 때로 나나를 찾아 옆집으로 간다.

"그래, 우리 집에도 왔단다. 잘 있나 봐."

나나는 미소 띤 얼굴로 말한다.

"얼마 전에는 전화가 왔더구나. 아주 가끔이지만, 대도시에 도착하면 그래도 전화를 걸더라."

그런 말을 들으면 마리는 안심한다. 다카와 카트만두가 어디인지는 몰라도, 아무튼 큐가 어딘가에 살아 있다. 정말 살아 있다, 하고서.

"보고 싶네."

큐에 관해 말하면 하지메는 부러움 섞인 말투로 대꾸했다.

"방랑이라, 멋있잖아."

마리는 단박에 불안해진다.

"그런 말 하지 마. 하지메 씨는 절대 방랑하면 안 돼. 어디 가면 안 돼."

뾰로통하게 말했다.

쯧쯧, 조그맣게 혀를 차면서 하지메는 집게손가락을 흔든다.

"난 아무 데도 안 가. 주유소도 있고 가족도 있는데 어딜 가. 그래도 방랑할 때는 둘이서 하자."

마리의 마음이 어느새 사르르 녹는다.

"약속해."

달콤한 목소리로 조르자 하지메는 마리의 눈두덩에 입술을 맞추고는 '약속'이라고 받아주었다.

가을이 오고 겨울이 왔다. 대학 졸업을 1년 몇 개월 앞둔 그해 겨울에 마리는 임신을 했다.

하지메는 일부러 마리 안에다 사정하지 않도록 조심해왔다.

"그냥 그대로 있어. 아이가 생겨도 난 괜찮으니까."

마리가 그렇게 말했지만 반드시 일보 직전에 마리에게서 몸을 떼는 하지메를 '지나치게 꼼꼼하다'고 생각했는데.

"어쩌면 좋지."

혼자 병원에 가서 임신을 확인한 날, 하지메와 저녁을 먹고 밤늦게 집으로 돌아온 마리는 소이치로의 방에서 그렇게 중얼거렸다.

"안 믿겨져."

믿으려고 하자 기쁨이 샘솟았다. 소이치로에게 말하기 전에 먼저 하지메에게 말하려고 했다. 오늘 낮에는 주유소 일을 안 했기 때문에 하지메의 집이 아니라 주크박스가 있는 가게에서 저녁을 먹었다. 지금은 단골이 된 그곳에서, 단둘이. 고백할 절호의 기회였다.

"그런데 무서웠어."

조그만 책상 앞에서 마리는 또 중얼거린다.

"이렇게 기쁘다는 게 겁났어."

— 겁쟁이구나, 우리 마리.

소이치로가 웃는다.

"하지메 씨가 좋아하지 않으면 어쩌나 하고 생각하니까……."

상상만 해도 끔찍한 일이었다. 그러느니, 차라리 비밀로 하고서 혼자 낳으려는 생각까지 했다.

— 성급하기는.

소이치로는 전혀 놀라지 않았다.

"어쩌면 좋지?"

마리는 똑같은 말을 중얼거린다. 그럴 때마다 기쁨이 절로 넘친다. 대학은 그만두어도 상관없었다. 기요와 아라타가 화를 내면서 반대해도 상관없었다. 마리가 두려운 것은 하지메의 반응이었다.

─그 둔덕에서 잔디 썰매를 탈 때와 똑같구나.

소이치로가 말했다.

─마리는 겁이 많으면서도 돌아보면 벌써 상자 종이에 앉아 있었지. 앉으면 그대로 미끄러져 내려가고. 아무도 막을 수 없고, 마리 자신도 막을 수 없었잖아.

마리는 키득키득 웃었다.

"잔디 썰매를 좋아했으니까 그렇지."

기분은 유쾌한데 안절부절못하고 방 안을 이리저리 걸어 다닌다. 침대, 전기스탠드, 서랍장 위에는 지구의, 책상 옆에는 습자 도구, 오빠의 방.

"오빠, 삼촌 되겠네."

농담 삼아 말해놓고 마리는 자신의 말에 당황한다.

"큐가 여행에서 돌아오면 우리 아이 보고 놀라겠지."

소이치로가 삼촌이 된다는 생각을 떨쳐내고 싶어 그렇게 말해 본다.

"남자아이면 같이 놀아주려나."

큐에게서 온 편지와 엽서는 모두 소이치로의 책상 위에 놓인 상자에 담겨 있다. 소이치로는 마리의 오빠인 동시에 큐의 친구이며 형 같은 존재였다.

마리는 상자 제일 위에 놓인 편지를 펼치고 다시 읽는다.

데라우치 마리 님

편지는 그렇게 시작되었다. 공책 한 페이지를 죽 뜯어내 파란 볼펜으로 꼼꼼하고 빼곡하게 쓴 편지.

겨우 갠지스 강에 도착했습니다. 과거에 보았던 그 어떤 강보다 힘 차고 장엄하게 흐릅니다. 사람들은 이 강에서 빨래를 하고 목욕을 하 고 또 시신을 떠내려 보냅니다. 양쯔 강 유역에서는 기(氣) 에너지의 중요성을 배웠습니다.

"이게 무슨 소리지?"
읽다 말고 마리는 소이치로에게 묻는다.
"지난번 편지에도 기니 에너지니 하는 말이 있었는데."

인간은 흐름입니다. 인간의 몸 안에는 많은 흐름이 존재합니다. 피의 흐름, 기의 흐름, 정신의 흐름 등. 그 어떤 흐름도 막아서는 안 됩니다.

그리고 편지는 수평으로 흐르는 시간과 수평으로 사는 것의 위대함을 언 급하고는 끝났다.

당신을 생각하면서 이 거대한 강을 건넙니다.
콜카타에서 소후에 큐

마리는 창문 앞에 서서 옆집의 어두운 창문을 바라보았다.
"소이치로 형, 놀자."

수풀 옆에 서서 활기차게 외쳤던 큐.

"어떤 흐름도 막아서는 안 됩니다."

마리는 소리 내어 되뇌어본다.

"잔디 썰매하고 똑같네."

5장
운명의 수레바퀴, 그리고 주유소

1

하지메의 반응은 마리가 원했던 것 이상이었다. 마리의 학업과 주위의 반응, 앞으로의 생활 등의 걱정거리를 제쳐놓고 환성을 질렀다. 순간적으로 눈을 동그랗게 뜨고 놀란 후 우선은 환성, 그리고 포옹, 키스 세례. 그러는 내내 얼굴이 망가질 만큼 함박웃음을 지었다.

둘은 시카 섬에 있었다.

맑게 갠 오후였지만 바람이 강하게 불었다. 겨울 바다는 춥고 파도가 높아 바로 앞에서만 거품이 일었다. 콩고물 같다고, 어렸을 때부터 그렇게 생각했던 노르스름한 해변에 검게 마른 해초가 널려 있었다.

포옹과 키스, 질문과 대답. 일련의 과정을 꽤 오래 되풀이한 후에 하지메가 말했다.

"우리 결혼하자."

침착한 말투였다. 하지메가 뒤에 서 있어서 마리는 그의 얼굴이 보이지 않았다. 하지만 보지 않아도 알 수 있었다. 파도 소리가 들렸다.

"그래도 대학은 그만두지 않았으면 좋겠어."

하지메는 말을 이었다. 마치 업힌 것처럼 마리의 어깨를 껴안고, 볼에 볼을 부비면서.

"힘들여 여기까지 왔는데. 앞으로 1년이면 끝나잖아. 잘은 모르겠지만, 결혼을 하든 아이를 낳든 강의는 듣게 해주겠지."

마리는 대답하지 않고 눈을 감은 채 혼곤한 기분으로 하지메에게 몸을 맡겼다. 학교는 그만두기로 이미 마음먹었다. 대학 졸업장이 과연 얼마나 중요할까. 마리만 사랑하겠노라는 하지메란 존재와 태어날 아기에 비해.

"하지메 씨, 전골 좋아해?"

마리는 엉뚱한 질문을 했다. 기쁘고 행복해서, 몸 저 깊은 곳에서 웃음이 끓어올랐다. 양가 가족이 마주 앉아 식사를 할 곳은 바로 그 전골집이라고 생각했다. 아빠는 말이 없고 엄마는 식탁을 진두지휘할 테지만, 그래도 모두 축복해주리라.

"전골?"

뜬금없이 웬 전골이냐는 듯이 하지메가 되물었다. 불어온 바람에 모래가 휘날렸다. 하지메가 마리의 몸을 감싸 안은 채 등으로 바람을 막아주었다.

그런 자세로 마리는 웃으면서 하지메의 두 손을 잡아당겼다. 설명 대신 이인삼각을 하는 것처럼 모래사장을 걷는다.

"우리, 결혼하는 거야?"

장난스러운 목소리가 나왔다.

"정말이지? 진짜? 진짜 하는 거지?"

하지메의 대답이 마리의 말에 겹쳐진다.

"그럼, 정말이지. 진짜, 진짜 하는 거지."

파도가 철썩거리는데, 미끼를 줍는지 사람의 모습이 보였다. 양동이와 집게를 손에 들고, 걷다가 드문드문 멈추면서 무언가를 줍고 있다.

어쩌면 좋아. 나 지금 행복해서 미칠 것 같아.

그 사람을 보면서 마리는 생각했다.

모든 것이 하루만 빨랐다면…….

그 후의 삶에서 마리는 줄곧 그런 생각을 하게 된다. 임신 진단을 받고, 하지메에게 고백하고, 결혼하기로 결정한 그 모든 것이 하루만 빨랐다면 결과가 전혀 달라졌을지도 모른다고.

그날 밤, 마리는 밤늦게야 집에 들어갔다. 하지메와 식사하면서 한 잔만 마시기로 약속하고 소주로 축배를 들었다. 그리고 라이브 클럽에서 춤을 췄다. 마리는 아직 실감이 나지 않았지만 태어날 아이도 춤을 좋아하면 좋겠다고 생각했다.

"다들 깜짝 놀라겠지?"

내내 그 얘기만 했다.

"그럼. 하지만 기뻐해줄 거야."

"가츠미 군도."

마리는 하지메의 남동생 이름을 말했다.

"후지와라 아저씨도."

그럴 때마다 하지메는 '응응' 하면서 고개를 끄덕였다. 축복해 줄 것이라는 확신과 하지메 자신이 기쁨으로 터져버릴 듯 환하게 웃으면서.

그의 웃는 얼굴이 내 세계의 전부다. 결혼도 아이도 덤에 지나지 않는다.

마리 역시 기쁨으로 터질 듯한 심정으로 자기만의 춤을 추었다.

그리고 집에 돌아갔을 때, 거실에는 아라타밖에 없었다. 발을 들인 순간, 마리는 뭔가 좋지 않은 일이 벌어졌다는 것을 알았다. 콜트레인의 색소폰 연주가 흐르고 아라타는 소파에 앉아 있었다. 몇 년 전에 기요가 새것으로 바꾼 그 소파는 이전 것과 비슷한, 물 빠진 초록색이었다.

"어서 오너라."

아라타는 마리의 가슴이 무너질 만큼 맥없는 미소를 띠었다. 그러고는 이어 말했다.

"엄마가 가버렸다."

"어디로?"

처음에는 아라타가 술에 취한 줄 알았다. 취한 게 아니라면 좀 더 의연할 테니까.

"글쎄, 영국 아니겠니?"

어디든 무슨 상관이냐는 투였다. 무책임하거나 지쳐버린 말투.

"글쎄라니, 그게 무슨 말이야?"

목소리가 떨렸다. 진정하려고 했는데 머리가 제대로 움직여주지 않았다. 테이블 위에 술병은 놓여 있지 않았다. 꺾이고 타다 만 담배꽁초 대여섯 개가 평소에 쓰는 홍차 깡통이 아니라 유리 재떨이에 쌓여 있었다.

아라타는 금방이라도 울음을 터뜨릴 것 같았다. 기요가 짜준 스웨터를 입고 깍지 낀 두 손은 무릎 위에 올려놓고서. 초록색 소파도, 플레이어에서 흘러나오는 음악도, 방에서 풍기는 냄새도 평소와 다름없는데.

"아빠, 저녁은?"

문득 생각나서 물었다.

"고맙지만, 오늘 밤은 생각이 없구나."

아라타는 여전히 미소를 머금은 채 대답했다.

마리는 갑자기 짜증이 났다.

"엄만 대체 어디 간 거야?"

다시 한 번 물었다. 물어봐야 헛수고라는 것을 이미 알고 있었고, 나중에 생각하게 되지만 당시의 마리는 그럴 여유가 없었다. 부엌과 침실을 살펴보고 나서야 기요의 물건들이 없어졌다는 것을 알았다.

"어떻게 된 거야? 편지 같은 거 없었어? 몇 시쯤 나갔는데? 왜?"

아라타가 여전히 맥없이 앉아 있는 것을 보는 순간 말이 쏟아져 나왔다.

"아빠, 찾아봤어? 가든은? 공항은? 도쿄에 있는 친척이나 나나 아줌마에게는 물어봤어?"

그럴 마음은 없었는데, 아빠를 몰아세우는 말투가 되고 말았다. 기요와 아라타 사이가 좋지 않다는 것은 몇 년 전부터 눈치채고 있었다. 요즘 마리는 연애에 정신이 팔려 집에는 거의 들어오지 않았다. 하지만 그렇다고 어느 날 갑자기 엄마가 모습을 감추다니, 있을 수 있는 일일까?

"시끄럽게 굴어봐야 소용없을 게다."

아라타의 말에 순간 마리는 아연해지고 말았다. 소용없다고?

"9시쯤에 학교에서 돌아왔는데 엄마는 벌써 없더구나. 몇 시쯤 나갔는지, 이유가 뭔지 나도 알고 싶다. 하지만 실은, 엄마가 그런 소리를 몇 번이나 했다. 집을 나가게 해달라고."

마리는 눈썹을 추켜올리면서 눈을 부릅떴다. 마치 기요처럼.

"나는."

아라타는 말을 꺼냈다가 입을 다물고는 다시 바꿔 말했다.

"아빠는."

아빠로서 하는 말이라는 것을 마리에게 어떻게든 납득시키려는 것이었다. 이런 상황에서도.

"아빠는 들어주지 않았다. 엄마가 이 집을 나가기를 원치 않았으니까."

"당연한 일이잖아."

마리가 말허리를 끊었다. 사태를 심각하게 몰아가고 싶지 않아서 가볍게 말했다.

"또 여행 갔나 보네, 뭐. 때가 되면 돌아올 거야. 방실방실 웃으면서, 괜히 기념품 사 들고 말이야. 엄마는 언제나 자기 멋대로라니까."

침묵이 찾아왔다. 아라타는 낮은 소리로 웃으며 마리를 보았다.

"그렇겠지?"

비로소 안경 너머 눈이 생기를 띠었다. 어린아이 같은 얼굴이라고 마리는 생각했다. 아라타는 옆에 놓인 쓰레기통에서 버린 종이를 다시 꺼냈다.

"편지는 없었다."

그러고는 종이를 테이블 위에 펼쳐놓았다. 기요의 도장이 찍혀 있는 이혼 서류였다.

"대신 이런 게 놓여 있더구나. 필요 없을 것 같아서 그냥 버렸다."

강의라도 하는 것처럼 단정적인 말투였다.

마리는 할 말이 없었다. 그것은 너무도 생생했다. 주황색 인주, 만년필로 또박또박 커다랗게 쓴 엄마의 글씨. 마리는 자신이 그것을 이미 지나간 과거의 사람을 보듯 쳐다보고 있다는 것을 알고 당황한다. 엄마의 글씨가 쓰여 있는 그 종이는 그야말로 벽에 붙어 있는 소이치로의 그림이나 기요가 소중히 간직했던 작문과 습자 종이처럼 비슷했다. 어딘가가 결정적으로.

"언젠가 엄마가 돌아오면 상황에 맞지 않으니까."

아라타는 명랑하게 말하고 테이블 위에 놓여 있는 종이를 절반으로 쫙 찢었다.

"이런 건 남겨두지 않는 게 좋겠지."

1985년 12월, 기요는 집을 나갔다.

그 후의 날들은 더없이 혼란스러웠다. 마리는 하지메와 함께 경찰에 신고하고 여러 사람들에게 연락을 취했다. 기요가 영국 유학 당시 하숙했던 집의 부부와 연락처를 아는 모든 지인들, 원예 선생과 업자, 마리는 잘 모르지만 기요가 편지와 사진을 주고받았던 사람들까지 전부 연락하고 확인했다. 그러나 모두들 10년 가까이 기요를 만나지 못했다고 했다. 거짓말 같지는 않았다.

"도무지 믿을 수가 없어."

그럴 때마다 마리는 하지메와 소이치로에게 언성을 높였다.

"집 안에 있는 모든 것이 눈앞에서 무너져버렸어."

—더 멀리 가는 거야.

소이치로는 그렇게 말했다.

"내가 있으니까."

하지메는 그렇게 말했다. 억센 팔로 꼭 껴안아 마리의 불안을 덜어주려 애쓰면서.

혼인신고는 기다렸다가 하기로 했다. 딸의 임신과 결혼에 관해 아라타는 그저 한마디 '축하한다'라고만 말했다.

마리는 해가 바뀐 후에 대학에 자퇴서를 제출했다. 담당교수뿐만 아니라 인사하러 찾아간 모든 교수들이 아쉬워했지만 만류하지는 않았다. 나이 지긋한 교수 가운데는 마리가 어릴 때부터 아는 사람도 있었다. 그들은 아라타와 마리가 처한 상황에 대해 넌지시 동정을 표했다.

"괜찮아요."

마리는 그때마다 그렇게 대답했다.

"엄마는 언젠가 꼭 돌아올 거니까요."

도서관에 들어섰을 때는 눈물이 핑 돌 만큼 감상에 젖었다. 3년 동안 학교생활을 하면서 마리는 꽤 오랜 시간을 이곳에서 지냈다. 앉는 자리도 늘 정해져 있었다. 온도와 습도가 일정하게 유지되는 공간, 막대한 양의 책과 책상과 의자뿐인 곳. 비 내리는 날에는 형광등 빛에 눈이 시릴 정도였다. 그리고 이 냄새와 소리. 마리는 눈을 감고 공기를 한껏 들이쉬고는 문을 닫고 도서관을 떠났다.

엄마와는 무관해.

겨울이라 썰렁한 캠퍼스를 걸으면서 마리는 그렇게 생각하려 한다.

난 하지메와 결혼하기 위해 학교를 그만두는 거니까. 엄마가 사라진 것과는 아무 관계 없어. 교수들은 만사를 연관 지어서 생각한다니까. 하기야 많은 일들이 한꺼번에 벌어지는 게 잘못이지만. 엄마 잘못이야.

고지마라는 남자에게 억지로 키스를 당한 장소를 지나갔다. 구름이 많고 서늘한 날이었다. 바로 여기, 이 낡은 건물 뒤에서 마리는 그 남자를 때렸다.

스스로도 이해할 수 없는 일이지만, 조금은 그때가 그립기도 했다. 소름이 끼칠 정도로 혐오스러운 사건이었는데.

이학부 건물 뒤를 지나 밖에서 강당을 바라보았다. 가슴을 한껏 펴고 참석했던 입학식이 떠올랐다. 문득 미치루에게 대학을 그만두었다고 말해야겠다는 생각이 들었다. 이유를 모른 채 소원해졌지만, 아라타 말로는 미치루가 아직 대학원에 남아 있다고 한다.

정문으로 걸어갔다. 오른쪽에는 사무소, 왼쪽에는 이발관. 마리는 걸음을 멈추고 다시 한 번 뒤돌아 구름 낀 하늘 아래 자리한 건물을 바라보았다.

후쿠오카 거리에 이 겨울 첫눈이 내렸다. 기요는 그토록 소중히 여겼던 가든을 임차권째 타인에게 양도했다. 그 사실 하나만으로도 결심이 얼마나 굳은지 알 수 있었다. 돌아올 가능성은 전혀 없어 보였지만 아무도 그런 말은 하지 않았다.

데라우치가의 마당도 눈에 덮였다. 손질하는 사람이 없어 엉망이 된 마당이 하얗고 평온해져 마리는 내심 기뻤다.

마리가 몰랐던 몇 가지 일들이 아라타의 입을 통해 하나하나 드러났다. 기요가 오래전부터 집을 나가고 싶어했다는 것, 영국에 애인이 있다는 것, 그리고 아라타는 그 사실을 이미 알고 있었다는 것.

아라타는 그런 일들에 대해 무겁게 입을 다물고 있었다. 그러다 술이 들어가면 한마디 두마디 털어놓았다. 술을 삼가고 있는 마리는 하지메에게 도움을 청했다. 딸과 단둘이 있는 것보다는 아빠도 얘기하기 쉬우니까, 하고서.

이따금 셋이서 저녁을 먹었다. 대개는 학교를 그만둔 데다 주유소 일을 거드는 것마저 금지당한 마리가 밥을 지었지만, 외식을 하는 일도 있었다. 마리와 하지메는 그때까지 둘만의 데이트 장소였던 가게로 아라타를 데리고 갔다. 반대로 아라타가 전에는 가족을 데리고 간 적 없는 가게로 둘을 데리고 가는 일도 있었다. 카운터 자리밖에 없는 아담한 요릿집은 아라타의 단골가게인 듯했다.

"어머나."

마리를 보자 기모노를 반듯하게 차려입은 가게 여주인이 눈을 가늘게 뜨고 바라보았다.

"많이 컸네."

처음 만나는 사람인데 이상하다 했더니, 여주인이 설명을 덧붙였다.

"선생님이 종종 사진을 보여주셨어. 그게 전부 아주 어렸을 때 사진들뿐이라서. 언젠가 한 번은 만나보고 싶었는데."

이 사람과 아빠 사이에 어떤 관계가 있는지도 모르겠다. 마리는 술에 취하고도 이 가게에서만큼은 엄마 얘기를 한마디도 꺼내지 않는 아빠를 보고 그렇게 생각했다.

"생각이 지나친 거겠지."

하지메는 그렇게 말했지만.

남겨진 사람들의 노력에도 불구하고 기요의 행방은 도무지 갈피를 잡을 수 없었다. 정말 영국으로 갔는지 어떤지도.

기요의 연인이라는 남자에 대해 아라타가 아는 것은 이름뿐이었다.

"안 어쩌고 하는 이름 기억나니?"

언젠가는 아라타가 오히려 유쾌하게 물었다. 늦은 밤, 하지메와 셋이 부엌 식탁에서 술을 마시고 있었다.

안에 대해서라면 마리도 분명하게 기억하고 있었다. 기요가 영국에서 유학할 때 사귄 친구였고, 편지도 가장 많이 주고받은 여자다. 봉투에 유려한 필기체로 쓰여 있었던, 보내는 사람의 필적까지 떠올릴 수 있었다. 때로 봉투에 소녀 취향의 장미 스티커가 붙어 있어 어린애 같다고 놀린 적도 있었다.

"그럼 엄마가 요즘 들어 안에게서 편지가 안 온다고 했던 것도 기억하니?"

그렇게 묻는 아라타는 더 이상 유쾌해 보이지 않았다.

"물론 기억하지. 1년 전쯤이었잖아, 내가 하지메 씨를 만났을 때니까. 엄마가 침울해하면서 편지가 안 와서 그렇다고 하기에, 내가 '바보같이' 라고 말했는데."

그 당시 기요의 태도가 좀 이상했다.

마리의 '바보같이' 라는 말을 듣고서 아라타는 씩 웃었다. 그리고는 술잔에 입을 갖다 댔다.

"안이란 여자는 없었어. 암브로즈, 라더라."

아무도, 아무 말도 하지 않았다. 후, 하고 소리 내면서 아라타가 숨을 뱉었다. 그리고는 또 한 번 중얼거렸다.

"암브로즈."

이번에는 하지메가 참고 있었던 숨을 내쉬었다.

"그러니까 아빠는 1년 전부터 알고 있었단 말이야?"

아라타는 고개를 끄덕이면서 털어놓았다.

"그래서 엄마가 나간 날, 제일 먼저 편지를 찾았다. 안이란 사람이 거짓일 수는 있어도 주소는 맞을 테니까 말이야."

기요가 그런 편지를 남겨두고 갈 리가 없다. 가든까지 사전에 처분했는데.

그날 밤, 마리는 기요의 가출에 얽힌 일들, 처음이자 마지막으로 눈물을 흘렸다. 물론 아라타가 침실로 들어간 후였다.

"암브로즈라는 자가 어떤 사람인지, 어디에 사는지, 편지를 보내지 않은 뒤로 두 사람 관계가 어떻게 되었는지 난 아무것도 아는 게 없고, 이제 알고 싶지도 않구나."

아라타는 몇 번이나 말하고는 부엌에서 나갔다. 그만 자야겠다고 하면서.

"정말 화가 나."

마리는 밝은 목소리로 아라타에게 '아빠, 잘 자' 라고 했지만 하지메에게는 화가 난다고 말했다. 마리의 목소리가 흔들렸다. 하지메가 머리를 안아주었지만 훌쩍거리는 소리만 높아졌다. 기요에게 연인이 있어서가 아니었다. 친구라고 하던 여자가 실제로는 존재하지 않는다는 것, 그렇게 긴 세월 동안 기요에게 속아 살았다는 것이 슬펐다. 너무하다고 생각했다. 엄마는 정말 너무하다고.

마리는 한참을 하지메의 품 안에서 훌쩍거렸다. 하지메는 달래듯 마리의 등을 톡톡 두드렸다.

"울보가 태어나겠다."

마치 비밀을 얘기하는 것처럼 귓가에 대고 살며시 그렇게 말하기도 했다. 웃을 일이 하나도 없는데, 슬프고 화가 나서 견딜 수가 없는데, 하지메의 속삭임에 마리는 키들키들 웃었다. 훌쩍거리다가 오열하고, 오열하다 키들키들 웃고.

하지메의 말에는 그런 힘이 있었다.

만약 엄마가 나와 하지메의 아이가 태어난다는 것을 알았다면. 마리는 그런 생각도 해보지 않을 수 없었다. 알았다면 어쩌면 나가지 않았을지도 모른다. 적어도 계획을 조금은 연기하지 않았을까? 그랬다면 많은 것이 달라졌을 테고, 그러면.

부엌은 기요가 있었을 때와 똑같다. 15년 전 아침, 소이치로의 부보를 들었던 곳도 이 부엌이었다. 마리는 하지메의 품 안에서 어렴풋이 그런 생각을 했다.

2

하지메가 임신한 몸을 염려하여 주유소 일을 못 하게 했는데도 마리는 툭하면 주유소에 나갔다. 달리 갈 곳도 없었지만 넓고 질서 정연하고 기능적인 주유소란 공간을 좋아했기 때문이다. 브러시가 빙글빙글 돌아가는 세차장도, 우체통처럼 빨갛고 네모난 주유 설비도 흥미로웠지만 마리가 가장 매력적으로 느낀 곳은 지하 창고였다. 그곳에는 기름 탱크가 여러 개 비치되어 있다.

"와! 무슨 비밀 기지 같다."

하지메가 처음 안내해주었을 때 마리는 족히 1분은 넋을 잃은 채 말도 못하고 쳐다보다가 그렇게 말했다. 창고는 어두컴컴하고 써늘하고 고요했다. 벽 여기저기에 붙어 있는 '화기 엄금'이란 글자만 요란스럽게 또는 으스스하게 그 장소의 깊은 잠 같은 정적을 휘젓고, 마리에게는 위험을 환기시켰다.

"감동이다. 주유소 지하에 이런 탱크가 묻혀 있을 줄은 꿈에도 몰랐네."

"마리는 감동받으면 코가 벌렁거리더라."

하지메는 재미있다는 듯 마리를 보면서 말했다.

"치."

마리는 두 손을 허리에 대고 뾰로통한 표정을 지었다.

봄이 찾아올 즈음, 실종된 엄마를 찾는 일은 그만 포기했다. 그 사람은 없어졌다. 그렇게 단정 짓지 않고는 살아갈 수 없었다.

마리는 소이치로에게도 엄마 얘기를 하지 않았다. 대신 새로운 얘기를 했다. 예를 들면 시바타가의 얘기를.

하지메의 집에는 여든네 살인 할머니와 부모님과 하지메보다 여섯 살 아래이고 마리와는 동갑인 남동생이 하나 있었다. 모두 좋은 사람들이었다. 가족은 아니지만 믿음직스러운 후지와라 아저씨를 비롯해서 미야자키 출신인 다카시 씨, 젊은 익살꾼 오다 군, 그렇게 세 명의 아르바이트생도 있다. 오다 군은 작년 봄에 고등학교를 졸업했다.

"오다 군은 얼마나 웃기는지 몰라."

마리는 소이치로에게 그런 식으로 말을 건넨다.

"'소주 만 병만 주소'를 반대로 말하면 뭐냐는 둥, '니 토마토가 토마토니'를 거꾸로 하면 뭐가 되겠냐는 둥, 줄곧 그런 생각만 하나 봐. 그러다 반짝하고 좋은 아이디어가 떠오르면 알려줘."

"주유소도 얼마나 멋진 곳인지 몰라."

목에 힘을 주고 그렇게 말한 적도 있다.

"난 잘 몰랐는데 주유소 벽은 방화벽이야."

오빠는 알고 있었을까, 마음속으로 멍하게 생각한다. 어렸지만 아는 게 많았으니까 알고 있었을지도 모른다.

"그럼, 방화벽은 높이가 2미터 이상이어야 한다는 것도 알아?"

또 다른 날에는 이런 말도 했다.

"할머니가 기저귀를 만들어주시겠대. 아주 많이. 아기는 천으로 된 기저귀를 차고 커야지, 안 그러면 감수성이 무뎌진대."

앞으로 앞으로 나아가리라. 마리는 그렇게 마음을 먹었다. 소이치로가 늘 말하는 '멀리'란 그런 것이 아닐까? 과거는 돌아보지 않는다. 없어진 엄마 따위는 절대 찾지 않는다.

마리와 아라타가 사는 집은 이제 예전처럼 깨끗하지 않았다. 마리가 집안일을 대강 하기도 했지만, 기요가 소중하게 여겼던 가구와 그릇들이 다른 사람의 손길을 거부하는 듯 느껴졌다. 방과 계단 구석에는 먼지가 쌓였다.

아라타는 잘 모르는 듯했다. 아니면 모르는 척했다. 그 어떤 일도, 그 어떤 사람도 아라타의 관심을 끌지 못하는 것 같았다. 아라타의 그런 태도는 마리가 집 안에서 기요에 얽힌 화제를 허용하지 않는 것과 때를 같이했다. 마리의 눈에는 함께 기요를 기다리는 것이 아니라면 자신이 있든 없든 마찬가지인 것처럼 보였다.

소이치로에게 들려주는 새로운 얘기들, 예를 들면 하지메의 아버지가 술고래라느니, 후지와라 아저씨가 도박을 좋아해서 경마나 경정에서 돈을 따면 소고기를 덩어리째 사 온다느니 하는 얘기를 재미있게 들려주어도 아라타는 잠자코 듣기만 하든지 '그러냐', '잘됐구나' 하고 짧은 대꾸만 할 뿐 자신과는 관계없는 일이라는 듯 몽롱한 눈으로 미소만 지었다.

5월이 오자 데라우치가의 비정형식 가든에 수많은 꽃이 피었다. 섬세한 식물은 단박에 말라비틀어져 말 그대로 소리 없는 비명을 지르며 잔해를 드러냈지만, 수선화와 철쭉, 개나리, 장미, 꽃사과는 손질해주는 사람이 없는데도 화사한 꽃을 피웠다.

내가 냉담한 건지도 모르지.

마리는 마르고 시든 식물을 하나하나 처분하며 생각한다. 뽑아버린 잔해는 쓰레기가, 빈 토기 화분과 플라스틱 긴 화분은 재활용 쓰레기가 되었다.

불룩한 배가 거치적거렸지만, 그 거치적거림이 오히려 마음을 강하게 해주었다. 이제 혼자가 아니라는 마음과 혼자서도 잘할 수 있다는 각오 사이를 오가는 씩씩함이 샘솟았다. 기요가 꼼꼼하게 손질한 수목이 여유롭게 꽃을 피워 벌을 부르고, 한들거리는 바람이 달콤한 냄새를 실어 나르는 정원에서.

"날이 후텁지근하네."

조스이 거리에 있는 초콜릿가게에서 창밖을 보며 미치루가 말했다.

"정말."

마리는 대답하면서 아이스커피를 마셨다. 대학을 정식으로 중퇴한 1월에 마리는 미치루에게 전화를 걸었다. 미치루는 그 좁은 하숙—대학의 정문과 거의 마주한 식당 2층—에서 여전히 혼자 살고 있었다.

"어머나, 그러니?"

임신과 중퇴 사실을 말하자 미치루는 조그맣게 웃음을 흘렸다. 낮고 온화하면서도 그리운 목소리였다.

"제법이네."

느닷없이 만나고 싶지 않다고 해서 안타깝게 했던 일 따위는 전혀 안중에 없는 모양이었다.

"덕분에 대학에 들어갔는데."

마리가 사과 비슷한 말을 꺼냈다.

"공부를 한 것도 대학에 간 것도 내가 아니야."

미치루가 밉살맞게 말하자 마리는 그만 웃고 말았다.

"언니는 여전하구나."

구깃구깃한 셔츠에 짧은 머리의 미치루 모습이 떠올랐다.

왜 갑자기 안 만나겠다고 했어?

입까지 기어 나오는 말을 억지로 삼켰다.

"잘 지냈어?"

대신 그렇게 물었다.

"마리, 너는?"

미치루가 되물어 기요가 없어졌다는 얘기를 했다. 어차피 알게 될 일이었다.

"데라우치 교수님, 많이 놀라셨겠다."

아마 여행 갔을 거야. 그렇게 덧붙였는데도 미치루는 나지막이 그렇게 말했다. 여행이 아니라는 것을 애당초 알고 있었다는 듯이.

미치루는 그다음 주에 고향인 오카야마에 갈 예정이라고 했다.

"1월 말에는 다시 후쿠오카로 돌아올 거니까 그때 만나서 얘기하자."

그랬는데 오늘이 될 때까지 말뿐인 약속으로 남아 있었다. 창 너머로 보이는 거리는 싱그러운 초록과 먼지 냄새 나는 텁텁한 습기를 머금고 있다.

미치루는 몇 년 전보다 많이 야위어 보였다. 머리가 짧은 것은 변함없는데, 이제는 소년 같지 않았다. 커다란 눈과 홀쭉한 볼이 오히려 평균 이상으로 여자다운 인상을 풍겼다. 긴소매 티셔츠에 헐렁한 면바지 차림도 여자다움을 강조하면 했지 덜하게 하는 효과는 없었다.

"많이 늙었네."

마리는 그렇게 표현했다. 다른 사람에게는 절대 할 수 없는 말이었다.

"누가 할 소리."

미치루는 유쾌하다는 듯 눈을 번쩍 뜨고는 미소 지었다.

"너에게는 그런 소리 듣고 싶지 않다. 남산만 한 배를 해가지고는."

"남산? 설마. 아직 멀었어. 예정일이 8월인데, 뭐."

마리는 그렇게 대답하고는, 그럼에도 충분히 팽팽하고 불룩한 자신의 몸을 어루만졌다.

"시바타 하지메라고 기억나, 언니?"

"아니."

미치루는 눈썹을 찡그리며 대답했다.

"왜 와타나베 거리에서 물건 파는, 아주 까맣게 탄 사람 있었잖아. '하카타 아닌 곳에서는 죽어도 라면을 먹지 않는 남자'라고 하던 사람 말이야."

"아, 그 되다 만 서퍼 같은 사람."

기억의 실마리를 잡은 듯 미치루가 말했다. 마리는 폭소를 터뜨렸다.

"그래. 그 되다 만 서퍼 같은 사람이 우리 남편이야."

꺄악! 미치루가 입을 벌렸다. 의자에서 엉덩이를 들기까지 하면서 놀란 표정과 몸짓을 했지만 실제로는 소리가 나지 않아 무성영화 같았다.

이런 거, 오랜만이네.

마리는 마음껏 웃으면서 생각했다. 아이스커피만 마시려고 했는데 케이크를 주문하고 심지어 핫초코까지 마시고는 저녁때가 되어서야 찻집을 나섰다.

미치루는 대학원에서 동양사 연구를 계속하면서 다자이후전문대학에서 강사도 하고 번역 아르바이트도 한다고 했다. 부모가 이제 독립하라고 할 때까지 계속할 뜻인 듯했다.

"애인은?"

모험이라고 생각했지만 호기심이 발동해 물었다. 미치루는 어깨를 으쓱하고는 지금은 없다고 대답했다.

"꽤 괜찮은 남자를 놓쳤는지도 모르겠다. 베이비시터 노릇은 절대 못하겠지만."

그러고는 웃었다.

해가 졌지만 아직은 환한 초여름 거리를 버스 정거장을 향해 나란히 걸었다.

"내가 도울 일 있으면 언제든 얘기해."

이번에는 마리가 어깨를 으쓱했다.

"예를 들면 어떤 일?"

"음, 태어난 아이가 고등학교를 건너뛰고 대학에 가고 싶어한다든가, 그러면 가정교사로."

정색을 하고 말하기에 마리가 어리둥절해하자 미치루는 또 정색한 표정으로 다시 말했다.

"농담이야."

길 저쪽에서 과거에 마리도 입었던 교복을 입은 여고생들이 걸어왔다. 재잘재잘 시끄럽게, 근심걱정 따위는 전혀 없는 듯이.

7월이 되자 마리는 혼인신고를 했다. 그리고 하지메의 트럭에 짐을 싣고 시바타가로 이사했다. 예식도 상견례도 없는 간소한 결혼이었다.

"미안해."

하다못해 식사라도 같이 하자고 하지메의 부모가 몇 번이나 청했지만 아라타가 머뭇적거려 흐지부지되고 말았다. 마리는 진심으로 사과했다.

"아빠답지 않을 수도 있고 내 마음대로 한다고 뭐라 할 수도 있겠지만……."

아라타는 그렇게 말하면서 하루 빨리 혼인신고도 하고 이사도 가라고 고집을 피웠다. 이제 곧 아이도 태어날 텐데, 경험 많은 여자가 옆에 있는 편이 안심할 수 있다면서.

"아이, 아이! 다들 태어날 아이 소리만 해."

"그거야 할 수 없지. 다들 걱정스러우니까 하는 소리야. 그래도 앞으로 조금만 더 참으면 되니까."

참는 것이 끔찍하다고 마리는 생각한다.

— 그렇게 법석을 떨지 않아도 아이는 제 힘으로 태어나.

마리는 자신의 귀를 의심했다. 마음속으로 중얼거렸다 여겼는데, 그것은 기요의 목소리였다.

— 걱정 마.

목소리는 또렷한 미소를 머금고 있었다.

"같이 모여서 식사하는 것도."

하지메는 느긋하게 말을 이었다.

"우리는 장인어른과 걸핏하면 같이 식사하잖아. 그러니까 상관없어."

착각이야, 하고 마리는 생각하려 했다. 지금 그 말은 내가 속으로 중얼거린 거지 절대 그 사람의 목소리가 아니야.

1986년 8월, 마리는 여자아이를 출산했다. 떨리는 첫울음 소리. 당시 몽롱했던 마리의 의식에 처음 떠오른 것은 아이의 울음소리였다. 조그맣고 연약하고 허망하고, 그러나 파르르 떨리는 첫울음 소리를 내지르며 우리의 딸이 태어났다!

2,740그램. 한여름의 한낮에 태어난 아이에게 '사키'라는 이름을 지어

주었다.

아기의 울음소리가 울리자마자 병실로 뛰어 들어온 하지메는 주위를 아랑곳하지 않고 마리에게 키스 세례를 퍼부었다.

"그만해. 땀이 묻잖아."

마리가 말했다.

"나도 마찬가지야. 그것도 아주 흠뻑."

하지메는 마리가 정말 좋아하는, 뼈까지 바스러질 듯 활짝 웃는 얼굴로 대답했다.

유독 무더운 여름이었다. 병실에 에어컨이 없어 낮에는 창문도 문도 활짝 열어두었다. 한구석에 엷은 연두색 선풍기가 비치되어 있었지만 별 도움이 안 되는 데다 대개는 켜지지도 않았다.

마리와 갓난아기는 그곳에 열흘 동안 입원해 있었다. 하지메는 매일 찾아와 갓난아기에게 아낌없는 찬사를 보냈다. 가족들과 주유소 종업원들까지 거의 매일 번갈아―때로는 한꺼번에―찾아와 꽃다발, 과자, 복숭아, 수박, 아이스크림, 주스 등을 두고 갔다.

아라타도 한 번 얼굴을 내밀었다.

"축하한다."

아라타는 마리의 얼굴을 똑바로 쳐다보면서 말했다.

"아이가 아주 예쁘구나."

"고마워, 아빠. 아빠 손녀야. 학자 체질일지도 모르고."

마리는 기운차게 대답했다.

"글쎄다."

아라타는 입가를 축 늘어뜨리고 씁쓸하게 웃었다.

행복하다. 난감해하면서도 기뻐하는 기색이 역력한 아라타의 표정을 보면서 마리는 생각했다. 지금까지 이렇게 행복한 적은 없었다고.

드디어 아이를 낳았다는 해방감은 마리가 상상했던 것보다 훨씬 멋졌다. 임신 중에 큰 탈이 없었고 입덧도 심한 편은 아니었지만, 5개월 때부터는 다리가 부어 고통스러웠고 등뼈도 늘 뻐근했다. 게다가 발작처럼 불쑥불쑥 기습해오는 불안이 싫었다. 자신이 아닌 생명을 맡고 있다는 책임감 같은 것도.

"아, 이제 술도 마실 수 있다!"

퇴원해서 도로로 나서는 순간 마리는 그렇게 외쳐 시바타가의 사람들을 화들짝 놀라게 했다.

"조금만 더 참아. 수유기가 끝날 때까지만."

시어머니는 그렇게 말했고, 시할머니는 웃었다.

"그리 걱정 안 해도 안 마실 게다. 어미도 그랬잖니. 여자는 아이를 낳으면 술맛이 딱 떨어지는 법이야. 그게 다 신의 조화다. 마시라고 들이대도 몸이 받아들이지 않는걸."

과연 그럴까. 나는 지금 당장이라도 시원한 맥주를 마시고 싶은데.

"그리고 섹스도 하고 싶고."

살짝 귀띔을 해서 이번에는 하지메를 소스라치게 했다.

병원 앞과 시바타가의 현관 앞에서 각각 한 장씩 기념사진을 찍었다. 두 번 다 갓난아기는 마리가 안고, 마리의 어깨를 하지메가 껴안았다. 하지메의 가족은 모두 좋은 사람들인데도, 마리는 왠지 다른 가족들 사이에 껴서 사진을 찍는 것처럼 어색했다. 카메라 담당인 시동생 가즈미가 셔터를 누르기 전에 작은 소리로 '치즈!' 하고 말했다.

사키는 특별한 아이였다. 세상에 특별하지 않은 아이는 없겠지만, 하지메와 마리 모두 그 점에서는 의견이 일치했다.

"이렇게 예쁜 갓난아기는 본 적이 없어."

"똑똑할 줄 한눈에 알아봤다니까."

날마다 그런 말을 주고받았다. 조그맣고 도톰한 사키의 입술은 마리를 닮았다.

마리는 명실상부하게 시바타 하지메의 아내가 되었지만 결혼 생활은 다소 변칙적이었다. 아빠가 자기 걱정은 하지 말라고 했고 또 실제로도 먹고 입는 데 불편은 없는 듯했지만, 마리로서는 미안하고 마음에 걸려 가보지 않을 수 없었다. 아빠에게 사키를 더 많이 보여주고 싶기도 했다. 지금은 힘들지만 사키가 좀 더 자라면 데리고 다니자고 생각했다.

아라타는 저녁을 대부분 요릿집에서 먹었다. 그 가게의 여주인과는 깊은 사이인 듯했다. 그렇다고 비난하거나 불쾌하게 여길 마음은 없었지만 기분이 묘했다. 아라타와 기요가 자신에게 마련해주었던 가정이 마치 장난감이었던 것 같은.

이제 아라타와 마리는 얼굴을 마주해도 기요의 이름을 입에 올리지 않는다. 기요라는 존재가 애당초 없었다는 것처럼, 또는 지금도 거기에 자리하고 있는 것처럼.

하지만 아라타는 마리가 이사하자마자 전화기를 새것으로 바꿨다. 자동 응답 기능이 있는 것으로. 아라타가 아무 말 하지 않아도 마리는 알 수 있었다. 아빠는 지금도 엄마를 기다리고 있는 것이다.

그해 크리스마스를 앞두고 아라타가 뜬금없이 거실 천장에 샹들리에를 달았다. 마리는 어이가 없었다. 샹들리에가 있는 집에 살아보고 싶다고, 먼 옛날 기요가 말한 적이 있었다.

"하나같이 다 놀라워."

마리는 하지메에게 말했다.

"그 사람이 집을 나갈 줄은 꿈에도 몰랐고, 사키가 태어나리란 것도, 우리가 부모가 되어 이렇게 유모차를 밀고 다니게 될 줄도 정말 몰랐어."

몰랐던 일이 점점 늘어난다. 그리고 아무도 한곳에 머물지 않는다.

"그래도 같이만 있으면 별 상관 없잖아."

하지메는 마리의 등에 보송보송 따뜻한 손바닥을 대고 부드러운 목소리로 말했다.

그렇다. 놀랍게도 하지메는 늘 믿을 수 없을 만큼 심플하게 진실을 말한다. 마리가 하고 싶은 것, 하고 싶은데 뭐라 말할 수 없었던 것을 정확하게 표현해준다. 이렇게 살아가는 것이, 이렇게 시간이 흐르는 것이 두려웠다. 행복도 불행도 똑같이 두려웠다.

"그래, 상관없지, 뭐."

마리는 힘주어 고개를 끄덕인다.

"같이 있으니까 아무 문제 없지, 뭐."

친정에 가면 간혹 테이블에 큐가 보낸 편지가 놓여 있었다. 큐는 끝없이 먼 여행을 떠난 듯했다. 과거는 돌아보지 않는다, 내게는 하지메와 사키가 있다고 마음을 정한 마리에게 어디인지도 모를 나라에서, 언제인지 모를 시간에 배달되는 엽서와 편지는 마치 과거에서 보낸 것처럼 여겨졌다. 멀고 평화로웠던 과거. 자신의 인생이 지금과는 전혀 달랐던 때.

"큐는 어디 있다더냐?"

큐를 귀여워했던 아라타는 그에게서 소식이 오면 반가운지 꼭 물었다.

"바그다드. 그런데 그게 어디야?"

마리는 심드렁하게 되묻는다. 어디든 상관없다는 뜻을 넌지시 풍기며.

"중동이야."

아라타는 미소를 머금고 대답했다.

"티그리스 강이 흐르는 이라크의 수도."

담배에 불을 붙이고 잠시 짬을 둔 후에 말을 이었다.

"정세가 불안정한 곳이지."

정세한 불안정한 곳. 마리는 가슴속에서 불온한 파도가 이는 것을 느낀다. 긴 여행에 구겨진 봉투를 보면서 작게 소리 내어 중얼거린다.

"바그다드."

3

온갖 곳에서 보낸 큐의 편지는 마리의 가슴속에 작지만 불온한 것을 남겼다. 큐가 지금 정세가 불안정한 곳을 여행하고 있기 때문은 아니었다. 편지에 쓰여 있는 글 자체가 마리의 가슴에 불안의 회오리를 일으켰다. 거기에는 늘 마리가 알고 싶지 않다 여기는 것, 오래전에 잊어버렸다고 여기는 근원적인 외로움 같은 것—마리 자신은 완전히 벗어났다고 지금도 믿고 싶지만—이 소리 없이, 농밀하게 떠다녔다.

지금 내 눈앞에는 죽은 자가 흘러가고 있어.

큐는 그렇게 썼다. 뻣뻣하게 굳은 손이 마치 안녕이라 손짓하는 것 같았다고. 그 시체를 본 것도 아닌데 마리의 뇌리에는 죽은 소이치로가 스쳐 지나갔다.

안녕, 또 보자.

소이치로가 마리에게 남긴 짧은 말을 큐가 알고 있을 리 없는데.

죽음. 어렸던 자신과 큐에게 소이치로가 새겨놓은 씻을 수 없는 인상. 그것은 공포가 아니라 유혹이었다. 어둠. 오빠가 있는 장소. 이해할 수는 없지만 마음은 평온할, 피하기 어려운 심연.

큐는 지금 그런 곳에 있는 걸까?

소이치로가 살아 있다면 보나 마나 둘이 여행했을 거라고 생각합니다.

다른 편지에는 그렇게 쓰여 있었다.

왜 소이치로는 그렇게 어이없이 우리를 버렸을까요? 그가 죽은 후한동안은 소이치로의 영혼과 자주 만났습니다. 그런데 요즘은 나타나지 않는군요. 환영처럼, 마치 허망한 꿈처럼, 가끔가다 슬쩍 얼굴을 비치는 정도입니다.

나와 똑같다, 고 마리는 생각한다. 내 곁에 오는 오빠도 요즘은 별말이 없다. 그래도 곁에 틀림없이 있다. 그래서 나는 살아갈 수 있는 것이다.

큐도 그런 것일까?

편지를 읽을 때마다 그 점이 마음에 걸리는 것은 벌써 몇 년이나 만나지 못했는데 큐와 자신이 같은 장소—소이치로의 죽음을 중심으로 한 어둠이 짙은 장소, 어둠이 너무 짙어서 찬란하게 빛나는 그런 곳—에서 맴돌고 있는 듯한, 불가사의하고 불온한 기분이 들었기 때문이다.

마리는 그렇기에 더욱 사키가 기적적인 존재로 느껴진다. 야들야들하고 탱글탱글한, 생명 그 자체인 물체 하나. 세계에 대해 전혀 무방비하면서도 세계와 분명하게 대립하는 물체로서 사키는 숨쉬고, 잠자고, 끊임없이 침을 흘리고, 소스라칠 만큼 큰 소리로 울면서 마리와 하지메가 사는 시바타가에 존재한다. 그것도 확고하게.

마리는 사키가 자신과 하지메의 딸이라기보다 어딘가 아주 먼, 이 세상이 아닌 장소에서 온 존재라는 느낌을 떨칠 수 없었다. 귀엽고 소중하고 마냥 껴안아주고 싶다고 생각하는 한편, 너무도 숭고해서 함부로 만져서는 안 될 무엇이라 생각되기도 했다.

"갓난아기는 말을 못하니까 불편하네."

마리는 하지메에게 몇 번이나 그런 말을 했다.

"만지지 말라든지, 지금은 안기고 싶지 않다든지, 말을 해주면 좋을 텐데."

졸리다, 몸이 뜨겁다, 고 말해주지 않으면 난 알아차리지도 못할 거야. 살을 만져봐도 잘 모르겠어.

그럴 때마다 하지메는 대범하게 웃는다.

"만져봐도 모르는 건 열이 없기 때문일 거야."

하지메의 대범함이랄까 여유로움에 마리는 늘 안도한다.

"그런가?"

"그럼."

하지메의 말은 마리에게 마법 같다. 맞아, 그럴 거야. 걱정할 거 없지 뭐, 하고 생각할 수 있다. 하지메만 옆에 있어주면 아무 문제 없다. 자신도 사키도 하지메가 지켜주니까.

낮에는 하지메의 할머니이자 사키의 증조할머니인 아사가 사키를 돌봐주었다. 마리가 원하는 대로 주유소에서 일할 수 있도록. 아사가 있어서 마리는 마음이 든든했다. 아사는 육아서 따위는 코웃음을 친다.

"안기는 버릇이 생긴다고? 생길 테면 생기라지. 어른이 되어서까지 안기고 싶어하는 아이는 없을 테니."

자신만만하게 말하는 아사는 젖꼭지 대신 삶은 문어 다리 하나를 통째로 사키에게 준다.

"목에 걸리면 어떻게 하죠?"

마리가 그렇게 걱정해도 태연하게 말한다.

"이렇게 조그만 입으로 그런 재주를 어떻게 피우겠니."

사키는 삶은 문어 다리를 무척 좋아한다. 조그만 손으로 꼭 쥐고서 문어 다리와 손이 침으로 범벅이 되도록 쪽쪽 빨아댄다. 한없이, 얌전히.

아사는 원래 농가의 딸이었다. 해운 회사에 다니는 남자와 결혼했는데 남편이 어느 날 갑자기 주유소를 시작하겠다고 하더니 회사를 그만두었다.

그때 두 사람 사이에는 아이가 셋이나 있었다.

"그야 열심히 일했지. 얼마나 불안하던지."

사키를 안고 어르면서 아사는 그 시절이 그립다는 듯 얘기한다.

"그 당시에는 기름가게란 것이 있었다. 영리한 사람이었어. 석탄을 때던 배가 기름으로 연료를 바꾸는 것을 보고는, 앞으로는 석유의 시대라고 생각한 거지."

노인들이 흔히 그렇듯 아사의 손은 바슬바슬 말랐지만, 살집이 좋아 고무줄이라도 낀 것 같은 손목이 사키의 손목과 비슷했다. 마리는 아사와 사키를 멍하니 바라보면서 아사의 얘기를 즐겨 들었다.

"당시에는 주유소가 이 자리에 있지 않고 항구 쪽에 있었어. 거기에서 호스로 배에 기름을 공급했지. 다들 얼굴을 알고 지냈단다."

아사는 그렇게 말하면서 미소를 머금는다. 본인이 작업복이라 부르는 소박하고 짤막한 기모노를 느슨하게 입고 부엌을 오가는 아사와, 걸음을 디딜 때마다 삐걱거리는 마룻바닥. 이 집 부엌에서는 늘 쌀겨 냄새가 난다, 고 마리는 생각한다. 식탁에 놓인 모기장처럼 생긴 음식 덮개는 식구들이 차례로 밥을 먹는 이 집의 필수품이다.

중유, 경유, 휘발유, 등유. 기름가게에서는 온갖 기름을 다 취급했다고 한다. 아사가 얘기하는 옛 시절 기름가게에서 썼던 단어들을 마리는 절반도 알아듣지 못한다.

"되들이 깡통이 뭐야?"

마리는 밤이 되면 하지메에게 묻기 바쁘다. 그 자리에서 아사에게 묻지 않는 것은 얘기를 도중에 끊고 싶지 않아서다.

되들이 깡통이니 소압 엔진이니 하는 말은 몰라도 느릿느릿한 아사의 이야기를 듣다 보면 항구 옆에 있는 기름가게의 광경을 또렷하게 상상할 수 있었다. 사람들의 시끌시끌한 소리도 냄새도 배도, 흔들리는 수면까지도.

그 후 자동차가 보급되면서―아사는 그것을 마이카족이 나타났다고 표현한다―자리를 지금 있는 곳으로 옮겨 주유소를 차렸다.

주유소의 역사는 가족의 역사이기도 했다. 아사의 세 아들, 즉 하지메의 아버지와 두 삼촌의.

그림 동화 같네, 하고 마리는 생각하는데, 이 세 아들이 하나같이 개성이 강하다. 좀 별나다고 해야 할지도 모르겠다. 큰아들과 셋째 아들은 사이가 좋아 가족들끼리도 잘 지내고 있다.

"작은삼촌은 부처님 같은 사람이야."

하지메가 그렇게 말하는 요스케 삼촌은 셋째 아들이다. 아직도 독신으로 살지만 오사카와 후쿠오카에 애인과 아이들이 있다. 철도청에 다니고 철도와 술과 낚시를 좋아한다. 늘 싱글싱글 호쾌하고 얼굴이 불그죽죽해서 술을 마시지 않아도 마신 것처럼 보이는 대신, 술에 취해도 그리 달라 보이지 않는다.

"하지메의 색시로구나."

처음 만났을 때 요스케는 익살스러운 표정으로 그렇게 말했다. 캐스킷 모자가 트레이드 마크이고 트위드 양복을 입고 있었다. 마리가 별나다 싶었던 대목은, 이 삼촌이 말을 하면서 엉터리 외국어를 남발한다는 것이었다. 브라보, 왓 디 주 세이, 주템므, 그라치에, 구텐모르겐 등의 말이 들릴 때마다 마리는 키득키득 웃었다. 마리가 하도 많이 웃어서 오히려 식구들이 재미있어들 했다.

"참 잘 웃는 색시로구나."

한번은 요스케 삼촌에게 정어리를 얻어먹은 일이 있었다. 갓 낚은 신선한 정어리를 칼도 없이 손가락으로 뼈를 바르고 손질하는 삼촌을 보고 마리는 눈이 휘둥그레졌다.

"와, 감동이다!"

마리는 코를 벌렁거리며 감탄했다.

또 한 사람 다츠오 삼촌이란 인물이 있는데, 마리는 그에 대해서는 잘 모른다. 두 번 정도 만났는데, 작은 몸집에 말이 없는 사람이라는 인상만 받았다. 하지메나 식구들의 말투로 보아 모두들 그리 좋아하지 않는 것 같았다. 다만 맏아들인 하지메의 아버지는 동생에게 신경을 썼다. 사키가 신사에 첫 참배를 드리러 가는 날에도 동생을 챙겼다.

"다츠오 삼촌도 오라고 연락해야지."

"괜찮아요, 안 해도."

하지메는 그답지 않게 반대했다.

가족.

세상을 버린 사람처럼 도쿄를 등지고 후쿠오카로 이사한 후 가족에게 돌아가지 않는 아라타는 친척끼리 오가는 것을 좋아하지 않았다. 그래서 시바타가의 사람들은 마리에게 첫 번째 친척이자 가족이나 다름없었다.

하지메가 왜 그렇게 친절하고 자상한지 마리는 알 것 같았다. 시끌벅적하면서도 너그럽고 서로가 서로를 신뢰하는 가족들 사이에서 정상적으로 자랐기 때문이다. 하지메와 똑같은 환경에서 사키를 키울 수 있어서 마리는 기뻤다.

겨울이 지나고 봄이 왔다. 마리는 시바타가에서의 생활을 통해 배우는 점이 많았다. 일이나 가족, 그리고 며느리라는 것에 대해서도. 그 하나하나가 마리는 신기하고 재미있고 눈부시기까지 했다. 다만 다른 가족들 사이에 끼어든 듯한 위화감은 줄곧 가시지 않았다. 마리는 스스로에게 그런 생각을 하면 안 된다고 다그친다. 그렇게 좋아하는 하지메에게도 말할 수 없는 일이니까.

마리는 지난주에 하지메와 시장에 갔다. 사키도 파란색과 흰색 줄무늬가 있는 유모차에 태워 데리고 갔다. 그날이 후지와라 아저씨의 생일이라서, 시바타가의 오랜 단골인 생선가게에 미리 주문해놓았던 생선회를 가지러 갔던 것이다. 생선가게 아저씨는 하지메를 하지메 씨라고 부르고, 마리는 부인이라고 부른다.

그것은 행복한 일이었다. 유모차를 밀면서, 사지는 않아도 반짝반짝 빛나는 오징어와 갓 구워낸 곰장어를 구경하고, 눈부신 햇살 속에서 하지메의 부인이라 불리는 것은.

후후후. 마리는 괜히 우쭐해서 싱글벙글거린다. 달콤한 기분으로 사키를 감싸고 있는 타월 담요를 이리저리 만지작거린다. 하얗고, 몇 번이나 빨아 군데군데 털이 빠진 젖내 나는 타월 담요.

야나기바시 연합시장에서는 어쩌다 몸을 구부리면 문득 시야에 스치는 것이 있다. 해질녘 장사 준비를 하는 포장마차 사람들, 강물의 변화, 생선가게 앞의 진열대. 마리가 태어나고 자란 도시의 시장.

"어머나 마리짱, 혼자 왔니?"

생선가게 아줌마는 골목길에서 춤추는 마리를 보면 늘 말을 건네주었다. 학교에 가면 아이들이 놀려요, 하고 말하는 대신 마리는 그저 말없이 고개만 끄덕였다. 오빠와 큐도 어디 가버려서, 하고 말하는 대신 심부름 왔어요, 하고 거짓말을 했다.

"기특하네."

선량한 아줌마를 마리는 뚫어져라 노려보았다.

그곳에서 나는 아직도 '마리짱'이리라. 그렇게 생각하자 어지럼증 비슷한 묘한 감각이 마리를 사로잡았다. 시바타가에서는 '부인'으로 행세하는 자신이 몹쓸 거짓말쟁이처럼 느껴진다.

"집을 그렇게 자주 비워도 되는 거냐?"

마리가 찾아가면 아라타는 그렇게 말한다. 차분하지만 몹시 신경이 쓰인다는 말투다. 그래도 안경 너머 눈은 웃음을 띠고 있어 마리의 잦은 방문이 싫지는 않다는 걸 말해준다.

"괜찮아. 차로 오면 금방인데, 뭐."

빨간 픽업트럭 조수석에 놓인 바구니에 마치 면회 갈 때 바구니에 과일을 담아가듯 사키를 담아 옮긴다.

"우리, 할아버지한테도 얼굴 보여드리자."

하고 말하면서.

집 안은 너저분하지만 정겹고 푸근하다. 마리의 방도 소이치로의 방도, 무엇 하나 바뀌지 않은 채 남아 있다. 조금씩 낡아가고는 있어도.

아라타는 사키에게 음악을 들려준다. 도리스 데이, 콜트레인, 시나트라, 냇 킹 콜의 음악을.

"아기들은 말은 몰라도 음악은 느낄 수 있으니까."

아라타가 말한다. 옛날에 기요도 그런 말을 했다.

"잘 지내는 거지?"

가끔이지만 아라타는 그렇게 묻는다.

"그쪽 사람들과 탈 없이 잘 지내는 거냐?"

그 말투가 어딘지 모르게 적막하게 울려 마리의 마음을 괴롭힌다.

"그럼."

심드렁한 대답이다.

"할머니가 얼마나 예뻐해주시는데."

서둘러 그런 말을 덧붙여본다.

"사키는 물론이고 나랑 하지메 씨까지."

아라타는 미소를 짓는다.

"어떻게?"

"저녁때는 우리가 좋아하는 반찬을 잔뜩 만들어주고, 사키를 봐줄 테니까 둘이 나갔다 오라고도 하고."

"그렇구나."

아라타가 미소를 머금은 얼굴로 대답한다.

레코드에서 흘러나오는 음악 소리 속에서 사키는 대개 얌전히 있는다. 마리와 하지메는 사키에게 잠도 잘 자고 아프지도 않고 천사처럼 착한 아이야, 하고 수시로 말한다.

"내 천사의 딸이니까."

하지메가 그렇게 속삭여 마음이 젖어드는 일도 있다.

"아주 착하구나."

물론 아라타도 그렇게 말한다. 마리는 사키를 보면 누구든 그런 마음이 들지 않을 수 없을 것이라고 생각한다.

"눈매가 엄마를 닮았어."

마리는 대답할 수 없다. 새 전화기와 샹들리에. 아라타는 기요를 기다리고 있는 것이다.

마리는 아사를 신뢰했지만 아사의 예견은 보기 좋게 빗나갔다. 마리는 아이를 낳았는데도 술이 싫지 않았다. 오히려 전보다 술술 넘어갔다. 해금이 되어 처음 마신 술은 소주였다. 따스한 물을 섞어 꽤 엷게 희석했는데도 기분이 하늘로 치솟을 만큼 맛있었다.

"나는 밥보다 과자보다 커피보다 녹차보다 술이 더 좋아요."

마리는 시바타가의 가족들이 모인 자리에서 그렇게 선언했다.

"괜찮아요, 걱정 마세요."

마리는 걱정스러워하는 아사를 그렇게 안심시키고 설명했다.

"술이 들어가면 몸이 두둥실 뜨는 것 같으면서 마시기 전보다 가벼워져요."

작은 슬픔과 먼 슬픔이 가시지는 않지만 그래도 제자리를 찾고, 대신 새로운 힘이 샘솟는다는 설명은 하지 않았다. 이렇게 잘 대해주는데 슬픔을 얘기하는 것은 잘못이라는 생각이 들어서였다.

그날 밤에는 소주만 마시고 끝냈다. 다음 날에는 하지메가 그러듯이 맥주와 소주를 마셨다. 그리고 보름이 지나서는 위스키파인 후지와라 아저씨와 대작하게 되었다.

술을 마시는 이유는 맛있고 기운이 났기 때문이다. 취하면 기분이 좋아지고, 가끔가다 도가 지나쳐 혀가 꼬이기는 했지만, 그렇다고 속이 나빠지지는 않았다.

"새아기가 술이 엄청 세구나."

하지메의 아버지는 눈을 살짝 찡그리며 말했다.

"누가 당해내겠어요."

남동생 가츠미는 그렇게 말하며 히죽 웃었다. 놀러와 있던 요스케 삼촌이 '브라보!' 하고 외친 일도 있었다.

그들 모두가 술을 좋아했다. 술이 들어가면 목소리가 커졌고 잘 웃었고 노래를 부르기도 했다. 즐거웠다. 마시는 장소는 대개 시바타가의 거실이었다. 겨울에는 고타츠를 둘러싸고, 여름에는 툇마루에서.

평소에는 말수가 적은 하지메의 아버지가 하지메의 어린 시절에 관한 추억담을 들려주기도 했다. 마리는 그런 얘기를 들을 수 있어 기뻤다. 마리가 술을 좋아하는 것을 시바타가 여자들이 못마땅해했다는 것을 마리는 훨씬 훗날에야 알게 된다. 훨씬 훗날, 달콤한 날들과 눈부신 햇살 역시 절대 한곳에 머물지 않는다는 것을 깨닫고도 더 시간이 많이 흐른 뒤였다.

마리는 자신이 듣고 보는 시바타가 일족의 관계와 역사를 이따금 소이치로에게 말한다. 천천히, 단편적으로, 그러나 자세하게.

항구 옆에 있었다는 기름가게에 대해서는 열을 올리며 몇 번이고 얘기했다. 거의 황홀하게 꿈을 꾸듯.

"이건 좀 이상할지도 모르지만, 내가 그렇게 기억하고 있는 기분이야. 빈 되들이 깡통이 내는 소리도 그렇고, 선착장에 정박한 배의 얼룩진 옆면이나 시대에 뒤떨어진 소압 엔진의 냄새도 그렇고."

늘 눈앞에 바다가 있고 밤이면 켜지는 가로등이 거뭇거뭇한 수면을 비춘다.

"시대가 한창 용트림을 하는 그런 때였대. 석유가 돈벌이가 될 거라면서 굳게 믿고 승부를 건 할아버지를 나도 만나보고 싶더라."

소이치로는 별말이 없다. 말은 없지만 온화하게 웃고 있다. 끼어들 때를 가늠하고 있는 것이다.

"자동차용 휘발유를 취급하는 주유소로 갈아타려는 결단을 내렸을 때는 큰 용기가 필요했을 거야."

마리는 계속 얘기를 이어갔다.

"그 할아버지, 죽 해운 회사에서 일하면서 배를 무척 좋아했대. 그러니까……."

─종군, 좋았겠어.

소이치로가 말한다.

─하지메에게 그 사람의 피가 흐르고 있겠지.

"그렇지."

마리는 자랑스럽게 대답한다. 실제로도 하지메는 마리의 자랑이었다. 하지메도, 그리고 주유소도.

"지하에 있는 기름 탱크도 아주 듬직해."

─종군, 아주 좋아.

그리고 소이치로는 때를 잡는다.

─하지만 마리, 시대는 늘 움직이고 변화하는 거야. 모두 흘러가는 거야. 겁내면 안 돼. 초연하게 지내면 되는 거야. 나는 여기에 있고, 큐도 바로 옆에 있으니까. 변화를 무서워해서는 안 돼, 마리.

4

사키가 보육원에 다니게 되자, 마리는 주유소와 집이 있는 쇼와 거리 끄트머리가 우리 가족이 살기에 최고의 장소라고 생각하게 되었다. 구릉지에 있는 한적한 주택가에서 바다 바로 옆에 있는 큰길가로 이사하고 한동안은 그 변화의 폭에 당황했다. 살풍경하고 적막한 장소라고 느꼈다. 드문드문 서 있는 집은 하나같이 오래되었고 소박했다. 시바타가도 예외가 아니었다. 주유소는 번쩍번쩍 멋들어진데, 집의 외관은 아무도 신경을 쓰지 않는 듯했다.

같은 후쿠오카라 해도 마리가 부모와 함께 살았던 부근은 전혀 달랐다. 집집마다 취향이 다른 마당, 타일과 조개껍데기로 장식된 벽, 주말마다 호스로 세차하고 잔디를 깎는 사람들.

"좀 세련되게 산다고 거들먹거리기는."

지금은 마리가 그들의 생활을 보고 그렇게 말하기까지 한다.

주유소 옆에는 공원이 두 군데 있고 보육원도 두 군데 있다. 바다가 보고 싶으면 몇 분만 걸어가면 항구가 나온다. 교통사고에만 주의한다면 아이를 키우기에는 더없이 좋은 환경이었다.

사키는 얌전한 아이다. 보육원에서도 거의 말을 하지 않고 떼를 쓰거나 우는 일도 없는 듯하다. 마리는 그런 얘기를 얼굴과 몸집이 둥실둥실하고 성품이 온화한 원장에게서 들었다.

"그래도 낯을 가리는 건 아니에요. 선생님 말씀은 귀 기울여 듣고, 때로는 방긋 웃기도 하거든요."

보모들도 모두 사키를 귀여워한다고 한다.

"보육원에서는 어린아이들이 남자를 무서워하는데, 사키짱은 잡무 보는 다케무라 씨와도 사이좋게 잘 지내요. 그가 일을 할 때면 옆에 동그마니 서서 가만히 쳐다보고 있지요."

"그렇군요."

마리는 흐뭇한 웃음을 지었다.

"다른 아이들과 놀지 않는 것이 좀 마음에 걸리기는 하지만요."

집에서 어른들에게 에워싸여 있기 때문일까, 하고 마리는 생각한다. 태어났을 때부터 소이치로와 큐밖에 없었던 자신의 소녀 시절과 사키의 어린 시절은 전혀 달랐다.

"동생이 있는 게 좋지 않을까 싶어. 남자아이든 여자아이든."

마리는 하지메에게 말을 꺼냈다.

"할머니나 오다 군과 노는 것도 좋지만 아이들끼리 노는 것도 필요할 테니까."

하지메는 이상하다는 표정을 지었다.

"괜한 걱정을 하는군. 마리가 그렇게 걱정이 많은 사람인 줄 몰랐어. 사키가 태어나기 전에는 말이야."

당연하다, 고 마리는 생각한다. 마리 자신도 몰랐으니까.

"괜찮아, 걱정 마. 사키는 앞으로 몇 년을 또래 아이들과 함께 지내게 될거야. 그러니까 언젠가는 어울리는 방법도 배우게 될 거라고. 또래와 어울리는 방법도 여러 가지가 있잖아. 그래도 동생을 만드는 일에는 적극 협력하지."

하지메는 그렇게 말하면서 덧붙인다.

"사키를 위해서가 아니라 나 자신의 욕망을 위해서지만."

이 사람의 육체는 스프링 같다, 고 마리는 생각한다. 노동으로 단련된 몸, 말랐지만 근육은 탄탄하고 꼭 껴안으려 해도 다 안아지지 않는다. 다 안아지지 않는 하지메의 몸을 마리는 어떻게든 꼭 안으려 한다. 하지만 마리만 늘 꼭 껴안기게 된다. 하지메의 몸을 껴안은 팔에 아무리 힘을 주어도, 그것은 변하지 않는다. 하지메가 머리칼에 코를 비비고 귓가에다 뭐라 속삭이면 마리는 힘이 쭉 빠져버리고 만다. 하지메의 품속에서.

결혼 전부터 두 사람은 자신들도 놀랄 만큼 섹스를 자주 한다. 사키가 태어났다는 것도, 한지붕 아래 할머니와 시부모가 있다는 것도 그들에게는 아무런 지장이 되지 않는다. 마리 말에 따르면 하지메는 '지칠 줄 모르는 호색한'이고, 하지메 말에 따르면 마리는 '대담한 아내'였다.

행위는 때로 운동경기 같은 양상을 띤다. 서두르는 경우도 많고 둘 다 탐욕스럽기 때문이다. 또 마리는 상위 체위를 즐기는데, 하지메가 그 자세로 마리의 두 손을 꽉 잡아 꼼짝 못하게 하는 것을 좋아하는 탓도 있다. 하지메가 눈앞에 있는데 손도 입술도 아무 소용이 없는 상태가 답답해서 마리는 저항한다. 그러다 잡힌 두 손목을 한껏 잡아당기면 하지메의 상반신이 아주 잠깐 들려진다. 하지만 손목을 잡고 있는 하지메의 손을 뿌리칠 수는 없다. 마리는 자신도 모르게 짐승 같은 소리를 내지른다.

"순 엉터리야."

행위가 끝난 후 땀으로 번들거리는 몸으로 숨을 헉헉거리며 하지메는 말한다.

"여자 몸은 아이를 낳으면 온순해진다더니 그거 다 엉터리야."

하지메의 웃는 얼굴에 마리도 따라 후후 웃는다. 숨을 헉헉거리며 땀으로 번들거리는 몸으로 하지메를 꼭 안고 만족스러운 한숨을 토한다.

"그러고 보니까……."

불현듯 먼 옛일이 떠오르는 것은 그런 때다.

"뭐가?"

하지메가 되물으면 마리는 고개를 살랑살랑 젓는다.

"아무것도 아니야."

— 마리도 친구가 있어야지.

마리는 어렸을 때 학교 선생님에게 그런 말을 종종 들었다.

— 싫어요.

그렇게 대답하고는 춤을 추면서 소이치로의 수업이 끝나기를 기다렸다. 체육관 뒤나 등나무 그늘에서.

노래해 노래해, 노래해 노래해.

오빠 꽁무니만 따라다니면서 다른 아이들과는 놀지 않는 마리를 기요와 아라타는 나무라지 않았다.

— 마리의 몸에는 음악이 들어 있나 봐.

— 꼭 원숭이 같구나.

하지메가 머리를 껴안자 마리는 현실로 돌아왔다. 노리끼리해진 천장의 나뭇결, 활짝 열려 있는 창문, 허둥지둥 얇은 요만 깐, 가칠거리고 햇살 냄새가 나는 다다미. 한 시간뿐인 점심시간이 끝나가고 있었다.

"먼저 가 있을게."

재빨리 속옷을 입으면서 마리가 말했다.

"밥 잘 챙겨 먹고 와. 지난번처럼 주먹밥 같은 거 싸들고 오지 말고. 집에서 뭐 했는지 다 아니까."

"숨길 것도 없는데, 뭐."

만족스러운 표정으로 옆에 누워 있는 하지메의 말에서 마리는 희미한 거부감을 느낀다. 주유소 종업원들을 포함해 이 왁자지껄한 가족들 사이에서는 비밀이 허용되지 않는다.

"대담하고 일 잘하는 우리 엔젤이 자랑스러워."

하지메의 칭찬에 키스로 답하기는 했지만.

실제로 마리는 무척 일을 잘했다. 주유와 급유를 비롯해서 손님을 대하고 청소하고 세차하는 것은 물론이고 탱크로리를 타고 오는 업자와의 거래에 매점의 물품을 발주하고 전표를 정리하는 일까지. 차를 정비하는 것 말고는 다 했다.

"더우니까 안에 들어가 있어요."

그날, 마리가 주유소로 돌아오자 오다 군이 말했다.

"괜찮아."

한여름에는 일하기가 고되지만 파라솔 아래는 그늘이 있고 바람도 통한다.

"밖에 있는 게 난 더 좋거든."

매점 일은 주로 시어머니가 맡고 있다.

"그래도 들어가 있지."

옆에서 후지와라 아저씨가 한마디 했다.

"차가 오면 그때 나오면 되니까."

사키를 아사에게 맡긴 채 남자들 사이에 섞여 바깥일만 하는 며느리를 시어머니가 탐탁지 않게 여긴다는 것을 마리도 어렴풋이 알고 있었다.

"그럼."

마리는 아쉬운 듯 주유소를 휘 돌아봤다.

"찬스."

오다 군이 작은 소리로 말하고는 엄지손가락을 세웠다. 책장을 넘기는 흉내를 내고 있다. 팬터마임 같다. 마리는 웃으면서 고개를 끄덕였다. 매점 한구석에 마련되어 있는 '기다리는 곳'에는 의자와 잡지가 비치되어 있다.

"우리 사키는 뭘 좋아하나?"

그렇게 물으면 사키는 몇 가지를 대답한다. 줄넘기라고 하는 때도 있고, 할아버지네 집이나 홍당무밥이라고 대답하기도 한다. 홍당무밥은 가루만큼이나 잘게 다진 홍당무를 쌀에 듬뿍 얹어 지은 밥이다. 시바타가의 식탁에는 곧잘 홍당무밥이 오른다. 홍당무를 싫어하는 하지메의 동생을 위해 아사가 짜낸 묘안이라고 한다. 홍당무를 다지느라 품은 많이 들지만, 밥은 꽃이 핀 것처럼 예쁜 오렌지색이 된다.

가장 손쉬운 놀이가 줄넘기라서 마리는 틈만 나면 딸에게 묻는다.

"우리 줄넘기할까?"

그럼 사키는 언제나 천천히 고개를 끄덕이고는,

"할래."

하고 대답한다. 언제나.

한 번은 마리가 딸을 화장실에 데리고 가면서 이렇게 물은 적이 있다.

"줄넘기할래?"

잠이 쏟아져 어쩔 줄 모를 때 그렇게 물으면 어떻게 대답할지 궁금해서였다.

절반은 감긴 눈으로 잠시 침묵하고서 사키는 천천히 고개를 끄덕였다.

"할래."

마리는 사키의 하얗고 오동통한 볼에 키스를 쪽 했다.

"후후후. 농담이야. 오늘은 그만 자야지."

사키는 세상에서 가장 슬픈 표정을 짓고는 몸을 떨며 훌쩍거렸다. 마리는 몇 번이나 사과했다.

일하는 시간이라도 주유소가 한가하고 사키가 집에 있을 때면 마리는 사키와 줄넘기를 한다. 하얀 플라스틱 손잡이에 이름 스티커가 붙어 있는 분홍색 어린이용 비닐 줄넘기. 한쪽을 문고리에 묶고 다른 한쪽을 쥐고 흔든다. 흔들기만 할 뿐 돌리는 것은 아닌데 사키는 좀처럼 뛰려 하지 않는다.

"처음에는 좀 무서워."

진지한 표정으로 마리가 애가 탈 만큼 신중하게 타이밍을 가늠한다. 숨을 죽이고 겨우 마음을 먹은 듯 깡충 뛴다. 그리고 이내 활짝 웃는다.

"하나, 둘, 셋, 넷."

마리가 세고 사키는 뛴다. 한 번 뛸 때마다 긴 머리카락이 나풀댄다.

뛰다 줄넘기에 걸리면 사키는 까르르 소리 내어 웃는다. 마치 그 순간을 위해 지금까지 꾹 참고 열심히 뛰었다는 듯이.

여름의 해거름, 마리는 주유소 옆 골목에서 줄넘기를 흔들며 사키를 사랑스러운 딸이라고 생각한다. 사키가 지금 여기에 있는 것은 기적이다.

기요가 애지중지했던 가든은 임차권과 함께 도쿄에 사는 여자에게 양도되었다. 3년 전에 여자는, 적어도 앞으로 2, 3년은 이 형태를 고스란히 유지할 것이라고 했다.

지금쯤 완전히 변했을지도 모르지.

마리는 이따금 그렇게 생각한다.

차라리 무밭이 되었다면 좋을 텐데, 가슴속으로 그렇게 중얼거린 적도 있었다. 차를 타고 친정에 가는 길에 빙 둘러보기도 했다. 그곳은 두세 가지 식물을 제외하면 여전히 기요의 가든이었고, 고집스러운 모습으로 쓸쓸히 존재했다.

원예가인 새 주인은 기요와 친분이 두터웠던 모양이었다. 마리가 만났을 때 나이는 벌써 쉰 살에 가까워 보였고, 홋카이도에도 자기 소유의 허브 가든이 있다고 했다.

"남편은 내 일을 이해해주는데 자식들은 넌더리가 난다고 해요."

짧은 머리에 살집이 좋은 동그란 얼굴로 밝게 웃으며 말했다.

그런 게 나와 무슨 상관이라고.

마리는 그때 자신이 짜증스러워했다고 기억한다.

"엄마가 뭐라고 하던가요? 그러니까, 정원을 양도하는 이유나, 앞으로 어떻게 연락하라는, 그런 구체적인 얘기는 없었나요?"

호텔 로비였다. 봄이었고 마리의 몸에는 사키가 자라고 있었다. 기요가 맡고 있던 가드닝 학원 강사 자리를, 한 달에 두 번 오로지 강의만 하는 형식으로 그녀가 계속하고 있었다.

"그런 얘기는 없었는데."

거짓말이라고 생각했지만, 마리가 몇 번을 되물어도 그녀는 똑같은 대답만 했다.

"그 정원도 실제로 손질하고 돌보는 건 이 고장 분들이야. 난 그저 감독이랄까, 형식을 망가뜨리지 말아달라는 부탁만 받았으니까."

그런데도 마리는 거짓말이라고 생각했다. 한 인간이 사라졌는데, 아무도, 정말 아무도 아는 것이 없다니, 그런 일이 있을 수 있을까?

"만약 무슨 연락이 오면 집으로 연락하라고 꼭 전할게."

그렇게 말했을 때 그녀의 얼굴에 어렸던 동정의 표정을 마리는 지금도 기억하고 있다.

"어서 빨리 무밭이나 되면 좋을 텐데."

마리는 길가에 세운 픽업트럭의 운전석에서 가든을 바라보며 그렇게 중얼거렸다. 해가 질 무렵이면 기요의 가든은, 한여름에도 주위보다 온도가 낮게 느껴졌다. 차 안에 있을 때조차 눈을 감으면 시원한 초록의 기운과 나무껍질의 냄새가 코끝을 스치는 느낌이 들었다.

─잠깐 들어가 봐. 옛날에는 산책 삼아 자주 왔잖아.

소이치로의 목소리가 느껴지지만 마리는 절대 안에는 들어가지 않는다. 시선을 길 저 앞쪽으로 돌리고 자세를 가다듬으면서 살며시 액셀을 밟는다. 하지메와 사키가 있는 장소를 향해, 현재의 생활을 향해.

가을. 시바타가에서는 종업원을 위로하는 차원에서 1년에 한 번 주유소 문을 완전히 닫고 여행을 떠난다. 첫 해에는 사키가 갓 태어난 때라 마리와 사키만 외가에서 지냈다. 두 번째 해에는 고베를, 세 번째 해에는 미야자키를 여행했다. 대형 밴을 빌려 모두 함께 간다. 운전은 하지메와 후지와라 아저씨가 번갈아 하고, 숙박은 시어머니가 알아보고, 가즈미는 사진과 진행을 맡는다.

올해는 도쿠시마에 와 있다. 애슬래틱 공원이라는 게 있어서, 그곳 같으면 사키도 놀 수 있을 것이라는 생각에서다.

"사실 오늘 밤은 둘이서 지냈으면 했는데."

아침에 가족 셋이 있는 방에서 하지메가 말했다. 어쩌다 보니 마리의 생일과 여행이 겹쳤던 것이다.

"괜찮아."

기억해준 것만으로도 기뻐서 마리는 웃으며 말했다. 창문 너머로 바다가 보였다. 바다와 오두막 같은 보트가.

"구름이 많이 꼈네. 비가 안 와야 할 텐데."

전날, 후쿠오카를 떠날 때는 날씨가 화창했다. 운동회 하기에 좋은 날씨라고 생각했다. 눈부신 햇살에 반짝이는 바다를 바라보면서, 이번 여행지 가운데 하나인 세토 대교를 건넜다. 다리는 바로 작년에 개통되어 시코쿠가 한결 가까워졌다.

"정말 상쾌하더라, 세토 대교."

마리는 문득 생각이 떠올라 말했다. 그때 차창으로 비치는 햇살이 뜨거울 정도였다는 것, 옆에 앉은 사키가 딸기맛 빼빼로를 유독 많이 먹어대 달짝지근한 크림 냄새에 속이 다 메슥거렸다는 것까지 생생하게 떠올랐다. 좌석에 무릎을 대고 절반쯤 서서 창밖을 내다보는 사키의 등을 살짝 받쳐주면서, 사키의 머리 너머로 보았던 새파란 바다. 그것은 불안을 헤집을 만큼 아름다운 풍경, 절대 붙잡을 수 없는 행복과도 같은 풍경으로 마리의 가슴속에 새겨졌다. 지금 세 살인 사키는 어른이 되어서도 이 바다를 기억할까? 크림이 묻어 진득거리는 손과 뜨거운 햇살, 그리고 마리의 팔 안에서 내려다보았던 바다를?

"그리고 오늘은 멋진 생일."

마리는 하지메에게 말했다.

"어제는 온천도 했고 술도 실컷 마셨고."

나루토에서 회오리 물살도 보았다. 오늘은 '젊은 축'만 애슬래틱 공원에

가기로 했다.

히죽, 하고 하지메가 웃었다. 자고 일어난 모습이어서 머리칼은 부스스하고 유카타는 구깃구깃하다.

"왜?"

가슴이 두근거렸다. 옷자락 사이로 언뜻언뜻 보이는 하지메의 다리 근육은 우람하면서도 무척 아름답다. 마리는 그 꾸밈없는 모습을 섹시하다고 생각했다. 옆에 사키가 있는데 욕망을 억누를 수 없으면 어떻게 하지?

"아니."

웃음을 머금은 채 하지메가 말했다.

"마리는 애슬래틱 공원보다 저쪽에 가고 싶은 거 아닌가 하고."

어이가 없다. 아침부터 성적인 생각을 한 자신이 부끄러워 마리는 얼굴이 화끈 달아올랐다.

"왜? 난 젊은 축인데. 사키랑 같이 가는 게 당연하지."

저쪽, 즉 어른 축―그들은 그렇게 표현하지만, '젊은 축'과 대칭을 이루려면 '늙은 축'이라 해야 할 것이라고 마리는 생각한다―은 도쿠시마의 전통 춤인 아와춤을 출 수 있는 곳에 간다고 한다. 그곳에 가면 관광객도 어울려 춤을 출 수 있단다.

춤도 추고 싶어하는 마리의 마음을 하지메가 꿰뚫어 본 것이다.

"난 젊은 축이야."

"우리 어떻게 할까? 엄마도 껴줄까?"

하지메는 사키를 안아 올리며 물었다. 유카타의 소맷자락이 스르륵 내려오면서 까맣게 탄 팔이 드러났다.

"껴줄래."

조그만 소리로 사키가 대답했다. 하지메가 사키를 안은 채 창가에 있는 마리 옆에 섰다.

"다음에는 우리 셋이 아와춤 추러 오자고."

어쩌면 좋아, 라고 마리는 생각했다. 이렇게 행복해서 어쩌면 좋아. 다리가 얼어붙었다. 너무 행복하면 다리가 움쩍하지 않는다. 요즘은 늘 그렇다.

5

"오라이, 오라이, 오라이, 오라이."

해질녘의 쇼와 거리에 마리의 목소리가 울린다. 때로 '오라이' 로 바뀌지만 힘찬 목소리다. 마리는 차도와 보도 사이에 서서 팔을 휘휘 저으면서 주유소로 진입하는 차를 유도한다.

"감사합니다."

주유소를 빠져나가는 차를 향해 던지는 인사다. 가로수의 잎사귀가 서서히 제 색을 잃어가고 있다.

'오라이' 하고 큰 소리를 내질러야 하는 이유를 마리는 시아버지에게 배웠다. 시바타가로 시집가기 전, 오직 하지메 곁에 있고 싶은 마음에 보수는 없어도 좋으니까 아르바이트생으로 써달라고 부탁했을 때였다. 하지메의 아버지는 다른 것은 못해도 오라이 소리를 못하면 주유소에서는 일할 수 없다고 했다. 고객을 상대할 때 가장 중요한 일이라면서.

지금은 마리도 충분히 알고 있다. 다른 일과는 달리, 절대 익숙해져서는 안 되는 일이었다.

하지메는 메탈릭 블루 카리나에 급유하고 있다. 그 차의 창문을 오다 군이 닦고 있다. 엄청 더러운 차다. 타이어가 닳았을 때는 언급하고 주의를 줄 수 있지만, 차체가 더럽다고 해서 주의를 주면 안 된다. 그것 역시 시아버지가 엄격하게 훈시하는 점이다.

그런데도 마리는 옆을 지나면서 세차를 권하고 싶은 충동을 느낀다. 이 정도면 차가 불쌍하다.

자신도 이상하다고 생각하지만 이런 기분을 자주 느낀다. 하지메를 사랑하게 되면서 마리는 차도 좋아하게 된 것이리라.

"마리 씨."

오다 군이 조그만 소리로 불렀다. 돌아보았지만, 오다 군은 마리에게 등을 보인 채 손을 쭉 뻗어 카리나의 뒤 유리창을 닦고 있었다.

"왜?"

마리가 다가가자 오다 군은 말없이 트렁크를 가리켰다. 뽀얀 먼지가 덮인 그곳에 마리와 하지메의 이름이 나란히 적혀 있고 그 주위를 하트 마크가 둘러싸고 있었다.

"이게 뭐야?"

마리는 기가 막혀서 눈썹을 치켜세웠다. 키득키득하고 오다 군이 재미있다는 듯 웃었다.

"어때서요? 유리창만 닦으면 되는데."

하늘이 군데군데 엷은 먹물을 흘려놓은 것 같다. 서쪽만 주황색으로 물들어 있다. 운전석 창문 너머로 하지메가 요금을 받고 있다.

"이렇게 해놓으면 자기 차가 더럽다는 걸 알 거 아니에요."

조금은 우쭐해서 오다 군이 말했다. 마리는 씩 웃고는 차에서 멀어진다. 오다 군은 엄지손가락을 세워 보이고 어린 동물처럼 날쌔게 도로로 나갔다.

"오라이, 오라이, 오라이, 오라이."

깡마른 체구에 어울리지 않게 우렁찬 오다 군의 목소리가 해질녘의 쇼와 거리를 흐른다.

마리와 사키는 1월 2일과 3일 이틀을 외가에서 보냈다. 초하루는 시바타가에서 보냈는데, 이탈리아의 마피아가 부럽지 않을 만큼 온 친척이 집결했다. 하지메의 누나와 그 가족, 요스케와 다츠오 삼촌을 비롯해서 돌아가신 할아버지 여동생의 딸, 후지와라 아저씨 전처의 아들까지, 마리는 누가 누군지 알 수도 없을 만큼 북적거렸다.

날씨도 좋고 공기도 맑은 초하루였다. 낮에 마리는 아이들만 데리고 밖에 나가 놀았다. 도중에 하지메도 합세해 배드민턴을 치고 줄넘기를 했다. 밤에는 남자들 사이에서 술을 마셨다. 물론 그믐날에는 시어머니와 시할머니의 지도를 받으며 대청소를 했다. 화장실을 청소하고, 계단에는 걸레질을 하고, 닭찜에 쓸 채소를 다듬고, 경단으로 만들 고구마를 찌고 으깨는 자잘한 작업도 거들었다.

"마음이 푸근한 게 역시 집에 오니까 좋네."

데라우치가 거실의 초록색 소파에 앉아 마리는 말했다. 설날이 어제인데, 이 집에는 설날 느낌이 전혀 없다.

"이거, 시댁에서 보내는 거야."

마리가 청어알과 어묵이 담긴 찬합과 닭찜을 담은 그릇을 내밀자 아라타는 아무렇게나 받아 들고는 말했다.

"이거, 미안하구나."

그 말이 마리에게는 '아, 그러고 보니 설날이었구나' 하는 것처럼 들렸다.

"프리, 프리."

요즘 이 집에 오면 사키는 늘 그렇게 말한다. 아라타는 단박에 함박웃음을 지었다.

"그렇지, 그렇지. 프리, 프리가 있어야지."

그러고는 스테레오로 향했다.

마리는 소파에 앉은 채 사키를 양다리 사이에 세워놓고 살며시 안는다. 지금은 사키만이 아라타를 현실세계에 붙잡아두는 듯하다. 따뜻하고 동그란 머리, 반들거리는 검은 머리칼.

아라타는 사키가 아주 어릴 때부터 이 거실에서 음악을 들려주었다. 소이치로와 마리에게 그랬던 것처럼. 사키가 좋아하는 '프리, 프리'는 도리스 데이의 〈데이지 꽃을 먹지 말아요〉라는 곡으로 아이들의 합창이 들어 있다.

Please please, don't eat the daisies. Don't eat the daisies, please please.

마리는 조금은 신기하게 생각한다. 아이들이란, 가령 사키처럼 어른들 사이에서 자라 원장 선생님에게 다른 아이들과 놀지 않는다는 소리를 듣는다 해도 같은 아이들의 목소리에 반응하는 것일까?

"마시겠니?"

아라타가 그렇게 말하면서 캔 맥주를 내밀었다.

"고마워."

캔을 받아 들고 뚜껑을 땄다. 밝은 음악 소리가 거실에 흐르고, 사키가 몸을 좌우로 흔들면서 흥얼거린다.

"프리 프리, 도닛 더 데이지, 도닛 더 데이지, 프리 프리."

리듬에 맞춰 발을 구르는데, 춤이 아니라 마치 씨름꾼이 뒤뚱거리며 걷는 것 같아서 마리는 딸의 음감을 의심하고 만다. 하얗고 토실토실한 사키의 다리.

맥주는 시원하고 맛있었다. 꿀꺽꿀꺽 단숨에 절반 가까이 마셨다. 마리는 시선을 느끼고 물었다.

"왜, 아빠?"

"아니다. 너 정말 맛있게 마시는구나."

아라타는 소리 없이 미소 지었다.

"정말 맛있으니까 그렇지."

과거에는 기요의 화분을 지키기 위해 늘 드리워져 있었던 커튼이 옆으로 쫙 걷혀 있었다. 사정없이 비치는 햇살 탓에 바닥에 쌓인 먼지가 눈에 띄었다.

"아, 눈부셔."

마리는 그렇게 중얼거리면서 고개를 들었다. 기요는 모르는 샹들리에. 기요는 모르는 마리의 딸.

"하지메 씨가 여기서 같이 살면 어떻겠냐고 하는데."

사키에게 들리지 않게 마리는 조그만 소리로 말했다.

"오래전부터 시댁에서 집을 다시 짓는다는 얘기가 있어서. 시동생이 독립하면 2세대 주택을 짓자고 하긴 했는데. 아무튼 지금은 집이 너무 좁아."

아라타는 소파에 몸을 기대고 표정을 알 수 없는 얼굴을 하고 있다.

"시동생이 마음을 써서 아파트를 빌려 나가겠다고 하는데, 애 아빠가 허락을 안 해. 가족은 다 같이 살아야 한다고, 쫓아낼 수는 없다고."

아라타가 대답이 없자 마리는 계속 혼자 말했다.

"여기는 주유소까지 차로 20분이면 갈 수 있고 사키도 좋아할 테니까."

〈데이지 꽃을 먹지 말아요〉가 끝나고 지금 도리스 데이는 〈Do not disturb〉를 노래하고 있다.

"그러니까 아빠만 괜찮다고 하면."

후후후, 하고 아라타가 웃었다. 그러고는 맥주를 한 모금 마셨다.

"하지메 군은 참 친절한 사내로구나."

마리는 아라타의 그다음 말을 짐작할 수 있을 것 같았다.

"하지만 아빠 걱정은 안 해도 된다."

"그건 알아."

대답하고서 마리도 미소를 머금었다.

"그렇게 말할 줄 알았어. 그래도, 아빠를 위해서가 아니라 우리가 살 장소를 위해서라면, 그래도 안 돼?"

마리는 다시 한 번 말했다.

"안 된다. 절대 안 돼."

아라타는 오히려 이상하다는 투였다.

"너와 하지메 군만 나온다면 몰라도, 사키까지 없어지면 할머니가 얼마나 허전하시겠니?"

그러고는 갑자기 심각한 표정을 지었다.

"가족은 다 같이 살아야지."

가족. 마리는 왠지 견딜 수 없었다. 이 사람은 아들을 잃고, 아내까지 사라져버렸는데도 여전히 그런 생각을 갖고 있다.

"할아버지."

사키가 조그만 소리로 조심스럽게 불렀다.

"프리, 프리."

마리는 스테레오로 걸어가는 아라타의 등을 보면서 캔을 비웠다.

다음 날, 새해 인사도 할 겸 아내와 딸을 데리러 온 하지메는 손에 되들이 소주병을 들고 있었다.

"아빠다."

사키가 외치면서 달려가 하지메의 다리를 껴안았다. 나도 그러고 싶은데, 하고 마리는 생각한다. 언제 봐도 하지메의 웃는 얼굴은 따뜻하고 힘차다. 그럴 때마다 마리는 가슴이 뜨거워진다. 겨우 하룻밤 떨어져 지냈는데 열흘은 떨어져 지낸 기분이었다.

"어제 생선초밥집에 갔었어. 엄마하고 할아버지하고 셋이서. 카드놀이도 했어."

사키가 재잘거린다.

불현듯 소이치로의 기척이 강하게 느껴져 마리는 몸을 움찔했다. 어젯밤 오빠의 방에 30분이나 있었지만 그때는 아무것도 느낄 수 없었다.

—울 거 없어.

소름이 끼칠 정도로 침통한 목소리였다.

"생선초밥? 좋았겠네."

하지메가 웃는다.

"그래서 사키는 뭐 먹었는데?"

─언젠가는 다시 만날 수 있으니까.

"사키는 새우 먹었어."

소이치로의 목소리가 마치 귀에 입을 대고 속삭이는 것처럼 분명하게 들렸다. 마리는 살 속에 소름이 돋는 것을 느꼈다. 꼼짝할 수 없었다. 낯익은 거실에서, 가장 좋아하는 사람들 옆에 있으면서 자신만 다른 장소에 있는 듯한 기분이 들었다.

"새우? 새우하고 또?"

"광어, 곰장어, 미역."

─그러니까 울 거 없어. 초연해지는 거야.

그만. 마리는 마음속으로 애원했다. 그만, 그만해 오빠. 무슨 소리인지 모르겠어. 모르겠지만 무서우니까 그만해.

"엄마."

퍼뜩 정신을 차리고 보니 사키가 손을 잡아당기고 있었다.

"아이, 엄마는."

마리는 하지메를 보았다. 평소와 다름없는 사랑스럽고 듬직한 남편을.

"왜? 왜 그래?"

걱정스럽게 쳐다보는 눈길에 마리는 자신이 떨고 있다는 것을 알았다. 몹시 추웠다.

"마리야?"

아라타의 목소리가 무슨 일이냐는 듯이 묻는다. 부엌에서 얼른 가지고 나온 듯 손에는 유리잔 세 개가 들려 있다.

마리는 하지메에게 다가가려고 했다. 하지만 한 발을 내디디고는 무릎이 얼어붙고 말았다. 후다닥 다가온 하지메가 마리의 몸을 부축했다.

"왜 그래? 어떻게 된 거야?"

목소리, 체온, 두툼한 어깨 모두 하지메였다. 꼭 껴안아도 다 안아지지 않는 몸.

"얼마나 놀랐는지."

마리는 안심하고 환하게 미소 짓는다.

"지금 오빠 목소리가 들렸어."

등을 감싼 하지메의 팔. 괜찮아, 우린 함께니까 괜찮아.

"2층에서 책 읽을까?"

아라타가 사키에게 말했다.

"엄마하고 아빠는 사랑놀이 하고 싶대."

재미있어하는 말투였다.

"응."

사키는 조금은 뾰로통한 목소리로, 그러나 얌전히 아라타를 따랐다. 이런 때 마리는 놀란다. 사키는 어쩌면 저렇게 착할까? 어렸을 때의 자신 같으면 틀림없이 '싫어!' 하고 대답했을 것이다. 반사적으로, 단호하게.

괜찮아. 우린 함께니까 괜찮아. 마리는 자신에게 이른다.

"아빠, 고마워. 이제 괜찮은데."

하지메의 볼에 자신의 볼을 대고 간신히 그렇게 말했다.

정월 휴가도 끝나고 사키의 겨울방학도 끝나자 시바타가에 일상이 돌아왔다. 마리는 매일 6시에 일어나 부엌에서 아사를 돕고, 도시락을 싸서 사키를 보육원에 데려다 주고 나면, 저녁때까지 주유소에서 일한다. 점심

시간은 하지메와 둘이 보낸다. 마리로서는 바쁘고 행복한 일상이다. 저녁을 먹고 나면 설거지도 마리 몫이다. 그동안 하지메는 대개 사키를 목욕시킨다.

2월이 되자 하루가 멀다 하고 겨울비가 내렸다. 기요의 친구인 원예가가 '가든을 더는 유지할 수 없게 되었다' 면서 토지를 넘기겠다는 편지를 마리에게 보냈다. 그날도 아침부터 비가 내렸다.

차라리 잘됐지 뭐, 하고 마리는 생각했다. 기요 자체인 가든을 볼 때마다 가슴이 메었다.

시바타가에는 마당이랄 만한 것이 없다. 주유소 옆길로 나 있는 조그만 문이 있고, 그 안쪽에 매화나무가 한 그루 서 있을 뿐이다. 그 매화나무가 지금 막 꽃을 한두 송이씩 피우고 있다. 꽃술만 짙은 빨강인 하얀 꽃이다. 봄이 되면 아사는 그 나뭇가지에 절반으로 자른 귤을 꽂아놓으며 말한다.

"동박새가 올 테니까."

점심시간, 비에 젖은 매화나무를 바라보면서 마리는 생각한다. 적어도 이 나무는 돌봐주는 사람이 있다. 마리는 원예가가 보낸 편지의 서글픈 내용을 하지메나 아라타에게 알릴 마음이 없었다.

"뭐 하고 있어?"

문이 열리고 하지메가 얼굴을 들이밀었다.

"점심 잘 챙겨 먹어야지. 오후에는 많이 바쁠 텐데."

"알았어."

마리는 노래하듯 대답한다. 아는 사람의 딸이 결혼식을 올린다고 해서, 오늘 오후에는 시부모님이 집을 비운다. 마리는 따분한 매점 일을 책임져야 한다.

"그전에 잠시 이불 깔까?"

마리는 그렇게 말하고 말을 끝내자마자 행동으로 옮겼다. 현관으로 뛰어 들어가 문을 닫았을 때 매화 향이 코끝을 스쳤다.

마리의 운명을 뒤바꾼 전화가 걸려 온 것은 그날 밤 10시가 넘어서였다. 거실에서 그날따라 자려 들지 않는 사키에게 마리는 실뜨기를 가르쳐주고 있었다. 할아버지 할머니를 모시러 간 아빠가 돌아올 때까지만 하기로 약속하고서. 사키는 빗자루 모양 만들기를 익히더니 몇 번이나 만들었다가 풀고 또다시 만들었다. 마리는 사다리와 탑을 만들었다가, 스르륵 풀어내 사키에게 박수를 받았다.

2월치고는 따뜻한 밤이었다. 비는 여전히 내렸다. 저녁때부터 세차게 부는 바람 때문에 빗방울이 지붕과 벽에 타닥타닥 부딪혔다. 마리와 사키는 잠옷 위에 스웨터를 걸치고 비누 냄새를 풍기며 방석에 앉아 있었다.

"시바타 씨 댁입니까?"

전화를 건 남자는 유독 천천히 말했다.

"후쿠오카시 주오구 도진동……."

그러고는 주소를 확인했다.

"아, 저는 경찰서에 있는 사람입니다."

남자가 말을 이었다. 마리는 듣고 싶지 않았다. 자신이 왜 '네, 그런데요' 하고 대꾸했는지, 왜 말을 재촉했는지 알 수 없었다.

"○ ○ ○ ○ 넘버의 차가 댁의 것 맞습니까? 댁은 가족 되시는지요?"

거짓말이라고 생각했다. 뭔가 잘못된 것이라고.

"병원의 이름과 주소를 알려드리겠습니다. 메모하실 수 있는지요?"

"네."

그렇게 대답했지만 거짓말이었다. 늘 전화기 옆에 놓여 있는 메모지가 보이지 않았다. 사키가 그림을 그리려고 집어 갔는지도 모르겠다.

"아시겠는지요? 정확하게 메모하셨습니까?"

"네."

마리는 또 거짓말을 했다. 이쯤에서 끊어버리지 않으면 큰일이 벌어진다, 고 생각했다. 이렇게 불길한 뉴스를 집안으로 끌어들일 수는 없다. 그런데 남자는 병원의 이름과 주소를 다시 말했다. 거부해도 마리의 귀에 남도록 천천히.

수화기를 내려놓는 순간까지 마리는 그런 장소에 갈 마음이 없었다. 눈앞에 있는 기둥과 전화기 밑에 깔려 있는 빨간색 천—금색 수가 놓여 있다—에 주의를 집중하고, 이것이 현실이라고 생각하려 했다.

"누구한테 온 전화야?"

사키의 천진한 목소리가 들렸다.

전화를 건 남자는 불온한 소식을 몇 가지 전했다. 자동차 세 대가 관련된 교통사고. 곧장 오셔야겠습니다. 유독 느릿느릿한 말투로.

불현듯 하지메의 얼굴이 떠올랐다. 하지메는 지금 병원에 있다. 곤경에 처해 있다. 아버지 어머니가 사고를 당했다. 하지메는 제정신을 잃고 슬픔에 목이 메어 있으리라.

마리는 낡은 시바타가의 계단을 뛰어 올라가 가츠미의 방문을 두드렸다. 복도는 고요했다.

"사고가 나서……."

목소리가 떨렸다. 하지메와 꼭 닮은 가츠미를 보는 순간 공포가 엄습했다. 마리는 메모하지 않은 병원의 이름을 억지로 입 밖으로 밀어냈다.

6

모든 것이 현실과 동떨어져 있었다. 비. 훗날 마리가 정확하게 기억하는 것은 그날 밤의 비와 바람, 자신들이 타고 간 택시의 불빛과 분주하게 왔다 갔다 하는 와이퍼의 움직임뿐이었다.

마리가 사키를 아사에게 맡기고 가츠미와 함께 병원으로 달려갔을 때 하지메의 시신은 이미 영안실에 안치되어 있었다. 부모의 시신과 나란히. 집에서 나갔을 때의 모습 그대로 하얀 시트에 덮여 있는 하지메의 시신이 마리는 농담으로밖에 보이지 않았다.

오토바이와 차량 세 대가 얽힌 사고. 네 명이 사망했다. 하지메와 아버지는 즉사했다고 한다. 구급차가 도착했을 때까지는 숨을 쉬었던 어머니도 병원으로 이송된 직후에 사망이 확인되었다.

의사는 담담하게 설명했다. 형광등이 몇 개나 켜져 있는데도 병원은 어둡고 써늘했다. 공기에는 불행의 냄새가 떠다녔다.

가츠미는 울었지만 마리는 울 수 없었다. 도무지 사실이라 믿어지지 않았다. 가츠미가 공중전화로 가서 여기저기에 전화를 걸었다. 마리는 마냥 서 있었다. 그저 서서 병원 로비의 벽, 소파, 창틀, 천장, 바닥을 보고 있었다. 잡지가 꽂혀 있는 잡지꽂이를, 화장실의 소재를 알려주는 표지판을, 목이 메어 꺼져 들어가는 목소리로 얘기하는 가츠미의 뒷모습을.

　장의 절차와 보험에 관계된 일은 후지와라 아저씨가 나서서 거들어주었
다. 아사는 굳세게 처신했지만, 밤이 되어 들고 나는 사람들의 발길이 끊기
면 자신의 방에 틀어박혀 오열했다. 높고 낮게 오열하는 소리가 장지문 너
머로 한없이 오래 흘러나왔다. 인간의 울음소리가 아니라 짐승의 신음 소
리 같았다. 이 세상에서 가장 슬픈 소리였다. 하지만 마리는 그곳에서도 울
수 없었다. 원래는 하지메의 방이었지만 결혼해서 부부가 사용하던 방에
있으면 하지메가 지켜주고 있는 기분이 들었다. 기다리다 보면 꼭 돌아올
것 같았다. 마리가 할 수 있는 일이라곤 기다리는 것밖에 없었다. 시부모와
하지메가 없어 휴업 간판을 내건 시바타가에서 마리는 외톨이였다.

　장례식은 순조롭게 진행되었다. 성대하다 싶을 정도였다. 시바타가의 친
척과 지인들, 오래전부터 교제가 있었던 동네 사람들, 주유소—과거의 기
름가게—에 관련된 사람들이 찾아왔다. 마리는 기요의 상복을 빌려 입고
사키의 손을 꼭 잡은 채 그저 서 있었다.

　사키에게는 사실을 있는 그대로 알려주었다. 여행을 떠났다느니, 하늘로
올라가 별님이 되었다느니 그런 허황된 소리는 하고 싶지 않았다.

　"아빠는 사고를 당했어. 그래서 죽었어."

　사키는 울지 않았다.

　"정말?"

　슬픈 표정으로 그렇게 되물었다.

　"그럼, 돌아오려면 멀었어?"

　그렇게 이어 묻는 것을 보면 완전히 이해한 것도 아니고 그렇다고 전혀

모르는 것도 아닌 듯했다.

문상객들은 사키를 보면서 눈물을 머금었다.

"아빠를 꼭 닮았구나."

"아직 이렇게 어린데."

사키는 가만히 서 있었다. 가만히, 상대의 얼굴을 빤히 쳐다보았다. 그리고 그런 마리와 사키의 모습을 조금 떨어진 곳에서 안타깝고 걱정스러운 표정으로 아라타가 지켜보고 있었다.

"조카며느리에게는 섭섭지 않게 할 테니……"

다츠오 삼촌에게 그런 소리를 들은 것은 벚꽃이 피기 시작할 무렵이었다. 모든 것이 마리와는 무관하게 처리되고 있었다. 후지와라 아저씨만 남기고 두 종업원을 해고했고, 회사를 그만두고 자격증을 따서 주유소를 계속 운영하고 싶다고 한 가츠미의 의견은 무시되었다. 게다가 시아버지에게 다소의 빚이 남아 있다는 것도 밝혀졌다.

건물을 새로 지어 임대하는 수밖에 없다는 것이 다츠오 삼촌의 생각이었다. 그곳에 살면 아사와 가츠미, 마리와 사키의 생활도 안정될 것이라고. 그러기 위해 필요한 자금은 자신도 부담할 테지만, 수익금은 투자의 원칙과 유산 분배율에 따라 나누면 된다고.

나이와 상황에 비해 존경스러울 정도로 씩씩하게 사태에 대처하던 아사도 그 말에는 당황했다. 주유소만큼은 어떻게든 유지하고 싶다고 했다. 그것은 마리의 유일한 소망이기도 했다. 하지메가 사랑했던 주유소가 사라진다는 것은 견딜 수 없는 일이었다. 하지메가 보면 얼마나 슬퍼할까. 게다가 다츠오 삼촌 같은 사람에게 그런 일을 당한다면.

"저도 공부하겠어요. 가츠미 씨와 같이 공부해서 자격증을 따겠어요. 후지와라 아저씨만 있어주면 지금까지 하던 대로 운영해나갈 수 있어요."

주유소가 좋았다. 마리에게 지금 그것은 하지메가 살아 있었다는 증거이며, 사키 다음으로 소중한 것이었다.

"그 마음은 알겠지만 좀 냉정하게 생각해봐. 현실적으로 생각해야지."

다츠오 삼촌이 말했다. 그러고는 느물느물하게 웃었다. 하지만 그렇게 웃는 남자가 아사의 둘째 아들이다.

하지메의 누나 부부와 요스케 삼촌도 다츠오 삼촌의 의견에 찬성했다. 달리 방법이 없다고 생각하는 듯했다. 뿐만 아니라 왜 마리가 나서는지 이해할 수 없다는 표정이었다.

옳은 일이고 옳은 생각이라는 것은 마리도 알았다. 알기는 했지만 그래도 화가 났다. 그리고 죽은 하지메가 조금은 원망스러웠다. 사랑과 증오는 같은 것이리라.

사고 이후 주유소와 시바타가의 재산을 둘러싼 가족회의 때 말고는 마리는 거의 입을 열지 않았다. 의식적으로 입을 다문 것은 아니었다. 마리의 내면에서 말이란 말은 모두 사라진 듯했다. 아라타나 아사에게도 마찬가지였다. 괜찮으냐고 물으면 '괜찮다'고 대답하고, 또 뭐라고 물으면 '예' 또는 '아니오'라고 대답은 하지만, 그 이상의 말은 모르는 것이나 다름없는 상태였다.

다만 기억만이 마리의 감정을 환기시켰다. 하지메란 존재와 하지메에 대한 기억. 피부의 온도, 힘찬 두 눈동자, 팔 모양, 손 모양, 손톱 모양.

"착하네, 우리 사키."

마리가 사키에게 말한다. 사키는 하지메와 마리를 연결하는 딸이기 때문이다. '착하네' 라고 하면 사키는 고개를 숙이고 웃는다. 기쁜 듯 수줍은 듯 방그레.

사고에 관련한 번잡한 절차를 마리는 묵묵히 처리해나갔다. 대신 알아서 하겠다는 후지와라 아저씨의 말도 대개는 거절했다. 타인과 만나서 얘기할 때를 제외하고는. 자질구레하더라도 그런 일 역시 하지메와 이어진 일이라고 생각되었기 때문이다. 경찰서에서 유족 조서를 쓰고, 구청에 서류를 가지러 가고, 장례식에 와주었던 사람들에게 보내는 감사 편지에 우표를 붙이는 일들. 이런 일들이 모두 끝나면 그다음은 어떻게 하지? 그런 생각을 하면 불안해졌다. 하지메가 없는 세상에 홀로 남겨진 것이다.

아사는 마리에게 여전히 친절했다. 가족 일곱 명의 식사를 준비해야 할 필요도, 마리가 일하는 동안 사키를 돌봐줄 필요도 없어져 낮에는 거의 누워 지냈지만 얼굴이 마주치면 미소를 띠었다. '나는 괜찮다' 고 말하거나 '이것도 운명이겠지' 라고 말했다.

"새아기 네가 있어줘서 얼마나 고마운지 모르겠구나."

이렇게 말하기도 했다. 하지만 마리는 뭐라 대답할 말이 없었다. 그 어떤 말도 아사의 진심이 아니라는 것을 알고 있었고, 마리의 얼굴을 보는 것조차 괴로운 일이라는 것도 알 수 있었다. 마리 역시 아사를 보면 하지메를 의식하게 되고, 하지메가 없다는 것을 어쩔 수 없이 되새기게 되니까.

"당분간 친정에 가서 좀 쉬었다 오렴."

아사는 그런 말도 했다. 실제로 주유소를 철거하는 작업이 시작되면 아사는 맏딸 집으로, 가츠미는 아파트를 빌려 나가기로 되어 있다. 그동안 마리와 사키는 아라타의 집에서 신세를 지는 수밖에 없다.

하지만 그 전까지는 아사 곁을 떠나고 싶지 않았다. 아사 곁을, 그리고 주유소를. 여든 살이나 된 아사가 아들 부부와 손자마저 떠나보내고, 남편의 유품인 주유소까지 잃게 되었으니 너무도 안타깝고 침통한 일이었다.

"아빠는?"

보육원에 가지 않는 날, 마리가 산책하러 나가자고 하면 사키는 그렇게 물었다.

"아빠도 가는 거야?"

그것은 기대가 아닌 불안이 담긴 목소리였다. 또는 항의가. 사키가 더 이상은 묻지 않는 것이 그 증거였다. 아빠는 지금 어디 있는데? 왜 집에 안 오는 거야? 그렇게.

"아빠는 늘 사키와 함께 있어."

마리는 달리 할 수 있는 말이 없었다.

"그러니까 산책할 때도 같이 가는 거지."

사키는 난감한 표정을 지었다. 난감하고 쓸쓸한 표정을.

조스이 거리에 벚꽃이 활짝 피었다. 몸으로 느껴지는 바람은 없는데 꽃잎은 하염없이 떨어졌다.

"와, 예쁘다."

조그만 입을 벌리고 중얼거리는 사키의 입술에도 하얀 꽃잎이 하나 붙었다.

"정말, 정말 예쁘네."

그렇게 대꾸는 했지만, 마리에게는 벚꽃도 길도 경치도 모두 멀게만 느껴졌다. 아름답지도 추하지도 않게. 딸의 손을 잡고 걸어도 아무런 감정을 느끼지 못했다.

지금 하지메가 맞으러 와준다면 기꺼이 따라가리라. 사키와 둘이서 기꺼이 따라가리라. 마리는 눈을 찡그리고 떨어지는 꽃잎을 바라보면서 그 외에는 아무것도 하고 싶지 않다고 생각했다.

　마리의 상태는 마리가 생각하는 것보다 훨씬 심각했다. 초췌하고 사키가 아닌 사람과는 말도 하지 않을 뿐만 아니라, 말을 건네도 듣지 못하는 일이 잦았다. 밥도 거의 먹지 않았다. 울지도 웃지도 않고 그저 하루 종일 넋을 놓은 채로 지냈다. 때로는 사키를 데리러 보육원에 가는 것도 잊고, 바로 옆에서 전화벨이 울리는데도 받지 않고, 욕조에서 그대로 잠드는 일도 있었다.
　그래서 공사가 시작되어 마리가 사키를 데리고 데라우치가로 거처를 옮기자 주위 사람들은 안도의 한숨을 내쉬었다. 아사와 가츠미, 후지와라 아저씨, 하지메의 누나 부부와 두 삼촌, 심지어 사키의 보육원 선생님들까지.
　아라타는 딸을 위로하려 하지 않았고 다만 따스하게 맞아주었다.
　"어서 오너라. 애 많이 썼다."
　하지메는 사고 당시 아버지의 차를 운전하고 있었기 때문에 빨간 픽업트럭은 마리가 물려받았다. 빨간 픽업트럭과 사키, 그리고 신변 잡화를 담은 종이 상자 하나. 4년 만에 집에 돌아온 마리의 소지품은 그것이 전부였다.
　데라우치가의 거실은 여전히 먼지투성이였다. 테이블 위에는 우편물이 널려 있고 창가에는 시든 채 방치된 화분이 기적적으로 살아남은 화분과 나란히 놓여 있었다. 지금은 남자 혼자 사는 적막하고 고독한 집.
　계단을 걸어 2층으로 올라가면서 마리는 문득 볼이 젖어 있는 것을 알았다. 놀라서 손바닥으로 얼른 닦았다. 하지만 눈물은 닦아내도 또 닦아내도 한없이 흘렀다. 마리는 콧물을 훌쩍거렸다. 거실에서는 아라타가 사키에게 도리스 데이를 들려주고 있었다.

돌아오고 말았다, 고 생각했다. 외톨이였던 자신으로, 하지메를 만나 눈앞에 세계가 활짝 열리기 전의 음침하고 따분한 딸로.

아사가 있는 집에서는 한 번도 울지 않았는데, 복도에서, 그리고 어렸을 때 모습 그대로인 자기 방에서 마리는 끝없이 울었다. 믿을 수 없었다. 하지메가 없다니, 믿을 수 없었다.

마리는 소이치로의 방에도 얼씬하지 않았다. 소이치로와도 아무 말 하고 싶지 않았다. 설날의 사건을 마리는 기억하고 있었다. 소이치로는 알고 있었던 것이다. 그렇게 생각하자 울컥 화가 치솟아 마리는 분노와 슬픔에 몸도 머리도 가눌 수 없었다.

—울 거 없어.

하지만 마리로서는 용납할 수 없는 일이었다.

—언젠가는 다시 만날 수 있으니까.

그 또한 아무 도움도 안 되는 헛 말이었다. 오빠 말 따위는 듣고 싶지 않았다. 마리는 난생처음 그렇게 생각했다. 오빠가 아니라 난 하지메가 여기 있어주기를 원한다고. 지금, 여기, 당장.

데라우치가에서의 생활은 1년, 아니 어쩌면 더 오래 걸릴지도 몰랐다. 그 후의 일은 전혀 상상할 수 없었다. 임대 수익으로 아사와 모녀 둘이 사는 데는 큰 지장이 없는 듯했다. 하지만 상속 문제로 친족들 사이에서 합의가 잘 이루어지지 않아 변호사다 세무사다 하는 사람들이 매일같이 찾아와 그 낡은 집을 휘저었다. 그곳에서 마리는 외부인에 지나지 않았다. 아니, 더 단적으로 말하면 걸림돌이었다.

"어머나, 사키 엄마는 저쪽에서 술 마시는 줄 알았는데."

빈소를 지킬 때, 절의 샘가에서 친척 한 사람이 그런 소리를 했다.

"하지메가 애 엄마에게 얼마나 물렀는지. 몇 번이나 그러지 말라고 했는데도."

하지메의 누나도 울면서 딱한 일이라는 듯이 말했다.

그동안에는 몰랐던 몇 가지, 그리고 위화감. 하지만 그때의 마리에게는 아무래도 상관없는 일이었다.

공사가 결정되자 후지와라 씨도 시바타가를 떠났다. 마리와 사키는 여기에 있다.

날씨가 화창한 날이 계속되었다. 봄은 데라우치가가 있는 다카미야를 밝게 물들였다. 바람은 부드럽고 햇살은 향기롭다. 마리는 방 안에서 그 풍경을 바라만 본다. 아라타는 학교에 가고 사키는 보육원에 가고 없는 낮.

소이치로를 잃은 기요와 똑같은, 허망한 표정이었다.

하지메 생각은 하지 않았다. 애써 피했다. 마리는 현실에 뚜껑을 닫고 그저 멍하니 하루하루를 보냈다.

때로 아라타는 두 사람을 데리고 밖으로 나가 외식을 했다. 바닥이 검게 반짝이는 전골집으로, 단골 요릿집의 카운터로. 밤의 외출이 신기해서 사키는 재잘거렸다. 아라타가 해보라고 하면 다다미 위에서 '프리, 프리' 하면서 춤을 추었다. 재잘거리며 재롱을 피우는 사키를 보면 마리는 견딜 수 없었다. 견딜 수 없고, 불안했다.

옆집 소후에 나나가 종종 찾아와 주었다. 걱정스러운 표정으로 손수 만든 쿠키나 멋들어진 수입 과자를 들고.

처음 찾아왔을 때 나나는 마리를 보자마자 눈물을 글썽였다.

"미안하구나. 아줌마가 울 일은 아니지만. 마리 너도 참 고생이 많구나. 인생이란 괴로운 겐가 보다."

무수한 시련을 견디면서 살아온 여자다운 옆얼굴로 몇 번이나 고개를 끄덕이며 눈물을 훔쳐냈다.

따뜻한 사람.

어렸을 때부터 줄곧 나나는 무엇으로도 잴 수 없는 따스함을 지닌 사람이었다. 마리는 나나가 불평불만을 늘어놓는 장면이나 언성을 높이며 아이를 꾸짖는 장면을 단 한 번도 본 일이 없었다.

그런 나나의 따스함에도 마리는 만족스러운 반응을 보이지 못했다. 같이 울지도, 고맙다는 말도 하지 못한 채 그저 우두커니 서서 푸근하고 정겨운 목소리를 들었다.

나나의 목소리는 만날 때마다 마리에게 칭찬만 해주었고, 이 고장에 순조롭게 적응하지 못했던 기요를 늘 염려해주었던 옛날과 지금이 다름없었다.

4월도 어느덧 끝나가는 날 저녁, 마리는 가든을 보러 갔다. 불현듯 그 장소의 공기가 그리웠다. 기요의 친구가 그곳을 포기한 후 어떻게 되었는지 궁금했다. 편지를 받은 것은 2월이었다. 그리고 그날, 그 끔찍한 사고가 일어났다.

"드라이브하러 갈까?"

마리가 사키에게 물었다. 마리는 미소 짓고 있었지만 표정은 허망하고 목소리 역시 침울했다. 사키는 불안한 얼굴로 '갈래' 하고 대답했다. '어디?'라고도 '아빠는?'이라고도 묻지 않고 그저 얌전하게 '갈래'라고.

차창을 약간 열어놓고 달렸다. 파르스름한 저녁 하늘 아래로 끈끈한 공기가 흘렀다. 그리고 간혹 그 공기에 저녁 준비를 하는 냄새가 섞여 들었다.

"어디 가는 거야?"

차를 탄 지 10분이나 지나고 나서야 사키가 조심스럽게 물었다. 사고 이후 사키는 마리에게 아주 조심스럽게 주춤거리며 말을 건다. 그러지 않으면 마리가 부서져 버릴 것이라고 생각하는 것처럼.

"정원. 전에도 몇 번 가본 적 있지? 네모난 정원 말이야. 벌써 없어졌을지도 모르지만."

그러고는 창문을 닫았다. 사키가 추울지도 모르겠다는 생각이 든 것이다.

"춥지 않니?"

뒤늦게 그렇게 묻자 사키는 잠시 생각하고서 대답했다.

"괜찮아."

비스듬한 내리막길. 차를 세우기 전에 조금도 변하지 않은 그곳이 보였다. 공기는 진보라색으로 물들어 있었다.

"달님이다."

사키가 앞 유리창 너머를 가리키며 말했다. 시동을 껐는데도 차는 아직 파르르 떨고 있었다.

가든은 고즈넉했다. 짙은 초록의 싱그러운 냄새. 빨려 들어가듯 다가가 나무 문을 밀었지만 굵은 철사로 단단히 묶여 있었다.

"엄마?"

불안해하는 사키의 목소리도 마리의 귀에는 들리지 않았다. 지금까지 한 번도 이런 일이 없었는데, 어떤 혼의 기운 같은 것, 인간이 아니라 식물의 고요하면서도 청량한 에너지가 느껴졌다. 삼면을 울타리가 에워싸고 있는 눈앞의 공간. 그 안에서만 까르르 하고 터져 나온 웃음 같은 에너지가 사방으로 메아리치면서 짙고 차갑게 일렁였다. 마리는 몸을 앞으로 쑥 내밀고 그 기운을 피부로 느끼려 했다. 자신도 모르게 나무 문에 매달려서.

"엄마?"

오른쪽에는 흐드러지게 핀 장미가 자태를 뽐내고 있었다. 기요가 '폴스'라 불렀던, 폭포처럼 울타리 한 면 전체를 타고 내려온 하얀 넝쿨 장미.

정형식 허브 가든에서는 흙과 초록의 싱그러운 냄새 속에 일찍 핀 라벤더의 서늘한 향이 숨어 있었다.

손질하는 이가 아무도 없었을 텐데 정원이 어떻게 이렇듯 생기를 발할 수 있는지 의심스러웠다. 모든 것이 기요가 있을 때처럼—아니, 그때보다 더—완벽한 고요와 힘을 띠고 있었다.

"열어드릴까요?"

중후한 남자의 목소리가 들려 마리는 퍼뜩 정신을 차렸다. 그리고 순간적으로 사키의 손을 잡았다. 남자는 사키를 보면서 미소 지었다.

"따님이 아주 귀엽군요."

나무 문에 묶인 철사를 풀어내면서 남자가 말했다.

"들어가 보시죠."

7

남자는 나이를 가늠할 수 없는 모습이었다. 호리호리하고 피부는 하얗고 고풍스러운 동그란 안경을 끼고 있었다. 버섯처럼 동글동글하게 자른 머리가 반백에 가까운 것을 보면 쉰이 넘었을지도 모르겠다. 그런 한편 어딘가 모르게 청년 같은 분위기도 풍겼다. 섬세한 콧날과 중후한 목소리, 생기발랄한 눈동자 때문에 그렇게 느껴지는 듯했다.

"들어가시죠."

그가 다시 권해 마리는 사키의 손을 잡고 조심조심이라 해도 좋을 걸음걸이로 가든에 들어갔다. 그곳은 그 전체가 하나의 독립된 왕국처럼 장엄한 모습으로 존재했다. 짙은 공기와 습도 역시 울타리 밖과는 전혀 달랐다. 식물의 생기가 마리와 사키를 감싸면서 안으로 초대했다.

"전에도 이곳에서 만난 적이 있지요."

남자가 말했다. 생각해보았지만 그런 기억이 없었다. 이상한 소리를 하는 남자라고 생각했다. 사키는 불안한 듯 마리의 손가락을 꼭 쥐고 주위를 빙 돌아보았다.

"어머님이 이곳을 포기하셨죠."

남자의 말이 귀에는 들렸지만 마리의 가슴까지 와 닿지는 않았다. 어머님이란 귀에 선 단어만이 위화감으로 남았다.

"네."

거의 무의식적으로 대꾸했다. 간혹 와보기는 했지만 안에 들어온 것은 오랜만이었다. 사키는 물론 처음이었다.

마리는 길을 잘못 찾아 과거로 헤매 든 것만 같아 기억의 선명함에 또는 흘러간 시간에 당황했다. 파란 호스로 물을 뿌리던 기요의 모습, 메모를 보면서 저녁때 먹을 허브를 따는 자신의 모습이 망령처럼 여기저기 떠다녔다.

침니 포트. 저녁 어둠 속에 솟아 있는 기둥 같은 하얀 물체에서 마리는 눈을 뗄 수 없었다. 저것을 여기로 옮긴 사람은 하지메다.

여기에 기요가 있었고 하지메가 있었다. 그 상황을 당연하게 여겼고, 내내 계속되리라 믿었던 과거의 자신도.

"이 부분입니다."

남자가 뭐라 말했다. 마리는 눈을 깜박이며 짧게 숨을 들이쉬면서 망령을 뿌리쳤다.

"괜찮을까요?"

남자가 물었다. 얼굴을 보자 눈이 마주쳤다. 친절해 보이는 남자였다. 그리고 무슨 까닭인지 정겨움 비슷한 것이 느껴졌다.

"미안하지만 뭐라고 하셨죠?"

남자는 잠시 어리둥절한 표정을 짓더니 이내 정색하고 차분한 말투로 설명했다.

"어머님은 꽃을 단색으로 통일하셨죠. 저 역시 그게 마음에 들었습니다. 하지만 이 부분, 이곳만 달라요. 옐로, 핑크 앤드 퍼플 가든이라고 해서, 영국에서 전통적으로 사랑받는 배색이죠. 반슬리 하우스에도 같은 것이 있어요. 금사슬나무, 알리움 아플라투넨스, 등꽃, 메코놉시스……."

마리는 전혀 알아들을 수 없었다. 남자가 무슨 말을 하려는 것인지, 왜 마리에게 식물을 설명하는지. 다만 그런 그의 모습이 어렸을 때 별자리와 곤충의 생태, 세계지도에 대한 이런저런 얘기를 열정적으로 설명해주었던 소이치로를 연상케 했다.

"괜찮아요."

마리는 남자의 설명을 끊고서 말했다.

"엄마는 이미 없고, 이곳은 엄마의 땅도 아니니까 이 정원을 어떻게 하든 저와는 상관없어요."

강경한 말투에 남자가 놀란 듯했다. 그러다 잠시 후 말을 꺼냈다.

"하지만 나는 당신에게 몇 번이나 연락을 취하려고 했는지 모릅니다."

심심한지 사키가 마리의 발치에 쪼그리고 앉아 흙을 만지작거렸다.

남자의 이름은 아오야마 시즈오, 파리에 사는 화가였다.

"벌써 30년 가까이 파리에 있지요."

2년 만에 한 달 일정으로 귀국했지만, 다카미야에 있는 집이 아니라 호텔에 묵고 있다고 했다.

"방탕한 아들이라서 말이죠."

마리도 알고 있는 집이었다. 아오야마 하면 이 부근에서 가장 큰 집이다. 드넓은 일본식 정원이 있고, 검은 울타리가 빙 두르고 있는 저택이다. 아주 오래전 큐와 소이치로가 매미를 잡으려고 심심찮게 울타리를 뛰어넘었던 곳이다.

시즈오는 전에—벌써 6년 전 일이다—한 번 보고서 감동했던 별장식 정원을 설계자가 내놓았다는 것을 알고서 토지와 함께 고스란히 사들였다.

"얼마나 기뻤는지 모릅니다."

그때 시즈오는 기요의 친구인 원예가를 통해 마리의 연락처를 알았다.

"사실은 정원이 아니라, 그게 목적이었죠."

가르쳐준 주소지를 찾아가 보았지만 문을 닫은 주유소와 아무도 살지 않는 집만 있었다.

마리는 그런 사실들을 데라우치가의 거실에서 들었다. 가든에서 시즈오를 만난 바로 다음 날이었다. 화창하고 따스한 오후, 테이블에는 사키가 좋아하는 레몬맛 탄산음료와 얼음이 담긴 유리잔이 세 개 놓여 있었다. 시즈오가 자신도 그것을 마시고 싶다고 해서였다. 홍차나 커피가 아니라.

"그 정원이 다른 사람의 손에 넘어가지 않아 다행이었죠."

빙그레 웃으며 시즈오가 말했다.

"당신을 찾으려고 정원의 소유자를 조사해보았더니 우연찮게 땅주인에게 돌아가 있더군요."

하지만, 하고 마리는 떨떠름한 기분으로 생각한다. 그 땅주인이란 바로 시즈오의 아버지다.

"그 땅을 샀단 말인가요?"

마리가 확인했다.

"아오야마 씨가 개인적으로요?"

"네. 내가 아버지에게서, 개인적으로."

천천히, 즐겁게 얘기하는 남자라고 생각했다.

"하지만 이 점만은 믿어주십시오. 만약 어머님이 아직도 그 정원을 소유하고 있었다면 절대 사려 하지 않았을 겁니다. 정말이에요."

정말일 것이라고 생각했다.

"어째 나만 얘기를 하는 것 같군요."

시즈오는 머쓱하게 말하고는 물방울이 돋아 있는 잔을 들어 음료수를 한 모금 마셨다. 그래도 마리가 아무 말이 없자,

"말수가 적군요."

하고 말했다. 마리는 다른 생각을 하고 있었다. 충동적으로 그 정원을 살 정도라면 주유소도 살 수 있지 않을까. 이 남자가 만약 돈 많은 사람이라면.

"그래서 이제 본론을 말씀드리면……."

시즈오가 입을 열었을 때 마리도 동시에 물었다.

"부자이신가요?"

질문의 무례함을 깨닫고서 미안하다고 사과했는데, 시즈오의 대답은 마리의 예상을 벗어났다.

"아, 예. 당신을 고용할 수 있을 정도는 되지요. 지금 그 부탁을 하려던 참이었습니다."

시즈오가 미소 지으며 말을 이었다.

"꼭 내 그림의 모델이 되어주었으면 합니다. 이번에는 그것 때문에 귀국한 것이나 다름없습니다."

기억이 없는데, 시즈오는 6년 전에 마리를 만났다는 주장을 굽히지 않았다. 그럴지도 모르겠다. 그렇지 않을지도 모르고. 마리는 어느 쪽이든 상관없었다.

"아무튼 내 그림을 한번 봐주시지요. 집에도 있고, 여기저기 미술관에도 걸려 있으니까. 그런 후에 바깥분과 아버님께도 직접 부탁드리겠습니다. 물론 당신이 승낙해주신다면 말이죠."

시즈오는 그림은 파리에서 그린다고 했다. 자신은 일정이 정해져 있지만 마리는 사정이 허락될 때 오면 된다고.

"좀 긴 여행을 한다 생각하고 오십시오."

"좋아요."

마리는 그 자리에서 대답했다. 시즈오의 그림에는 관심이 없었다.

"마침 잘됐네요."

사정을 살필 필요는 없었다.

"사키를 데려갈 수만 있다면 어디든, 언제든 가겠어요."

그리고 기회를 봐서 주유소 얘기를 해보자고 생각했다. 만약 사준다면 아사가 얼마나 기뻐할까? 후지와라 아저씨도 틀림없이 돌아와 줄 것이다. 주유소에서 일할 수 있다면 마리는 언제든지 하지메를 느낄 수 있다.

— 멀리 가는 거야.

소이치로가 한 말은 이런 것이었는지도 모르겠다고 생각했다.

시즈오가 웃음을 참는 듯한 표정으로 눈앞에 있었다. 자못 흥미롭다는 듯이 마리를 쳐다보면서.

"계산, 음모, 도피, 유람."

하고 즐거운 듯 말을 이었다.

"동기야 어찌 되었든 고맙습니다."

마리는 시즈오를 노려보았다. 그런 농담을 들을 이유는 없었다.

"휴대전화 번호를 두고 가지요."

그 후 친해지게 되지만, 마리는 그때껏 본 적도, 그런 기계가 있다는 소리도 들어본 적이 없었다.

"신중하게 생각하시고 마음이 정해지면 연락 주십시오."

하지만 마리는 이미 마음을 정한 상태였다. 1990년 4월, 마리의 인생을 뒤바꿀 결심을.

출발하기 전날 밤, 마리, 아라타, 사키는 시즈오가 정한 음식점으로 나갔다. 마리의 예상대로 아라타는 반대하지 않았다.

"힘든 일이 있었던 장소를 잠시 떠나 있는 것도 좋겠지."

뿐만 아니라 아라타는 시즈오가 서구에서 높이 평가받는 화가라는 것도 알고 있었다.

"아무튼 마리가 새로운 일에 눈을 돌려주어서 아빠는 기쁘다."

그렇게 말했던 아빠였지만 음식점에서는 내내 침묵했다. 앉아 있기조차 거북하다는 듯이.

전에도 이런 일이 있었다. 마리는 어렴풋이 옛일을 더듬었다. 전골집 다다미방에서 야마베 씨와 함께였다. 아빠가 괴로워할 짓만 하고 있다, 고 생각했다.

시즈오는 여행에 관해서 여러 말 하지 않았다.

"뒷일은 책임질 테니 안심하고 맡기십시오. 파리는 지금 좋은 계절입니다."

그렇게 말하고는 한쪽 다리를 세운 자세로 여유롭고 맛있게 술을 마셨다.

"그 나라에는 이런 오징어가 없습니다."

"아, 이 곰장어, 기름이 자르르하군요."

그는 정말 맛있겠다는 듯이 말했다.

사키도 파리에 가는 것을 싫어하지는 않았다.

"보육원은? 그리고 할아버지는?"

아빠는? 이라 묻지 않은 것에 마리는 안도가 아니라 슬픔을 느꼈다. 사키는 모든 것을 가슴에 새기기에 아직 너무 어린 것일까.

"달이 매우 아름답군요."

목소리가 들려 돌아보니 시즈오가 어느 틈엔지 창가에 가서 여전히 한쪽

다리를 세운 자세로 열려 있는 장지문 밖을 내다보고 있었다. 살구색 윤곽이 뿌얀 달이 그 어스름한 빛을 사방으로 뿌리듯 떠 있었다.

옆얼굴이 예쁜 남자라고 마리는 생각했다. 어린아이처럼 매끄러운 피부 때문인지 조금은 소이치로를 닮기도 했다. 사고로 남편을 잃었다는 얘기를 했을 때 시즈오는 놀라기보다 슬픈 표정을 지으면서 말했다. 그것은 위로의 말이 아니었다.

"그래서 당신의 느낌이 달라졌군요. 파리에 가면 남편분 얘기를 해주십시오. 조금씩, 아주 조금씩."

어떻게 그럴 수 있겠느냐고 마리는 생각했지만, 동시에 그 말에서 왠지 모를 위안을 느꼈다. 숨 쉬기가 조금은 편안해진 듯한.

상관없다.

몇 번째인지 모를 그 말을 마리는 속으로 또 중얼거린다. 하지메는 죽었다. 그렇다면 모든 것이 어떻게 되든 아무 상관 없다.

다음 날은 비가 내렸다. 부슬부슬 싸늘한 비. 밤이 되어도 그칠 것 같지 않았다. 마리는 다행이라고 생각했다. 오늘 밤이면, 나는 이미 여기에 없다. 밤에 비가 내리면 속이 울렁거리고 구역질이 난다. 사고 후로 늘 그렇다.

"그럼 조심해서 다녀오너라."

아라타는 그렇게 말하고 여느 아침처럼 학교에 나갔다.

"배웅을 하러 나가야 할 정도로 긴 여행은 아니겠지."

그러면서 웃었다. 마리는 알고 있다. 마리가 밤에 내리는 비를 싫어하듯 아라타는 공항을 싫어하는 것이다. 기요가 가버린 후로.

마리와 사키의 짐은 아주 적었다. 필요한 것은 가서 사면 된다고 시즈오도 말했지만, 그래도 너무 적다. 커다란 보스턴백 하나에 두 사람의 물건이 다 들어 있다. 사키가 무슨 일이 있어도 가져가겠다고 고집을 피운 줄넘기까지.

　회색 안개처럼 내리는 빗속을 지나 공항에 도착한 마리는 택시에서 짐을 내리면서 쓸쓸하게 피식 웃었다. 나와 사키가 지닌 것은 어차피 이 정도다.

　사키는 강아지 모양 가방과 사탕 봉지를 안고 있다. 사탕은 나나가 선물이라면서 준 것이었다.

　"에펠탑에도 올라가 보겠네."

　작년과 올해 파리 여행을 했다는 나나는 사키의 기분을 달래주려고 그렇게 말했다.

　"본고장에서 프랑스빵도 먹고 와야지. 정말 맛있단다. 카페에 가면 줘."

　방랑을 하고 있는 큐가 지금은 파리에 정착해 있단다. 나나는 큐가 일하고 있는 일본 음식점의 명함을 마리의 손에 쥐어주었다.

　만날 수 있을까?

　그 음식점이 시즈오가 사는 곳에서 가까운 데 있을까?

　"아주 평범한 아파트입니다. 하지만 방은 여유 있으니까 둘이서 충분히 묵을 수 있어요. 물론 호텔이 좋다면 호텔을 잡지요."

　시즈오는 그렇게 말했다.

　어떤 곳일까?

　시즈오가 지시한 대로 여권만 신청했을 뿐 가이드북 따위는 한 번도 들춰보지 않았다. 마리는 지금 사전 조사 하나 없이 딸과 함께 비행기에 오르려 하고 있다.

"아, 선생님이다."

사키가 시즈오를 보고 말했다. 어제 저녁때 음식점의 주인과 종업원들이 시즈오를 '선생님'이라고 불렀는데 그 흉내를 내는 듯했다.

"안녕."

시즈오가 사키를 보면서 미소 지었다.

"선생님이 아니라 시즈오."

"시즈오."

사키가 얌전히 따라 했다. 공항 로비는 오가는 사람들로 북적거렸다. 비즈니스맨, 학생, 여행길에 오른 가족들, 젊은 연인들. 하지만 우리는 그 어디에도 속하지 않는다. 마리는 갑자기 고독해졌다. 다른 사람들 눈에 우리는 과연 어떻게 보일까?

쾌적한 비행이었다. 마리는 좌석에 앉아 사키의 손을 꼭 잡고서 조그맣고 두툼한 창문에 얼굴을 대고 두 번의 이륙과 두 번의 착륙을 지켜보았다. 비 내리는 후쿠오카의 활주로, 그 비가 조만간 뒤따라올 구름 낀 나리타, 화사한 햇살이 넘실거리는 파리의 활주로.

비행기를 타고 가는 동안 사키는 정말 얌전했다.

"옛날이야기 해줘."

그렇게 두 번을 졸랐지만 심심해서가 아니라 불안 탓인 듯했다. 아사는 사키에게 늘 많은 얘기를 해주었다.

"무슨 이야기가 좋으려나?"

아사가 사키에게 들려준 것은 여러 고장에 뿌리 내린 옛날이야기였다. 그 가운데 몇 가지는 마리도 알고 있었지만, 대부분 아사에게 듣기 전에는 몰랐던 것들이었다. 아사처럼 세세하게 이야기할 수는 없었지만 『우산 할머니』와 『용이 된 토끼』를 들려주었다.

자신도 놀랐지만, 토끼 이야기를 하면서 마리는 거의 울 뻔했다. 왠지 가슴이 찡하게 메었다. 동물이 자신을 도와준 인간에게 은혜를 갚는다는 아주 흔한 옛날이야기인데도.

사키는 사탕을 빨면서 들었다.

찰칵찰칵, 안전벨트를 푸는 소리가 들려 마리는 고개를 돌렸다.

"이거 좀 더울 것 같은데."

통로에 선 시즈오가 말했다.

"더워요? 이제 막 5월이 되었는데?"

후쿠오카는 쌀쌀하고 회색 안개비가 내리고 있었는데.

"자, 이리 와."

시즈오의 말에 사키는 마리의 얼굴을 올려보았다. 마리가 고개를 끄덕이자 좌석에서 내려와 시즈오의 손을 잡았다. 한 줄로 선 승객이 천천히 앞으로 나가기 시작했다.

공항 건물에 한 걸음 내디딘 마리는 경악하고 말았다. 사방에서 들려오는 프랑스어, 거북한 냄새, 눈동자도 머리칼도 색깔이 엷은 사람들, 또 반대로 짙은 사람들. 실내는 시원한데 모두들 한여름 차림이었다.

마리는 시즈오와 사키 뒤에 딱 붙어 걸으면서, 자신이 이런 장소에 있다니 정말 묘하다고 생각했다.

입국 심사, 짐, 세관, 택시.

과정은 간단했다. 말할 필요도, 생각할 필요도 없었다. 딱 하나뿐인 보스턴백도 시즈오가 번쩍 들어 카트에 올려놓았다.

건물 밖은 덥다 느껴질 만큼 환했다. 덥고, 눈부시고.

"여기가 파리야?"

잠이 덜 깬 사키가 부스스한 얼굴로 물었다.

"밝다."

"정말 그러네."

햇살의 색이 부드러웠다. 택시 운전사에게 시즈오가 프랑스어로 무슨 말인가를 했다. 운전사가 대답하자 시즈오가 웃었다.

"뭐라고 했어?"

마리는 사키의 물음에 대답할 수 없었다.

"몰라도 괜찮아."

그래서 그렇게 대답했다.

"그냥 선생님 그림 그리는 거 도우러 온 거니까 사키와 엄마는 프랑스어를 몰라도 괜찮아."

"몰라도 상관은 없지만."

문을 열어주면서 시즈오가 말을 이었다.

"알아도 상관없지요."

그리고 허리를 구부려 사키와 눈높이를 맞추고는, 고맙다는 '메르시 보쿠'라고 한다고 가르쳐주었다.

"영어는 좀 합니까?"

시즈오는 조수석에 올라타 마리를 돌아보며 물었다.

"아니요."

마리는 단호하게 대답했다.

"그거 다행이군요. 영어를 몰라야 프랑스어를 기억하기 쉽거든요."

시즈오는 오히려 잘됐다는 표정으로 말했다.

마리는 대꾸하지 않았다. 반대쪽에 있는 핸들을 잡고 우차선으로 운전하는 기분이 어떨지 상상하려 했다. 이곳에서 운전을 해보고 싶었다. 그리고 파리의 주유소는 어떤지 반드시 구경하리라고 다짐했다.

8

명실상부한 부자다.

마리가 시즈오에 대해 그렇게 확신하기까지는 그다지 오랜 시간이 걸리지 않았다. 시즈오가 아파트라고 말한 건물은 외관만 소박할 뿐 방은 입이 쩍 벌어질 정도로 넓었다. 그리고 높은 천장 아래 호화로운 실내. 마리와 사키가 사용할 방은 그나마 작은 편이었지만 호화롭기는 마찬가지였다. 마리는 자신도 납득할 수 없는 이유로 그 호화로움에 분노했다. 보이는 모든 것에 눈이 휘둥그레지면서, 다행스럽게 말은 안 했지만 말보다 더 웅변적으로 경악과 감탄의 표정을 짓는 사키를 보자 분노가 부글부글 끓었다. 그래서 넓다느니 아름답다느니 고상하다느니 하는 칭찬의 말은 절대 하지 않겠다고 마음먹었다.

하지만 한편으로는 마리 역시 사키 못지않게 감명을 받았다. 세상에 이런 생활을 하는 사람이 있다니, 믿기 어려웠다. 앞으로 사용하게 될 방에서 마리가 가장 감동한 것은 문 하나 너머에 전용 욕실이 있다는 점이었다. 욕조와 세면대는 모두 청결하고, 얇은 종이에 감긴 새 비누까지 준비되어 있었다. 마리가 아는 한 욕실은 한 집에 하나씩 있고, 식구든 손님이든 차례로 사용했다. 그래서 더욱이 마리는 목욕을 빨리하는 습관이 붙었다. 도쿄에서나 시바타가에서나.

"이 호사스러움에 길들여지면 안 돼. 여기는 우리가 잠시 머물다 갈 곳이니까."

마리는 기회가 있을 때마다 사키에게 주의를 주었다. 이 역시 비논리적인 일이지만, 이 생활에 길든다는 것은 하지메와 하지메가 사랑했던 생활을 모독하는 행위라고 여겨졌기 때문이다.

파리에 도착한 후 며칠 동안은 할 일이 없었다. 시즈오는 마리를 그릴 준비가 아직 덜 되었다고 했다. 마리가 이렇게 빨리 와줄 줄은 몰랐다면서.

"당분간은 편히 쉬세요. 관광을 하든가 쇼핑을 하면서 말이죠."

시즈오는 느긋하게 말했다.

마리와 사키가 한집에 머물고 있는데도 시즈오에게는 아무런 영향이 없는 듯 보였다. 아침 일찍 일어나는 시즈오는 오전에는 일했고 오후에는 외출하든지 자신의 방에서 잠을 잤다. 저녁때가 되면 손님이 하나둘씩 찾아와 아파트가 늦은 밤까지 살롱처럼 북적거렸다. 아파트가 살롱의 양상을 띠었다. 묘한 일이지만 손님들은 마리와 사키를 보고서도 놀라거나 이상하게 여기지 않았다. 뭐라고 딱히 묻는 일도 없었고, 외국인들은—손님의 절반이 외국인이었다—자연스럽게 '봉주르' 하고 인사했고, 일본 사람들은 고개를 숙이며 지나갔다. 마치 마리의 정체를 알고 있는 것처럼. 출퇴근하면서 집안일을 전담하는 가정부도 있었다.

시즈오의 말을 따라 마리는 낮에는 사키를 데리고 파리의 거리를 거닐었다. 메트로도 타보았고, 잔뜩 긴장한 채 카페에도 들어가 보았다. 주문한 음식이 나오면 바로 돈을 지불하는 시스템을 안 후로는 아무런 문제가 없었다. 사키는 '쥐(주스)' 라는 단어를 외웠다.

파리는 아름다운 도시였다. 대도시인데도 한가로웠다. 할 일이 없어 카페의 계단이나 울타리에 걸터앉아 있어도 거북함이 없었다.

길가에 뜬금없이 회전목마가 있는 것도 마리와 사키에게는 놀라운 일이었다. 산책하는 강아지들이 모두 순하고 예의 바르다는 것과 아동복가게와 과자가게가 유난히 많은 것도.

"말 타고 싶다."

사키는 회전목마를 볼 때마다 말했다. 마리는 길가에 덩그렇게 있는 데다 너무 낡아서 망가진 것이겠거니 했다. 망가진 채 방치되어 있는 것이라고.

그런데 그렇지 않았다. 옆에 조그만 부스가 있고, 그 안에 직원이 하나 앉아 있었다. 사키는 회전목마를 탔다. 혼자서 불안해하면서.

마리는 서서 바라만 보았다. 애처로운 음악 소리에 맞춰 꽤 오래 돌아가는 목마와 그 한 마리의 등에 올라탄 사키의 모습을. 그리고 자신들을 남기고 죽은 하지메를 그리워했다.

저것 봐.

마음속으로 마리는 하지메에게 말했다.

당신 딸이 회전목마를 타고 있어. 혼자서 주스도 주문할 수 있고, 그리고 주스가 나오면 수줍게 방긋 웃으면서 작은 목소리로 '메르시 보쿠' 라고도 해.

사람은 어쩌면 그리도 덧없이 죽어버리는 것일까?

일주일이 지났지만 시즈오는 그림을 그릴 기색이 없었다. 그러고는 일주일치 급료라며 하늘색 봉투를 건넸다. 봉투에는 돈과 주소를 적은 메모지가 들어 있었다.

"머리를 자르고 오세요."

시즈오는 싱긋 웃으며 말했다. 저녁때였고, 거실에는 여느 때처럼 손님이 여럿 있었다. 일본인 남자 하나와 백인 남자 둘, 그리고 일본인 여자 하나. 여자는 눈가를 진검정으로 두른 묘한 화장을 하고 있었다.

"내일 11시로 예약해두었어요. 머리를 자르는 동안 사키는 내가 데리고 있겠습니다. 아마 미술관에 가겠지요."

지폐는 둘로 아무렇게나 접은 프랑이었다.

"이건 좀…… 아직 일도 시작하지 않았는데."

세어보지 않아도 일주일분치고는 너무 많은 액수라는 것을 알 수 있었다. 적어도 마리의 상식으로는.

시즈오는 마리를 가만히 쳐다보았다.

"화가에게 영감을 주는 것도 모델의 중요한 일이지요."

말투는 온화했지만 표정을 읽을 수 없는 얼굴이었다.

창문으로 비치는 저녁 햇살이 바닥에 금색 네모를 그리고 있었다. 그때 발받침 달린 1인용 소파에서 잔을 든 손이 쑥 튀어나왔다. 마리가 있는 곳에서는 보이지 않았는데, 손님이 한 명 더 있었던 모양이다.

"봉수와."

마리는 얼굴까지 쑥 내민 금발에 파란 눈의 젊은 남자와 눈이 마주쳤다. 마리는 고개를 까딱 숙였다. 남자가 프랑스어로 뭐라 말을 더 하는데, 시즈오는 미간을 찌푸릴 뿐 통역도 소개도 해주지 않았다.

"신경 쓰지 않아도 됩니다. 이제 방에 돌아가는 게 좋지 않을까요. 사키가 불안해할 텐데."

시즈오가 일본어로 말했다.

마리가 불안해지는 것은 이런 때다. 파리로 데리고 오려고 그렇게 애쓰더니, 지금 시즈오는 마리가 있으나 없으나 마찬가지라는 표정이다.

"사키는 그 방을 좋아하니까 괜찮아요. 아까 가정부가 버찌도 갖다주었고."

마리가 말했다.

버찌가 조그만 그릇에 소복하게 담겨 있었다. 사키가 몇 개나 먹어도 되느냐고 물어서, 마리는 일곱 개라고 대답했다.

"잠시 얘기를 좀 할 수 있을까요?"

묻고 싶은 것이 많았다. 파리에 온 후로 마리는 시즈오와 얼굴조차 몇 번 마주하지 못했다. 하루에 두 번 식당에서 식사를 하는데, 그때도 늘 마리와 사키 둘뿐이었다. 밤에는 날마다 손님이 찾아오고, 그런 자리에 마리가 있을 곳은 없었다.

"얘기?"

시즈오는 뜻밖이라는 듯이 되물었다.

"물론 할 수 있지요. 하지만 지금은 좀 그렇고, 아, 내일 머리를 자른 후에 하죠. 사키와 미술관 구경을 하고, 3시쯤이 어떨까요? 지도를 그려줄 테니까 어디 조용한 카페에서 만나기로 하지요."

시즈오가 대답했다.

손님 하나가 무슨 농담을 했는지, 나머지 네 명이 일제히 웃었다. 에미라 불리는 일본인 여자는 교성이라 해도 좋을 만큼 묘한 소리를 냈다. 천박한 웃음이라고 마리는 생각했다.

다음 날, 마리는 시즈오가 가르쳐준 대로 메트로를 타고 길을 걸어 목적
지에 도착했다. 그곳은 미용실이 아니라 미용사의 자택이었다. 아파트라는
단어에서 마리가 흔히 연상하는, 아주 평범한 주거 공간이었다. 입구는 서
늘하고 어둡고 약한 곰팡내까지 났다. 주르륵한 우편함과 자전거, 나선 계
단과 중앙에 있는 승강기.

밑에서 벨을 누르고 올라와서 그런지, 한 여자가 문을 열어놓고 기다리
고 있었다. '봉' 만 울리고 나머지는 입속으로 사라져버린 듯한 발음에, 깜
짝 놀랄 만큼 높고 쾌활한 목소리와 웃는 얼굴.

"봉주르."

턱까지 내려오는 가지런한 단발머리에 빨간 티셔츠를 입은 자그마한 여
자. 시즈오의 친구인 안느.

집 안에는 잡지 더미, 옷가지들, 바닥에 그대로 놓여 있는 신발 등이 눈이
어지러울 만큼 널려 있었다. 가구다운 가구는 없었고, 나무 상자를 테이블
삼고 있는 듯했다. 테라스로 나가는 문이 열려 있었고, 상큼한 하얀 커튼이
펄럭였다. 그래도 느낌이 좋은 방이었다.

안느는 마리가 프랑스어를 모른다는 것을 알자 바로 영어로 바꿔, 자기
소개인 듯한 말을 하고는 컵에 차가운 커피를 따르면서 물었다.

"밀크?"

마리가 고개를 젓자 한 컵에만 우유를 찔끔 따랐다. 마리는 영어를 그리
잘하는 것은 아니었지만 그나마 프랑스어보다는 나았다. 안느가 자신을
'메이크업 아티스트' 라고 했다는 것, 걱정 말고 편히 여기라고 했다는 것

정도는 알아들었다.

"땡큐."

마리가 싱긋 웃으며 말했다.

"아임 오케이."

나는 괜찮다는 뜻으로 한 말이었다. 머리를 어떻게 자르든 상관없다고.

"오케이."

안느도 말했다. 그리고 침실인 듯한 안쪽 방에 들어가 둥근 의자를 가져다 놓고 커다란 거울도 들고 나왔다. 안느는 그것들을 테라스로 내갔다.

"히어?"

마리는 테라스를 가리키며 여기서 자를 거냐고 물었다.

"예스, 데어."

안느가 역시 테라스를 가리키며 고개를 끄덕였다.

30분 후, 마리는 사내아이처럼 짧은 머리를 하게 되었다. 머리를 감겨주지도 않고, 드라이도 하지 않아 순식간에 끝났다. 가위, 면도기, 바리캉, 헤어드라이어, 그리고 손가락.

"어때요?"

안느가 뒤에 서서 거울을 보며 물었다. 마리는 거울 속에 있는 자신의 모습이 마치 다른 사람 같았다. 머리를 이렇게 짧게 자르기는 난생처음이었다. 이렇게 짧게, 그리고 신선하게. 목 위로 바짝 올라온 앞머리가 들쭉날쭉하면서도 가벼웠다. 파마를 한 것도 아닌데 구불구불하게 공기를 머금고 있다.

안느는 걱정스러운 표정이었다. 마리는 입을 우물거렸다. 아주 멋지다고 말하고 싶었다.

"베리……."

마리는 생각했지만 단어가 잘 떠오르지 않았다.

"굿."

잠깐 머뭇거리다가 말하자 안느가 웃었다. 그리고 경쾌하게, 같은 말을 반복했다.

"굿."

밖으로 나가자 이제 막 정오가 지난 참이었다. 마리는 빌딩 유리창에 비친 자신을 신기하게 쳐다보았다. 하늘색 블라우스에 회색 치마, 짧은 머리. 목이 너무 가늘어 보였다.

하지메가 보면 뭐라고 말할까?

— 어울리는데.

그러나 들려온 것은 소이치로의 목소리였다. 마리는 얼굴을 찡그렸다. 하지메는 죽은 후 한 번도 나타나 주지 않았다. 소이치로와 달리.

— 오빠에게 물은 거 아니야.

마음속으로 말했다.

"아, 날씨 좋다."

마리는 소리 내어 말하면서 현실로 돌아오려 한다. 가로숫길, 나뭇가지 사이로 비치는 햇살, 낯선 거리. 사키는 얌전하게 잘 있을까? 시즈오와 무슨 얘기를 하고 있을까?

일식집 '도쿠가와'는 샹젤리제 근처에 있었다. 시즈오와 약속한 시간까지 아직 여유가 있어 생각난 김에 와보았다. 좁은 입구에 멋들어진 포럼이 걸려 있는 가게였다. 낮이지만 혼자 들어가자니 좀 껄끄러웠다. 나나는 1년 전에 처음 파리를 찾았다고 했다. 그때도, 넉 달 전에 다시 왔을 때도 큐가 이 가게에서 일하고 있었단다.

마리는 잠시 심호흡을 했다. 그리고 원목에 뽀얀 유리가 끼여 있는 문을 용감하게 열었다.

"어서 오십시오."

우렁찬 목소리가 맞아주었다. 그리고 일본의 생선초밥집과 똑같은 냄새가 났다. 실내에는 회사원인 듯한 일본 사람이 섞여 있었고, 오른쪽 테이블에는 관광객으로 보이는 여자 넷이 앉아 있었다.

마리는 선 채로 큐를 찾았다.

"앉으세요."

요리사가 카운터 안쪽에서 말했다.

큐는 초로의 남자가 앉아 있는 테이블 옆에서, 나무 쟁반에 담긴 사발과 공기를 손님 앞에 내려놓고 손님이 벗겨낸 뚜껑을 받아 들었다. 옆얼굴만 보고도 금방 알 수 있었다. 전과 달리 까맣게 그을린 피부에 애처로운 눈빛을 하고 있는데도.

틀림없는 큐였다. 다부진 턱 선도, 꼬불꼬불 검고 풍성한 머리칼도 변하지 않았다.

쳐다보는 눈길을 느꼈는지 큐가 입구로 고개를 돌렸다. 무표정이 놀라움으로 바뀌었다. 마리가 자신도 모르게 미소를 지은 모양이었다.

"안녕."

마리는 거의 들리지 않을 정도의 작은 소리로 말했다. 하얀 유니폼을 입은 큐가 그릇 뚜껑을 손에 든 채 다가왔다.

"마리?"

분명 의심하지 않는 표정인데, 마치 의심스럽다는 말투였다.

"웬일이야? 혼자 왔어? 여기는 언제 온 거야?"

질문이 줄줄이 이어졌다. 그러고는 마리가 대답하기도 전에 앞서서 카운터 쪽으로 걸어갔다.

"앉아. 여기 괜찮겠지?"

마리는 고개를 끄덕이며 앉았다.

"아줌마가 큐가 여기 있다고 가르쳐줬어."

"큐의 친구?"

요리사가 카운터 안에서 묻고는 물수건의 비닐을 탁 터뜨려 마리에게 내밀었다.

"잘 왔어요."

마리는 이렇게 불쑥 찾아온 것을 벌써 후회하고 있었다. 가게의 가족적인 분위기에 자신이 어울리지 않는 듯했다. 자신은 모르는 큐의 생활에 함부로 발을 들여놓은 느낌이었다.

큐는 바쁜 듯 보였다. 카운터에는 다른 손님도 있었다. 점심시간 특유의 왁자지껄함이 느껴졌다. 그런데도 큐는 바쁜 틈틈이 마리 자리로 다가와 '서비스'라면서 찜 요리가 담긴 종지를 내밀었다.

마리는 생선초밥을 먹으면서 큐의 물음에 간단하게 대답했다. 아오야마 시즈오란 화가의 모델 일 때문에 왔다는 것, 파리에는 고작해야 두세 달 머물 수 있다는 것, 약속이 있는데 잠시 시간이 나서 들러보았다는 것, 그리고 사키와 둘이 왔다는 것.

"딸이 지금 몇 살이지?"

"올해 네 살."

"네 살이라, 나는 마리가 네 살 때 어땠는지 또렷하게 기억하고 있어."

큐는 흐뭇하게 미소 지으며 말했다.

여전하다고 마리는 생각했다. 거침없는 말투도, 똑바로 쳐다보는 눈길도.

"하지메 씨 일은 어머니에게 들었어. 뭐라고 해야 할지."

마리 역시 뭐라 말하면 좋을지 몰라 말없이 미소만 지었다.

"큐는? 사내아이가 태어났다고 아줌마가 그러던데."

큐의 표정에 순간적으로 그늘이 어렸다.

"응. 작년. 10월에 태어났지."

그리고 애매한 미소를 띤 큐에게서 풍기는 어떤 기척이 마리의 가슴을 술렁이게 했다.

"아저씨는? 잘 계서?"

마리는 화제를 바꾸는 큐의 얼굴을 탐색하듯 쳐다보았다. 그런데도 큐의 표정은 바뀌지 않았다.

"응, 잘 있어."

마리는 달리 할 말이 없어 그렇게 대답했다.

"좀 늙기야 했지만 아직도 학교에 나가고 있고. 내년이 정년이야."

아라타는 큐를 무척 귀여워했다. 외국에서 아이도 낳고 성실하게 일하는 큐를 보면 틀림없이 자랑스럽게 여기리라. 하는 일도 없고, 남편과 사별해 시집에서 돌아온 딸이 있으니 더욱 그럴 것이다.

"잘 먹었어요."

마리는 자리에서 일어서며 말했다.

"맛있게 먹었어. 만나서 반가웠고."

큐가 문까지 나와 배웅해주었다.

"파리, 아름다운 도시야."

마리가 문을 열면서 말했다.

"아름답고 눈부시고 덥고."

"요즘 날씨가 좋으니까."

큐가 슬며시 웃으면서 대꾸했다.

등 뒤에 있는 큐가 웃었다는 것을 어떻게 알 수 있었는지 마리는 의아했다. 의아했지만 아무튼 그냥 알 수 있었다.

"어디에 묵고 있는데?"

마리는 왼쪽을 가리켰다.

"저쪽. 주소는 잘 모르겠어. 3층짜리 아파트의 3층. 그 화가의 집이야. 뤽상부르 공원 근처, 빵집 부근이야."

"거리 이름도 몰라?"

큐는 놀랍다는 듯이 묻고는 이내 키득키득 재미있다는 듯 웃었다.

"여전하구나."

"그럼. 이렇게 왔으니까 가는 것도 문제없어."

마리는 그렇게 말하고 공기를 깊이 들이마셨다. 딱 적당한 시간에 그 카페에 도착할 것이다. 가다가 잠시 길을 헤매도 괜찮다. 사키와 시즈오는 기다려줄 테니까.

9

카페는 센 강가에 있었다. 도로와 곧장 연결된 다리 바로 옆에. 마리는 참 신기하다고 생각했다. 사람도 많고 차도 많고 가게도 많은 그야말로 대도시인데 도쿄처럼 복닥거리지 않는다. 강바람에 막 자른 머리칼을 흩날리며, 멋진 도시다, 하고 순순히 인정했다. 큐가 살고 있는 도시. 큰 강이 있어 조금은 하카타와 비슷하다 싶기도 하지만.

시즈오와 사키는 테라스에 있는 테이블에 앉아 있었다. 마리를 본 사키의 표정이 굳어졌다.

"이상해."

사키가 기어 들어가는 목소리로 말했다.

"왜, 트레 비앙인데."

자기들끼리만 통하는 대화를 나누듯 시즈오가 사키에게 속삭였다. 사키는 인상이 완전히 바뀐 엄마를 빤히 노려보며 결론을 내린 듯 말했다.

"트레 비앙 아니야."

"새로운 말을 배웠나 보네."

마리가 의자에 앉아 생긋 웃으며 물었다.

"조금도 트레 비앙 아니야."

사키는 마리의 말에 대답하지 않고 되풀이해서 말했다.

"자킨 미술관에 다녀왔어요."

시즈오가 한 손을 들어 웨이터에게 손짓하면서 말했다.

"자킨에서 뭘 봤는지 엄마에게 가르쳐줄래?"

조금 전처럼 시즈오가 또 사키의 귀에 속삭였다. 하지만 사키는 엄마의 머리 스타일에 화가 많이 났는지 아무 말도 하지 않았다. 마리는 다가온 웨이터에게 커피를 주문했다.

"시즈오가 말하면 되잖아."

사키가 입을 비죽 내밀고 말했다. 마리는 혼란스러웠다. 자킨이 무엇인지는 아무 상관 없었다. 지금 옆에 서 있는 웨이터는 보나 마나 우리 셋을 사이좋은 가족이라 여길 것이다. 그런 상상에, 마리는 동요했다. 겨우 반나절 만에 사키와 시즈오는 허물없는 사이가 되고 말았다.

"스퀼트르(조각)."

사키는 마지못해 하면서도 부끄러운 듯 고개 숙이고 발음했다.

"자킨은 러시아의 조각가입니다. 처음부터 그의 아틀리에였던 장소라서 규모는 작지만 좋은 미술관이죠. 당신도 한번 가봐요. 난 그 미술관의 정원을 좋아한답니다."

시즈오의 설명에 마리는 절반밖에 귀를 기울이지 않았다. 센의 수면에 오후의 햇살이 부서져 반짝반짝 빛났다.

"사키가 트레 비앙과 파 말을 구사하면서 아주 훌륭하게 미술을 감상했어요. 다음에는 마욜에서 데이트하기로 약속했습니다."

시즈오는 눈을 가늘게 뜨고서 말을 이어갔다. 하얗고 얇은 소재의 셔츠에 줄무늬 바지, 담배를 끼고 있는 손가락은 기다랗고 섬세했다.

"우리, 여기에 얼마나 있는 건가요?"

마리는 커피를 거의 다 마신 후에 물었다.

"그리고 여기서 대체 뭘 하고 있는 건지."

물음이라기보다 중얼거림에 가까웠다.

"아무래도 이건 좀 아니에요. 호텔처럼 호화로운 집도 그렇고, 매일 하는 일 없이 어슬렁거리는 것도 그렇고."

시즈오는 유쾌한 미소를 머금고 말없이 듣고만 있었다. 사키는 따분한지 종이 냅킨을 접기 시작했다.

"안느, 인상이 아주 좋지요?"

시즈오가 차분하게 말했다.

"잘 어울립니다, 그 머리."

말을 돌리지 않게 하기 위해 마리는 시즈오를 빤히 쳐다보았다.

"오늘 밤에 친구들에게 당신을 소개할 겁니다. 나와 함께 해주겠지요? 아시다시피 부담 없는 모임이니까요."

말투는 온화했지만 거기에는 단호한 울림이 있었다.

"그것도 일의 일부인가요?"

마리의 목소리가 사무적이 되고 말았다.

"그렇다고 생각하세요."

시즈오는 살짝 놀란 표정을 짓더니 대답했다.

"내일부터 오전 중에는 일을 하도록 하세요. 그럼 7시에 아틀리에에서."

할 얘기가 다 끝났다는 듯이 일어서는 시즈오에게 마리는 한 가지 질문을 더 했다. 파리에 온 후로 줄곧 염두에 두고 있었던 일이었다.

"이 거리에는 주유소가 없나요?"

짧은 침묵이 있고, 시즈오가 호쾌하게 웃었다.

"만족하는지요?"

한 시간 후 세 사람은 택시 안에 있었다. 주유소를 세 군데나 견학하고 돌아가는 길이었다.

"네."

그렇게 대답했지만 마리는 더 많이 보고 싶었다. 내일도 오후에는 택시를 타고 주유소 ─ 프랑스어로는 포스트 데상스 ─ 에 가야겠다고 다짐했다.

"정말 멋있었어요."

마리 자신도 이렇게까지 가슴이 뛸 줄은 몰랐다. 이런 흥분감을 뭐라 표현하면 좋을지 몰라, 그렇게 중얼거렸다.

"같은 냄새가 나더만요."

하카타 사투리가 튀어나오는 것도 미처 몰랐다. 그곳에서 일하는 사람들이 모두 아는 사람 같았다. 비록 스스로도 맥락 없는 생각이라 여겼지만. 위험물을 두려워하지 않고 적확하게 다루는 사람들. 군더더기 없는 기민한 동작, 작업복, 기름으로 얼룩진 억센 손. 나이 든 종업원을 보면 후지와라 아저씨가, 젊은 종업원을 보면 오다 군이 떠올랐다. 가는 주유소마다 마리의 시선이 절로 사방을 살폈다. 어디선가 금방이라도 하지메가 나타날 것만 같았다.

─ 이제야 겨우 찾아주었군.

그렇게 말하면서 햇볕에 그을린 얼굴에 함박웃음이 꽃필 것 같았다.

건물이나 외벽의 색은 단순했다. 불길처럼 빨간색이 많은 일본과는 다소 분위기가 달랐지만, 놓여 있는 기계와 매점 안은 거의 비슷해서 마리라도 금방 일할 수 있을 것 같았다.

다만 찾아간 세 군데 중 두 군데가 셀프 시스템을 도입한 곳이라서 무척 신선했다. 물론 훗날 일본에서도 흔히 볼 수 있는 시스템이 되었지만.

"손님이 제 손으로 주유를 하다니 상상도 못 해봤어요. 주유만 하고 그냥 가버리는 사람은 없을까요?"

그렇게 중얼거리는 마리를 시즈오가 옆에서 흥미롭다는 듯 바라보았다.

"돈을 먼저 지불해야 해요. 우선 돈을 내고 그만큼 주유를 하는 거죠."

"하지만 어떻게 돈에 맞춰 정확하게 주유를 하죠? 눈금이 아주 미세해질 텐데."

마리는 자신 있게 이의를 제기했다.

시즈오는 어깨를 으쓱하고는 대답했다.

"주 느 세 파(알 리 없지)."

다음 날부터 마리의 생활은 규칙적으로 바뀌었고, 그리고 아주 바빠졌다. 오전에는 아틀리에에서 모델 일을 하고, 저녁때부터는 거실에서 손님들과 술을 마셨다. 잡다한 사람들이 모이고 잡다한 술―와인이 주였지만 보드카, 정종, 우조라는 맛이 독특한 액체, 브랜디, 그라파 등이 그날그날에 따라 대량으로 반입되었다―과 궐련, 입담배가 음악과 함께 끝없이 소비되었다.

에미, 다케오, 유키노리, 클로드, 시드니, 루시앙, 필립. 성(姓) 없이 이름만 존재하는 남자들과 여자들 속에서 마리와 사키 역시 성이 없는 존재―가족도, 과거도 없는 존재―로 그 자리에 함께했다.

"깜짝 놀랄 일이 너무 많아요."

마리가 그렇게 말하면 시즈오는 당연하다는 표정으로 말했다.

"그거야 당신이 지금까지 아주 좁은 장소에서 사물과 세상을 보았다는 뜻이죠. 반대로 여기 있는 사람들을 당신 집으로 데려가 보세요. 그들도 다들 깜짝 놀랄 일이 많다고 하겠지요."

그렇겠지, 하고 마리는 생각한다. 여기에 있는 사람들에게는 타인의 집을 마음대로 드나들고, 값비싼 술을 마시고, 주절주절 수다를 떨고, 교성을 지르고, 그러다 무례한 행동에 이르고 말다툼을 하는 것이 취미가 아니라 일상인 모양이니까.

그들 대부분은 예술가이지만 예술로—그림이든 영화든—충분한 돈벌이를 하는 것 같지는 않았다. 전통적인 방법으로 경제적 안정을 얻은 사람—유산을 상속 받은 사람—과 유학생, 아르바이트로 간신히 생활하는 사람, 그리고 먹고 사는 일에는 이미 관심이 없는 듯한 사람.

그 가운데 필립은 상당한 별종이었다. 그는 네 가지 직업—웨이터, 마이크로버스 운전사, 토목 관련 서적 및 서류의 번역, 게다가 구두닦이까지!—을 갖고 있었다. 늘 분주한 터라 살롱에는 좀처럼 얼굴을 내밀지 않는데, 나타날 때는 항상 바이올린을 들고 와 경쾌한 곡을 줄줄이 연주했다.

그러면 반드시 몇 명이 춤을 추기 시작했다. 잔을 손에 쥔 채, 각자 제멋대로. 마리에게는 반가운 일이었다. 춤이라면 마리도 할 수 있는 일이니까. 여기저기에서 손뼉을 치며 박자를 맞추고 웃음소리와 기성이 인다. 누군가가 마리에게 몸을 부딪고는 손을 잡고 탱고를 추듯 억지로 몸을 돌리는 일도 있었다.

그래도 마리는 태연했다. 윗몸을 뒤로 젖히고 자신의 발이 상대의 발을 쫓아가기만 하면—물론 상대에게 충분한 기술과 완력이 있어야 하지만—음악의 리듬에 몸을 맡길 수 있다는 것을 금방 알았다. 그것은 유쾌한 일이었다. 유쾌하고 황홀할 만큼 기분 좋은 일이었다. 몸속에서 어떤 유의 활력이 지펴지는 것을 느끼면서, 청하는 사람이 있을 때마다 당당하게 춤췄다. 그곳에서 가장 춤을 잘 추는 에미—과거 '그랑 카바레'에서 춤춘 적이 있단다—와 마리가 짝이 되어 춤을 추면 실내에서 환성이 일었다. 에미의 춤은 관능적이지만 정확하고 아름다웠다. 이 사람은 춤을 출 때만 아름답다고 생각했다.

파리에 머무는 동안 마리는 손님이 모여드는 그 방의, 낮과 밤이 전혀 다른 표정에 몇 번이나 놀랐다. 낮이면 구석구석까지 뽀얀 햇살이 넘실거리는 그곳은 깊은 잠에 빠진 것처럼 고요해서, 파리의 아파트가 아니라 한적한 시골의 호사스러운 별장 같은 분위기였다. 해묵은 가구와 카펫은 먼지 냄새가 나고 따분해 보였다.

어젯밤의 소동이 모두 환상인 것 같았다.

한낮의 그 방에서는 언제나 그런 생각을 하게 된다. 하지만 저녁때가 되어 손님이 하나둘 찾아들면 카펫의 빨강이 부각되면서 방은 술과 궐련과 향수, 잎담배, 그리고 뭔지 모를 것들의 냄새와 연기와 난잡함을 품고서 떠들썩하게 밤의 어둠 속으로 떠올랐다.

시즈오의 아틀리에는 같은 아파트 안에 있는데도 다른 방과는 모습이 전혀 달랐다. 청결하고, 벽은 유난히 하얗고, 적막한 냄새가 났다. 그곳에 흐르는 시간도 현실과 달랐다.

"정적에 적응하도록 하세요. 두려워할 일은 없으니까. 돌아가신 남편분이나 어머님의 정원, 그리운 것들을 생각하면서 고요한 마음으로 앉아 있으면 됩니다."

마리가 처음 그곳에 발을 들여놓은 날, 시즈오는 그렇게 말했다. 마리는 딱 하나 놓여 있는 나무 의자에 앉았다. 시즈오는 스케치북에 연필로 데생을 시작했다.

어떤 특별한 포즈를 취하라고 요구하는 적은 없었다. 마리는 두 손을 무릎에 올려놓고 그저 앉아 있었다. 시즈오는 몇 장이나 데생을 계속했다. 몇 날 며칠 동안 오직 데생만을.

그것은 거의 압도적인 정적이었다. 이런 정적에 어떻게 적응할 수 있을까. 마리는 그렇게 생각했고 또 말했다. 그러나 소리 내어 말하면 정적이 깨지기는커녕 긴박감을 더했다. 짙게, 느릿하게. 그것은 마리가 지금까지 경험해보지 못한 순수한 정적이었다. 마치 아틀리에에 또 다른 누군가가 있는 듯한.

"의자와 함께 옆으로 몸을 돌려보세요."

"피곤하면 말하세요."

연필을 쥐고 있는 동안 시즈오는 그런 간결한 지시를 내릴 때 말고는 입을 열지 않았다. 높이 나 있는 창문으로 햇살만 비쳤다.

오전만 해도 되다니, 참 편한 일이다. 그런 식으로 생각했던 마리는 자신의 어리석음에 어이가 없었다. 중간에 잠시 휴식하는 것을 제외하고는 4~5시간을 꼼짝 않고 화가의 시선 속에 있는 것은 거의 고행에 가까웠다. 마리 자신도 이유는 알 수 없었지만 알몸으로 내버려진 듯한 기분이 들었다.

잠시 쉴 때면 시즈오는 반드시 제 손으로 차를 끓였다. 녹차나 마른 풀 냄새가 나는 허브티, 어느 쪽이든 찻잔이 아니라 유리컵에 따라 마셨다.

"사키 아빠가 어떤 분이었는지 얘기해보세요."

시즈오가 김이 오르는 차를 마시면서 말했다. 어디 어디에 있는 미술관에서 지금 무슨 무슨 전시회를 하고 있으니 한번 가보라고 가르쳐주기도 하고, 부모님에 대해 얘기해달라고 하는 일도 있었다.

"어머님이 정말 영국에 있을 것이라고 생각하나요?"

시즈오는 실례라 여겨질 그런 질문도 온화한 말투로 그러나 흥미롭다는 듯 물었다.

"글쎄요."

마리는 기요에 관해서는 대답이 궁하다. 지금 자신이 있는 곳과 영국은 같은 유럽이지만—그리고 시즈오는 어렵지 않게 가끔씩 오가는 거리에 있지만—마리에게는 여전히 현실에는 존재하지 않을 만큼 먼 나라였다.

아틀리에에서 유리컵을 손에 쥔 시즈오와 마주하고 있는 한, 일본이라는 나라 역시 현실에는 존재하지 않는 먼 나라인 것처럼 생각되었다.

마리는 프랑스에 시즈오의 모델이 되고 싶어하는 사람이 얼마든지 있다는 것을 다케오를 통해 알았다. 다케오는 그림을 공부하는 학생으로, 깡마른 몸에 궁상스럽게 하고 다니는 젊은이였다. 파리에 온 지 6년이 되었다고 했다.

"아오야마 씨가 일본에서 모델을 데려온다고 해서 다들 얼마나 흥분했던지."

건강미가 없는 거무죽죽한 피부에 끌로 깎아낸 것처럼 날카로운 눈. 마리에게 그런 첫인상을 준 다케오인데, 목소리는 의외로 부드러웠다.

"특히 에미와 시드니는 기대랄까, 불안이랄까, 아무튼 흥분해서 난리도 아니었다고요."

마리는 그만 웃음을 터뜨렸다. 흥분했다는 말이 우습고 어처구니없게 들렸다. 손에 쥔 붉은 와인을 마신다. 깊은 밤, 손님들은 얼근하게 취해 있다.

"충동적으로 행동하는 사람도 아니고 술꾼도 아니니까 데려온다고 하면 반드시 데려올 테고, 또 그렇게 하는 데는 어떤 의미가 있다는 것을 모두가 아니까."

다케오는 그렇게 말한 뒤 서양 사람들처럼 자연스럽게 어깨를 으쓱했다.

"그런데 마리 씨가 이런 사람이어서 다행입니다. 다들 그렇게 생각지 않을까 싶은데요. 이 장소에도 금방 적응했고 술도 마시고 춤도 추고."

마리는 피식 웃었다. 그런 것밖에 할 줄 모르니까 어쩔 수 없지, 하고 가슴속으로 말했다.

"시즈오 씨는 독신인가요?"

궁금하기는 해도 본인에게 묻지 못했던 것을 다케오에게 물었다.

"설마요."

다케오의 눈이 휘둥그레졌다.

"사모님, 못 만나봤어요?"

시즈오의 부인은 파시에 있는 본댁에서 애인과 함께 살고 있다고 다케오가 설명해주었다.

마리는 살롱에 모이는 손님들을 두 부류로 나눈다. 시끌시끌한 쪽과 조용한 쪽. 다케오는 후자였다. 후자에는 안느도 포함된다. 안느는 자주 얼굴을 내미는 편인데, 소리 없이 술을 마시고 안주를 먹고, 얌전한 일본인 학생과 담소를 나누었다.

7월이 되면서 파리는 비 내리는 날이 많아졌다. 종일 내리는 일은 없어도, 물기를 머금은 구름 낀 하늘에서 부슬부슬 비가 내렸다가 알게 모르게 그쳐 저녁때가 되면 시원해지는 그런 날씨였다.

플뤼(비). 마리는 그 단어를 사키에게 배웠다. 마리가 아틀리에에서 모델일을 하는 동안 놀아줄 사람이 있어야겠다고 하면서 시즈오는 열아홉 살의

리지를 고용했다. 마리 눈에는 마치 어린아이처럼 보이는 젊은 아가씨였다.

"똑똑하고 착한 아이입니다."

시즈오는 그녀의 성품을 그렇게 보장했다. 그녀가 매일 와서 사키와 놀아주는 틈틈이 프랑스어도 가르쳐주고 있다.

"리지와 줄넘기했어."

오후에 마리의 얼굴을 보면 사키는 그렇게 종알댔다.

"프랑스어로 열까지 세면서 뛰었다."

살롱에 모이는 손님들도 식당이나 복도에서 마주치는 사키를 귀여워해 주었다.

"마드모아젤!"

누군가 그렇게 말을 건넸을 때 사키 역시 용기를 내어 같은 말로 대꾸했다가 웃음을 사는 바람에 뾰로통해진 딸을 보고서 마리는 안도의 미소를 띠었다. 적어도 사키가 이곳 생활을 고통스러워하지는 않는 듯했다.

"파리가 좋니?"

그렇게 물으면 사키는 고개를 까딱 숙였다. 엷은 노란색 벽지, 노랑과 하양 줄무늬 커튼. 마리와 사키가 사용하는, 일본에 있을 때는 상상도 할 수 없을 만큼 호화롭고 예쁘장한 방 안에서.

10

오후에 사키와 둘이 한두 시간 낮잠을 자는 것이 마리의 일과가 되었다. 아침 일찍부터 모델 일을 하고 밤늦게까지, 때로는 새벽까지 살롱에 모인 손님과 술을 마시는 생활을 하는 탓에 실제로 낮잠이 필요했다. 그 시간은 사키의 토실토실한 손발과 샴푸 향이 남아 있는 부드러운 머리칼과 따끈한 머리, 입술 뒤에 숨어 있는 조그맣고 귀여운 이를 가까이에서 바라보고 만지고 확인할 수 있는 행복한 순간이기도 했다.

낮잠을 자다 늘 더위 때문에 눈을 뜨게 된다. 마리는 에어컨을 켜놓고 자지 않는다. 땀에 흠뻑 젖어 절반은 잠이 덜 깬 상태로 옆에서 잠자는 사키의 무게와 체온을 느끼고, 창문으로 불어 드는 저녁 바람에 커튼이 살랑살랑 흔들리는 것을 본다. 시즈오도 꼭 낮잠을 자기 때문에 늦은 오후의 아파트는 죽은 공간처럼 고요하다.

마리는 자신이 날마다 낮잠을 자게 될 줄은 꿈에도 몰랐다. 시바타가에서는 할머니든 마리든 온 식구가 아침부터 밤까지 일했다. 그렇게 하는 것을 당연하게 여겼고, 또 자랑스럽게 여겼다. 사랑하는 사람의 가족과 같이 일할 수 있다는 것을.

창밖은 아직 밝은데 방 안은 어두컴컴하다. 수면의 여운 때문에 공기가 감미롭고 나른하게 느껴지는 방에서 마리는 멍하게 생각한다. 하지메는 이곳 생활을 탐탁지 않게 여기리라.

목이 말랐다. 부엌에 가서 진 토닉을 만들었다. 부엌은 언제든 마음대로 사용할 수 있다. 마리는 낮에 한숨 자고 일어나 마시는 진 토닉을 좋아하게 되었다. 부엌 바닥은 시원했다. 이 집 안에서 맨발로 돌아다니는 사람은 마리와 사키뿐이다. 실내에서도 신발을 신는 생활에 마리가 적응하지 못하는 것이다. 선 채로 진 토닉을 마시고, 알코올이 뇌에 스며들어 기운을 되찾게 해주기를 기다린다.

"힘들다 싶으면 함께하지 않아도 됩니다."

시즈오가 한번은 그렇게 말했다.

"이 사람들은 어차피 올빼미 체질들인 데다, 교대로 들락날락하니까 지칠 일이 없어요."

시즈오는 재미있어하는 투였다. 말도 모르면서 많은 사람들 속에 섞여 춤추고 웃는 마리를.

밤늦게 살롱에서 다른 곳으로 몰려가는 일도 있었다. 시드니는 '불똥'이라는 이름의 럼주바에 데려갔고, 좀 삐딱한 젊은이들이 모인다는 클럽에는 안느가 앞장서서 일본인 유학생들과 함께 갔다. 어두컴컴한 실내에 플라스틱 의자가 있고, 분홍색과 파란색 네온이 반짝거리는 클럽이었다. 음악이 요란스럽게 쾅쾅 울리고, 많은 사람들로 북적거리는데도 소름이 돋을 만큼 냉방이 잘되어 있고, 모두들 맥주를 병째 들고 마셨다.

마리가 보기에 유학생들은 다 어리고 비슷비슷했다. 그중에는 7년이나 파리에 살고 있다는 사람도 있었고, 프랑스에서 태어나 일본에 귀국했다가 다시 파리로 돌아왔다는 사람도 있었다. 그들은 유창하게 프랑스어를 구사했다. 연인과 친구들이 있어 고립될 이유가 없어 보이는데도, 언뜻언뜻 하는 말에서 그들이 늘 고립되어 있다는 것을 알 수 있었다. 그리고 마리와 그들 사이에는 눈에 보이는 거리가 있었다. 그들 누가 뭐라고 하든 마리는 아오야마 시즈오가 데리고 온 '뮤즈'이며 잠시 머물다 가는 '손님'이다. 돌아갈 집이 있고 딸이 있으며 죽은 남편도 있다. 떠도는 자신들―그래서 고독감보다는 확고한 의지와 프라이드가 배어 있다고 마리는 생각하지만—과는 사는 세계가 다르다고 생각하는 듯했다.

하지만 과연 그럴까? 베이스 기타의 붕붕거리는 소리가 유난히 크게 들리는 레게 음악에 맞춰 몸을 흔들면서, 마리는 생각에 잠겼다. 그들에게 없는 무엇을 내가 갖고 있다는 말인가? 서늘한 댄스 플로어에서는 셀룰로이드로 만든 인형이 떠오르는 들쩍지근하고 인공적인 냄새가 났다.

"시드니와 마음이 잘 맞는 듯하더군요."

시즈오가 말했다. 아침. 아틀리에는 고요하고, 마리는 여느 때처럼 의자에 앉아 두 손을 무릎에 올려놓고 있다.

"위."

마리의 대답에 시즈오가 웃었다.

"참 묘한 사람이로군. 잠시 쉽시다."

마리는 일어나 사이드 테이블 위에 뒤집혀 놓여 있는 유리컵 두 개를 바로 세워놓았다. 거기까지가 마리가 거들 수 있는 일이다. 차는 녹차든 허브 차든 시즈오가 손수 끓이고 따른다.

"당신은 두려움을 몰라요. 그 어떤 것도 거부하지 않지요. 놀라운 일입니다. 당신만의 미덕이에요."

마리는 고개를 갸우뚱한다.

"그런가요?"

머릿속에서 경종이 울렸다. 칭찬을 말 그대로 받아들여서는 안 된다.

"시드니는 재미있는 사람이에요."

마리는 조심스럽게 사실만 얘기했다. 손님 가운데 나이가 가장 많은 시드니는 겉으로 보기에는 침울하고 까다로운 성격이다. 속눈썹이 길고 눈 아래 늘어진 주름이 있어 유독 무서운 인상을 풍긴다. 하지만 그는 다만 즐기고 있을 뿐이다. 은퇴한 대학교수에다, 젊은 애인과 함께 자기 곁을 떠나더니 끝내는 버림받은 아내가 있는, 비관론자에 야유꾼이라는 역할을.

"때로 재미있는 말을 하잖아요. 짧고 적절하게."

"그것도 영어로 말이죠."

시즈오가 말을 이어 받았다.

"중요한 건 그가 당신을 향해 발언하고 있다는 것이죠."

마리는 대꾸하지 않았다. 생각지도 않은 일이었기 때문이다.

"나도 알아들을 수 있게 얘기한 것뿐이겠죠."

시드니뿐만이 아니었다. 바이올린을 켜는 필립도 금발의 아가씨 루시앙도 마리가 옆에 있을 때는 영어를 사용한다. 물론 안느도 그렇다. 고집스럽게 프랑스어만 사용하면서 적의마저 품게 하는 표정으로 마리를 보는 사람도 있지만, 그들이 어떻게 생각하든 마리는 상관하지 않았다.

나야 전혀 상관없으니까.

마음속으로 그렇게 말한다.

초연하게 지내면 그만이야. 마리는 똑똑하니까.

이곳 파리에서도 여전히 마리는 소이치로의 말 속에 있다. 소이치로의 말이 울타리가 되어주고 있다. 이제 지켜주지 않아도 되는데, 하고 생각하고 싶지만 실제로는 그렇다.

"아, 그 표정, 아주 좋군. 그런 표정을 한 당신을 그리고 싶은데 말이야."

시즈오가 느긋하게 웃으면서 말했다.

여름. 본의는 아니었지만 마리는 파리 생활을 즐기고 있었다. 관심조차 없었던 모델 일도 날을 거듭하면서 좋아하게 되었다. 정적은 억지로 메우려만 하지 않으면 마리에게 오히려 친절했다. 어색하고 불편하다 여겼던 화가의 시선도, 그가 집중하고 있는 곳은 스케치북일 뿐이며 그 시점의 그에게 마리는 기둥이나 창문처럼 그저 거기에 존재하는 물체에 지나지 않는다는 것을 깨달은 후로는 편해졌다. 지금의 마리에게는 화가의 시선을 관찰하는 여유마저 생겼다. 연필을 쥔 시즈오의 손놀림, 거기에 있으면서 없는 듯한 표정, 단정한 옆얼굴, 몸이 아니라 동작에서 발산되는 압도적인 고요함과 에너지.

공기 중의 미세한 먼지까지 보이는 아침 햇살 속의 아틀리에와 그 냄새. 화가와 일체가 된 방 안에서 마리는 홀가분함을 느낀다. 육체 없이 영혼만 지닌 존재가 된 행복한 기분을.

밤이 오면 파란 불이 켜지는 에펠탑, 해야 할 일도 고뇌도 없는 얼굴로 늦게까지 카페에서 휴식을 취하는 사람들, 한낮의 햇살 아래 반짝이는 잔물결을 일으키며 유유히 흘러가는 센 강, 해묵은 여러 다리, 그랑 팔레의 둥그런 지붕. 색이 변한 그림엽서를 죽 늘어놓은 노점상―햇살에 내다 널었다고밖에 여겨지지 않는―메트로에 있는 스트리트 뮤지션. 아름다운 도시라고 인정하지 않을 수 없다. 걸어 다니기만 해도 마음이 느긋해져 '쥐'를 스스로 주문하는 사키의 웃는 얼굴만 옆에 있다면 이대로 눌러살고 싶을 만큼 편안한 도시다.

그런 생각을 할 때마다 마리는 자신이 하지메를 배신했다는 기분이 들었다. 일본의 여기저기를 방랑한 끝에 하카타를 이 세상에서 가장 멋진 곳이라고 단언했던 하지메. 하카타 아닌 곳에서는 죽어도 라면을 먹지 않는 남

자. 마리는 미소를 머금었다. 그는 아무 데도 가지 않는다고 했다. 마리가 있으니까, 가족이 있으니까 아무 데도 갈 수 없다고 했다.

도망치듯 이곳에 오고 말았다. 상속, 빚, 주유소의 폐쇄, 그리고 이사. 마리로서는 어떻게 해볼 도리 없는 현실에서 도망치듯 이곳으로 오고 말았다. 아사는 어떻게 지내고 있을까?

마리에게 살롱에 모이는 손님 말고도 얼굴을 아는 사람이 하나 생겼다. 꾀죄죄한 중국집에서 일하는 중국인 여자 메이다. 메이는 큰 덩치에 무뚝뚝하고, 프랑스어와 영어를 섞어 퉁명스럽게 말한다. 가게 앞 찜통에서 모락모락 피어오르는 김에 이끌려 혼자 들렀다. 테이크 아웃용 딤섬을 주로 만드는 패스트푸드형 가게지만 안쪽에는 테이블이 몇 개 놓여 있어서 따끈한 면과 죽을 먹을 수 있다.

"투 히어 오어 투 고?"

그녀가 낮은 목소리로 대들듯이 물었다.

"히어."

튀김 과자를 산 후에야 빈 테이블이 없다는 것을 알았다. 할 수 없이 계산대 옆에 서서 먹고 있는데 마침 초록색 동그란 의자가 비었다. 메이는 의자를 가져다가 앉아라 마라 하는 말 없이 바닥에 툭 놓았다.

"아 유 어 비지터?"

두 번째 갔을 때는 미심쩍다는 듯 그렇게 물었다. 관광객치고는 꽤 오래 있군. 그런 뜻이라는 것을 알았다.

"예스."

마리는 그렇게만 대답하고 안쪽 테이블에 앉아 따뜻한 면을 주문했다.

두 번 다 한낮이었다. 리지가 사키를 야외 수업이다 피크닉 런치다 하고 데리고 나가는 덕분에 아틀리에 일이 끝나면 마리 혼자만의 시간이 생긴다. 마리는 거리를 어슬렁어슬렁 걸어 다니다 메이의 가게에서 가볍게 점심을 먹는다. 불과 20~30분인데, 그곳에 있으면 마음이 차분해졌다. 벽에 설치되어 있는 선풍기와 참기름 냄새가 그리움을 환기시켰다. 시즈오와 시즈오의 손님들이 데리고 가는 화려한 장소와는 또 다른 파리의 냄새라고 생각했다. 가끔가다 말을 한두 마디 나누면서, 메이가 성격이 무뚝뚝할 뿐 화가 난 것도 심술을 부리는 것도 아니라는 것을 알았다. 나이를 물으니 스물여섯이라고 했다. 마흔 정도는 되었겠지 했던 마리는 깜짝 놀랐다. 그러고 보니, 메이가 문득문득 수줍어하는 소녀처럼 웃은 적이 있다는 생각이 났다.

"유 워크 소 하드."

예를 들면 마리가 그런 말을 건넸을 때.

한밤중에 필립과 안느를 데리고, 맥주병 모양 네온사인을 켜놓고 밤 1시까지 영업하는 그곳을 찾기도 했다. 따끈한 면으로 배를 채우기 위해.

"하이."

그렇게 짧게 나누는 마리와 메이의 인사는 이제 대드는 것처럼 퉁명스럽지도 화가 난 것처럼 무뚝뚝하지도 않다.

마리는 시즈오도 이곳에 데려오고 싶다는 생각을 했다. 시즈오의 식생활은 지나치게 값비싼 것에만 쏠려 있다.

"나는 사양하지요."

몇 번 같이 가자고 했는데도 시즈오는 웃음으로 비껴갔다.

사키는 시즈오와 손을 잡고 마리 앞을 걸어가고 있다. 파리에 와서 마리가 사준 하늘빛 스모크 드레스를 입고 있다. 자글자글하게 주름 잡힌 가슴에 수가 놓여 있고, 허리부터 끝자락까지는 풍성하게 퍼진다.

토요일. 이른 아침에 좍 쏟아졌다가 그친 비 때문에 길은 아직 젖어 있다. 몽파르나스의 새벽 시장은 일주일에 두 번 열린다고 한다. 시즈오의 제안으로 일을 쉬고 셋이 그곳에 와 있다. 에드가 키네 거리. 그것이 길의 이름인 듯했다.

"시즈오!"

이따금 사키가 큰 소리로 시즈오를 부르면서 조그만 손으로 무언가를 가리켰다. 그것은 쌓여 있는 게일 때도 있고, 누워 있는 상어일 때도 있고, 진열대에서 넘쳐흐를 듯 수북한 포도일 때도 있었다.

사람, 사람, 사람. 마리의 눈이 휘둥그레진다. 신경을 곤두세우고 따라가지 않으면 딸을 놓칠 것 같았다. 본 적조차 없는 채소, 과일. 양도 어마어마하고, 모든 것이 다 있다. 다양한 냄새, 파는 사람이 내지르는 소리, 사는 사람의 잡다한 소리.

"가구 같은 것도 있지만, 여기는 옛날부터 생선이나 식품류가 풍부했어요."

시즈오가 마리를 돌아보며 말했다.

"풍부한 정도가 아니네요."

시즈오의 말에 마리가 대꾸했다.

"게다가 정말 싸요."

1프랑에 22엔이라 치고, 하면서 일일이 계산하는 마리를 보면서 시즈오는 담담하게 말했다.

"감자나 빵, 기름류는 법률에 따라 가격을 관리하고 있으니까."

햇살에 따끈따끈해진 젖은 지면에서 후끈한 열기와 냄새가 피어올랐다.

"시즈오, 저기!"

사키가 가리킨 곳은 꽃집이었다. 한 아름도 더 되는 커다란 꽃다발이 받침대 위에 몇 다발이나 쌓여 있었다. 사르락거리는 소리마저 날 듯했다. 짙은 파란색 꽃다발이 부옇게 번졌다. 문득 하지메가 보고 싶었다. 여기 이 자리에 하지메와 사키와 셋이 함께 있다면 얼마나 좋을까? 사키가 지금 '아빠, 저기!' 하고 외쳤다면.

목이 꺾인 채 떨어져 있는 파란 꽃 한 송이를 주워 들면서 시즈오가 꽃집 여자에게 뭐라고 말했다.

"위, 위."

여자는 웃는 얼굴로 대답하고는, 가져가라는 듯이 손등으로 무언가를 물리치는 몸짓을 했다. 시즈오는 목을 꺾어 짧아진 꽃을 사키의 머리에 꽂아주었다.

"귀엽네."

촉촉한 목소리로 말하고는 마리는 이내 웃음 지었다. 사키는 꽃에는 거의 관심을 보이지 않고 이상하다는 듯이 마리를 보았다.

카페 '셀렉트'는 새벽 시장을 옮겨다 놓은 것처럼 북적거렸다. 카운터 근처에서 선 채로 커피를 마시는 남녀, 여기저기서 연출되는 포옹과 악수, 테이블에 악보를 펼쳐놓고 기타를 껴안고서 노래를 만들고 있는 듯한 남자. 그런데도 안쪽에는 빈자리가 있어 셋은 의자에 걸터앉았다. 역사가 꽤 오래된 곳 같았다.

"새벽 시장 재미있었어요."

마리는 시즈오의 비위를 맞추려고 그렇게 말했다.

"아무것도 살 수 없는 여행자의 소외감을 느끼기도 했지만."

농담 삼아 그렇게도 덧붙였다. 자신이 꺼내려는 얘기의 중대성을 생각하자 절로 긴장되었다.

"우리 다음 달에 일본으로 돌아가게 되죠."

마리는 주문한 커피를 저으면서 말했다.

"여기서는 정말 신세 많이 졌어요. 나도 그렇고 사키도 그렇고, 아무튼 모든 것에 감사해요. 많은 사람들을 만났고, 뭐랄까, 여유로웠고."

생각하면서 말을 잇고 있어 뒤죽박죽이 되고 말았다. 시즈오는 담배에 불을 붙이고 흥미롭다는 듯 듣고 있었다.

"하지만 우리는 여기서 사는 게 아니니까 곧 돌아가야 해요."

마리가 숨을 들이쉬었다.

"주유소를 놓치고 싶지 않아요."

침묵이 찾아왔다. 사키는 어른끼리 얘기니까 자신은 상관없다고 여기는지, 그레이프프루트 주스만 홀짝거렸다. 하늘색 원피스를 입고 머리에는 파란 꽃을 꽂고서.

"그래서?"

다른 테이블에서 웃음소리가 일었다. 오전부터 와인을 마시는 사람들, 향수 냄새. 심각한 얘기를 하기에 적당한 시끄러움이라고 마리는 생각했다.

"그 땅을 사주었으면 해요."

말해버리고 나니 마음이 한결 후련해졌다. 마리는 의자 등받이에 기대서 시즈오를 쳐다보았다.

"엄마의 정원을 사는 것보다 훨씬 좋은 투자일 거예요. 정원과 달리 수익을 내니까."

시즈오는 아무 말이 없었다. 마리는 답답해서 몸을 앞으로 쑥 내밀었다.

"처음에는 당신을 부자의 아들로만 여겼어요. 하카타에서 아오야마 하면 땅 부자니까. 그런데 그 땅 부자의 재산 따위 새 발의 피일 정도로 당신 자신이 부자라는 것을 알았죠. 그 호화로운 아파트에다 파시에도 집이 있다면서요? 트루아에는 별장도 있다고 다케오 씨가 그러더군요. 부인 집안 역시 대단한 자산가라고요. 당신 그림은 한 장에 몇 천만 엔을 호가하죠. 난 그림을 잘 모르지만, 그렇게 엄청난 가격이 붙을 정도면 당신에게 재능이 있다는 뜻이겠죠. 그 재능이 진짜라면 돈은 얼마든지 벌 수 있잖아요."

말이 입에서 술술 나왔다. 설득을 하기보다 속에 있는 생각을 털어놓는 결과가 되고 말았다. 마리 자신은 물론이고, 시바타가의 사람들도 후지와라 아저씨도 아라타도 하지 못한 일을 시즈오는 할 수 있으리라 여기는 이 불합리함.

"주유소라."

아주 생소한 단어를 처음 말하듯 시즈오는 천천히 말했다.

"그걸 내가 살 수도 있다는 얘긴가?"

시즈오는 미소를 띠고 있지만 어딘가 모르게 피곤한 표정이었다.

"지금까지 여자에게 많은 것을 사달라는 얘기는 들었지만 주유소는 처음이군."

다리를 꼬고 앉아 한쪽 무릎을 감싸듯이 열 손가락을 깍지 끼고 있다.

"내가 살 수도 없고, 사지도 않을 거라는 것을 당신도 알고 있을 텐데."

가벼운 말투였지만 목소리에는 짜증이 배어 있었다.

"남편분 일은 유감스럽게 생각해요. 하지만 집착한다고 될 일이 아니죠."

마리는 시즈오에게서 눈길을 돌렸다. 그렇지 않으면 비참한 자신의 모습에 울음이 터져 나올 것 같았다.

"나는 집착을 싫어합니다. 중요한 것은 살아남는 것이죠. 살아남는다는 것은 쉽지 않은 일이에요. 돈이 있든 없든."

마리는 고함이라도 지르고 싶은 충동을 느꼈다. 일어나 테이블 위에 있는 것들을 바닥으로 다 내던지고 발을 쾅쾅 구르면서, 그런 건 나도 알고 있다고 울부짖고 싶었다.

"오빠도."

그러나 그러는 대신 고개를 들고 시즈오를 똑바로 쳐다보면서 말했다. 굴욕스러웠다.

"오빠도 늘 내게 그렇게 말하죠. 초연하게 지내라, 더 멀리 가라고 말이에요."

시즈오는 턱을 앞으로 당기고 살피듯 마리를 보고는 입을 열었다.

"그거 좋은 충고로군."

안경 너머 눈에 흥미로워하는 빛이 돌아왔다.

11

덥다. 메트로에서 올라온 마리는 쏟아지는 햇살에 눈을 찡그리고, 팔뚝으로 이마에 돋은 땀을 닦았다. 패스트푸드점 앞을 지나 공원 울타리를 따라 돌아서 오피스 빌딩이 줄지은 거리—딱 한 군데 초록색 차양을 친 인도 음식점이 있다—를 똑바로 걸어가서 여행사 비슷한 가게의 모퉁이를 돌아 들어가면 자잘한 돌이 깔린 골목길이다. 그 길을 지나면 넓은 길이 나온다.

"부알라(저기다)."

마리는 만족스럽게 숨을 내쉬면서 중얼거렸다. 혼자서 이곳에 오기는 오늘로 세 번째다. 오른쪽을 향하고 잠시 걸어가자 '포스트 데상스'가 나왔다.

남색 승용차가 한 대 서 있지만 운전자도 없고 차 옆에 종업원도 없다. 주유소는 깊은 잠에 빠진 것처럼 조용하다. 세차나 점검을 받기 위해 맡겨놓은 것이리라. 마리는 그렇게 짐작한다.

건물 자체도 방화벽도 페인트를 갓 칠한 것처럼 새하얗다. 콘크리트 지면에는 햇볕이 닿는 곳과 닿지 않는 곳이 또렷한 무늬를 그리고 있다.

폴사인, 캐노피라 불리는 천장 부분, 기름을 분리시키는 배수구 모두 똑같다, 고 마리는 생각한다. 오라이, 오라이, 오라이. 목에 핏대를 세우고 외치는 오다 군의 목소리가 들리는 듯했다. 걸레로 손을 닦는 후지와라 아저씨, 빠릿빠릿한 동작과 웃는 얼굴이 아름다운 하지메는 손님을 대하는 도중에도 마리에게 적절한 지시를 내리며 안심시켜주었다. 그 집에서의 일상. 뒤쪽에 있는 집에서 아사가 저녁 준비를 하고 있다. 조그만 텔레비전이 켜 있고, 커다란 동물 인형이 움직이고 재잘거리는 어린이 프로그램을 어린 사키가 보고 있다. 흔하디흔한 일상.

"봉주르."

파란 작업복을 입은 종업원이 성큼성큼 다가왔다. 하지만 하지메는 아니었다. '무슨 일이시죠?' 하는 표정으로 마리 바로 앞에 선다.

"그냥 구경했어요."

영어로 그렇게 말하자 종업원이 어깨를 으쓱했다. 외국인일까? 머리칼도 피부도 검고 반짝거린다.

"여행자?"

영어로 묻기에 '예스' 라고 대답했다. 상대가 여전히 뚫어져라 쳐다보자, 마리는 당황했다.

"전에도 본 적이 있습니다."

싱긋 웃지도 않고 말한다. 수상쩍게 여기는 것일까?

위험물을 취급하는 곳이니까, 위험한 인물 ─ 술주정뱅이든 불량배든 ─ 의 접근을 허용해서는 안 된다. 하지메의 아버지가 자주 그렇게 주의를 주었다. 자그마한 몸집에 말이 없고 부지런히 일했던 하지메의 아버지.

"전에 주유소에서 일했던 적이 있어서요."

설명하는 심정으로 마리는 말했다.

"언제?"

단박에 질문이 돌아왔다.

"올 2월까지."

침묵이 찾아왔다. 하늘은 파랗고 사방에는 역시 아무도 없다.

"그래서?"

추궁하는 것처럼 느껴졌지만 그래도 잠시 생각해보았다. 하지만 대답이 떠오르지 않았다. 사고와 주유소의 폐쇄, 잃어버린 가족들. 이 남자에게 그런 애기를 할 수는 없다.

"그뿐이에요."

돌아서는 마리의 등을 남자의 목소리가 따라왔다.

"어디서 왔죠?"

마리는 대답하지 않았다. 대답을 원하는 질문이 아니라고 생각되었다. 역을 향해 걸음을 서둘렀다.

웨어 아 유 프롬?

파리에 온 후로 몇 번이나 받았던 질문이다. 마리에게 그렇게 물은 사람들 대부분도 외국인이었다. 외국인이 많은 도시다. 모두들 어디선가, 그리고 어째서인가 이곳을 찾아온다.

며칠 후, 아오야마 시즈오의 아내를 만났다. 낮잠을 자고 부엌에서 진토닉을 마시고 있는데, 아무도 없어야 할 거실에서 음악 소리가 울렸다. 지금껏 이 집 안에서 들어본 적이 없는 고풍스럽고 애절한 상송이었다. 감상적인 피아노의 선율을 타고 정감 넘치는 여자의 목소리가 파를레 다무르, 하고 노래하기 시작했다. 마리는 잔을 손에 쥔 채 잠시 노래를 들었다. 맨발로, 눈을 감고서. 아라타에게 아마 똑같은 레코드가 있었을 것이다. 휴일 아침, 기요와 아라타는 아이들은 나 몰라라 하고서 둘이서 음악을 감상했다.

평소처럼 활짝 열린 거실 문 밑에 장식적인 모양의 놋쇠 스토퍼(열린 문이 움직이지 못하게 문 밑에 끼워두는 것 — 옮긴이)가 끼여 있었다. 슬쩍 들여다보니 키가 큰 여자가 서 있었다. 짙은 갈색의 긴 머리, 속이 비쳐 보일 듯 하얀 피부, 타이트한 스커트 아래로 쭉 뻗은 어린 사슴처럼 가는 다리. 마치 거실 장식품의 일부 같다고 마리는 생각했다. 넉넉하게 주름 잡힌 짙은 색 커튼이나 바닥에 우뚝 서 있는 대형 진자시계처럼. 중후하고 호사스럽고 아름다우면서도 눈에는 띄지 않는, 애당초 이 방에 있어야 했던 무엇 같은 존재감이 느껴졌다.

누군가 어깨에 손을 얹었나 싶더니 동시에 목소리가 들렸다.

"소개하지요."

시즈오가 마리 옆을 지나 아내를 가볍게 포옹하고는 볼에 볼을 비비는 인사를 하면서 농염한—마리에게는 그렇게 들렸다—프랑스어로 뭐라고 속삭였다.

마리는 얼이라도 빠진 듯 멍하게 그림처럼 아름다운 두 사람을 바라봤다. 맨발에다 낮잠용 색 바랜 티셔츠에 헐렁한 면바지 차림으로. 남자처럼 짧은 머리는 새집을 짓고 있을 것이다.

시즈오는 프랑스어와 일본어를 번갈아 사용하면서 아내에게는 마리를, 마리에게는 아내를 소개해 주었다. 그동안, 마치 아내가 혼자서는 서 있을 수 없는 어린아이나 노인 또는 환자라도 되는 것처럼 시즈오는 그녀의 등을 껴안고 있었다. 순간 마리는 부부 사이가 좋지 않다는 소문이 떠올라 흥미롭게 쳐다봤다.

"처음 뵙겠어요."

눈앞에 있는 여자의 빈틈 하나 없는 차림새와 태도에 주눅이 들었지만, 마리는 그렇게 인사했다. 이름이 시몬느라는 그녀는 희미한 미소를 띠었다. 하지만 그것은 순식간에 사라져, 웃었던 얼굴이 착각이 아니었나 싶을 정도였다. 시몬느는 마리를 얼핏 쳐다만 보고는 남편에게로 몸을 돌리고 말했다.

"엘레 미뇽."

귀엽다는데요, 라고 시즈오가 통역해주었지만 시몬느의 말투는 강아지가 고양이를 보고 난 감상처럼 들렸다. 저녁 햇살이 비스듬히 비치는 거실에 샹송이 흘렀다. 시몬느가 뭐라고 빠르게 재잘댔다. 어떤 친구 얘기를 하는 듯했다. 그러는 동안에도 시즈오는 시몬느의 등에 팔을 두르고 있었다. 그녀가 머리를 갸웃하고 손을 움직일 때마다 그녀 주변의 향수 냄새 나는 공기도 따라 움직였다.

마리는 그곳을 나왔다. 부부 모두 마리는 안중에도 없는 것 같았다.

어떻게 생각해?

그날 밤, 사키와 목욕을 하면서 마리는 마음속으로 소이치로에게 말했다.

시즈오와 시몬느, 사이가 괜찮은 건가? 시몬느란 여자, 인상이 좀 안 좋던데.

소이치로는 아무 말도 하지 않았다. 다만 유쾌해하는 기척이라 마리는 안심했다. 지켜보고 있다고 느꼈다. 사키와 둘이, 하얗게 반짝거리는 욕조 안에서.

"이렇게 예쁜 욕실하고도 이제 작별이네."

마리가 사키에게 말했다.

"하카타에 가고 싶니?"

마리는 따끈한 물속에서 사키의 오동통한 몸을 끌어안는다. 뒤에서 껴안고 젖은 목덜미에 입을 맞춘다.

"할아버지 집도 보고 싶고 보육원도 그렇고."

사키는 간지럽다고 몸을 비틀면서 귀찮다는 듯 작은 손으로 목과 귀를 비벼댄다.

"사키 집이 좋아."

"사키 집?"

알고 있었다. 알고 있지만 아마도 확인하고 싶어서 되물었으리라. 얼마나 기억하고 있을까?

사키는 대답하지 않았다. 마리에게서 몸을 떼고 돌아앉아 마리를 올려다보았다. 얼룩이나 주름 하나 없이 해맑고 건강한 얼굴로. 어쩜 눈이 이렇게 커다랄까, 하고 마리는 생각한다. 커다란 눈에, 걱정스러운 표정이 어려있다.

"왜?"

마리가 묻자 사키가 고개를 돌렸다.

"우리 할아버지네 집으로 다시 가는 거야?"

그때 마리의 가슴을 적신 것은 아픔이었다. 웨어 아 유 프롬? 마리는 사키와 함께 버림받은 아이가 된 기분이었다.

"그럼, 돌아가야지."

애써 명랑한 목소리로 말했다. 향긋한 비누로 거품을 내서 사키의 매끈매끈한 몸을 씻었다.

—더 멀리 가는 거야.

소이치로의 목소리가 마리에게 똑똑히 들렸다.

"아마 당신을 만나러 왔을 겁니다."

시즈오는 시몬느의 방문에 대해서 설명했다. 루브르 미술관 반대쪽 센 강변을 거닐 때였다.

"좀처럼 오지 않는데, 그렇지 않고서야 설명이 안 되죠."

시즈오는 재미있어하듯 말했다.

"설명이 안 되다니, 부부인데 표현이 이상하네요."

마리가 그렇게 말하자, 시즈오는 순순히 인정하고는 웃었다. 아틀리에에서 일한 후 리지가 사키를 돌봐주는 동안 선물을 좀 사고 싶다고 하자, 시즈오는 산책도 할 겸 같이 가자고 나서주었다. 시테 섬에 있는 과자가게에서는 아사나 나나에게 선물할 색깔이 알록달록한 과자를 샀다. 라탱 지구에 있는 레코드가게에서는 새 레코드를 샀다. 구름 낀 뿌연 한낮. 좀 더 걸어가면 필립이 일하는 카페가 있다.

"부부의 유형에도 여러 가지가 있어요. 자존심이 센 시몬느지만 호기심을 이기지는 못한 모양이죠. 당신에 대해서 갖가지 소문을 들었을 테니까."

소문. 마리는 가로수 하나하나를 만져 그 감촉을 확인하고 걸으면서 생각한다. 어떤 소문일까? 안 그래도 시즈오 주변에는 소문이 무성하다. 파시의 본댁에서 부인과 살고 있다는 남자는 시즈오의 학생 시절 친구라느니, 에미가 시즈오에게 집착하는 이유는 과거 연인이었던 시드니를 시즈오에게 빼앗겼기 때문이라느니. 무엇이 사실이고 무엇이 거짓인지 마리는 물론 알 길이 없다.

"이다음은, 그렇지, 12월이 어떨까요? 그때까지 캔버스를 준비해놓지요."

시즈오가 불쑥 화제를 돌렸다.

"겨울의 파리도 좋습니다. 먹을거리도 많고요."

"겨울이요? 그럼 모델 일을 또 해야 하나요?"

놀라서 걸음을 멈췄다. 시즈오도 놀란 표정을 지으며 걸음을 멈췄다.

"물론이죠. 내 모델 일이 이렇게 단기간에 끝날 줄 알았나요?"

마리는 대답할 말이 없었다.

"미안해요. 그런 생각은 못했어요."

솔직하게 말했다.

"처음 모델이 되어달라고 했을 때는 친정에 갓 돌아와 내가 있을 곳이 없는 것 같은 생각이 들어……."

마리는 머릿속에서 말을 찾다가, 찾았다.

"일단 뛰어들어 본 거예요."

그 말을 듣자 시즈오는 호탕하게 소리 내어 웃었다.

"그거 좋군요. 상관없습니다. 뛰어들었으니 당신은 이미 물속에 있는 셈이죠."

그리고 시즈오는 센 강을 가리켰다. 마리는 자신이 개구리라도 된 기분에 키득키득 웃었다. 신기하다, 고 마리는 생각한다. 시즈오와 얘기하다 보면 때로 소이치로와 얘기하는 듯한 기분이 든다. 선이 가는 옆얼굴이 닮아서일까?

12월. 마리는 생각한다. 겨우 넉 달 후의 일인데 자신과 사키가 어디서 무얼 하고 있을지 상상이 되지 않았다.

아파트로 돌아와 보니 사키는 그림을 그리고 있었다. 작별의 선물로 시즈오와 리지에게 줄 것이라고 한다. 바닥에 크레용이 널려 있고 힘주어 색을 칠한 도화지에서는 촛농 비슷한 냄새가 났다.

"트레 비앙이네."

마리가 말했다.

귀국 날짜는 8월 말로 정해졌다. 시즈오가 일본에 늦은 오후에 도착하는 저녁 비행기를 예약해주었다. 떠나기 전날 밤에는 살롱에 모이는 사람들이 조촐한 파티—하기야 그곳에서는 매일 밤 파티가 열리는 셈이지만—를 계획하고 있다. 시드니는 '멋지게 차려입고 와요' 하고 말했다.

사 들고 온 선물을 벽장에 정리하면서 마리는 이곳을 떠나기 힘들어하는 자신을 깨달았다. 파리가 좋아서라기보다는 귀국을 두려워하기 때문이라는 것도.

하지메가 없는 후쿠오카로 돌아가고 싶지 않았다. 하지메와의 추억으로 가득한 그 도시에서는 숨을 쉴 수 없다.

이곳에 올 때는 도망치고 싶은 심정뿐이었다. 주유소를 철거하지 않을 수도 있지 않을까, 하는 기대감도 있었지만 사실은 억지라는 것을 그때 이미 알고 있었는지도 모른다.

"사키."

사키가 크레용을 꼭 쥔 채 고개를 들었다.

"응?"

"후쿠오카로 돌아가서, 할아버지하고 아사 할머니에게 인사한 다음에 우리 둘이 도쿄로 갈까?"

오래전부터 생각해온 일이 아니라, 지금 문득 생각났다. 그런데 말을 해놓고 보니 아주 자연스러운 일인 듯했다.

"도쿄?"

사키가 어리둥절해했다.

"보육원은?"

"도쿄에도 보육원은 있어."

정말 오랜만에 마리는 몸속에서 힘이 솟는 것을 느꼈다. 새로운 세상에 눈을 뜨고, 앞으로 앞으로 나아갈 수 있을 듯한.

"엄마, 옛날에는 도쿄에서 살았어."

마리는 사키를 안아 올려 침대에 앉혔다.

"그러니까 괜찮아. 잘 알거든. 게다가 거슬러 올라가면 할아버지도 원래는 도쿄 사람이었어. 사라진 엄마의 엄마도 그렇고."

말이 열기를 띠기 시작하는 것을 마리 자신도 막을 수 없었다. 사키는 겁먹은 눈으로 엄마를 쳐다보았다.

"도쿄에는 가게도 많으니까 찾아보면 일자리가 있을 거야."

살롱이다, 하고 생각했다. 바나 클럽이라 불리는 장소에서 사람들이 술을 마실 수 있도록 하는 일. 손님 접대에는 자신이 있었다. 주유소에서도 그랬고 극장에서 티켓을 파는 일을 할 때도 그랬다. 토하고 잠들고 교성을 지르는 술 취한 사람을 다루는 데도 자신이 있었다. 그것들은 주로 이곳에서의 경험이지만, 먼 옛날 다카히코도 술을 마시면 거칠어졌다.

"사키는 싫어."

사키가 금방이라도 울음을 터뜨릴 듯 울상을 짓고서 말했지만, 마리는 듣고 있지 않았다. 하지메와 비 내리던 밤의 사고와 그에 얽힌 모든 사건과 기억으로부터 멀리 떨어진 장소와 생활.

"싫어. 집이 좋아."

모기 우는 소리로 사키가 또 말했다.

"걱정 마. 엄마와 사키는 언제나 같이 있을 거니까."

마리는 무릎을 꿇고서 사키의 오동통한 발을 어루만졌다. 그러면서 마리는 난생처음으로 자신이 엄마를 닮았다고 생각했다. 어느 날 갑자기 비행기를 타고 영국으로 떠난 기요. 남은 사람들의 기분 따위는 모른 체하고서 제멋대로, 막무가내로 사라져버렸다. 그러나 그런 기요 역시 사랑하는 사람을 갑작스럽게, 그리고 영원히 잃고서 추억과 기억에 갇혀 꼼짝달싹 못 했으리라고 지금은 이해할 수 있다. 그런데도 앞으로 어떻게든 나아가려고 있는 힘을 다했는지도 모른다.

"엄마의 엄마는 아주 오래전에 긴자에서 일했대. 그러다 할아버지를 만났대."

마리는 사키 옆에 앉아 천천히 말했다.

"엄마도 태어나기 전의 일이지만."

마리는 손을 뻗어 사이드 테이블에 놓인 유리그릇에서 봉봉을 하나 꺼냈다. 빨간색과 흰색 포장지로 싸인 봉봉.

"사키는 긴자에 가보고 싶지 않아?"

사키는 눈물을 글썽글썽거리면서 입술까지 바들바들 떨었다.

"싫어."

고개를 저으며 말하는 동시에 눈물이 떨어졌다.

"사키는 집에 돌아갈 거야. 집이 좋단 말이야."

하지만 사키에게나 마리 자신에게나 우리 집이라고 할 장소는 이미 없었다. 적어도 사키의 기억에 있는 집과 가족은.

"오늘 리지와 뭐 하고 놀았는데?"

마리가 화제를 돌렸다. 봉봉의 껍질을 까서 하얗고 동그란 알맹이를 사키에게 건넸다.

"프랑스어 새로 배운 거 있으면 엄마에게도 가르쳐줄래?"

사키는 봉봉도 먹지 않고 대답도 하지 않았다. 상처 입은 표정으로 그저 침대 위에 앉아만 있었다.

"싫어."

간신히 들릴 만큼 작은 목소리로, 그렇게 말하고는 소리를 질렀다.

"싫단 말이야."

사키는 놀라서 쳐다보는 마리 앞에서 봉봉을 벽에 내던지고 침대에 엎드려 끝내 울음을 터뜨렸다.

12

귀국하기 전날, 마리는 다시 '도쿠가와'를 찾았다. 큐의 얼굴도 한 번 더 보고, 나나에게 전할 말이 있으면 전해주려고 갔는데 공교롭게도 마침 큐는 비번이었다. 낮인데도 가게는 북적거렸다.

마리는 카운터 자리에 앉아 혼자서 생선초밥을 먹었다. 꼭꼭 주물러 만든 심플한 초밥이었다. 우렁찬 목소리를 주고받으며 일하는 종업원들을 바라보고 있자니, 그들과 똑같은 하얀 유니폼을 입은 큐의 모습이 떠올랐다. 이국땅에서 뿌리를 내리고 가족을 부양하고 있는 큐. 큐와 살면서 그의 아이를 낳은 여자는 어떤 사람일까?

이 도시에는 다양한 외국인이 있다. 중국집에서 일하는 메이, 살롱에 모이는 일본인 유학생들, 주유소에 있었던 흑인 남자. 큐와 시즈오도 그렇다. 사람은 그렇게도 살아간다. 마리는 석 달 전에 찾았을 때와는 다른 눈으로 가게를 휘 둘러보는 자신을 깨달았다. 눈앞에는 그날과 다름없는 커다란 찻잔―붓글씨체로 글씨가 쓰여 있는―과 하얀 원목 카운터가 있는데.

"큐에게 전할 말이 있나요?"

나이가 지긋한 요리사가 고추냉이를 갈다 말고 물었다.

"아니요, 괜찮아요."

마리는 미소를 띠고서 짙은 녹색의 뜨거운 차를 마셨다.

"내일 일본으로 돌아가기 때문에 인사나 하려고 들렀어요. 건강하게 잘 있으라고만 전해주세요. 얼마 전에는 만나서 반가웠다고요."

짧은 만남이었지만 정겨웠다. 매일 함께 놀았던 사람이, 완전히 변한 모습으로 세상 어딘가에서 다부지게 살고 있다는 사실을 안다는 것은 기쁘고 마음 든든한 일이었다.

"잘 먹었어요."

밖으로 나와 마리는 여름 공기를 한껏 들이마셨다. 배기가스 냄새가 희미하게 섞여 있는 파리의 공기. 사키가 기다리는 아파트를 향해 성큼성큼 발걸음을 내디뎠다.

그날, 우는 사키를 달랜 사람은 짜증스럽게도 시즈오였다. 도쿄에 살자고 제안하는 순간 울음을 터뜨린 사키는 거의 비명에 가깝게 악을 쓰면서 침대에 엎드려 울었다. 아무리 어르고 달래고 혼을 내도 소용이 없었다. 옆에 앉아 그 조그만 몸에 손을 대려 하자 성깔 있는 동물처럼 마리의 손을 획 뿌리쳤다.

시즈오는 사키가 어디를 다치기라도 한 줄 알고 방으로 뛰어 들어왔다.

놀랐다기보다 당황한 표정이었다.

"시즈오."

사키가 시즈오를 부르면서 그 목을 껴안았을 때의 씁쓸한 충격은 잊을 수 없다. 사실 어리둥절했다는 표현이 더 정확하리라. 부어오른 눈과 눈물에 젖은 목소리, 껴안는 몸짓이 너무도 여자다웠기 때문이다.

"아직 어린아이를 이렇게 흥분시키면 안 되죠."

사키의 등을 톡톡 두드리면서 말하는 시즈오의 목소리에는 미소가 담겨 있었다. 아무튼 다친 것은 아니라고 확인하자 안경 너머의 눈에 흥미로운 듯한 기색마저 보였다. 마리는 화가 났다. 흥분시킨 것이 아니다. 사키가 저 혼자서 흥분한 것이지, 하고 생각했다.

늘 메트로를 타는 바빌론 역을 지나, 한 번 들러 차를 마신 적이 있는 조그맣고 산뜻한 드 라베이 호텔 앞을 지났다. 뤽상부르 공원 근처에는 빵가게가 있다. 외관은 썰렁하지만 내부는 호사스러운 아오야마 시즈오의 아파트.

불과 석 달 사이에 속속 다 아는 기분마저 드는 지름길을 걸으면서 마리는 생각한다. 역시 불과 석 달 만에 자아가 강해진 사키에 대해서. 도쿄에는 가지 않겠다고 주장하는 사키, 시즈오의 목에 매달려 울었던 사키.

—오빠가 아니면 싫어.

소이치로의 말밖에 듣지 않았던 과거의 자신이 떠올라 마리는 복잡한 심경으로 쓸쓸히 웃었다. 하지메의 유품이며 소이치로의 조카인 사키가, 하지메도 소이치로도 없는 이 세상을 살아가야 한다.

먼저 죽다니, 나쁘다.

마리는 가슴속으로 말했다. 이 도시와 길, 빛, 하늘, 나무, 벽, 건물 등 지금 확실하게 여기 있는 것들을 하지메, 소이치로와 공유하고 싶다는 생각이 들었다.

그날 밤의 파티는 환송회가 아니라 환영회였다. 안느와 다케오는 그렇게 말했고, 또 안느는 주연인 마리와 사키의 가슴에 커다란 코사지를 달아주었다.

"당신이 이곳으로 빨리 돌아올 수 있기를."

안느가 말했다.

"이것은 약속의 잔."

다케오가 말을 이었다.

"적어도 그림이 완성될 때까지는 당신을 환영하겠다는 뜻입니다."

샴페인을 볼품없게―마리에게는 그렇게 보였다―홀짝거리면서 에미가 오랜만에 일본어로 말했다. 음악과 궐련과 잎담배 연기 속에서, 시작도 끝도 없이 제각각 술을 마시는 그들의 방식은 변함없었지만, 모두가 마리에게 한마디씩 건넨 것은 달랐다. 말러의 음악이 흘렀나 싶으면 델로니어스 몽크의 피아노 소리가 울리고, 호세 펠리치아노가 힘들게 기타를 긁어대는가 싶으면 갑자기 유투가 울려 퍼졌다.

몇 명은 마리에게 다가와 키스했다. 인사 이상의 의미는 없다는 것을 알지만, 프랑스어로 뭐라 속삭이고 어깨를 껴안고 볼, 때로는 입술을 꾹 누르는 부드러운 입술에 마리는 가슴이 두근거렸다.

"아, 기분 좋다!"

몇 번이나 큰 소리로 그렇게 말했다. 진심이었다. 친구라고도 할 수 없는 관계였지만 그렇기에 마리는 한 사람 한 사람이 다 좋았다. 모두가 제각각, 연대감이 없는 사람들. 중요한 것은 술과 장소였지만, 그 장소를 만들어나가는 것은 다름 아닌 그들 자신이라는 모순.

"마리, 마리, 마리."

공부 못하는 학생에게 잔소리를 하는 듯한 목소리가 들려 돌아보았더니 시드니가 골난 표정으로 포옹했다.

"대체 왜 일본으로 돌아가려는지 모르겠군. 제정신이 아니야. 그런 돈벌레들만 우글거리는 나라에."

마리도 웃으면서 시드니를 포옹했다. 아라타와 나이가 비슷한 시드니의 옷에서는 늘 푸근한 냄새가 난다.

"가본 적도 없으면서."

마리는 그렇게 말을 받았다.

"가보지 않아도 다 알 수 있지."

마리의 잔이 비었다는 것을 알고는 새 샴페인 병을 따면서 시드니가 말했다.

"어떻게 알아요? 어떤 장소든 가보지 않고서는 절대 몰라요."

마리는 웃는 얼굴로 자신 있게 대답했다.

스카프를 잡아당기는 손이 있어 보니 사키가 서 있었다.

"이거 선물로 받았어."

왼손에 손가락 인형 두 개를 끼고 있었다. 하얀 양과 검은 고양이.

"어머, 귀엽네. 누가 줬는데?"

"리지."

사키는 졸린 얼굴이었다. 10시가 한참 넘은 시간. 그런데도 어른들 사이에 끼어서 흥분한 탓인지 안아달라고 떼를 쓰지는 않았다.

"샤 누아르."

고양이 손가락을 꼼지락거리면서 말하더니 잠시 뜸을 들였다.

"이건, 음······ 이건 잊어버렸다."

마리의 허벅지를 한 손으로 휘감으며 사키가 갑자기 리지를 불렀다.

"케스크세(이거 뭐였더라)?"

무통, 이라고 가르쳐준 사람은 시드니였다. 사키의 서툰 프랑스어가 주위 사람들의 미소를 자아냈다. 사람들이 머리를 쓰다듬고 말을 건네자, 사키는 난감한 표정을 지었다. 마리는 딸이 자랑스러웠다.

늘 그렇듯 바이올린을 껴안고, 자전거를 타고 온 탓에 헝클어진 머리에 바깥 냄새를 한껏 풍기면서 필립이 등장한 것은 한밤중이었다. 사키는 벌써 침실로 들어갔고, 마리는 맥주를 입가심 삼아 화이트 와인을 덮어쓰리 만큼 마시고 취해 있었다.

"오늘은 전부 다 모였네."

비틀거리며 발돋움을 하고서 볼에 볼을 맞춘다. 필립, 안느, 에미, 시즈오, 시드니, 다케오, 리지, 마리, 성이 없는 유쾌한 사람들.

"뛰어든 마리를 위해."

처음 샴페인을 터뜨릴 때 잔을 들고 그렇게 말했던 시즈오는 그다음부터는 평소와 다름없이 그 자리를 즐기는 손님들의 모습을 흐뭇하게 바라보면서 대화를 나누고 마시고, 그러다 잠시 자기 방에 다녀오기도 했다.

"이곳에 오기를 잘한 것 같아요."

마리는 떠들썩한 분위기 속에서 간신히 마주친 시즈오에게 말했다.

"사키에게도 잘 대해주어서 고마워요."

시즈오는 눈썹을 슬쩍 추켜올리면서 말했다.

"너무 솔직하게 말하니까 오히려 불길한데. 그렇게 추어올려 봐야 주유소는 사지 않아요."

필립이 아라비아풍 곡을 연주하기 시작했다. 모두 박수갈채를 보내며 마리와 에미에게 길을 터주었다. 물론 파리에 오기 전까지 마리는 벨리댄스를 구경조차 해본 적이 없었지만, 이 방에서 그리고 모두 함께 몰려갔던 레스토랑에서 에미가 추는 것을 보고 배웠다. 그 후 아라비아풍 곡은 마리가 자주 추는 음악이 되었다. 단순한 리듬과 유머러스한 높낮이, 절대 겉으로 드러나지 않는 흙냄새 나는 애수. 손발을 대담하게 움직이며 추는 점도 마리 마음에 들었다. 푸라라라 푸랏파, 푸라라라 푸라파라.

끝내는 그 귀하다는 감자 소주까지 땄다. 파티는 새벽녘까지 계속되었다. 머지않아 다시 돌아올 것을 알기에 눈물 젖은 아쉬움은 없었다. 마리는 그들이 마리와는 무관한 나름의 이유로 취한 것처럼 보였다. 그래서 더욱 편하고 유쾌한 분위기가 빚어지는 것이라고.

다음 날, 마리는 대낮까지 잤다. 묘한 꿈을 꾸었지만, 어떤 꿈이었는지는 군데군데밖에 기억나지 않았다. 소이치로가 나왔다는 것만은 기억하고 있다. 그리고 큐도. 소이치로가 슬픈 표정을 짓고 있었다.

—이 녀석, 무모한 짓만 한다니까.

소이치로가 그렇게 말했다. 어린 시절 그대로인 소이치로와 어른이 된 큐가 함께 있어 이상했다. 자신도 거기에 섞이고 싶어 엷은 질투심을 느꼈다. 그런 꿈이었다.

마리는 숙취를 경험한 적이 없다. 아무리 취하도록 마셔도 하룻밤 푹 자고 나면 기운을 되찾는다.

"잘 잤어?"

그래서 사키에게 활기차게 말했다. 쾌청한 날씨. 오늘은 저녁 비행기로 일본에 돌아간다.

벌써 일어난 사키에게 가정부가 아침으로 크래커와 우유를 준 모양이었다. 사키는 그것을 방으로 들고 들어와 바닥에 앉아 먹으면서 놀고 있었다. 사방에 크래커 부스러기가 떨어져 있었다. 손가락 인형 두 개도.

"왜? 삐쳤어?"

마리는 대답이 없는 사키에게 물었다.

"엄마에게 아침 인사 안 해?"

사키는 눈을 동그랗게 뜨고서 침대 위에 있는 마리를 보고 있다. 혹은 마리 옆에 흐르는 공기를.

"깜짝 놀랐어."

잠시 후 사키가 입을 열었다.

"대답하려고 하는데 엄마 옆에 누가 있는 것 같았어."

"누가?"

"남자아이."

소름이 돋았다. 사키는 그리 겁먹은 모습은 아니었다. 그러고는 다시 크래커 쌓기 놀이를 시작했다.

"남자아이?"

되묻는 목소리가 떨렸다.

"보였어?"

사키는 대답하지 않았다. 크래커 끝을 입에 넣었다가 다시 꺼내 접시에 내려놓았다.

"아니."

조그만 소리로 덧붙였다.

"그냥 있는 것 같았어. 그런데 없어졌어."

"그렇게 말하면 무슨 소린지 모르잖아."

그렇게 말해놓고 마리는 꾸짖는 말투가 된 것을 후회했다.

"그 남자아이 똑똑하고 친절해 보였지?"

웃으면서 일부러 발랄하게 말하자 사키가 두 손으로 볼을 감쌌다.

"우유 마시면서 잠깐만 기다려. 엄마 샤워하고 나올 테니까."

사키는 얌전히 고개를 끄덕였다.

짐은 파리에 왔을 때와 마찬가지로 적었다. 마리는 사키에게 이 도시에서 산 스모크 드레스를 입혔다.

"또 올 수 있는 거야?"

시즈오와 리지와 헤어지는 것이 많이 아쉬운지 공항으로 가는 택시 안에서 사키는 그렇게 확인했다.

"물론이지. 비행기 타면 금방인데, 뭐."

마리가 대답하기도 전에 시즈오가 말했다. 사키는 손뼉을 짝짝 쳤다. 열린 창문 밖으로 벌써 시작된 가을 풍경이 펼쳐졌다. 파란 채로 떨어져 마른 포플러 잎, 그 잎이 도로 위로 구르는 소리, 투명하고 파란 하늘, 물기 없는 바람의 냄새.

마리는 돌아가면 사키와 함께 도쿄로 가겠다고 마음먹고 있었다. 빼앗긴 것을 서러워하지도, 과거에 매달리지도 않을 것이다.

며칠 전, 아틀리에서 그런 말을 하자 시즈오도 축복해주었다. 도움이 될 만한 곳을 소개해주겠노라고 했다. 다만 '긴자' 진출안은 웃음으로 무시해버렸다. 마리는 어디든 상관없다고 생각한다.

"어떤 직업이든 중요한 것은 실력과 인격이죠. 그것만 있으면 두려울 것이 없어요."

흔들리는 택시의 등받이에 기대 마리는 생각한다. 그 말이 마리에게 얼마나 큰 용기를 주었는지 본인은 알고 있을까?

"아무 자격도 없는데 써줄까요?"

마리의 질문에 시즈오는 얼굴을 찡그리고 쳐다보았다.

"다 큰 어른이 열일곱, 여덟 살 된 소녀 같은 말을 하는군요."

마리는 눈을 감고 숨을 깊이 들이쉬었다. 사키는 옆에서 손가락 인형 놀이를 하면서 시즈오와 뭐라 얘기하고 있다.

돌아가면 곧장 하지메의 무덤을 찾아가자. 파리에서 있었던 일을 말하고 도쿄에 간다는 얘기도 하자. 하지메가 아닌 인간을 사랑하는 일은 절대 없을 테니까 걱정하지 말라고 하자.

그러다 꾸벅꾸벅 존 모양이었다. 퍼뜩 눈을 떴을 때 샤를드골 공항에 도착해 있었다.

작별 인사는 서둘다. 시즈오도 그런지, 출국장으로 들어가려면 아직 여유가 있는데 체크인만 마치면 자신은 돌아가겠다고 했다.

"헤어지려는 찰나에 차를 마시는 것도 성격에 좀 안 맞아서."

마리는 고개를 끄덕였다. 체크인 카운터 앞의 긴 줄에 섰다. 카트에 실을 것도 없는 짐은 시즈오의 발치에 있고, 마리는 사키 손을 잡고 있다. 연인 사이도 아닌데 공항에서 말수가 적어진 시즈오와 자신이 묘했다.

"안에 들어가면 카페에서 혼자 주스 주문할 수 있지?"

시즈오가 사키를 번쩍 안아 올리며 물었다. 사키는 신이 나서 웃었다.

"응, 할 수 있어. 주 프랑 쥐, 실브플레."

이 사람은 어쩌면 이리도 가뿐하게 사키를 들어 안을까. 남자치고는 팔이 가는데, 그것도 한 팔로 굽힌 팔꿈치에 사키를 태우듯이.

그때였다. 문득 시선을 느끼고 돌아보았더니, 카트를 줄줄이 이어 붙인 일본인 관광객 한 무리가 있고, 그 너머로 머리 하나쯤 큰 일본 남자의 모습이 보였다. 허탈한 표정으로 마리를 물끄러미 쳐다보고 있다.

큐.

소리 내어 중얼거렸는지, 마음속으로 외쳤는지 모르겠다. 겨우 몇 초였다. 다음 순간 큐는 이미 건물 밖으로 뛰어나가고 있었다.

"왜요? 무슨 일입니까?"

마리의 시선을 좇아 고개를 돌린 시즈오가 사키를 내려놓으면서 물었다. 가슴이 쿵쿵거렸다.

"아는 사람이었어요. 어제 만나러 갔다가 못 만난 친구인데."

그렇게 설명했지만 확신은 없었다. 일부러 여기까지 배웅하러 나온 것일까? 몇 시에 출발하는 비행기인지도 모를 텐데? 하지만 만약 큐가 맞다면 왜 도망치듯 사라졌을까?

여전하다.

놀라움이 잦아들자 마리는 미소 지었다. 큐는 늘 마리가 알 수 없는 이유로 마리 앞에서 홀연 사라진다. 기쁨과 안심을 주고는 홀연. 그리고 이렇게 가슴만 두근거리게 한다.

좇아가고 싶은 충동을 느꼈다.

"여권을 꺼내요."

시즈오의 말에 마리는 카운터 쪽으로 몸을 돌렸다. 어깨에 멘 가방에서 자신과 사키의 여권을 꺼내 선명하게 화장한 승무원 앞에 내밀었다.

이날, 몇 시간 후 큐를 덮칠 비극을 마리는 물론 알 도리가 없었다.

『좌안-마리 이야기』 2권에 계속